La vérité malmenée

Deux face au risque

JANIE CROUCH

La vérité malmenée

Traduction française de
FABRICE CANEPA

BLACK ROSE

HARLEQUIN

Collection : BLACK ROSE

Titre original :
SECURITY RISK

HARPERCOLLINS FRANCE
83-85, boulevard Vincent-Auriol, 75646 PARIS CEDEX 13
Service Lectrices — Tél. : 01 45 82 47 47

www.harlequin.fr

ISBN 978-2-2804-4209-1 — ISSN 1950-2753

1

Trois ans plus tôt

Le nœud coulant qui enserrait la gorge de Tanner se resserrait progressivement, le privant d'oxygène. Déjà, la périphérie de sa vision commençait à se troubler et il savait qu'il ne tarderait pas à perdre connaissance. Au prix d'un effort surhumain, il se redressa autant qu'il le put pour tenter d'atténuer la pression de la corde. Un brusque afflux d'air envahit ses poumons, lui apportant un bref répit.

Mais alors même que sa lucidité revenait, elle s'accompagna d'une douleur fulgurante qui émanait de sa jambe brisée et paraissait se communiquer à l'ensemble de son corps.

Son autre jambe était engourdie à force de supporter la quasi-totalité de son poids en équilibre instable sur ce tabouret qui menaçait à tout moment de basculer.

— Dis-moi qui est l'autre flic et ce cauchemar prendra fin, fit une voix presque amicale.

Les yeux de Tanner étaient si gonflés qu'il ne pouvait même plus distinguer son interlocuteur.

— Je vous l'ai déjà dit, répondit-il d'une voix rendue pâteuse par les coups qu'il avait reçus au visage et la pression sur sa gorge. Je suis tout seul…

Son tortionnaire bouscula le tabouret, le faisant vaciller. Cela eut pour effet immédiat de retendre la corde et de priver de nouveau Tanner d'oxygène. Il se força à lutter contre son instinct qui le poussait à se débattre. Il avait appris à ses dépens que cela ne faisait qu'envenimer la situation.

S'il voulait avoir la moindre chance de survivre à cet interrogatoire, il allait devoir ménager son souffle et son énergie.

— Ne te fiche pas de moi ! s'exclama son bourreau. Je sais qu'il y a un autre flic et que tu étais en contact avec lui. Lequel est-ce ?

Tanner distinguait à peine les silhouettes des deux hommes qui étaient ligotés sur des chaises en face de lui. Il ne les entendait pas non plus, probablement parce qu'ils avaient été bâillonnés.

On l'aida à se stabiliser sur le tabouret de façon qu'il puisse reprendre une goulée d'air. Au moins, ses adversaires avaient fini par comprendre qu'il ne pouvait répondre à leurs questions lorsqu'il était en train d'étouffer.

— Vous vous trompez, dit-il d'une voix rauque. Je n'ai jamais communiqué avec ces hommes…

D'une certaine façon, il ne s'agissait que d'un demi-mensonge. Car si tous trois travaillaient sous couverture depuis des mois, tentant d'infiltrer l'un des gangs les plus actifs du Colorado, ils s'étaient bien gardés de communiquer entre eux au cours de leur mission. Le risque eût été trop grand de se faire repérer.

Un violent coup de poing le cueillit au creux de l'estomac, le prenant totalement par surprise. La quinte de toux qui s'ensuivit faillit lui faire perdre l'équilibre.

Il ne savait pas combien de temps encore il parviendrait à résister au traitement auquel on le soumettait depuis plus d'une heure. Mais il était bien décidé à y succomber plutôt que de trahir Nate et Alex.

Il ne se faisait en revanche aucune illusion quant à ses propres chances de survie et s'était déjà résigné à ne pas sortir vivant de ce hangar.

— Je vais te poser une dernière fois la question ! s'exclama l'homme qui l'interrogeait. Et ensuite…

Avant qu'il ait eu le temps de proférer sa menace, une série de cris et de jurons se firent entendre à l'autre bout du hangar.

— Que se passe-t-il ? demanda son tortionnaire avec une pointe d'agacement dans la voix.

— Les flics sont là, lui répondit l'un de ses comparses. Et ils sont venus en nombre…

L'espace de quelques instants, Tanner se prit à croire qu'ils avaient peut-être une chance de s'en sortir.

— Dans ce cas, tue-les tous les trois.

Tanner comprit alors que sa dernière heure était venue. Il n'avait strictement plus rien à perdre. Alors que des coups de feu se faisaient entendre à l'extérieur, il se servit de sa jambe valide pour se projeter en l'air aussi haut que possible. Il retomba de tout son poids, conscient qu'il risquait de se briser le cou.

Fort heureusement, la corde était de mauvaise qualité et se brisa net, l'envoyant s'écraser au sol. Les mains liées derrière le dos, il ne put amortir sa chute. Luttant contre la douleur qui menaçait de lui faire perdre connaissance, il se redressa péniblement.

Alors même qu'il se retournait en vacillant, l'un des membres du gang pressa la détente du pistolet automatique qu'il venait de pointer vers le front de Nate Fletcher.

La détonation avait réveillé Tanner en sursaut, ce matin-là, comme chaque fois que ce cauchemar revenait le hanter. Les trois années qui s'étaient écoulées depuis la tragédie n'avaient en rien atténué la violence de ce souvenir. Il ne parviendrait peut-être jamais à se défaire de ces images qui le hantaient.

Dans son rêve comme dans la réalité, Tanner assistait impuissant à l'exécution de Nate Fletcher. Il n'avait jamais le temps de le sauver, pas plus qu'il n'avait pu protéger l'autre policier qui travaillait sous couverture. Alex Peterson avait été abattu quelques instants avant que Tanner parvienne à se défaire de la corde qui l'étranglait.

L'intervention du SWAT dans les minutes qui avaient suivi avait permis d'arrêter ou d'éliminer tous les membres du gang Viper qui s'était spécialisé dans le trafic d'armes et d'êtres humains. L'opération avait été considérée comme un succès. Malheureusement, elle n'avait pas permis de secourir les deux collègues de Tanner.

Le souvenir de ce cauchemar le hantait encore, presque huit heures plus tard, tandis qu'il patientait dans le couloir du tribunal de Denver. Il était venu témoigner dans une affaire de conduite en état d'ivresse. En temps normal, il aurait aussitôt repris la route pour rentrer à Risk Peak. Mais le procureur dans cette affaire était Ryan Fletcher, le frère de Nate.

Au cours des trois années qui avaient passé depuis le raid mené contre Viper, Ryan et Tanner s'étaient rapprochés. Mais chaque fois qu'ils se voyaient, le souvenir de Nate éveillait en eux un douloureux écho, et ils étaient tous deux décidés à ce que sa mort ne demeure pas vaine.

Ensemble, ils menaient un combat acharné contre les différents gangs qui sévissaient dans la région. Lorsque Tanner était confronté à leurs activités, il savait qu'il disposait au sein de l'institution judiciaire d'un allié sur lequel il pouvait compter. Ryan lui fournissait d'ailleurs régulièrement des informations concernant les agissements du crime organisé dans le secteur.

Cette collaboration avait aidé Tanner à surmonter le traumatisme que lui avait causé son expérience. Il s'était efforcé de tirer parti de cette épreuve pour devenir un meilleur policier, car il était plus que jamais décidé à protéger ses concitoyens.

Cette responsabilité avait pris un tour nettement plus personnel lorsque, quelques semaines plus tôt, une jeune femme appelée Bree Daniels était venue s'installer à Risk Peak.

Le coup de foudre avait été immédiat – et mutuel. Mais il leur avait fallu faire face au Cercle, une puissante organisation de pirates informatiques qui s'était avérée tout aussi dangereuse que Viper. Ils avaient fini par venir à bout de cette menace et cela les avait encore rapprochés.

— On dirait que tu es de bonne humeur…

Tanner se tourna vers la porte de la salle d'audience qui venait de s'ouvrir, laissant apparaître Ryan.

— Cela faisait longtemps que je ne t'avais pas vu sourire de cette façon, ajouta le jeune procureur. Ne te réjouis pas trop vite. Cette affaire est loin d'être gagnée…

Tanner s'abstint de le détromper sur les causes de sa bonne humeur. Il préférait généralement éviter de parler de sa relation avec Bree, en partie par pudeur et en partie parce qu'il aurait été bien en peine de la définir de façon précise.

Bree avait passé sa vie à fuir le Cercle. À sa connaissance, elle n'avait jamais eu la moindre relation amicale ou sentimentale. Tanner se gardait donc de faire pression sur elle, lui laissant le temps pour prendre ses marques et se familiariser avec cette situation inédite pour elle.

— Tu penses avoir du mal à obtenir une condamnation ? demanda-t-il à Ryan.

Ce dernier secoua la tête.

— Je ne vois pas comment il pourrait y couper : il roulait sans permis et a cherché à échapper à la police. Et je vais faire citer le Dr Michalski cet après-midi. Il témoignera du fait que l'accusé était parfaitement responsable de ses actes.

— Michalski est plutôt doué, opina Tanner.

Il était bien placé pour le savoir : cela faisait à présent trois ans que sa hiérarchie lui imposait des consultations régulières avec le psychiatre. Tanner n'appréciait que très modérément ces séances et il lui arrivait régulièrement de les manquer sous les prétextes les plus divers. Mais cela ne l'empêchait pas de reconnaître les compétences du praticien.

— C'est vrai, acquiesça Ryan. Il est beaucoup plus à l'aise en public que l'expert auquel je faisais appel avant. Il sait parler au jury et expliquer ses analyses avec des mots simples. Évidemment, il n'est pas aussi doué que toi. Je crois que tu es l'un de mes témoins préférés : il me suffit de veiller à ce qu'il y ait suffisamment de femmes dans le jury pour obtenir gain de cause…

Tanner secoua la tête. Ce n'était pas la première fois que le procureur ou l'un de ses collègues lui faisait une remarque de ce genre. Mais il n'y avait à ses yeux qu'une femme dont l'avis importait en la matière, et elle ne serait jamais membre d'aucun jury puisqu'elle vivait toujours sous une identité d'emprunt.

— Que veux-tu ? Chacun doit donner de sa personne pour faire triompher le bien et la justice, ironisa-t-il.

— À ce propos..., dit Ryan d'un ton nettement plus sérieux. Est-ce que tu sais qu'Owen Duquette est sorti de prison la semaine dernière ?

Tanner ne put réprimer un soupir.

— Oui, répondit-il. Ce n'est pas faute d'avoir argumenté contre sa remise en liberté. J'ai écrit au comité de probation et je suis même venu témoigner en personne. Mais il n'y a sans doute pas assez de femmes dans cette commission, conclut-il avec une pointe d'autodérision.

— Ce n'est vraiment pas juste, remarqua Ryan. Duquette ne se trouvait pas dans le hangar, il y a trois ans, mais c'est uniquement parce qu'il avait été informé de la descente qui se préparait. J'ai toujours considéré qu'il était complice de la mort de Nate.

— Moi aussi, soupira Tanner.

Malheureusement, ils savaient tous deux qu'entre leur intime conviction et une condamnation en bonne et due forme, il y avait un monde. Les liens qui avaient existé entre Duquette et le gang Viper n'avaient jamais pu être établis de façon certaine. Le juge l'avait donc uniquement condamné pour complicité de trafic d'armes sans retenir les charges de complicité de meurtre et de traite d'êtres humains.

Il était donc sorti de prison après trois ans seulement, ce qui paraissait étonnamment clément. En apprenant la nouvelle, Tanner s'était mis en colère et il n'osait imaginer ce que Ryan avait dû ressentir. L'idée qu'un tel criminel soit de nouveau en liberté, prêt à récidiver, le rendait malade.

— Je vais garder un œil sur lui, dit-il. Et pas uniquement lorsque je serai en uniforme. À la première erreur, je ferai en sorte qu'il paie le prix fort.

— Merci, fit Ryan.

Il secoua tristement la tête.

— J'avoue que cette libération anticipée m'a fait un choc, ajouta-t-il. Tu sais que Nate aurait eu vingt-cinq ans, ce mois-ci ?

Tanner détourna les yeux, incapable de soutenir le regard plein de tristesse de Ryan. Une fois de plus, il se demanda ce qui se serait passé s'il avait sauté de ce tabouret quelques secondes plus tôt. Serait-il parvenu à sauver Nate ?

Michalski lui avait souvent répété que ce genre de spéculation était vaine et ne faisait que renforcer son sentiment de culpabilité. Mais c'était plus fort que lui : il avait toujours eu la désagréable impression d'avoir une part de responsabilité dans cette affaire.

— Duquette finira par être condamné, assura-t-il. Ce genre de criminel ne renonce jamais très longtemps au crime. Tôt ou tard, il finira par récidiver. Et je serai là pour le lui faire amèrement regretter…

Ryan hocha la tête avant de s'adresser à quelqu'un qui se trouvait juste derrière Tanner.

— Docteur Michalski, est-ce que vous avez le temps de discuter de quelques détails ?

Tanner se tourna vers le psychiatre qui lui adressa un petit salut de la tête.

— Ravi de vous voir, lui dit Michalski. Cela fait un moment que nous ne nous sommes pas croisés…

C'était une façon polie de lui faire remarquer qu'il avait raté leur dernier rendez-vous – et probablement le précédent aussi.

Tanner fut tenté de lui répondre qu'il avait été occupé à faire tomber un réseau international de hackers qui s'apprêtaient à pirater les trois-quarts des téléphones de la planète. Mais, au fond de lui, il savait pertinemment que ce n'était pas la véritable raison pour laquelle il ratait ces séances.

— Désolé. J'ai été très pris, ces derniers temps, éluda-t-il.

— C'est ce que j'ai cru comprendre, acquiesça Michalski. Mais je vous ai entendu parler de Duquette. Il ne doit pas être facile de voir des criminels libérés aussi rapidement…

— En effet, reconnut Tanner.

— C'est peut-être quelque chose dont nous devrions parler, à l'occasion, suggéra Michalski.

— Pourquoi pas ? répondit vaguement Tanner.

— Vous savez, insista le psychiatre, nos séances ne sont pas facultatives. Le shérif Duggan a insisté pour que nous nous voyions régulièrement. Et je pense comme elle que c'est important…

— Je sais, soupira Tanner. Et je vous promets que je vous appellerai très bientôt pour fixer un nouveau rendez-vous. En attendant, je vais vous laisser tous les deux discuter de votre affaire…

Michalski hocha la tête.

— Merci encore pour ton témoignage, lui dit Ryan. Tu as été parfait, comme d'habitude. La prochaine fois, tâche de te trouver un chapeau de cow-boy. Cela devrait te rendre encore plus sexy aux yeux des jurées féminines…

— Très drôle, répliqua Tanner avant de serrer la main aux deux hommes.

Sur ce, il s'éloigna. Un coup d'œil à sa montre lui apprit qu'il avait tout juste le temps de repasser au poste de police de Risk Peak et de faire un saut chez lui se changer avant d'aller retrouver la femme qu'il aimait.

2

— La commande pour la 3 !

Bree choisit d'ignorer l'appel de Dan, le copropriétaire et cuisinier du Sunrise, le restaurant dans lequel elle travaillait depuis qu'elle était arrivée à Risk Peak.

— Et que vous a dit votre mari ? demanda-t-elle à Mme Little, l'une de leurs plus fidèles clientes.

— Est-ce que vous n'êtes pas censée aller servir une autre table ? lui répondit la vieille dame.

Bree haussa les épaules. Elle connaissait suffisamment Dan et Cheryl, son épouse, pour savoir qu'ils préféreraient la voir discuter un peu plus longtemps avec Mme Little qui venait de perdre son mari plutôt que de se précipiter en cuisine.

Ce genre de notion lui aurait semblé totalement étrangère, quelques semaines auparavant. Jusqu'alors, Bree avait toujours considéré le monde de façon raisonnée, s'efforçant d'optimiser chaque paramètre de sa propre existence.

C'était le résultat de l'éducation qu'elle avait reçue lorsqu'elle était encore membre du Cercle. On avait cherché à développer sa rationalité au détriment de toutes les autres qualités, à faire d'elle une logicienne accomplie.

Les années passées à fuir les agents du Cercle n'avaient

fait que renforcer ce trait de caractère. Elle avait mis à profit ses capacités de raisonnement hors du commun pour anticiper les actions de ses adversaires, analyser les situations dans lesquelles elle se trouvait et réagir promptement et efficacement en toutes circonstances.

C'était ce qui lui avait permis de survivre jusqu'au jour où elle était arrivée à Risk Peak. Mais en séjournant dans cette petite communauté très soudée, elle avait peu à peu découvert l'existence d'une autre forme d'intelligence, une intelligence humaine fondée sur le sens de la psychologie, la sensibilité et l'empathie.

En travaillant comme serveuse au Sunrise, elle s'était trouvée quotidiennement au contact de toutes sortes de gens. Elle avait appris à discerner différentes nuances de caractères, à interpréter les comportements des clients, à développer son sens des relations humaines.

Elle se rendait pourtant compte du chemin qu'il lui restait à parcourir. C'était d'ailleurs l'une des raisons pour lesquelles elle continuait à travailler au restaurant alors que ses compétences lui auraient probablement permis de décrocher n'importe quel poste d'informaticienne à Denver.

De nombreuses personnes lui auraient laissé entendre qu'elle perdait son temps et gâchait son potentiel. Mais elle ne partageait pas du tout cette vision des choses. Ce que les gens considéraient généralement comme un don faisait figure à ses yeux de véritable malédiction.

Si elle n'avait pas été aussi douée en informatique, elle n'aurait jamais été recrutée par le Cercle et torturée, elle n'aurait pas dû passer sa vie à fuir et n'aurait pas perdu sa mère. Ce à quoi elle aspirait aujourd'hui, c'était ce que la plupart des gens considéraient comme banal : une vie simple et sans histoire.

— Robert m'a complètement prise au dépourvu, dit Mme Little, les yeux embués de larmes. C'était à notre troisième rendez-vous et j'en pinçais vraiment pour lui. Et là, soudainement, il a mis un genou à terre et m'a demandée en mariage au beau milieu du restaurant…

Mme Little lui avait déjà raconté cette anecdote deux ou trois fois, mais Bree savait combien cette histoire était importante à ses yeux. Elle se força donc à feindre l'étonnement.

C'était précisément le genre de réaction qui ne lui semblait pas du tout naturel et qu'elle avait appris en observant ceux qui l'entouraient. Autrefois, elle se serait certainement contentée d'interrompre la vieille dame pour lui indiquer qu'elle était déjà au courant – sans même envisager que cela puisse la blesser.

Contrairement à ce que pensaient la plupart des gens, les êtres humains étaient infiniment plus complexes que les ordinateurs. Ceux-ci fonctionnaient de façon binaire et rassurante : en informatique, l'important était de limiter le bruit pour que le signal soit le plus clair possible.

Chez ses congénères, au contraire, le bruit était parfois plus important que le signal. L'important n'était pas uniquement le sens des mots mais aussi le ton, l'attitude et les sous-entendus de ceux qui les prononçaient. Et ce code était bien plus difficile à percer pour elle que la plupart des langages de programmation.

Lorsque Mme Little eut terminé son histoire, elle tapota doucement la main de Bree. Ce simple contact physique l'aurait autrefois mise très mal à l'aise, mais elle s'y était également habituée. Elle parvenait même à ne plus se raidir instinctivement chaque fois que Cheryl l'étreignait affectueusement.

Malheureusement, ces progrès ne se reflétaient guère sur sa vie amoureuse. Elle était folle de Tanner. Il était intelligent, drôle, sensible et terriblement séduisant et elle s'attachait chaque jour un peu plus à lui.

Elle aimait la façon dont il la regardait, dont il la prenait dans ses bras et dont il l'embrassait. Elle aimait aussi la sensation que ses baisers éveillaient en elle.

Mais les choses n'étaient jamais allées plus loin, et elle se demandait si c'était vraiment normal. Après tout, cela faisait plusieurs semaines à présent qu'ils sortaient ensemble. Était-ce sa faute à elle ? Aurait-elle dû faire ou dire quelque chose de particulier ?

En réalité, elle n'était pas tout à fait sûre de ce qu'elle voulait. Le désir qu'elle éprouvait à l'égard de Tanner était indéniable. Il lui arrivait de se réveiller en sursaut au beau milieu de la nuit, le corps brûlant d'une fièvre qui lui était désormais familière. Et chaque fois que ses mains se posaient sur elle, elle sentait renaître cette envie impérieuse.

Mais elle n'était pas encore totalement sûre d'être prête à y céder. Rien ne l'avait jamais préparée à ce genre d'intimité. Et l'idée de se donner corps et âme à quelqu'un, de s'abandonner totalement à son propre désir éveillait en elle une angoisse qu'en dépit de ses efforts, elle ne parvenait pas à réprimer complètement.

Tanner avait-il perçu cette ambivalence ? Avait-il deviné qu'elle n'avait jamais connu ce genre de relation auparavant ? Voulait-il lui laisser du temps ? Ou commençait-il au contraire à se lasser de ses tergiversations ?

Inquiète, elle frissonna. Ce matin-là, il lui avait laissé un message lui disant qu'il passerait la prendre au Sunrise et qu'il avait quelque chose à lui annoncer.

Avait-il décidé de rompre avec elle ?

Elle avait essayé de l'appeler à plusieurs reprises pour en avoir le cœur net. Malheureusement, il avait passé la journée au tribunal où il devait déposer dans une affaire de conduire en état d'ivresse. Il avait donc dû couper son portable pour être certain de ne pas être dérangé.

— Est-ce que ça va, ma chérie ? l'interpella alors Cheryl, la tirant brusquement de ses pensées.

Elle releva les yeux et sourit nerveusement.

— Ça va, répondit-elle d'un ton qui manquait totalement de conviction.

— Cela fait plusieurs minutes que tu contemples la cafetière comme s'il s'agissait d'un fantôme, remarqua Judy. Qu'est-ce qui te tracasse ?

Bree lui décocha un sourire un peu crispé.

— J'ai peur, avoua-t-elle.

Elle n'avait pas non plus l'habitude de ce genre de confession personnelle. Mais elle savait que Cheryl et Judy étaient des amies – les premières qu'elle ait jamais eues. Elles avaient été là pour elle dans les moments difficiles et elle leur devait bien une explication.

— Que se passe-t-il ? demanda Cheryl. Est-ce que tu as de nouveau l'impression d'être observée ? Est-ce que tu penses que le Cercle est de nouveau actif ?

— Ce n'est pas possible, objecta Judy. D'après le *Denver Post*, Michael Jeter et les principaux responsables de l'organisation ont été arrêtés. Le journaliste expliquait que le Cercle n'avait aucune chance de survivre à un tel coup de filet.

— Ce n'est pas à cause de Jeter que j'ai peur, dit Bree. C'est à cause de Tanner.

— Tu as peur de Tanner ? s'exclama Judy, incrédule.

Bree secoua la tête. Elle était brusquement tentée d'éluder les questions, de prétendre que c'était sans importance et de faire comme si de rien n'était. Mais c'était précisément contre ce genre de réflexe qu'elle s'efforçait de lutter. Elle ne voulait pas passer le reste de sa vie à fuir la compagnie de ses semblables et leurs questions, fussent-elles difficiles.

Elle se força donc à regarder ses deux amies dans les yeux et, dans leurs regards, elle ne lut que sollicitude et gentillesse.

— La 16 à suivre ! annonça alors Dan du fond de la cuisine.

— Une minute ! répondirent en chœur Cheryl et Judy.

— Pourquoi est-ce que tu as peur de Tanner, Bree ? demanda Cheryl.

— Ce n'est pas de lui que j'ai peur, expliqua-t-elle. Mais il m'a laissé un message dans lequel il disait qu'il avait quelque chose d'important à me dire.

Ses amies échangèrent un regard intrigué.

— Il ne s'agit pas forcément d'une mauvaise chose, objecta Judy. En tout cas, il n'y a pas de quoi s'inquiéter tant que tu n'en sais pas un peu plus.

Bree se mordilla nerveusement la lèvre, hésitant à leur dire ce qu'elle avait réellement sur le cœur.

— Et s'il avait décidé de rompre avec moi ? murmura-t-elle enfin.

— Pourquoi ferait-il une chose pareille ? s'exclama Judy. Tanner est fou de toi !

— Je connais Tanner depuis des années, renchérit Cheryl. Et je ne l'ai jamais vu aussi mordu.

Bree mâchonna sa lèvre de plus belle. Elle avait tout de même intégré les conventions sociales les plus élémentaires et savait qu'il aurait été complètement déplacé d'étaler sa vie sexuelle – ou plutôt l'inexistence de celle-ci – au beau milieu du restaurant. D'ailleurs, disserter sur ses propres insécurités en la matière ne contribuerait sans doute pas à les atténuer…

— Vous avez probablement raison, concéda-t-elle. C'est juste que… Tout cela est si nouveau pour moi…

Cheryl lui tapota affectueusement le bras.

— Ne t'en fais pas, lui dit-elle. Tout va bien se passer. Il faudrait être aveugle pour ne pas voir que Tanner et toi êtes faits l'un pour l'autre.

— C'est vrai, approuva Judy.

— La 7 et la 9 à suivre ! lança Dan.

— Nous ferions mieux de nous y remettre, remarqua Bree en se forçant à sourire. Merci de m'avoir rassurée…

En réalité, elle ne se sentait pas complètement tranquillisée par les paroles de ses amies. Elle avait douloureusement conscience du déséquilibre qui caractérisait sa relation avec Tanner.

Au cours de ces dernières semaines, Tanner lui avait consacré la quasi-totalité de son temps libre. Il l'avait aidée à déménager le peu d'affaires personnelles qu'elle possédait de son appartement de Kansas City à la petite maison qu'elle louait à Cheryl et Dan Andrews. Il l'avait aidée à surmonter la séparation d'avec les enfants de sa cousine, séparation qui s'était avérée bien plus douloureuse qu'elle l'avait imaginé.

Pendant trois mois, elle s'était occupée des deux bébés nuit et jour. Et rien ne l'avait préparée à l'écrasante sensation de solitude qui s'était abattue sur elle depuis que Melissa et son mari Chris avaient emmené Christian et Beth.

Tanner s'était efforcé de la distraire, l'invitant régulièrement à dîner, lui apprenant à monter à cheval au ranch ou l'emmenant faire de longues promenades en montagne. N'avait-il pas fini par se lasser de tous ses efforts à sens unique ?

Alors même qu'elle se posait la question pour la centième fois de la journée, la clochette de la porte d'entrée tintinnabula joyeusement et elle vit arriver l'objet de ses pensées. En l'apercevant, elle sentit monter en elle un mélange d'affection et de désir qui ne fit que renforcer son inquiétude. L'idée qu'il puisse lui annoncer la fin de leur liaison la rendait malade.

Lorsqu'il se tourna vers elle, le large sourire qu'elle vit naître sur ses lèvres atténua légèrement son angoisse. S'il était vraiment venu rompre avec elle, il ne la regarderait probablement pas avec tant de tendresse.

— Je sais que je suis un peu en avance, lui dit-il en s'approchant d'elle.

Il déposa sur ses lèvres un léger baiser qui suffit à provoquer un frisson irrépressible.

— Je vais aller m'installer au bar en attendant que tu aies terminé, d'accord ?

Bree faillit lui demander de quoi il tenait tant à lui parler, mais le moment était sans doute mal choisi.

— D'accord, répondit-elle. Je ne devrais pas en avoir pour très longtemps…

Elle se dirigea vers le passe-plats de la cuisine sur lequel les plats continuaient à s'accumuler.

— C'est bien ce que je disais, lui souffla Judy. Je doute vraiment qu'il s'agisse d'une mauvaise nouvelle.

Cheryl s'approcha d'elles, prit Bree par les épaules et la fit pivoter sur elle-même.

— Qu'est-ce que vous faites ? s'exclama-t-elle.

— Cela fait plus d'une demi-heure que Dan gère le restaurant tout seul, lui répondit Cheryl en dénouant son tablier. Franchement, je ne vois pas l'intérêt de faire attendre plus longtemps ce charmant garçon…

3

La jeep se dirigeait vers le ranch que possédaient Tanner et son frère, à quelques dizaines de kilomètres de Risk Peak. L'endroit était magnifique, niché au sein de la forêt, dominé de toutes parts par de majestueuses montagnes. Et c'était rapidement devenu l'un des lieux préférés de Bree

Noah Dempsey, qui avait récemment quitté les commandos de marine pour réintégrer la vie civile, était devenu éleveur de chevaux. Sous la direction de Tanner, Bree avait appris à connaître ces bêtes superbes, à les soigner et à les monter.

En descendant de voiture, elle ne put s'empêcher de repenser à la brève période durant laquelle elle avait vécu au ranch avec les jumeaux sous la protection vigilante des frères Dempsey.

— Pourquoi cet air triste, soudain ? lui demanda Tanner auquel son brusque changement d'expression n'avait pas échappé.

— Je repensais à Beth et Christian, avoua-t-elle. Ils me manquent toujours.

— Je sais, dit-il en prenant la main de Bree dans la sienne. Est-ce que tu les as contactés par Skype, cette semaine ?

Il l'entraîna en direction des écuries.

— Bien sûr, répondit-elle. Melissa et Chris savent à quel point c'est important pour moi. Mais ce n'est pas la même chose…

— J'imagine, acquiesça Tanner.

— Je sais bien que c'est mieux ainsi, soupira-t-elle. Ils sont auprès de leur véritable famille. Leurs parents les aiment et prennent soin d'eux.

— Mais ils te manquent.

— C'est un peu absurde, pour quelqu'un qui a passé la majeure partie de sa vie toute seule…

Tanner secoua la tête.

— Cela n'a rien d'absurde, objecta-t-il. Au contraire. Ce sont justement ces enfants qui t'ont fait prendre conscience du besoin que tu avais de vivre au contact d'autres gens. Et il n'est pas étonnant que tu te sentes un peu seule depuis qu'ils sont partis. Mais ce que je voulais te montrer va peut-être te remonter le moral…

Ils étaient parvenus devant la porte principale de l'écurie. Tanner l'ouvrit. Elle le suivit à l'intérieur.

— Est-ce que vous avez acheté un nouveau cheval ? demanda-t-elle, curieuse.

Il secoua la tête et la guida jusqu'à l'un des box inoccupés. À l'intérieur, confortablement allongée sur la paille, se trouvait Corfou, la chienne de Noah, entourée d'une portée de chiots.

— Elle a mis bas ! s'exclama Bree, ravie.

— Il y a une semaine, déjà, acquiesça Tanner. Mais Noah n'a pas pensé à me le dire avant hier, lorsque je lui ai fait remarquer que je n'avais pas vu Corfou depuis plusieurs jours. Je me suis dit que tu aimerais peut-être adopter l'un de ses petits…

Bree sentit un large sourire se dessiner sur ses lèvres. Jamais encore elle n'avait eu d'animal domestique. Sa mère lui avait répété dès son plus jeune âge qu'elle ne pouvait se permettre de s'attacher à un chien ou à un chat qu'elle serait tôt ou tard forcée d'abandonner. Mais pour la première fois de sa vie, elle n'était plus en fuite.

Bree s'agenouilla près de Corfou qui releva la tête pour la sentir. Reconnaissant son odeur, la chienne se réinstalla tranquillement. Ses quatre chiots se tenaient serrés contre elle.

— Est-ce que je peux les caresser ? demanda Bree.

— Bien sûr. Corfou sait qu'elle peut te faire confiance.

Bree commença par caresser la chienne qui se laissa faire complaisamment. Elle effleura ensuite du bout des doigts l'un des chiots.

— Ils sont minuscules, murmura-t-elle. Lequel comptez-vous me donner ?

— Choisis celui que tu veux, répondit Tanner. Il y a trois mâles et une femelle.

— Je vais prendre un mâle, dit-elle en désignant l'un des chiots.

Son pelage était entièrement noir en dehors d'une tache blanche au niveau de l'un de ses yeux.

— Je vais l'appeler Star, ajouta-t-elle.

— J'ai bien peur de te décevoir, remarqua Tanner.

— Pourquoi ? demanda Bree, déçue. Est-ce que quelqu'un l'a déjà choisi ?

— Ce n'est pas cela. Mais si tu veux vraiment un mâle, il va falloir en choisir un autre. Star est la seule femelle de la portée.

— Une fille ? murmura Bree en soulevant délicatement le petit chiot. Bien sûr… Tu es adorable, Star, et nous allons devenir les meilleures amies du monde, toutes les deux.

Ils demeurèrent encore quelques minutes dans l'écurie à jouer avec les chiots avant de les laisser se reposer.

— J'imagine qu'il est trop tôt pour emmener Star, dit Bree.

— Il faudra encore attendre cinq semaines avant qu'elle soit sevrée, acquiesça-t-il. D'ici là, elle devra rester auprès de sa mère.

Bree hocha la tête s'efforçant de ravaler sa déception. C'était un peu absurde. Pendant des années, elle avait vécu sans la moindre présence humaine ou animale. Elle était parfaitement capable de continuer durant quelques semaines supplémentaires.

— Le départ des jumeaux t'a vraiment affectée, constata Tanner.

Elle ne s'étonnait même plus de la facilité avec laquelle il parvenait parfois à interpréter ses pensées.

— En tout cas, reprit-il, je tiens à ce que tu saches que tu n'es plus seule. Je ne suis peut-être pas aussi mignon que Star ou aussi attachant que les jumeaux, mais je serai là chaque fois que tu auras besoin de moi. D'accord ?

Elle sentit son cœur se serrer. Jamais personne ne l'avait traitée avec tant de douceur et de tendresse. Se hissant sur la pointe des pieds, elle posa ses lèvres sur les siennes. Ce simple contact fit monter en elle une vague de désir aussi soudaine qu'irrépressible.

Il suffisait à Tanner d'un geste ou d'un regard pour éveiller en elle un trouble qu'elle était incapable de contrôler. Et ses baisers avaient le don de lui faire perdre totalement le sens des réalités.

En cet instant même, tandis que leur étreinte se prolongeait, il lui semblait que son corps tout entier s'embrasait. Elle poussa un petit gémissement auquel il répondit par un grondement inarticulé.

Le seul fait de savoir qu'il était en proie à un désir comparable au sien ne fit qu'alimenter l'envie qu'elle avait de lui. Jamais elle n'avait éprouvé une telle exaltation. Et pourtant, alors même que l'envie qu'elle avait de Tanner atteignait son point culminant, elle éprouva une brusque bouffée d'angoisse.

Sans doute fallait-il y voir l'effet de toutes ces années d'autoconditionnement. Bree avait toujours cherché à fuir toute forme d'attachement, à préserver à tout prix son indépendance. Cette vieille habitude lui enjoignait de fuir cette étreinte et le besoin toujours plus irrésistible qu'elle avait de Tanner.

Il dut le sentir car il se dégagea aussitôt. Et en dépit du sourire rassurant qui se dessinait sur ses lèvres, elle lut distinctement dans ses yeux la frustration qu'il éprouvait en cet instant.

— Je ferais peut-être mieux de te ramener chez toi, suggéra-t-il d'une voix légèrement rauque.

Elle fut tentée de lui dire qu'elle préférerait passer la nuit au ranch. Mais les mots ne vinrent pas, semblant rester coincés au fond de sa gorge.

Elle avait suffisamment lu de livres traitant de la psychologie des enfants maltraités pour interpréter ce genre de blocage. Mais, curieusement, le fait de comprendre la situation ne l'aidait pas à la surmonter.

Combien de temps encore les sévices que lui avait fait subir Michael Jeter continueraient-ils de la hanter de cette façon, l'empêchant de s'épanouir et de trouver son équilibre ?

Le chef du Cercle avait fait naître en elle une insécurité et une défiance qui s'étaient trouvées renforcées par toutes ces années de solitude et de fuite continuelle. Parviendrait-elle un jour à oublier ces maltraitances et à retrouver une forme de paix intérieure ?

— Tu as raison, murmura-t-elle, se détestant pour la façon dont elle se rendait sans combattre, une fois de plus.

Tanner ne paraissait pourtant pas lui en tenir rigueur. Peut-être comprenait-il mieux qu'elle l'aurait voulu les épreuves qu'elle avait traversées, du temps où elle était encore esclave du Cercle.

Durant le trajet de retour, pour faire diversion, il lui parla de la journée qu'il avait passée au tribunal.

— J'ai parfois l'impression que nous perdons notre temps, soupira-t-il. Non seulement Owen Duquette n'a pas été condamné à la hauteur des crimes qu'il a commis il y a trois ans, mais en plus, voilà qu'il est libéré de façon anticipée et se retrouve libre de recommencer…

— Mais cette fois, vous l'aurez à l'œil, remarqua Bree.

— C'est ce que j'ai dit à Ryan, acquiesça-t-il. Malheureusement, cela signifie qu'il nous faudra attendre qu'il commette un nouveau forfait pour pouvoir le coincer. Et un innocent risque une fois de plus d'en faire les frais.

Bree hocha la tête. Elle comprenait parfaitement sa frustration face à la lenteur et aux limites de la justice. Pendant des années, elle avait fui un groupe de criminels qui agissaient en toute impunité et parvenaient même à se faire passer pour des parangons de vertu et de charité.

— Que comptes-tu faire, alors ? lui demanda-t-elle.

Tanner haussa les épaules avec fatalisme.

— Pas grand-chose, hélas ! Je ne peux quand même pas faire justice moi-même…

Lorsqu'ils arrivèrent enfin devant la petite maison où Bree avait élu domicile depuis qu'elle était arrivée à Risk Peak, Tanner descendit de voiture pour l'escorter jusqu'à sa porte. Comme chaque fois, il prit soin d'inspecter les lieux avant de prendre congé d'elle.

Elle n'était pas vraiment convaincue que ce soit nécessaire. Après tout, les principaux membres du Cercle se trouvaient désormais derrière les barreaux. Mais elle aimait la prévenance dont il faisait preuve à son égard. Tanner avait le don de la faire se sentir chérie et protégée.

— On se voit demain ? lui demanda-t-il lorsqu'il eut fait le tour de toutes les pièces.

Elle fut tentée de lui demander de rester mais, comme chaque fois, le courage lui fit défaut.

— D'accord, murmura-t-elle, se détestant pour cette nouvelle lâcheté.

Il déposa un chaste baiser sur ses lèvres, lui décocha un sourire et se dirigea vers sa voiture. Bree le suivit des yeux en se demandant avec une pointe d'angoisse combien de temps encore il se satisferait de ses atermoiements.

Cette question la tarauda durant le reste de la soirée, l'empêchant de trouver le sommeil. Lasse de se retourner dans son lit sans parvenir à s'endormir, elle finit par se lever, se rhabiller et allumer son ordinateur.

Elle commença par rendre visite aux forums de hackers qu'elle avait l'habitude de fréquenter. Elle put ainsi constater que les remous causés par la chute de Communication pour Tous, la fondation caritative

4

Tanner fut brusquement tiré de son sommeil par la sonnerie de son téléphone portable qui était posé sur la table de nuit. Son réveil indiquait 4 heures du matin.

Au bout de dix années passées dans la police, il était familier de ce genre de réveil. Mais lorsqu'il avisa le numéro de téléphone qui s'inscrivait sur l'écran, il sentit monter en lui une bouffée d'angoisse irrépressible.

— Bree ? s'exclama-t-elle en décrochant. Que se passe-t-il ?

Déjà, il avait bondi de son lit et se dirigeait vers son armoire.

— J'ai trouvé un corps.

Tanner s'immobilisa face à l'armoire.

— Un corps ? répéta-t-il.

— Dans mon jardin.

— Il y a quelqu'un dans ton jardin ?

— Un homme, oui. Il est mort.

Tanner demeura quelques instants sans voix.

— Tu es sûre qu'il n'est pas juste évanoui ?

— Certaine. Il est glacé et le cœur ne bat plus.

Bree s'était exprimée d'un ton calme et détaché, comme si ce qu'elle lui annonçait était parfaitement anodin. Cela ne l'étonna pas outre mesure. De toutes les personnes qu'il avait rencontrées au cours de son existence, elle était sans doute celle qui était dotée du plus grand self-control.

— J'appelle une ambulance et j'arrive tout de suite, lui dit-il. En attendant, enferme-toi et ne sors sous aucun prétexte. D'accord ?

— D'accord.

— Je serai là dans moins de dix minutes, lui assura Tanner, heureux d'avoir décidé de dormir dans l'appartement qu'il possédait en ville plutôt que d'être rentré au ranch.

Il ne lui fallut effectivement que quelques minutes pour s'habiller, sauter dans sa voiture et aller jusque chez Bree. En chemin, il contacta l'hôpital du comté ainsi que Ronnie Kitchens, son adjoint, qui était de garde ce soir-là.

Il se gara devant la maison que Cheryl et Dan louaient à Bree et descendit de voiture, son arme de service à la main. Il commença par observer les environs mais ne remarqua strictement rien d'anormal. Les rues avoisinantes étaient totalement désertes, ce qui n'avait rien d'étonnant à une telle heure.

Il alla donc frapper à la porte de la maison.

— Bree, appela-t-il. C'est moi, Tanner.

Elle lui ouvrit presque aussitôt et il rengaina son arme pour la prendre dans ses bras.

— Est-ce que ça va ?

— Moi, oui, répondit-elle. Mais je n'en dirais pas autant de ce pauvre homme qui est allongé dans le jardin. J'ai d'abord cru qu'il avait trop bu et qu'il s'était endormi…

— Que faisais-tu dans le jardin à cette heure ? ne put-il s'empêcher de lui demander.

Elle détourna légèrement les yeux et haussa les épaules.

— Je n'arrivais pas à dormir, lui dit-elle. J'étais en train de faire des recherches sur les croquettes pour chien lorsque j'ai entendu un bruit à l'extérieur…

— Quel genre de bruit ?

— Un bruit de chute. Alors, je suis allée voir…

— Tu aurais dû m'appeler, protesta-t-il.

Elle le considéra avec stupeur.

— Je ne vais quand même pas commencer à t'appeler chaque fois que j'entends un bruit bizarre, objecta-t-elle. Et puis, de toute façon, j'étais armée…

Il lui jeta un coup d'œil interrogateur et elle sortit de sa poche un taser qu'elle lui tendit. Ce genre de modèle était employé uniquement par les militaires et interdit à la vente.

Tanner ne prit pas la peine de lui demander où elle avait bien pu trouver une telle arme : une hackeuse aussi douée qu'elle aurait probablement pu se procurer un lance-roquettes si la fantaisie lui en avait pris.

— Tu ferais mieux de ranger ça, lui conseilla-t-il. Théoriquement, je devrais le confisquer.

Elle haussa les épaules, lui laissant entendre qu'elle n'aurait probablement aucun mal à en obtenir un nouveau.

— Tu es sûre qu'il est mort ? lui demanda-t-il.

— Certaine, répondit-elle sans hésiter.

À cet instant, Ronnie frappa à son tour à la porte. Tanner alla lui ouvrir et lui résuma la situation. Tous deux se dirigèrent alors vers le petit jardin qui se trouvait à l'arrière. La lumière extérieure ne fonctionnait plus, mais ils se servirent de leurs puissantes lampes-torches pour éclairer le corps qui gisait au milieu du petit carré d'herbe.

Tanner s'en approcha et s'agenouilla pour prendre le pouls. Mais il demeura figé par la surprise en découvrant le visage de l'homme qui était étendu là.

— Quelque chose ne va pas ? lui demanda Ronnie, curieux.

— Je connais ce type, murmura Tanner.

— Qui est-ce ?

— Il s'appelle Joshua Newkirk. Il a été arrêté pour une série de viols qui ont été commis dans le nord de l'État, il y a quatre ans. Je faisais partie de l'équipe qui l'a interpellé, à l'époque. Il a bénéficié d'une libération anticipée, il y a six mois de cela…

Un frisson glacé courut le long de l'échine de Tanner.

— Tu crois qu'il s'apprêtait à recommencer ? demanda-t-il à Ronnie. C'est la façon dont il procédait : en s'introduisant de nuit par effraction chez ses victimes.

Son adjoint s'agenouilla à ses côtés en enfilant une paire de gants en latex. Il souleva le manteau de Newkirk, révélant une chemise imbibée de sang.

— Si c'est le cas, quelqu'un s'est chargé de l'arrêter, commenta-t-il.

— Ce n'est pas une grosse perte, si tu veux mon avis, dit Tanner.

Ronnie lui lança un regard réprobateur.

— Quels que soient les crimes passés de cet homme, personne n'avait le droit de l'abattre de cette façon, protesta-t-il.

— Bien sûr…, répondit Tanner d'une voix nettement moins convaincue qu'il l'aurait voulu.

L'idée que Newkirk ait pu chercher à s'en prendre à Bree l'emplissait d'une colère qu'il avait beaucoup de mal à contenir.

— Je ne pense pas que ce type ait eu l'intention de faire du mal à Bree, remarqua alors Ronnie.

— Qu'est-ce qui te fait dire ça ?

— Vu les blessures qu'il présente, s'il avait été abattu ici, il y aurait du sang partout...

Tanner se força à réprimer sa réaction émotionnelle initiale pour considérer la situation de façon aussi objective que possible. La victime avait effectivement été frappée de plusieurs coups de couteau au ventre, ce qui avait provoqué un abondant saignement dont témoignaient sa chemise et sa veste imbibées de sang.

Même si la terre sur laquelle il était allongé avait absorbé une partie de l'épanchement, il aurait dû rester une flaque importante. Il n'y avait pas non plus de traces indiquant que l'homme ait pu ramper ou se traîner sur plusieurs mètres. De toute façon, avec de telles blessures, il aurait probablement été incapable de franchir la clôture du jardin.

— C'est bizarre, commenta enfin Tanner. On dirait que quelqu'un a délibérément déposé le corps dans le jardin de Bree.

— C'est aussi mon impression, acquiesça Ronnie. Mais ça n'a aucun sens. Si l'assassin avait voulu se débarrasser discrètement du cadavre, il disposait pour cela de milliers d'hectares de bois et de montagnes. Nous n'aurions peut-être pas retrouvé le corps avant des années. En l'abandonnant ici, en revanche, il devait bien savoir qu'il serait rapidement retrouvé...

— Peut-être était-ce précisément son intention, objecta Tanner, pensif. Le tueur cherchait peut-être à nous faire passer un message.

— Tu crois qu'il peut exister un lien entre ce Joshua Newkirk et Bree ?

— Franchement, j'en doute. Après tout, elle n'est pas d'ici et n'est arrivée dans la région que depuis quelques semaines. En revanche, il se pourrait que le message me soit destiné. Tout le monde à Risk Peak sait que je suis proche de Bree.

— Peut-être, concéda Ronnie sans conviction. Ou peut-être est-ce juste une coïncidence. Cette maison est située à la lisière de la ville. C'est peut-être l'unique raison pour laquelle le tueur l'a choisie…

— Nous le saurons rapidement, dit Tanner en sortant son téléphone portable. Je vais appeler nos amis de la police scientifique.

S'écartant légèrement du cadavre, il contacta successivement le bureau du coroner et le laboratoire de la police pour signaler la macabre découverte de Bree.

Lorsqu'il eut terminé, il laissa Ronnie sécuriser la scène de crime et alla retrouver Bree. Elle s'était installée dans la cuisine et avait préparé du café. Il accepta avec reconnaissance la tasse qu'elle lui tendit.

— Alors ? fit-elle.

— Il s'agit visiblement d'un meurtre, lui indiqua Tanner après avoir avalé une gorgée de café.

— Est-ce que c'était quelqu'un de Risk Peak ? demanda-t-elle. Quelqu'un que je connaissais ?

— Est-ce que le nom de Joshua Newkirk te dit quelque chose ?

Elle secoua la tête.

— Il n'était pas de Risk Peak, précisa Tanner. Mais je l'ai immédiatement reconnu parce qu'il se trouve que j'ai participé à son arrestation, il y a quelques années. Il était récemment sorti de prison.

Tanner préféra ne pas mentionner la nature du crime dont Newkirk avait été accusé. Bree ne s'effrayait pas facilement, mais il ne voyait pas l'intérêt de l'inquiéter inutilement.

— Je n'ai entendu aucun bruit de lutte, remarqua-t-elle.

— Nous pensons qu'il a été tué ailleurs. Le tueur s'est débarrassé du corps en le déposant dans ton jardin.

— Ce n'est pas très discret, remarqua-t-elle. Tu crois que c'était un message qui t'était destiné ?

La perspicacité de la remarque n'étonna pas Tanner le moins du monde. Bree était dotée d'une faculté d'analyse qui aurait fait d'elle une excellente investigatrice.

— J'espère que non, répondit-il.

C'était lui qui avait fait venir Bree à Risk Peak qui était à ses yeux un endroit parfaitement sûr. Il espérait vraiment ne pas s'être trompé à ce sujet…

Avant qu'il ait pu ajouter quoi que ce soit, son téléphone portable se mit à sonner. Jetant un coup d'œil à l'écran, il constata qu'il s'agissait du shérif Duggan.

— Il faut que je décroche, s'excusa-t-il.

— Bien sûr, acquiesça Bree.

— Tanner à l'appareil, répondit-il en passant dans la pièce voisine.

— Je viens d'apprendre qu'on a trouvé un macchabée dans le jardin de votre petite amie, lui dit Blaine Duggan avec son franc-parler habituel.

— Ce n'est pas ma petite amie, objecta Tanner. Mais oui, nous avons trouvé le corps de Joshua Newkirk.

— Le violeur en série ?

— Lui-même.

Tanner entreprit de lui rapporter le témoignage de Bree ainsi que les premières conclusions que Ronnie et lui avaient pu tirer en observant la scène du crime.

— Je vois, murmura pensivement Duggan. Je vais

vous envoyer quelqu'un pour vous seconder dans cette enquête.

— Je peux très bien m'en charger seul, protesta-t-il, étonné par cette décision.

— Je suis convaincue que vous en êtes capable, acquiesça sa supérieure. Je veux juste être certaine que vous mènerez cette enquête en toute impartialité.

— À cause de ma relation avec Bree ?

— Précisément. Et je sais que vous ne portiez pas Newkirk particulièrement dans votre cœur.

— J'espère sincèrement que je ne suis pas le seul, répondit Tanner. Ce type était une ordure. Mais ce n'est pas parce que sa mort ne m'émeut pas plus que cela que je ne ferai pas tout mon possible pour retrouver celui qui l'a assassiné.

— Je vous crois, dit posément Blaine Duggan. Mais je ne tiens pas à ce que qui que ce soit nous accuse par la suite de vice de forme. Je vais donc vous envoyer Richard Whitaker.

Tanner réprima difficilement un soupir. Il n'avait jamais éprouvé beaucoup de sympathie pour Whitaker – et la réciproque était vraie. Mais il devait bien reconnaître qu'étant donné les circonstances, la décision de Blaine Duggan se justifiait tout à fait.

— Vous imaginez bien que ça ne me plaît pas beaucoup, répondit-il enfin. Mais je me rangerai à votre décision.

— Tant mieux, approuva sa supérieure. Et rappelez-vous : plus vite vous retrouverez le meurtrier, plus vite vous serez débarrassé de Whitaker.

Sur ce, elle raccrocha.

5

Richard Whitaker occupait le poste équivalent à celui de Tanner dans le nord du comté. Il lui fallut moins d'une heure pour rejoindre Tanner et Ronnie chez Bree. Entre-temps, les techniciens de la police scientifique avaient inspecté la scène de crime sous toutes les coutures. Le coroner avait officiellement constaté la mort, mais le corps était demeuré en place en attendant l'arrivée de Whitaker.

En descendant de son véhicule, ce dernier commença par aller saluer Tanner et Ronnie.

— Il paraît qu'il se passe enfin quelque chose d'excitant, dans le coin, leur dit-il.

Ronnie ne put s'empêcher de lever les yeux au ciel. Tanner ne pouvait lui en vouloir : Whitaker ne manquait jamais une occasion de leur rappeler qu'il avait appartenu aux forces de police d'une grande ville – Dallas, en l'occurrence. Il était venu s'installer dans la région six ou sept ans plus tôt à la demande de sa femme qui en était originaire.

De façon assez ironique, tous deux avaient divorcé depuis, et l'ex-épouse de Whitaker était repartie pour le Texas. Tanner n'aurait su dire au juste pourquoi ce dernier avait décidé de rester alors même qu'il ne cessait de se plaindre du comté calme et rural dans lequel il avait élu domicile.

Tanner lui exposa en détail les circonstances de la découverte du corps et ils firent de nouveau le tour de la scène de crime.

— D'après Owen, le médecin légiste, Newkirk est mort depuis au moins six heures. Or, cela ne fait que deux heures que Bree a signalé la présence du cadavre.

— Est-ce qu'elle a appelé le 911 ? demanda Whitaker.

— Non, répondit Tanner. Elle m'a contacté directement.

— Pourquoi ?

Ne sachant exactement ce que Blaine Duggan avait bien pu lui dire, Tanner hésita.

— Nous nous connaissons bien, dit-il enfin. Et elle a mon numéro de portable.

— Je vois, acquiesça Whitaker.

— Qu'est-ce que cela change ? lui demanda Tanner.

Whitaker haussa les épaules.

— La plupart du temps, à Dallas, la personne qui contactait la police était liée au meurtre d'une façon ou d'une autre. Il faut croire qu'en nous appelant, les gens s'imaginent qu'ils vont paraître innocents.

— Bree n'a rien à voir avec ce meurtre, répliqua Tanner.

Whitaker l'observa attentivement avant de hocher la tête d'un air entendu.

— Je comprends à présent pourquoi le shérif m'a envoyé ici. Vous avez perdu votre objectivité dans cette histoire, Dempsey.

— Au contraire, objecta Tanner. Le fait que je

connaisse Bree m'évite de perdre mon temps en suivant des pistes fumeuses.

— Je ne sors pas avec Bree, intervint alors Ronnie. Mais cela ne m'empêche pas d'être d'accord avec Tanner. Même si Bree était capable de faire une chose pareille, ce dont je doute, elle n'aurait jamais eu la force de poignarder quelqu'un de la taille Newkirk puis de le porter. D'ailleurs, je ne vois vraiment pas pourquoi elle l'aurait déposé dans son propre jardin…

Whitaker parut considérer ces arguments et finit par acquiescer.

— D'accord, dit-il. Je veux bien croire qu'elle n'a pas commis ce meurtre elle-même. Mais s'il s'avère qu'elle a partie liée avec l'assassin, je n'hésiterai pas à l'inculper. Le fait que Risk Peak soit un trou paumé et que tout le monde se connaisse ne signifie pas pour autant que nous devions ignorer les règles et les procédures.

Une fois de plus, Ronnie ne put s'empêcher de lever les yeux au ciel.

— Je suis d'accord, répondit Tanner dans un esprit de conciliation. Mais je vous assure que Bree n'a rien à voir là-dedans.

— Je tiens tout de même à l'interroger dès demain. Il se peut qu'elle ait vu ou entendu quelque chose qui pourrait nous aider à découvrir le meurtrier. Dites-lui de passer me voir au poste demain dans la journée.

— Je lui transmettrai, acquiesça Tanner.

— Et vous ? Vous n'avez aucune idée de qui aurait pu commettre ce crime ?

Tanner haussa les épaules.

— Newkirk était un violeur en série, répondit-il. Les suspects potentiels ne manquent pas : victimes, conjoints, enfants, membres de leurs familles, citoyens écœurés de voir ce type ressortir aussi rapidement de prison… La liste est longue.

— Eh bien j'imagine que nous avons du pain sur la planche, conclut Whitaker avant de s'éloigner pour aller discuter avec le coroner.

— Ronnie, est-ce que tu peux superviser cette affaire, le temps que j'emmène Bree au ranch ? Là-bas, elle pourra se reposer un peu. Je reviendrai en tout début d'après-midi.

— Pas de problème, répondit son adjoint. Je m'occupe de tout. Je suis vraiment désolé pour Bree, ajouta-t-il. Elle a déjà traversé suffisamment d'épreuves, ces derniers temps.

— Ne t'en fais pas pour elle. Elle est bien plus solide qu'elle en a l'air.

Malgré l'assurance dont il faisait preuve, Tanner savait que les choses n'étaient pas si simples. Tout le monde avait un point de rupture.

La présence de Whitaker à Risk Peak aurait au moins l'avantage de lui permettre de veiller sur la jeune femme. Malgré tous ses défauts, il avait le mérite d'être un policier expérimenté. Contrairement à Ronnie, il avait dû enquêter sur des dizaines d'affaires de meurtre et savait parfaitement comment procéder.

Il laissa donc les deux hommes prendre la relève et rejoignit Bree dans sa cuisine. En l'apercevant, il sentit son cœur se serrer dans sa poitrine. Elle paraissait à la fois épuisée et tendue, ce qui lui rappelait l'époque où elle était arrivée à Risk Peak.

— Est-ce que ça va ? lui demanda-t-il.

Elle tourna vers lui ses beaux yeux verts et lui décocha un sourire un peu forcé.

— Oui, répondit-elle. Je suis juste fatiguée.

— Mes collègues risquent d'en avoir encore pour un moment, lui dit-il. Je me disais que tu serais peut-être mieux au ranch.

Le sourire de Bree s'épanouit plus largement.

— D'accord, acquiesça-t-elle. Laisse-moi juste le temps de prendre mes affaires.

— Donne-moi tes clés, je les confierai à Ronnie. Il fermera lorsque l'équipe aura terminé.

Elle alla chercher un trousseau qu'il apporta à son adjoint. Quelques minutes plus tard, Bree, un sac à dos sur l'épaule, le rejoignit devant la maison.

— Prenons ma voiture, proposa-t-il. Je t'accompagnerai au Sunrise quand tu iras travailler.

Elle hocha la tête et ils se dirigèrent vers sa jeep. ;peu après, ils quittaient la ville en direction du ranch.

— Tu sais que tu ne cesses de me regarder bizarrement, remarqua soudain Bree.

— C'est parce que je suis inquiet pour toi, avoua-t-il. La plupart des gens ne réagissent pas aussi bien lorsqu'ils découvrent un cadavre dans leur jardin.

— J'imagine, acquiesça-t-elle. Mais je t'assure que tout va bien.

— Et dire que tu es venue t'installer ici parce que tu pensais que c'était un endroit tranquille…

— Je suis surtout venue m'installer ici parce que c'est là que tu vis, objecta-t-elle malicieusement.

Il lui rendit son sourire.

— J'avais surtout peur que ce soit quelqu'un que je connais, ajouta-t-elle.

Tanner hocha la tête, frappé une fois de plus par la résilience dont elle faisait preuve en toutes circonstances. Bree était une survivante, l'une des personnes les plus fortes qu'il ait jamais connues.

— À vrai dire, reprit-elle d'un ton pensif, je crois que ce qui m'a le plus stressée, c'est de voir autant de policiers déferler chez moi…

Tanner savait qu'elle avait passé la majeure partie de sa vie à éviter les forces de l'ordre de peur qu'elles ne percent à jour sa véritable identité. Lui-même avait parfois tendance à oublier que Bree Daniels n'était qu'un pseudonyme.

Après la chute du Cercle, elle avait décidé de ne pas reprendre son nom d'origine, lui expliquant qu'il restait associé pour elle à l'époque la plus sombre de son existence.

— Je ne suis pas très normale, n'est-ce pas ? murmura-t-elle alors.

Se tournant vers elle, il avisa le regard troublé qu'elle arborait en cet instant.

— Je crois qu'il y a vraiment quelque chose qui ne tourne pas rond, chez moi, ajouta-t-elle avec une pointe de tristesse.

— Ne dis pas cela, protesta-t-il. Si tu ne réagis pas comme les autres gens, c'est parce que tu es plus intelligente que la plupart d'entre eux. Tu n'as pas à t'excuser d'être plus forte et plus volontaire que la moyenne, Bree.

— Je n'en suis pas si sûre, soupira-t-elle.

— Tu devrais, insista-t-il. Rares sont ceux qui auraient supporté toutes les épreuves que tu as traversées au cours de ton existence. Et si tu y es parvenue, c'est justement parce que tu es exceptionnelle.

Elle lui décocha un pâle sourire.

— C'est gentil, lui dit-elle.

Il comprit qu'elle n'était pas totalement convaincue. Ce n'était pas la première fois qu'il percevait ce genre de doute en elle. Et il savait que c'était en partie la raison pour laquelle elle avait encore du mal à s'impliquer pleinement dans leur relation.

Bree avait passé sa vie à se battre pour survivre, et elle avait encore beaucoup de mal à faire confiance aux autres et à la vie en général. Évidemment, trouver un cadavre dans son jardin n'arrangerait probablement pas les choses…

La situation de Tanner n'était guère plus brillante. Au cours de ces derniers jours, ses cauchemars étaient revenus et avaient même redoublé d'intensité. Il lui arrivait régulièrement de se réveiller en sursaut, persuadé qu'il se trouvait toujours dans ce hangar, la corde au cou.

C'était aussi pour cette raison qu'il n'avait pas particulièrement insisté pour que Bree reste avec lui, ce soir-là. Il ne tenait pas à la terrifier en se mettant à hurler et à se débattre en tous sens au beau milieu de la nuit comme cela lui était déjà arrivé à plusieurs reprises…

Lorsqu'ils arrivèrent au ranch, il lui proposa donc de prendre son lit tandis qu'il dormirait sur le canapé. La déception qui se lut dans les yeux de Bree ne lui échappa pas, et il fut tenté de renoncer à ses chastes résolutions.

Il estima cependant que le moment était mal choisi pour passer leur première nuit ensemble. Il tenait à ce que cette expérience soit parfaite. Or, tous deux étaient bien trop épuisés pour que ce soit le cas.

Ils se succédèrent dans la salle de bains, le temps

de se changer pour la nuit. Il y avait là quelque chose d'un peu maladroit et de terriblement intime à la fois. Et Tanner se prit à espérer qu'un jour viendrait où ce petit rituel ferait partie de leur quotidien…

6

Au cours des jours suivants, Tanner, Whitaker et Ronnie travaillèrent d'arrache-pied pour tenter d'identifier l'assassin de Joshua Newkirk. Ils firent défiler dans la salle d'interrogatoire les membres de sa famille, ses anciens amis et ses collègues.

Nombre de personnes avaient de bonnes raisons de le haïr – peut-être même de désirer sa mort. Mais aucune ne semblait avoir un profil d'assassin. Et les éléments réunis sur les lieux par la police scientifique n'avaient permis de découvrir aucun indice.

Ils n'avaient trouvé aucune empreinte digitale, aucun fragment de peau sous les ongles, aucune trace de sang qui aurait pu appartenir à l'assassin. Ils n'avaient pas non plus retrouvé l'arme du crime et ne savaient même pas où celui-ci avait été commis.

Ces incertitudes étaient terriblement frustrantes. Et le fait de savoir que le tueur se promenait toujours en liberté l'était plus encore.

C'était d'autant plus difficile pour Tanner que ses cauchemars avaient encore empiré. Ils étaient plus intenses que jamais et revenaient désormais plusieurs fois par nuit, sapant son énergie et l'empêchant de récupérer.

Il commençait même à se dire qu'il était grand

temps pour lui de recontacter le Dr Michalski et de fixer un nouveau rendez-vous.

Ce matin-là, après avoir avalé plusieurs tasses de café noir, Tanner s'était installé dans son bureau avec Ronnie pour passer une fois de plus en revue l'ensemble des éléments qu'ils avaient réunis au sujet de l'affaire Newkirk.

Comme à leur habitude lorsqu'ils s'adonnaient à ce genre de réunion, les deux hommes discutaient à bâtons rompus tout en se renvoyant machinalement une vieille balle de tennis.

— Le problème, résuma Ronnie, c'est que Newkirk était détesté par beaucoup de monde en général, mais par personne en particulier. N'importe quelle victime, parent de victime ou citoyen scandalisé aurait pu décider de se faire justice soi-même...

— C'est vrai, concéda Tanner. J'espère que les nouveaux entretiens que Whitaker doit mener avec les victimes de ses viols nous permettront d'en apprendre un peu plus.

Jusqu'à présent, ils s'étaient contentés de joindre les personnes en question par téléphone pour leur épargner le traumatisme d'un interrogatoire au commissariat. Mais face au manque d'éléments probants, Whitaker avait décidé de se rendre chez chacune des victimes pour s'entretenir personnellement avec elles.

— En attendant, le seul élément réellement intéressant dont nous disposions dans cette affaire, c'est le jardin de Bree, reprit Tanner. Nous savons que Newkirk a été tué ailleurs et qu'il a été enveloppé dans une bâche en plastique puis transporté jusque chez elle...

— Et tu penses toujours que c'était une façon de te cibler personnellement ? lui demanda Ronnie.

— Possible, fit Tanner. Mais pourquoi moi ? J'ai été impliqué dans l'enquête qui a mené à l'arrestation de Newkirk, mais je n'ai joué qu'un rôle relativement secondaire. Et puis, si le meurtrier détestait Newkirk, il n'avait pas de raison de s'en prendre à moi…

— C'est vrai, concéda Ronnie, songeur. Et tu n'as toujours trouvé aucun lien entre Newkirk et Bree ?

— Strictement aucun. Whitaker non plus, d'ailleurs, et ce n'est pas faute de l'avoir fait venir au poste pour l'interroger.

Tanner était convaincu que Whitaker n'avait agi de la sorte que pour le provoquer. Il avait dû comprendre rapidement que Bree n'avait pas de raison ni la capacité de tuer Newkirk. De plus, ce dernier n'avait jamais quitté le Colorado alors que la jeune femme n'y était arrivée pour la première fois de son existence que quelques semaines auparavant.

— Est-ce qu'elle va bien ? demanda Ronnie.

— Très bien. Je crois qu'elle a été bien moins perturbée que moi.

Son adjoint secoua la tête d'un air incrédule.

— Cette fille n'a vraiment pas froid aux yeux. Je ne connais pas beaucoup de gens qui auraient réagi avec autant de calme et de sang-froid en découvrant un cadavre sur leur pelouse.

— J'espère surtout que ce genre de chose ne se reproduira pas, soupira Tanner que cette crainte taraudait depuis cette fameuse nuit.

— Toute la ville est prévenue, dit Ronnie pour le rassurer. Si quelqu'un remarque quoi que ce soit d'anormal, nous serons aussitôt avertis, de jour comme de nuit. À ce propos, est-ce que tu as entendu le message qu'a laissé Dunwoody ?

— Au sujet des actes de vandalisme commis dans son garage ? Oui. Et j'ai bien peur que nous ne soyons bons pour passer une nuit en planque devant.

— Tout ça parce qu'un petit rigolo s'amuse à peindre des arcs-en-ciel dans l'atelier.

— À vrai dire, ce qui m'inquiète le plus, c'est la menace de Dunwoody lui-même. Il était décidé à attendre les coupables avec un fusil à pompe. J'ai réussi à l'en dissuader. Il y a fort à parier qu'il s'agit juste d'une bande de jeunes collégiens.

— Si c'est le cas, nous ferions bien de régler le problème au plus vite.

— Avec un peu de chance, nous les attraperons dès ce soir, soupira Tanner.

La perspective de passer une nuit blanche à faire le guet dans une voiture ne l'enthousiasmait pas outre mesure. Mais il ne tenait pas du tout à ce que Dunwoody décide de se faire justice lui-même.

— Ça ne t'ennuie pas de prendre le premier tour de garde ? Je viendrai te relever vers 11 heures, minuit au plus tard. Je dois emmener Bree dîner chez mes parents.

Ronnie laissa échapper un petit sifflement.

— Les choses deviennent vraiment sérieuses entre vous, on dirait, remarqua-t-il.

— Je l'espère, répondit Tanner.

Il savait pourtant que le chemin serait encore long avant que sa relation avec Bree se normalise. Mais c'était un combat qu'il était bien décidé à mener jusqu'à son terme. Car il était de plus en plus convaincu qu'elle était la femme de sa vie, celle qu'il avait toujours attendue sans même le savoir.

Jamais Bree ne s'était sentie aussi nerveuse. Rien ne l'avait jamais préparée à affronter une telle soirée et elle était convaincue qu'elle se solderait par un véritable désastre.

Une fois de plus, elle alla se planter devant le miroir de son armoire et considéra d'un œil critique la tenue qu'elle avait choisie. La jupe bleu marine lui arrivait juste au-dessus du genou. La veste assortie tranchait avec le chemisier blanc qu'elle portait.

L'ensemble lui paraissait tenir le juste milieu entre élégance et décontraction, mais elle n'accordait qu'un crédit très limité à ses propres goûts vestimentaires.

De toute façon, songea-t-elle, une tenue, si adaptée soit-elle, ne ferait pas longtemps illusion. Bree avait douloureusement conscience de ses lacunes en matière de socialisation. Que pourrait-elle bien raconter à ces gens qu'elle ne connaissait pas ?

La question était d'autant plus épineuse que ses relations avec Tanner échappaient à toute tentative de catégorisation. Comment était-elle censée se présenter ? Comme une amie ? Une petite amie ?

Peut-être ferait-elle mieux de renoncer purement et simplement à cette soirée. Elle n'aurait qu'à dire qu'elle ne se sentait pas très bien. Tanner ne la forcerait jamais à l'accompagner…

Elle fut brusquement tirée de ses réflexions par le bruit désormais familier du moteur de sa jeep. Se détournant du miroir, elle gagna la porte d'entrée pour aller lui ouvrir. Dès qu'il l'aperçut, un large sourire se dessina sur ses lèvres et il la dévora des yeux.

— Tu es absolument ravissante ! s'exclama-t-il.

L'admiration et le désir qui se lisaient dans son regard lui firent momentanément oublier ses doutes.

Et lorsque Tanner vint l'embrasser, elle lui rendit son baiser avec une ardeur qui la prit elle-même de court. Les bras de Tanner se refermèrent alors autour de sa taille et il la pressa contre lui. À ce seul contact, le corps tout entier de Bree s'enflamma.

Jamais personne n'avait su provoquer en elle une telle réaction. Les rares baisers qu'elle avait connus étant jeune lui avaient laissé une impression mitigée faite d'un mélange de curiosité et de vague dégoût. Mais Tanner avait le don d'éveiller en elle une passion aussi dévorante qu'incontrôlable.

Elle était sur le point de s'y abandonner totalement lorsqu'il s'arracha à contrecœur à cette étreinte.

— Il vaudrait peut-être mieux nous arrêter tant que nous le pouvons encore, dit-il d'une voix que le désir rendait rauque. Ma mère me tuera si nous sommes en retard…

Bree hocha la tête, partagée entre déception et soulagement.

— Est-ce que je peux utiliser ta salle de bains ? lui demanda-t-il. Je n'ai pas eu le temps de me raser, ce matin.

— Je trouve ça assez sexy, remarqua-t-elle.

— Tu sais que c'est à cause de ça que nous nous sommes rencontrés ? lui demanda-t-il en souriant. Je devais aller manger chez ma mère, et je n'avais plus de crème à raser. J'étais en train d'en acheter lorsque je t'ai remarquée dans le magasin.

— Lorsque tu m'as prise en flagrant délit de vol à l'étalage, tu veux dire. C'est étrange, tu sais. C'est probablement la meilleure chose qui me soit arrivée de toute ma vie…

— C'est aussi vrai pour moi, répondit-il gravement. Et c'est pour cela que je tiens tant à te présenter à ma famille. Je tiens à ce qu'ils sachent comme tu es importante à mes yeux.

7

L’angoisse que Bree était momentanément parvenue à juguler sous l’effet du désir resurgit insidieusement durant le trajet qui les conduisit chez la mère de Tanner. Elle avait déjà croisé celle-ci au Sunrise et connaissait également Cassandra, la sœur de Tanner.

Mais elles s’étaient jusque-là contentées d’échanger quelques mots. Et personne ne s’était étendu sur la nature exacte de ses relations avec Tanner. Que penseraient Mme Dempsey et Cassandra en apprenant que ce dernier avait jeté son dévolu sur quelqu’un d’aussi gauche et d’aussi inadapté socialement ?

Leur avait-il seulement dit qu’avant d’être serveuse, elle avait été une criminelle en fuite ? Qu’ils avaient fait connaissance alors qu’elle était en train de voler du lait en poudre dans un supermarché ? Ou encore que le nom qu’elle portait n’était pas le sien et qu’elle avait créé son identité de toutes pièces – en toute illégalité ?

Parmi toutes les femmes avec lesquelles il aurait pu sortir – et les volontaires ne devaient pas manquer – elle constituait certainement le plus mauvais choix possible. Et il ne faudrait probablement pas plus de quelques minutes à sa mère pour s’en rendre compte.

Tanner avait dû sentir la nervosité qui l’habitait car

lorsqu'ils descendirent de voiture, il passa un bras autour de ses épaules et l'étreignit affectueusement.

— Tout va bien se passer, lui assura-t-il. Je suis certain qu'ils vont t'adorer.

Bree était loin d'en être convaincue. Mais il était désormais beaucoup trop tard pour faire marche arrière. Étreignant la boîte qui abritait l'une des fameuses tartes au citron meringuée dont le Sunrise s'était fait une spécialité, elle suivit Tanner jusqu'à la porte d'entrée de la maison.

C'était un ancien ranch magnifique, entièrement bâti en bois et niché au cœur d'une immense forêt qui s'étalait sur les contreforts des montagnes environnantes.

Au grand soulagement de Bree, la mère et la sœur de Tanner se révélèrent aussi accueillantes que bavardes. Durant le dîner, elles assurèrent l'essentiel de la conversation. Bree put donc garder le silence durant la quasi-totalité du repas, se contentant de répondre de façon concise chaque fois qu'on l'interrogeait.

Tanner et Graham, l'époux de Cassandra, n'intervenaient eux aussi que sporadiquement. Noah était muet comme une tombe, comme à son habitude, ce qui ne l'empêchait pas de paraître heureux d'être là.

Quant aux neveux et à la nièce de Tanner, ils étaient surtout pressés de retourner jouer dehors et vidèrent leurs assiettes avec un appétit féroce. Lorsqu'ils eurent terminé, Cassandra leur donna une boîte remplie de cookies et les autorisa à quitter la table.

— Très malin, commenta ironiquement Tanner quand ils furent sortis. Tu leur donnes des petits gâteaux et, de cette façon, tu es sûre que tu auras une plus grosse part de tarte au citron. Cassandra, tu es vraiment une mère indigne !

Mme Dempsey se tourna alors vers Bree et celle-ci comprit que le répit dont elle avait joui jusqu'alors était sur le point de prendre fin.

— Tanner m'a parlé de ce qui s'est passé l'autre nuit, lui dit gravement la mère de Tanner. J'espère que ça n'a pas été trop difficile pour vous…

De toute évidence, elle avait préféré attendre le départ des enfants pour aborder le sujet.

— Ce n'était pas très agréable, concéda Bree. Mais si j'ai bien compris, il ne s'agissait pas de quelqu'un de très recommandable…

— Tout de même, vous n'avez vraiment pas eu de chance, remarqua Mme Dempsey. En général, Risk Peak est un endroit plutôt tranquille.

— Trop tranquille, même, je dirais, renchérit Cassandra. Vous viviez dans une grande ville, avant, n'est-ce pas ? Vous ne vous ennuyez pas trop, par ici ?

— J'habitais à Kansas City, confirma Bree. Mais je vous avoue que cela ne me manque pas du tout. J'aime le calme et la sérénité qui règnent ici…

— Un point pour elle, approuva sobrement Noah.

Bree savait qu'il vivait quasiment en reclus dans son ranch. D'après Tanner, il préférait de très loin la compagnie de ses chevaux à celle des autres êtres humains.

— Est-ce que Tanner et vous comptez bientôt vous installer ensemble ? demanda alors Cassandra.

Bree ne put s'empêcher de rougir. Cassandra sursauta alors et jeta un regard scandalisé en direction de Tanner.

— Maman, il vient de me donner un coup de pied ! s'exclama-t-elle.

Mme Dempsey leva les yeux au ciel et se tourna vers Bree.

— Que diriez-vous de laisser ces deux-là à leurs gamineries et de venir m'aider à couper la tarte au citron ?

Soulagé, Bree ne se fit pas prier. Elles se dirigèrent vers la cuisine.

— Excusez Cassandra, lui dit la mère de Tanner en déballant la tarte qu'elle déposa sur un beau plat en porcelaine. Elle ne rate jamais une occasion de provoquer ses frères. Est-ce que vous avez de la famille, vous aussi ?

— Non, répondit-elle. Mes parents sont décédés et je suis fille unique.

Mme Dempsey la considéra attentivement, paraissant hésiter à lui dire ce qu'elle avait sur le bout de la langue.

— Vous n'avez pas eu une vie facile ? lui demanda-t-elle enfin en commençant à découper la tarte.

— J'imagine que Tanner vous en a parlé…

— Pas vraiment. Il m'a juste dit que vous aviez passé la majeure partie de votre vie à fuir un groupe terroriste.

— C'est exact, acquiesça sobrement Bree.

Elle se demanda ce que penserait son interlocutrice en apprenant qu'elle-même en avait fait partie.

— Mon fils aussi a ses démons, vous savez, remarqua Mme Dempsey.

— Vraiment ? s'étonna Bree.

Tanner lui avait toujours fait l'impression d'être quelqu'un de parfaitement sain et équilibré, contrairement à elle. Pas une seule fois il n'avait trahi le moindre signe de faiblesse.

— Il ne vous en a pas parlé ? lui demanda Mme Dempsey.

— Non, répondit Bree.

Elle se demanda avec une pointe d'angoisse ce que cela signifiait. Tanner ne lui faisait-il pas assez confiance pour se confier à elle ?

— J'imagine qu'il cherche à vous protéger, soupira Mme Dempsey. Son père était pareil : il prenait toujours sur lui de peur de m'inquiéter. C'est absurde, bien sûr. Les hommes ne se rendent pas compte que se taire ne fait qu'ajouter à nos angoisses…

Mme Dempsey secoua la tête d'un air réprobateur.

— Vous devriez en parler avec lui, conseilla-t-elle à Bree. Je l'ai fait dès le début de ma relation avec son père, Clifford. Je ne tenais pas à ce qu'il me traite comme une petite chose fragile.

Bree ne put s'empêcher de sourire : elle avait du mal à penser que qui que ce soit puisse considérer Mme Dempsey de cette façon.

— Je sens bien que vous êtes comme moi, reprit celle-ci. Vous êtes quelqu'un de fort, d'assez fort pour épauler Tanner et l'aider à surmonter ses difficultés.

Bree fut tentée de l'interroger à ce sujet. Mais à cet instant, un concert de cris se fit entendre dans la salle à manger :

— On veut de la tarte ! On veut de la tarte !

Mme Dempsey décocha à Bree un sourire complice.

— Nous devrions y retourner, dit-elle Ils vont finir par croire que nous avons commencé sans eux.

De retour à table, Mme Dempsey servit chacun d'entre eux. Sous les yeux ébahis de Bree, Noah, Graham et Tanner se jetèrent littéralement sur leurs parts, avalant d'énormes bouchées. Cassandra, quant à elle, mangeait avec une évidente délectation, mais de façon nettement plus civilisée.

— J'étais comme eux avant, avoua-t-elle. Mais j'ai

renoncé à tenir la distance. Il ne me reste plus aujourd'hui qu'à négocier mes faveurs auprès de Graham pour obtenir un morceau supplémentaire.

Sans cesser de dévorer sa tarte, Graham leva un pouce approbateur. Bree ne put s'empêcher de sourire.

— Tanner m'avait décrit ce qui se passait quand quelqu'un ramenait de la tarte au citron, reconnut-elle. Mais c'est quelque chose qu'il faut avoir vu de ses propres yeux pour le croire…

Il ne fallut que quelques secondes aux trois hommes pour expédier leurs parts. Il aurait été difficile dire qui fut le plus rapide, et ils finirent par se partager les deux parts qui restaient, allant même jusqu'à en proposer galamment aux trois femmes qui n'eurent pas le cœur de les en priver.

— Comment se fait-il que vous travailliez au Sunrise ? demanda alors Cassandra.

— Cass…, protesta Mme Dempsey.

Sa fille haussa les épaules.

— Je suis curieuse, avoua-t-elle. D'après ce que j'ai cru comprendre, vous pourriez vous faire embaucher comme informaticienne dans n'importe quelle compagnie.

— C'est vrai, reconnut Bree qui ne voyait pas de raison de faire preuve de fausse modestie. Plusieurs entreprises de la région m'ont proposé des ponts d'or pour les rejoindre. Mais pour le moment, je préfère travailler au restaurant.

Cassandra la considéra avec une pointe de stupeur.

— Mais pourquoi ?

— Parce que j'avais besoin de me changer les idées, répondit Bree. Jusque très récemment, les ordinateurs étaient toute ma vie. Aujourd'hui, je veux découvrir autre chose.

— Et cela ne vous manque pas ?

Bree hésita longuement avant de répondre à cette question.

— Parfois, avoua-t-elle. Surtout parce que… je crois que je comprends mieux les ordinateurs que les humains. Mais c'est justement pour ça que ce travail de serveuse est si intéressant pour moi. J'ai l'occasion d'observer de près la façon dont les gens fonctionnent…

— Mais ça ne doit pas vous rapporter grand-chose, remarqua Cassandra.

Une fois de plus, Mme Dempsey lui lança un regard réprobateur qu'elle ignora superbement.

— Je n'ai pas besoin de beaucoup d'argent, en ce moment, répondit Bree. La maison que je loue à Dan et Cheryl ne me coûte quasiment rien.

Bree haussa les épaules.

— De toute façon, ajouta-t-elle, maintenant que j'ai de nouveau accès à mes comptes en banque, je n'ai plus vraiment de problèmes financiers…

— Tu ne m'avais pas dit que Bree était un si bon parti, remarqua Cassandra à l'intention de son frère.

Ce dernier se contenta de hausser les épaules. Il savait pertinemment qu'elle avait gagné une grande partie de cet argent grâce à ses dons pour le piratage informatique.

— Et vous ? demanda Bree à Cassandra. Qu'est-ce que vous faites, dans la vie ?

— J'ai décroché un double diplôme de coiffeuse et d'esthéticienne, répondit Cassandra.

— Vous ne travaillez pas à Risk Peak, remarqua

Bree qui connaissait de vue tous les employés du salon de coiffure local.

Comme la plupart des habitants de la ville, ils venaient régulièrement déjeuner au Sunrise.

— C'était le cas au début de notre mariage, répondit Cassandra. Mais j'ai arrêté à la naissance de notre deuxième enfant. Maintenant qu'ils sont plus grands, je travaille sur un nouveau projet.

— De quoi s'agit-il ? fit Bree, curieuse.

— D'une fondation que j'ai créée. Elle s'occupe d'un foyer pour femmes en difficulté. Il s'agit d'accueillir des personnes victimes de violences conjugales.

— C'est une excellente idée, approuva Bree.

— Elle m'a été inspirée par l'une de nos amies, Keira weber, qui a monté une structure de ce genre à Colorado Springs. C'est un endroit où les femmes peuvent séjourner quelque temps et même se former. Le manque de qualification empêche nombre d'entre elles de devenir indépendantes, et c'est l'une des raisons pour lesquelles elles retournent parfois auprès de conjoints qui les maltraitent.

— Et vous leur apprenez le métier de coiffeuse et de maquilleuse ? demanda Bree.

— Telle est bien mon intention, acquiesça Cassandra. Mais je me disais qu'il serait intéressant de leur offrir d'autres débouchés, des compétences qui pourraient leur être utiles dans la plupart des milieux professionnels. L'informatique, par exemple.

C'était une excellente idée. Mais avant que Bree puisse le lui dire, Cassandra reprit la parole.

— Et je me disais que vous pourriez peut-être vous charger de ces cours…

— Certainement pas ! s'exclama Bree, horrifiée.

Une simple conversation comme celle-ci constituait déjà pour elle une épreuve. La seule idée de se retrouver seule face à une classe entière l'emplissait d'effroi. Elle sentit cependant qu'elle avait vexé Cassandra. De toute évidence, la sœur de Tanner ne s'était pas attendue à une fin de non-recevoir aussi brutale.

— Tu aurais dû m'en parler avant de faire une telle proposition, remarqua Tanner d'un ton réprobateur.

— Bree est assez grande pour savoir si elle a envie ou pas de participer à cette entreprise, objecta Cassandra.

— Ce n'est pas une question d'envie, intervint Bree, embarrassée. Et ne vous méprenez pas : je trouve que c'est une excellente idée. L'informatique est une compétence très utile. Mais je ne pense vraiment pas être la personne qu'il vous faut pour cela…

— Pourquoi pas ? lui demanda Cassandra en la regardant droit dans les yeux.

— Disons que je ne suis pas quelqu'un de très communicatif, expliqua-t-elle. Je ne me vois vraiment pas donner un cours…

— Tout le monde n'est pas aussi bavard et extraverti que toi, Cassie, remarqua Graham en souriant.

Cassandra hocha la tête, visiblement déçue. À cet instant, le téléphone de Tanner se mit à sonner. Après avoir jeté un coup d'œil au numéro, il s'excusa et alla décrocher dans la cuisine.

— Promettez-moi que vous y réfléchirez, insista Cassandra.

— Je vous assure que vous n'aurez pas de mal à trouver de meilleurs professeurs que moi.

— Tanner m'a dit que vous étiez l'une des meilleures informaticiennes du monde.

— Il exagère.

— Contrairement à moi, Tanner n'est pas du genre à employer des hyperboles. Mais ce ne sont pas uniquement vos aptitudes exceptionnelles qui me poussent à vous faire cette proposition. Je sais que vous avez traversé des moments très difficiles, et je pense que cela vous permettra de mieux comprendre les femmes que vous aurez en face de vous.

— Je vais y réfléchir, promit Bree.

— C'est tout ce que je vous demande…

Bree aurait voulu pouvoir lui faire une réponse plus favorable, d'autant que ces femmes avaient réellement besoin d'aide. C'eût également été pour elle un moyen de payer la dette morale qu'elle avait contractée vis-à-vis de Tanner et de sa famille.

Après tout, elle-même s'était trouvée dans une situation comparable à la leur, lorsqu'elle était arrivée à Risk Peak pour la première fois. Et sans le soutien de Tanner et des Andrews, elle ne serait peut-être jamais parvenue à se sortir de cette mauvaise passe.

Mais parviendrait-elle à surmonter ses angoisses pour assumer une telle responsabilité ?

— Je suis désolé, s'excusa alors Tanner qui venait de les rejoindre dans la salle à manger. Je viens d'avoir Ronnie au téléphone. Il était de garde ce soir mais, apparemment, il ne se sent pas très bien. Je vais devoir aller le relever un peu plus tôt que prévu.

Contre toute attente, Bree se sentit presque un peu déçue que la soirée s'achève aussi vite. Et tandis que Tanner et elle prenaient congé, elle se prit à songer que ces gens constituaient précisément le genre de famille qu'elle aurait rêvé d'avoir lorsqu'elle était encore enfant.

8

Lorsque Tanner ouvrit les yeux, le lendemain, il constata avec une pointe de stupeur qu'il était déjà 16 heures.

Il était demeuré de garde devant le garage de Dunwoody jusqu'à 4 heures du matin. Il n'avait vu absolument aucun signe d'activité et, constatant qu'il commençait à piquer du nez en dépit de toutes les tasses de café qu'il avait ingérées, il avait décidé de jeter l'éponge et de rentrer chez lui.

Là, il s'était effondré sur son lit sans même prendre la peine de se déshabiller. Pour une fois, son cauchemar récurrent n'était pas venu le hanter, et il avait dormi d'une seule traite.

Après avoir pris une douche et s'être habillé, il gagna la cuisine et se prépara un généreux sandwich. Tandis qu'il s'y attaquait avec appétit, il se remémora la soirée de la veille.

Bien qu'il se soit gardé de le laisser paraître, la perspective de ce dîner l'avait inquiété. Il savait en effet que Bree n'était pas toujours à l'aise en société. Or, s'ils avaient fondamentalement bon cœur, les membres de sa famille pouvaient se montrer assez brusques et directs.

Cassandra n'avait d'ailleurs pas manqué de mettre

Bree au pied du mur en lui parlant du foyer qu'elle avait créé. Mais Bree avait très bien réagi. Et, en dépit de ses réticences initiales, elle avait d'elle-même abordé le sujet durant le trajet de retour.

Sans paraître s'en rendre compte, elle avait même esquissé une méthode et un programme d'enseignement. Et bien qu'elle n'ait pas explicitement affirmé qu'elle accepterait la proposition de sa sœur, Tanner était d'ores et déjà convaincu qu'elle le ferait. Il fallait juste qu'elle mûrisse cette décision encore inconsciente.

Cassandra serait aux anges.

Plus généralement, il lui avait semblé que les membres de sa famille avaient tous apprécié Bree. Et rétrospectivement, il réalisait à quel point cela était important pour lui.

C'était pourtant assez très étrange. Après tout, Bree et lui ne sortaient même pas encore officiellement ensemble. Mais il était déjà convaincu que, lorsqu'ils franchiraient ce cap, il ne s'agirait pas d'une histoire banale et éphémère. Et il était persuadé que Bree le savait aussi. Peut-être était-ce en partie pour cela que tous deux prenaient tout leur temps…

Alors qu'il se faisait cette réflexion, la sonnette de la porte d'entrée se fit entendre. Se demandant qui pouvait bien venir le trouver chez lui à l'improviste, Tanner fit un crochet par sa chambre pour aller récupérer son arme de service avant de gagner le vestibule.

Jetant un coup d'œil par l'œilleton, il constata avec étonnement que Whitaker se trouvait sur le palier. Rengainant son pistolet, il lui ouvrit.

— Si vous cherchez Dallas, vous n'êtes pas dans la bonne direction, dit-il d'un ton ironique.

— Très drôle, Dempsey. Comment se fait-il que vous ne soyez pas au poste de police ?

— Je viens tout juste de me réveiller.

— Je vois que vous travaillez dur, à Risk Peak…

— Je suis resté en planque pendant une bonne partie de la nuit.

— C'est ce que je me suis laissé dire, en effet, acquiesça Whitaker.

Cette réponse prit Tanner de court.

— Que me voulez-vous, au juste ?

— C'est le shérif. Elle veut vous voir dans son bureau au plus vite.

— Pourquoi ? Est-ce qu'il y a du nouveau dans l'affaire Newkirk ?

Whitaker haussa les épaules.

— En quelque sorte, répondit-il de façon évasive. Je préfère laisser au shérif le soin de vous en parler.

L'étonnement de Tanner laissa place à une pointe d'inquiétude. Whitaker n'était pas le genre d'homme à s'abriter derrière ses supérieurs, d'ordinaire. Et s'il avait quelque chose à dire, il ne se gênait généralement pas pour le faire.

— Je ne comprends pas, objecta-t-il enfin. Si le shérif voulait me parler, pourquoi ne m'a-t-elle pas appelé directement ? Pourquoi vous a-t-elle envoyé ?

— Vous lui poserez la question. Je suis juste chargé de vous escorter jusqu'à elle.

Tanner fronça les sourcils. Tout cela ne lui disait vraiment rien de bon.

— Laissez-moi le temps d'enfiler un blouson, et je vous suis.

Moins d'une heure plus tard, Tanner se retrouva assis devant le bureau de Blaine Duggan. Comme à son habitude, celle-ci ne tourna pas autour du pot.

— Peter Anders vient d'être assassiné, lui assena-t-elle en guise d'entrée en matière.

Tanner demeura quelques instants sans voix.

— Comment est-ce arrivé ? demanda-t-il.

— Il a été tué ce matin, vers 5 ou 6 heures, répondit-elle sans le quitter des yeux. Le corps n'a été découvert qu'il y a deux heures. Anders s'est fait poignarder dans le dos à de multiples reprises.

— Le mode opératoire serait donc le même que pour Newkirk ?

— Exactement le même, répondit Whitaker. D'après le légiste, il pourrait s'agir de la même arme, une dague de chasse ou quelque chose du même genre. On ne l'a pas non plus retrouvée.

— Deux criminels abattus en l'espace de deux jours, murmura Tanner. On dirait que quelqu'un a décidé de jouer les justiciers…

— Précisément, acquiesça Whitaker.

Il y avait dans le ton de sa voix une note accusatrice. Tanner se tourna vers Duggan qui, impassible, se contentait de l'observer avec attention.

— Vous n'êtes pas sérieux, protesta-t-il.

— Où étiez-vous exactement, ce matin, entre 7 et 9 heures ?

— Chez moi, répondit Tanner. Profondément endormi. J'ai passé une bonne partie de la nuit à surveiller le garage de M. Dunwoody qui a été vandalisé à plusieurs reprises au cours de ces dernières semaines. Je suis venu relever Ronnie vers 10 heures et demie parce qu'il ne se sentait pas très bien. Puis j'ai fait le guet jusqu'à 4 heures. N'ayant strictement rien remarqué d'anormal, j'ai décidé de rentrer chez moi.

— Et quelqu'un peut en témoigner ? demanda Whitaker. Votre petite amie, peut-être ?

— Bree ne se trouvait pas chez moi, répondit-il sans prendre la peine de relever le fait que, techniquement, elle n'était pas sa petite amie. Nous étions allés dîner chez ma mère et je l'ai raccompagnée chez elle vers 10 heures et quart, juste avant de partir pour le garage.

— Donc, si je comprends bien, personne ne peut attester de votre présence entre 10 h 30, hier soir, et 4 heures de l'après-midi, aujourd'hui, lorsque je suis venu sonner chez vous.

— Effectivement, concéda Tanner, mal à l'aise. Mais ça ne fait pas de moi un assassin.

— C'est exact, intervint le shérif. Je ne pense d'ailleurs pas que vous soyez responsable.

Whitaker leva ostensiblement les yeux au ciel.

— Je connais Tanner depuis des années, insista Duggan d'un ton réprobateur. Et je connaissais son père avant lui. Tant que vous n'aurez pas des preuves irréfutables à me présenter, il n'est pas question que je l'arrête.

— J'en ai parfaitement conscience, acquiesça Whitaker. Mais vous savez comme moi que n'importe qui d'autre aurait été conduit ici avec des menottes et soumis à un interrogatoire en règle.

Tanner le considéra avec une pointe d'étonnement. Jusqu'à présent, les faits qu'il avait exposés ne prouvaient en rien sa culpabilité. Pour être aussi sûr de lui, Whitaker devait disposer d'autres éléments.

— Parlez-nous de votre relation avec Peter Anders, lui demanda alors Duggan.

— C'est un homme violent et doté d'un très mauvais caractère. Je l'ai arrêté pour la première fois il y a huit ans. Depuis, il a été condamné à plusieurs reprises, généralement pour coups et blessures. Il a fait plusieurs séjours en prison.

— Et comme dans le cas de Newkirk, vous avez été consulté par la commission probatoire, intervint Whitaker.

— C'est exact, confirma Tanner. Cela m'arrive régulièrement. Généralement, je considère que les personnes condamnées devraient purger leur peine jusqu'au bout et je fais des recommandations en ce sens. En les relâchant systématiquement de façon anticipée, la justice envoie un très mauvais signal. Mais le cas d'Anders était différent…

— En quoi ? lança le shérif.

— La dernière fois qu'il a été condamné, c'était à la suite d'une bagarre dans un bar. L'un des hommes qu'il a agressés est tombé dans le coma. Je ne sais pas si c'est à cause de cela, mais Anders a enfin décidé de se prendre en main. Il semblait même avoir trouvé la foi. Alors exceptionnellement, j'ai rendu un avis favorable devant la commission de probation.

— Est-ce que vous l'avez revu après sa libération ?

— Oui, à plusieurs reprises. Je l'ai même aidé à trouver du travail. J'ai pu constater qu'il faisait réellement des efforts. Il avait arrêté de boire et avait cessé de fréquenter les gens qui lui attiraient généralement des ennuis.

— Est-ce que vous êtes déjà monté dans la voiture d'Anders ? demanda Whitaker.

— Oui, répondit Tanner. C'était il y a quinze jours. Il était passé me voir au poste, et nous sommes allés manger ensemble au Sunrise. Vous pouvez demander à Cheryl ou à Judy. Elles nous y ont vus, tous les deux. Cela vous prouvera au moins que je ne cherchais pas à le tuer.

— Ça ne prouve pas grand-chose, objecta Whitaker. En revanche, nous avons trouvé ceci, ajouta-t-il en tendant une feuille à Tanner. C'est une retranscription des messages que nous avons trouvés sur le portable d'Anders. J'aimerais avoir votre avis au sujet de ceux qui sont surlignés en jaune.

Tanner lut l'extrait de conversation en question.

« Peter : Je n'arrive pas à me débarrasser de Dempsey, le flic dont je t'ai parlé. Il ne me lâche pas la grappe…

Bugaboo2 : Envoie-le se faire voir.

Peter : Je ne peux pas. Ce type est flippant. Il m'a déjà menacé. Désolé, mais je ne peux pas prendre le risque de venir avec vous, ce week-end. »

Tanner grimaça.

— Je comprends que ça ait pu éveiller votre suspicion, concéda-t-il. Mais j'avais conseillé à Anders de se servir de moi pour se débarrasser de ceux qui essayaient de lui faire reprendre ses mauvaises habitudes.

— Malheureusement, la seule personne qui aurait pu nous le confirmer est morte, remarqua Whitaker.

Tanner réprima à grand-peine un soupir. Il avait la désagréable impression de se trouver pris au piège.

— Je devrais peut-être appeler un avocat, dit-il au shérif.

Celle-ci secoua la tête.

— Je n'ai pas du tout l'intention de vous inculper, lui assura-t-elle.

— Le procureur ne sera peut-être pas de votre avis.

— J'en ai parlé avec Fletcher, répondit-elle. Il estime

qu'aucune preuve sérieuse ne pèse contre vous. Et, tout comme moi, il est convaincu de votre innocence.

Tanner hocha la tête. Le fait qu'elle ait choisi de s'adresser à Ryan Fletcher prouvait que Duggan était toujours de son côté. Elle devait savoir que le jeune procureur et lui se connaissaient et s'appréciaient.

— Je persiste à dire que c'est une erreur, déclara Whitaker. Tanner connaissait la victime. Anders a clairement indiqué qu'il l'avait menacé. Il n'a pas d'alibi. Pire, même, son alibi semble contredit par les faits…

— Qu'est-ce que vous voulez dire ? demanda Tanner.

— Savez-vous où l'on a retrouvé le corps d'Anders ?

Il secoua la tête.

— Près du garage de ce Dunwoody, le bâtiment que vous étiez justement chargé de surveiller. Et, bizarrement, vous prétendez n'avoir rien vu ni entendu…

— Vous avez bien dit qu'Anders avait été tué aux alentours de 5 ou 6 heures. Je n'étais déjà plus là.

— Comme c'est pratique…

Tanner lui lança un coup d'œil agacé.

— Sérieusement, Whitaker, vous pensez vraiment que j'aurais tué Anders juste à côté d'un garage que j'étais censé surveiller ?

Whitaker haussa les épaules.

— Tout ce que je dis, c'est que n'importe qui d'autre serait déjà en garde à vue, à ce stade.

— Mais justement, c'est de Tanner que nous parlons, intervint de nouveau Duggan d'une voix conciliante. Et il n'avait aucune raison de tuer Anders ou Newkirk.

— La frustration, peut-être ? suggéra Whitaker. Il a dit lui-même qu'il trouvait la justice trop tendre avec ces hommes. Peut-être a-t-il finalement décidé de prendre les choses en main…

Tanner se garda de protester. Si le dossier que Whitaker était en train de bâtir ne comportait effectivement aucune preuve concrète, il n'en présentait pas moins un faisceau de circonstances accablantes. Il ne pouvait en aucun cas s'agir d'un simple hasard : quelqu'un avait sciemment orchestré ces événements de façon à le mettre en cause.

— Je pense que vous êtes victime d'une machination, dit Blaine Duggan d'un ton posé. Il n'en demeure pas moins que dans une telle situation, je vais devoir vous suspendre, le temps que nous vous innocentions pour de bon.

— Je comprends, soupira Tanner.

Il se sentait profondément mortifié par cette décision, mais il savait que, à la place du shérif, il aurait agi exactement de la même façon. Il sortit donc son badge et son arme de service qu'il déposa sur le bureau de Duggan. Celle-ci les plaça dans un tiroir.

— J'aimerais aussi que vous fixiez au plus vite un rendez-vous avec le Dr Michalski, ajouta-t-elle. Il m'a dit que vous aviez manqué un certain nombre de séances, ces derniers temps.

— Je n'avais pas le temps.

Whitaker laissa échapper une petite toux légèrement moqueuse. Tanner résista à l'agacement que lui inspirait l'attitude de son homologue. S'opposer à lui frontalement ne ferait qu'envenimer un peu plus la situation.

— Laissez-nous mener l'enquête, lui dit Duggan. Et, surtout, ne vous en mêlez pas. Tâchez de profiter de ces quelques jours de congé forcés pour vous reposer. De cette façon, vous serez en pleine forme lorsque je vous rendrai votre badge.

Tanner hocha la tête et prit congé de Duggan et Whitaker. Dans le couloir, il tomba nez à nez avec le Dr Michalski qui paraissait l'attendre.

— Heureux de vous voir, Dempsey, lui dit-il. Le shérif m'a demandé de me rapprocher de vous pour fixer de nouveaux rendez-vous. Vous en avez raté plusieurs, ces derniers temps.

— J'avais trop de travail, expliqua Tanner. Et il me semblait que je serais plus utile sur le terrain qu'en déblatérant durant des heures au sujet d'événements que ni vous ni moi ne pouvons hélas ! modifier…

— Je vous rappelle que ces séances ne sont pas facultatives, objecta Michalski sans se départir de son inébranlable sérénité. Elles vous ont justement été imposées pour que vous puissiez être plus performant dans votre travail.

— Franchement, docteur, je trouve que c'est une perte de temps.

— Prenez garde à ne pas vous laisser aveugler par votre propre arrogance, objecta Michalski. Nous avons tous nos limites, que nous le voulions ou non. Au cours de ma carrière, j'ai vu des tas d'excellents flics perdre les pédales et se retrouver sur la touche parce qu'ils refusaient d'admettre qu'ils n'étaient pas infaillibles…

Tanner ne pouvait nier la validité de cette mise en garde. Dans son métier, la santé mentale était tout aussi importante – et fragile – que la santé physique. Et force était de reconnaître que ses cauchemars avaient redoublé, ces derniers temps.

— D'accord, soupira-t-il. J'appellerai votre secrétariat pour prendre rendez-vous.

— Faites-le, acquiesça Michalski. Et, cette fois, tâchez de venir.

Sur ce, le psychologue lui adressa un petit salut de la tête et entra dans le bureau du shérif.

9

— Tu as appris la nouvelle ? s'exclama Judy d'un ton sidéré.

Bree posa précautionneusement la pile d'assiettes qu'elle venait de sortir du lave-vaisselle et entreprit de les ranger dans l'armoire de l'office.

— Quelle nouvelle ? demanda-t-elle.

— Ronnie vient de passer prendre son petit déjeuner. Il m'a dit que Tanner avait été mis à pied hier !

Bree la considéra avec stupeur.

— Mis à pied ? répéta-t-elle. Mais pourquoi ?

— Apparemment, un autre type qu'il a coffré s'est fait tuer hier matin.

— Ne me dis pas que le shérif Duggan le soupçonne !

— D'après Ronnie, non. Mais elle n'avait pas d'autre choix que de le suspendre le temps de l'enquête.

Bree étouffa un juron. Connaissant Tanner, elle était certaine que la nouvelle avait dû lui saper le moral.

— Judy, ça ne t'ennuie pas de tenir le fort pendant que je vais voir comment il va ?

— Pas du tout, lui assura son amie. De toute façon, la journée devrait être plutôt calme.

— Merci beaucoup. Je te revaudrai ça !

Bree quitta le Sunrise sans attendre et se rendit à l'appartement de Tanner. Après s'être assurée qu'il ne s'y trouvait pas, elle prit la direction du ranch des frères Dempsey.

Là, elle trouva Tanner en train de couper du bois. Cela devait faire un certain temps qu'il s'adonnait à cette tâche, car la pile de bûches qui était près de lui avait atteint une hauteur impressionnante.

Mais Bree était moins intéressée par ces bûches que par le torse dénudé de Tanner qui s'offrait à ses regards. Malgré elle, elle ne put s'empêcher d'admirer ses larges épaules, sa poitrine puissante et son ventre plat. La tentation de laisser courir ses mains sur sa peau était presque irrésistible.

Elle savait cependant que le moment serait sans doute très mal choisi pour se laisser aller à de tels fantasmes. Tanner venait d'être mis à pied et, s'il fallait en croire l'intense activité physique qu'il avait déployée ce matin-là, il devait se sentir terriblement frustré par la situation.

— Bree ? fit-il en posant la hache qu'il tenait. Mais qu'est-ce que tu fais là ? Tu ne devrais pas être au Sunrise ?

— Si, répondit-elle. Mais j'ai appris ce qui t'est arrivé. Est-ce que ça va ?

Il haussa les épaules.

— La situation n'est pas très plaisante, avoua-t-il. Et je me sens frustré de ne pas pouvoir participer à l'enquête. Mais je dois bien reconnaître qu'étant donné les circonstances, le shérif Duggan n'avait pas vraiment le choix…

Il entreprit de lui expliquer les circonstances troublantes qui entouraient la mort d'Anders et le réseau d'éléments qui semblaient le mettre en cause.

— Au moins, cela prouve que nous ne nous étions pas trompés, dit-elle lorsqu'il lui eut résumé la situation.

— Que veux-tu dire ?

— Eh bien, il est évident que quelqu'un cherche à te faire porter le chapeau. Si nous découvrons de qui il s'agit, il y a de fortes chances pour que nous trouvions du même coup le meurtrier…

À ces mots, Tanner ne put réprimer un sourire.

— Je ne savais pas que tu faisais partie de la police, remarqua-t-il d'un ton amusé.

— Tu ne crois quand même pas que je vais te laisser te faire accuser injustement sans rien tenter ! s'exclama-t-elle.

— Whitaker mène l'enquête, répondit-il. Je suis certain qu'il finira par comprendre que je suis innocent.

— Peut-être, concéda-t-elle. Mais au bout de combien de temps ? Je te rappelle quand même que ce type s'imaginait que j'avais pu tuer Newkirk à coups de couteau avant de le déposer dans mon propre jardin !

— Je ne pense pas qu'il te croyait réellement coupable, objecta Tanner. Il faisait ça pour me provoquer.

Bree lui lança un regard interloqué.

— Nous ne nous apprécions pas beaucoup, lui et moi, expliqua Tanner.

— Et c'est sur lui que tu comptes pour prouver ton innocence ?

— Je sais, soupira-t-il. C'est terriblement frustrant. Pourquoi crois-tu que je m'acharne contre ce tas de bois ? Mais je dois faire confiance à Whitaker. Il a peut-être des défauts, mais c'est un excellent enquêteur.

— Tant mieux pour lui. Mais tu n'as jamais entendu le proverbe qui dit qu'il ne faut pas mettre tous ses œufs dans le même panier ?

— Si, mais que veux-tu que je fasse ? Je te rappelle que je suis suspendu.

— Pas moi, répliqua-t-elle. Laisse-moi t'aider, Tanner.

Il hésita quelques instants avant de hocher la tête.

— Comment comptes-tu t'y prendre ?

— J'ai apporté mon ordinateur.

— J'en ai un, tu sais.

Bree laissa échapper un petit ricanement moqueur. Comparer son ordinateur à celui de Tanner revenait un peu à comparer une Formule un à une deux-chevaux.

— Je vais avoir besoin de… certains programmes, répondit-elle.

— Écoute, Bree, je ne tiens pas à ce que tu fasses quoi que ce soit d'illégal à cause de moi.

— Ce sera nettement moins dangereux que lorsque je me suis attaquée au Cercle, objecta-t-elle.

— Sans doute, concéda-t-il. Mais, dans ce cas, la vie et la sécurité de millions de gens étaient en jeu. Cette fois, il ne s'agit que de moi.

— Mais à mes yeux, tu es plus important que ces millions de gens, dit-elle en le regardant droit dans les yeux.

Elle vit passer dans son regard une étrange émotion.

— Que tu le veuilles ou non, je compte t'aider, poursuivit-elle. Mais je gagnerai du temps si tu acceptes de me donner quelques informations dont je vais avoir besoin.

— C'est d'accord, fit-il, résigné.

À la grande déception de Bree, il enfila le T-shirt qui était posé près du tas de bois. Puis tous deux gagnèrent la maison et, tandis que son ordinateur se mettait en marche, Bree entreprit de poser à Tanner toute une série de questions au sujet de Newkirk, d'Anders, et des relations qu'il avait pu avoir avec les deux hommes.

— Je crois que j'ai tout ce qu'il me faut, dit-elle enfin. Il ne me reste plus qu'à effectuer quelques recherches.

— Comment comptes-tu procéder ?

— Je vais commencer par pirater le serveur de la police pour avoir accès à leurs casiers judiciaires. Puis je piraterai le site des impôts et de la sécurité sociale. C'est toujours un bon moyen de récolter des informations. Ensuite...

Tanner se boucha les oreilles en riant.

— Je sais que je suis suspendu mais, si tu continues, je vais vraiment devoir t'arrêter. Alors je crois que je vais aller prendre une douche et te laisser travailler tranquillement.

— C'est d'accord, acquiesça-t-elle.

Lorsqu'il fut sorti, Bree fit le vide dans son esprit. Elle s'efforça de considérer sous un angle parfaitement objectif et dépassionné le double meurtre qui venait d'être commis à Risk Peak.

Le choix de son propre jardin et du garage que Tanner était censé surveiller ne pouvait en aucun cas être une coïncidence. Il s'agissait d'un acte délibéré, ce qui signifiait qu'ils avaient affaire à un coup monté, une machination destinée à jeter l'opprobre sur Tanner – ou, à tout le moins, à le mettre hors-jeu momentanément.

Ce qu'ils ignoraient pour le moment, en revanche, c'était les critères qui avaient présidé au choix des victimes. Certes, il s'agissait de deux criminels que Tanner avait contribué à arrêter. Mais il avait souligné lui-même le fait qu'il n'avait joué qu'un rôle assez secondaire dans l'interpellation de Newkirk. Quant à

Anders, c'était quelqu'un qui paraissait s'être racheté à ses yeux au cours des derniers mois.

Le choix de ces deux victimes devait donc avoir d'autres raisons, peut-être plus prosaïques. Pour les découvrir, elle usa de ses dons de hackeuse et commença à explorer de façon systématique l'existence des deux hommes à la recherche d'un éventuel point commun.

Cette recherche s'avéra beaucoup plus ardue qu'elle l'avait anticipé. Car si Newkirk et Anders étaient tous deux des criminels, leurs parcours différaient du tout au tout. Le premier était un violeur multirécidiviste qui paraissait uniquement préoccupé par la satisfaction de ses plus bas instincts.

Le second était une âme perdue, un homme à la dérive qui était surtout victime de sa propre faiblesse et de ses mauvaises fréquentations. Tous deux avaient été incarcérés à plusieurs reprises, mais jamais au même moment dans le même établissement. Ils ne fréquentaient pas les mêmes milieux, ne paraissaient avoir aucun lien amical ou familial.

Elle passa en revue leurs pages Facebook, le blog de Newkirk, le fil de photos postées publiées par Anders. Elle retrouva leurs traces sur des forums, des commentaires, des discussions en ligne… Rien ne semblait correspondre. Si les deux hommes s'étaient connus, ils avaient pris un soin tout particulier à n'en rien laisser paraître. Mais elle en doutait.

Bree était sur le point de s'avouer vaincue et de renoncer lorsque, par acquit de conscience, elle décida de vérifier la liste de leurs codétenus au cours de leurs différentes incarcérations.

Et là, presque contre toute attente, elle trouva enfin quelque chose d'intéressant. Tous deux avaient eu un camarade de cellule en commun, un certain Darin Carrico. Newkirk avait été incarcéré avec lui durant près de six mois tandis qu'Anders n'avait passé en sa compagnie que deux semaines.

Cet unique fil rouge était bien ténu, mais c'était le seul et unique qu'elle ait trouvé au bout de plusieurs heures de recherches.

Tandis que Bree travaillait, Tanner s'était volontairement tenu à l'écart. D'une part, il l'avait déjà vue à l'œuvre et savait que, dans ces moments-là, elle était totalement imperméable à toute influence extérieure.

D'autre part, il se doutait que les procédés auxquels elle recourait ne devaient pas tous être très légaux. Contrairement à lui, Bree avait tendance à privilégier l'esprit des lois au détriment de la lettre. La plupart des logiciels qui étaient installés sur son disque dur devaient être totalement illégaux.

La situation dans laquelle il se trouvait était déjà suffisamment délicate comme cela, et il ne tenait pas à la compliquer encore en se rendant complice de piratage informatique. Au moins, en gardant ses distances, il se ménageait une forme de déni plausible.

Il en profita pour étudier attentivement les dossiers des deux victimes qu'il avait rapportés du poste. Malheureusement, il n'y apprit pas grand-chose de nouveau.

— J'ai peut-être trouvé quelque chose, dit soudain Bree.

Tanner posa la feuille qu'il était en train de lire et se tourna vers elle. Cela faisait plus de trois heures que tous deux n'avaient pas prononcé un seul mot.

— En apparence, il n'existe quasiment aucun lien

entre Newkirk et Anders. Cela peut signifier deux choses : soit ils ont soigneusement effacé toute trace de leurs rapports, soit, et c'est nettement plus probable, ils n'en avaient strictement aucun.

— Ce n'est pas très encourageant, remarqua Tanner.

— Cela confirme au moins que nous ne nous sommes pas trompés, objecta-t-elle. Tu es bel et bien le lien principal entre ces deux hommes, ce qui signifie qu'à travers leur mort, c'est bien toi que l'on visait.

— Charmant…

— Il existe cependant un autre point commun entre eux qui n'est peut-être qu'une simple coïncidence, mais qui mériterait d'être vérifié. Ils ont tous deux partagé leur cellule avec un homme appelé Darin Carrico. Est-ce que ce nom t'évoque quelque chose ?

Tanner fouilla vainement sa mémoire.

— Rien du tout, dit-il enfin. J'imagine que tu as trouvé qui il est ?

— Bien sûr, acquiesça-t-elle. Et je tiens à mentionner au passage le fait que vos bases de données sont toujours aussi mal protégées…

— Je n'ai rien entendu.

— Quoi qu'il en soit, voici ce qu'indique son casier judiciaire : Darin Carrico, aujourd'hui âgé de 25 ans, a été arrêté pour effraction, cambriolage, vol de voiture et recel d'armes à feu. S'y ajoute une liste longue comme le bras de délits mineurs. Ce charmant personnage a déjà passé quatre ans derrière les barreaux et il lui en reste encore trois…

— Tu as une photo ?

Bree lui tendit son ordinateur portable et il observa longuement le cliché qui s'affichait à l'écran.

— Je n'ai jamais vu ce type, confirma-t-il.

— Il a partagé la cellule de Newkirk pendant six mois et celle d'Anders pendant deux semaines, précisa-t-elle.

— C'est plutôt mince, opina Tanner.

— Anémique, concéda-t-elle. Mais c'est le seul lien que j'aie trouvé, en dehors de toi, bien sûr.

— Où purge-t-il sa peine ?

— À la maison d'arrêt de Camp George West. C'est à moins d'une heure de route d'ici.

Tanner se mordilla pensivement la lèvre.

— Le problème, c'est que je suis suspendu. Je ne peux me réclamer d'aucune autorité légale pour l'interroger.

— Tu n'as pas été renvoyé, remarqua-t-elle. Tu peux donc rendre visite à Carrico en mentionnant ta fonction : capitaine Dempsey, chef de la police de Risk Peak. Les réponses qu'il te fera ne le seront pas à titre officiel, mais elles nous permettront peut-être d'identifier celui qui est derrière tout ça.

Tanner hocha la tête. Cette piste n'était peut-être pas très solide, mais c'était la seule qu'ils avaient. Et c'était toujours mieux que ce que Whitaker, Ronnie et lui-même étaient parvenus à découvrir jusqu'à présent.

Il n'avait rien à perdre. Même si cette visite se soldait par un échec, ils auraient au moins évacué une fausse piste. Tout valait mieux que de demeurer enfermé chez lui à attendre que Whitaker parvienne à résoudre l'affaire.

— Je vais y aller directement, dit-il en se redressant.

— Je viens avec toi.

Il fut tenté de protester, mais se ravisa aussitôt. Après tout, c'était elle qui avait découvert l'existence de Carrico. Et puis, il connaissait suffisamment Bree pour savoir que si elle avait décidé de l'accompagner, elle ne se laisserait pas dissuader facilement.

Le trajet jusqu'à Camp George West dura un peu plus longtemps que prévu mais, une heure et demie plus tard, ils se garèrent sur le parking de la maison d'arrêt et se présentèrent à l'entrée réservée aux visiteurs.

Après avoir été dûment fouillés, ils furent conduits jusqu'au parloir et prirent place face à la vitre blindée qui séparait la pièce en deux. Quelques instants plus tard, des gardiens escortèrent Darin Carrico jusqu'au siège en plastique qui se trouvait face à eux.

Il les considéra d'un œil curieux, se demandant visiblement qui ils étaient. Mais Tanner savait que les occasions de se distraire en prison étaient très rares. Il avait compté là-dessus pour que Carrico accepte de les rencontrer.

— J'espère que vous ne faites pas partie de ces missionnaires qui écument les prisons, leur dit-il. Si vous êtes venu me parler de Dieu et du salut de mon âme, je ne suis pas intéressé.

— Ce n'est pas vraiment notre truc, répondit Tanner. Je m'appelle Tanner Dempsey et je vous présente Bree. Nous sommes venus voir si vous accepteriez de répondre à quelques questions au sujet de Joshua Newkirk et Peter Anders…

À ces mots, Carrico se rembrunit aussitôt et poussa un juron bien senti.

— Vous êtes des flics, n'est-ce pas ?

Tanner hocha la tête.

— Je travaille pour le shérif de Grand County, confirma-t-il.

— Et pourquoi voudriez-vous que je vous aide ?

— Je veux juste savoir si vous connaissez Anders et Newkirk, répondit Tanner en haussant les épaules.

Carrico lui lança un regard amusé.

— Vous devez déjà savoir qu'ils ont été mes compagnons de cellule, remarqua-t-il. Dans le cas contraire, vous ne seriez pas ici.

— Est-ce que vous avez gardé des contacts avec eux depuis qu'ils ont été libérés ?

— Bien sûr, railla Carrico. On s'envoie des lettres chaque semaine…

Il secoua la tête d'un air dégoûté.

— Franchement, pourquoi croyez-vous que j'aurais gardé le contact avec ces losers ? Ce n'étaient pas mes amis. Par contre, si vous les croisez, demandez-leur de ma part par qui ils ont été pistonnés pour obtenir leur libération anticipée.

Tanner se garda bien de répondre que les deux hommes étaient morts.

— Ça vous dirait de sortir plus tôt, vous aussi ? demanda-t-il.

— Vous plaisantez, j'espère ? Bien sûr que je veux sortir de cette taule ! Mais je doute qu'on me libère avant le moment prévu. En fait, ces salauds veulent même m'envoyer au pénitencier d'État du Colorado…

— Pourquoi vous transférerait-on dans un établissement plus sécurisé ? s'enquit Tanner. Vous vous êtes battu ?

— Pas du tout. Je ne sais pas pourquoi ils veulent m'y envoyer. Ce que je sais, en revanche, c'est que là-bas, j'aurai beaucoup plus de mal à voir ma fille. Elle vient me rendre visite deux fois par semaine, pour le moment. Mais au pénitencier, j'aurai de la chance si je la vois une fois par mois…

Carrico paraissait réellement accablé par la perspective d'être transféré. Bree n'était pas une experte en matière de psychologie, loin de là, mais elle avait vraiment l'impression que cette détresse n'était pas feinte.

— Si vous n'avez commis aucun acte de violence durant votre séjour ici, il n'y a pas de raison pour que vous soyez transféré, remarqua alors Tanner. Et si vous vous êtes bien conduit, vous devriez même pouvoir bénéficier d'une remise de peine.

— Sur le papier, sans doute, concéda Carrico. Sauf que quelqu'un quelque part doit m'en vouloir. Et il s'arrange pour me pourrir la vie pour une raison que j'ignore... J'ai cru que ça allait s'arranger, hier, quand ce psy de chez vous est passé. J'ai pensé qu'il allait m'aider, mais je me mettais le doigt dans l'œil...

— Un psy de chez nous ? répéta Tanner, étonné. Qu'est-ce que vous voulez dire ?

— Qu'il venait de Grand County, lui aussi. Un Dr Michal-quelque chose...

— Michalski ? suggéra Tanner.

— C'est ça.

Bree lança à Tanner un regard interrogatif.

— Michalski est le psychiatre qui travaille avec notre département, précisa-t-il. Que vous voulait-il au juste ? ajouta-t-il à l'intention de Carrico.

— Si vous travaillez ensemble, vous n'avez qu'à le lui demander, répondit ce dernier.

— Est-ce que lui aussi vous a interrogé au sujet d'Anders et de Newkirk ? insista Tanner.

— Je ne vois pas qui pourrait bien se soucier de ces deux-là, à part vous, répliqua Carrico d'un ton goguenard.

Tanner prit une profonde inspiration, luttant visiblement contre l'agacement que lui inspirait son interlocuteur.

— Écoutez, lui dit-il, si vous acceptez de collaborer, j'interviendrai en votre faveur, de façon à éviter que vous soyez transféré. Je ne vous promets pas que vous y échapperez forcément, mais s'il s'agit bien d'une erreur, je veillerai à ce qu'elle soit corrigée.

Carrico laissa échapper un petit ricanement dubitatif.

— Je ne vous crois pas, rétorqua-t-il. Les flics ont toujours cherché à me rouler dans la farine. Mais je suppose que je n'ai pas grand-chose à perdre. Alors, si vous tenez absolument à savoir ce que me voulait ce psy, je vais vous le dire…

Ils furent interrompus par l'arrivée d'un gardien.

— Carrico, on dirait que tu es très populaire, ces jours-ci. Tu as encore de la visite. Cette fois, c'est ton frère. Est-ce que vous voulez que je le fasse attendre, capitaine ?

Tanner hésita un instant avant de répondre.

— Non, je serai ravi de faire sa connaissance, déclara-t-il.

Le gardien hocha la tête et s'éloigna. Quelques instants plus tard, il reparut en compagnie d'un homme qui ressemblait beaucoup à Carrico, mais était nettement plus pâle et plus maigre.

— Je ne savais pas que tu étais avec quelqu'un, dit-il à son frère. Qui sont ces gens ?

— Le capitaine Dempsey de la police de Grand County et sa petite amie.

— Que faites-vous ici ? lança le frère de Carrico en se tournant vers eux.

— À qui ai-je l'honneur ? demanda Tanner.

— Je m'appelle Glen. Glen Carrico. Je suis le frère

de Darin. Je viens le voir chaque semaine. C'est plus que vous ne pouvez en dire, si je ne m'abuse…

— C'est exact, reconnut Tanner. À vrai dire, il y a quelques heures encore, j'ignorais jusqu'à son existence. Mais j'ai découvert qu'il avait été le voisin de cellule de Joshua Newkirk et de Peter Anders, deux hommes auxquels je m'intéresse.

— Vous êtes bien tous les mêmes, vous, les flics, dit Glen d'un ton méprisant. Vous exigez sans cesse, mais vous ne donnez jamais rien en échange. Pourquoi lèverions-nous le petit doigt pour vous aider ?

— J'ai déjà promis à votre frère que j'essaierai de l'aider. Si je peux empêcher qu'il soit transféré, je le ferai.

Glen se tourna vers Darin et secoua la tête.

— Ne lui dis rien, lui conseilla-t-il. Nous avons déjà entendu ce genre de promesses. Nous n'aiderons plus personne tant que personne ne nous aura aidés.

Glen leur fit de nouveau face.

— Mon frère n'a plus rien à vous dire, reprit-il. Et ne revenez pas ici. Sinon, je déposerai plainte contre vous pour harcèlement.

Tanner ne lui répondit pas, préférant s'adresser à Darin.

— Si vous changez d'avis, n'hésitez pas à m'appeler. Je suis Tanner Dempsey, de Risk Peak. En attendant, je vous promets que je vais me renseigner au sujet de ce transfert, que vous décidiez de m'aider ou non.

— Si vous parvenez à l'empêcher, je vous aiderai peut-être, répondit Darin. En attendant, saluez Anders et Newkirk de ma part, si vous les croisez.

Tanner se leva et fit signe à Bree de le suivre. Elle

s'exécuta et tous deux quittèrent le parloir, laissant les deux frères en tête à tête.

— J'ai bien peur que ma piste ne nous ait menés nulle part, soupira-t-elle lorsque Tanner et elle débouchèrent sur le parking de la prison.

— Pas si sûr, objecta-t-il.

— Pourquoi ? Tu crois qu'il finira par parler ? demanda-t-elle, dubitative.

— Non. Je doute qu'il nous recontacte. Son frère semble exercer sur lui un certain ascendant, et il semble qu'il n'aime pas beaucoup la police.

— Alors qu'espères-tu tirer de cette entrevue ?

— Tout d'abord, nous avons découvert que Darin ne me connaissait pas. De toute évidence, il n'avait aucune idée de qui j'étais. Cela prouve au moins qu'il n'est pas directement impliqué dans l'opération de désinformation qui est menée contre moi.

— Il ne savait pas non plus que Newkirk et Anders sont morts, acquiesça Bree. C'est une preuve de plus de son innocence. À moins qu'il ne soit vraiment un acteur exceptionnel.

— Je ne le pense pas. Tout ce qui semble le motiver, c'est l'idée d'échapper au pénitencier.

— Malheureusement, son innocence ne nous aidera guère à prouver la tienne, remarqua Bree.

— Peut-être pas, concéda-t-il. Mais je vais quand même m'intéresser d'un peu plus près à cette histoire de transfert. Je trouve cela un peu étrange.

Il haussa les épaules.

— Et s'il dit la vérité, ajouta-t-il, nous lui aurons au moins évité une injustice…

Bree sentit son cœur se serrer. Même en cet instant, alors qu'il était empêtré dans de graves problèmes et qu'il risquait de se faire arrêter pour meurtre, Tanner trouvait le moyen de s'intéresser au sort de quelqu'un d'autre – un criminel, qui plus est.

De tous les hommes dont elle avait pu croiser la route jusqu'à ce jour, il était incontestablement le plus généreux et le plus désintéressé.

Et si elle n'était pas déjà tombée follement amoureuse de lui, cette nouvelle preuve de sa bonté naturelle aurait eu raison de ses ultimes réticences.

10

Lorsque Tanner proposa à Bree de venir dîner au ranch, elle accepta avec plaisir. Cette fois, elle était bien décidée à ne pas flancher au dernier moment, comme elle l'avait fait précédemment. Elle ne laisserait pas Tanner jouer les gentlemen une fois de plus et les laisser tous deux en proie à la frustration.

Il était temps pour elle de connaître enfin ce bonheur dont tout le monde parlait et dont sa vie de fugitive l'avait privée durant si longtemps.

Mais avant cela, elle tenait tout de même à mettre en application une idée qui lui trottait dans la tête depuis qu'ils avaient quitté le parloir.

Tanner semblait avoir accepté d'emblée la version des faits de Carrico. Cela n'avait pas étonné Bree, d'ailleurs : il avait naturellement tendance à faire confiance aux gens, peut-être parce qu'il avait grandi dans un environnement stable et rassurant.

Elle, au contraire, avait été victime dès son plus jeune âge de bien trop de mensonges pour accepter de croire sur parole qui que ce soit – et a fortiori d'un criminel tel que Carrico. Elle entendait donc bien s'assurer par elle-même de la véracité de ses dires.

Pour cela, il lui faudrait sans doute enfreindre quelques lois, mais ce n'était pas le genre de chose qui l'inquiétait outre mesure. À ses yeux, tout ce qui importait, c'était de démontrer au plus vite l'innocence de Tanner.

Tandis que ce dernier préparait le repas, un civet de chevreuil accompagné de champignons et de pommes de terre, Bree ralluma son ordinateur et se mit au travail. Une délicieuse odeur ne tarda pas à se répandre dans la maison et elle s'efforça d'ignorer les gargouillis de son estomac qui lui rappelaient qu'elle n'avait rien avalé depuis le petit déjeuner. Mais, comme à son habitude, elle ne tarda pas à se laisser totalement happer par son travail.

Il lui fallut moins d'une heure pour trouver ce qu'elle cherchait. Tanner avait eu le temps de dresser la table, de déboucher une bonne bouteille de vin et de s'installer devant la télévision pour regarder les informations.

— Ça y est, lui dit-elle.

Il pressa un bouton de la télécommande, réduisant le présentateur du journal au silence.

— J'ai trouvé, ajouta-t-elle.

— Tu sais que tu ne m'as même pas dit ce que tu cherchais ? lui fit-il remarquer en souriant.

— C'est vrai, concéda-t-elle. Je voulais vérifier les dires de notre ami Carrico.

— Et comment as-tu réussi à faire ça ?

— C'est lui qui m'en a donné l'idée, expliqua-t-elle. Il nous a dit que la prison dans laquelle il se trouvait n'était pas un établissement de haute sécurité. J'en ai déduit que les détenus avaient peut-être accès à une boîte mail.

— Si tel est le cas, tu peux être certaine que chaque message est contrôlé avant d'être reçu ou envoyé.

— Bien sûr, acquiesça-t-elle. Et c'est pour ça que

Carrico a utilisé un code. Je me suis connectée à l'Intranet de la prison et j'ai récupéré ses messages.

Tanner leva les yeux au ciel d'un air fataliste.

— C'était la seule solution, lui dit-elle. Et j'ai effectivement constaté que Carrico avait envoyé un mail la veille de chacun des meurtres.

— Que disaient-ils ?

— Ils contenaient chacun un fragment de poème. La veille de la mort de Newkirk, par exemple, il en a envoyé un qui disait : « À l'automne dernier, de belles fleurs m'ont arraché un sourire. Mais elles ont fané et se sont envolées au gré du vent. » Le second était une sorte de haïku : « Chacun de tes rires me fait penser à une part de tarte ».

— Et tu as pu en tirer quelque chose ? demanda Tanner, dubitatif.

— Oui, il s'agit d'un algorithme de cryptage. Le premier mail correspond au message lui-même, le second à la clé de déchiffrement. Ça m'a pris un peu de temps pour trouver comment l'utiliser mais, une fois décodé, le message indique : « Newkirk, demain ». Au cas où tu aurais un doute, le second couple de messages est crypté exactement de la même façon et se déchiffre ainsi : « Anders cette nuit ».

Tanner la considéra avec un mélange de stupeur et d'admiration qui lui fit chaud au cœur.

— Et à qui ces messages étaient-ils adressés ? lui demanda-t-il.

— C'est là que le bât blesse, reconnut-elle. Les mails sont arrivés sur des boîtes anonymes qui les ont redirigés en utilisant des réseaux privés virtuels et des chiffreurs d'adresse IP. C'est le genre de méthode qu'utilisent les gens qui veulent s'assurer de rester très, très discrets.

— Est-ce légal ?

— Disons que l'on se trouve dans la zone grise, répondit-elle. On ne peut pas interdire complètement le chiffrement des données, après tout. Les gens ont le droit à un minimum de confidentialité en ligne…

— Quoi qu'il en soit, ce que tu as découvert prouve que même si Carrico n'était pas le commanditaire de ces meurtres, il savait qu'ils allaient être commis. Cela devrait suffire à m'innocenter. Après tout, il s'agit d'un élément bien plus incriminant que ce que Whitaker a sur moi.

— C'est ce que je me disais, acquiesça Bree avec un large sourire. Te voilà tiré d'affaire !

— Pas tout à fait, hélas ! objecta Tanner.

Elle le considéra avec étonnement.

— Je ne me fais aucune illusion, lui dit-il. Pour récupérer ces messages, tu as certainement piraté l'intranet de la prison.

— Exact.

Il hocha la tête.

— Cela signifie que ces preuves ne seront pas recevables devant un tribunal. Pire, même, l'avocat de Carrico aura beau jeu d'expliquer que si tu as réussi à t'introduire sur le serveur, tu as parfaitement pu y placer les messages en question…

— Ce serait difficile, objecta-t-elle.

— Mais pas impossible, n'est-ce pas ?

— Pour moi ? Non, répondit-elle en toute franchise.

— CQFD, conclut-il. Mais ça n'a pas d'importance. Maintenant que je sais que Carrico est dans le coup, je vais pouvoir creuser cette piste. Et je trouverai peut-être de nouvelles preuves que le tribunal sera bien forcé d'accepter.

— Comment comptes-tu procéder ?

— À chaque jour suffit sa peine, dit-il. J'y réfléchirai demain. En attendant, que dirais-tu de passer à table ?

— Avec plaisir. Ça sent divinement bon. Je ne te connaissais pas des talents de cordon-bleu.

— Je ne cuisine pas souvent, mais j'adore ça, avoua-t-il.

Bree se dirigea vers la cuisine, mais il l'en empêcha d'un geste.

— Tu travailles tous les jours dans un restaurant, protesta-t-il. Alors assieds-toi et, pour une fois, laisse-toi servir.

Elle s'exécuta et il remplit son verre avant d'aller chercher le civet. Il les servit généreusement et, après avoir trinqué, tous deux se mirent à manger avec appétit.

— C'est succulent, dit-elle, impressionnée.

Le sourire qu'il lui décocha la fit fondre intérieurement. Une fois de plus, elle se demanda ce qu'elle avait bien pu faire pour mériter la tendresse d'un homme aussi extraordinaire. Qui sait ? C'était peut-être une façon que le destin avait de se faire pardonner les mauvais tours qu'il lui avait joués lorsqu'elle était plus jeune.

— Tu sais, reprit-elle au bout d'un moment, il y a peut-être une façon de rendre ces preuves recevables…

— Comment ? s'étonna-t-il.

— Tu m'as bien dit que Whitaker était un bon enquêteur, n'est-ce pas ?

Tanner hocha la tête.

— Dans ce cas, tu n'as qu'à lui souffler la solution et le laisser récupérer les mails de Carrico par lui-même. Avec un peu de chance, il parviendra à les décrypter.

Et sinon, tu n'auras qu'à proposer mes services – de façon officielle cette fois…

— Excellente idée, approuva Tanner. Tu es vraiment retorse, Bree. Rappelle-moi de ne jamais t'avoir pour ennemie…

— Cela ne risque pas d'arriver, assura-t-elle. Je t'aime beaucoup trop pour ça…

La fourchette de Tanner demeura figée à mi-chemin entre son assiette et sa bouche. Ils étaient à présent incapables de détourner leurs regards l'un de l'autre. Et l'atmosphère décontractée qui prévalait quelques instants auparavant semblait s'être chargée d'électricité.

— Tu le penses vraiment ? demanda Tanner d'une voix légèrement rauque.

— Oui, répondit-elle. Je crois que, pour la première fois de ma vie, je suis tombée amoureuse…

Sans un mot, Tanner reposa sa fourchette, se leva et se dirigea vers elle. S'agenouillant à côté de sa chaise, il la prit par les épaules et l'embrassa tendrement. Bree lui rendit son baiser, sentant monter en elle ce désir désormais si familier.

— J'ai envie de toi, murmura-t-elle contre ses lèvres.

Tanner s'écarta légèrement pour la considérer attentivement.

— Tu es sûre ? lui demanda-t-il.

— Certaine, dit-elle, trouvant enfin le courage de formuler ce qu'elle avait si souvent rêvé de lui dire au cours de ces dernières semaines. Je suis prête.

Tanner hocha la tête et se releva. Sans un mot, il lui prit la main et l'entraîna jusqu'à sa chambre. Là, il la reprit dans ses bras et l'embrassa de nouveau.

Bree s'abandonna à ce baiser, se laissant volontairement submerger par l'envie qu'elle avait de lui.

Son corps tout entier n'était plus que désir, semblant se consumer de l'intérieur. Percevant la passion qui couvait en elle, Tanner s'enhardit et laissa ses mains courir sur son corps.

Jamais Bree n'avait ressenti quoi que ce soit d'approchant. Il lui semblait que son être était sur le point de se désintégrer sous l'effet de l'irrépressible excitation que ses caresses faisaient monter en elle. Et lorsqu'il effleura sa poitrine à travers son chemisier, elle ne put réprimer un gémissement rauque.

Encouragé par ses réactions, Tanner entreprit de déboutonner le vêtement, couvrant sa gorge de petits baisers à mesure qu'elle se dévoilait. Sans même qu'elle s'en rende compte, il dégrafa son soutien-gorge et elle sentit l'air frais caresser l'extrémité de ses seins.

Un frisson la parcourut qui se changea en tremblement convulsif lorsque les lèvres de Tanner se posèrent sur l'un de ses mamelons. De l'extrémité de la langue il effleura son téton, lui arrachant un nouveau gémissement de pure extase.

Elle n'aurait su dire comment son corps avait bien pu devenir si sensible, en l'espace de quelques instants. C'était comme si ses sens s'étaient brusquement trouvés amplifiés. Chaque sensation semblait se réverbérer en elle à l'infini.

Comme ses jambes menaçaient de se dérober sous elle, Tanner la souleva entre ses bras et la déposa délicatement sur le lit. Il entreprit alors de lui ôter le reste de ses vêtements. En temps normal, elle se serait certainement sentie gauche et embarrassée d'être ainsi mise à nu. Mais le besoin qu'elle avait de lui était désormais si intense qu'il faisait voler en éclats toute pudeur.

La bouche et les mains de Tanner continuaient à alimenter le brasier dévorant qu'il avait allumé en elle. Il ne négligeait aucun détail de son anatomie, explorant avec passion les recoins les plus secrets de sa chair.

Bree avait depuis longtemps renoncé à comprendre ce qui lui arrivait. La parfaite maîtrise de soi dont elle se targuait généralement avait disparu, et son esprit était incapable d'interpréter les sensations qui montaient en elle, menaçant à chaque instant de l'engloutir totalement.

Lorsque la bouche de Tanner se posa au creux de ses cuisses, elle crut perdre la raison. Rien ne l'avait préparée à l'intensité du plaisir qu'il faisait naître en elle. Il enflait sans cesse comme une vague que rien ne semblait pouvoir arrêter. Puis, brutalement, elle déferla sur elle, emportant tout sur son passage.

Bree n'aurait su dire combien de temps elle demeura en proie à cette extase, ballottée quelque part entre ciel et terre. Mais alors même qu'elle commençait à recouvrer ses esprits, elle éprouva une sensation étrange faite de douleur et de plaisir intimement mêlés.

Tanner s'immobilisa brusquement au-dessus d'elle, la fixant avec étonnement.

— Bree, murmura-t-il d'une voix que le désir rendait presque méconnaissable. Est-ce que tu es… ?

— Oui, répondit-elle, embarrassée.

Dans ses yeux, elle devina l'hésitation qui l'envahissait. Craignant qu'il se ravise brusquement et renonce à ce qu'ils étaient en train de faire, elle noua ses jambes autour de sa taille et l'attira plus profondément en elle.

Une douleur fulgurante la transperça et elle se mordit la lèvre pour réprimer un cri. Mais, déjà, la souffrance se fondait dans une joie sauvage. Car elle pouvait sentir Tanner au plus profond d'elle-même, et cette impression éveillait en elle une émotion qu'elle était incapable de contenir.

Des larmes de bonheur perlèrent au coin de ses yeux.

— Est-ce que ça va ? lui demanda-t-il très gentiment.

— Je t'aime, souffla-t-elle.

L'inquiétude de Tanner disparut alors, apparemment remplacée par le soulagement. Il l'embrassa avec passion, demeurant plongé en elle. Puis il se mit à bouger, doucement d'abord, lui arrachant un feulement rauque. Elle ne tarda pas à découvrir que les caresses qu'il lui avait prodiguées un peu plus tôt n'avaient constitué qu'un pâle avant-goût de ce qui l'attendait.

Le plaisir qui montait à présent en elle dépassait tout ce qu'elle avait pu imaginer. Il lui semblait que plus rien n'existait que cette communion totale de leurs corps et de leurs âmes. C'était comme si Tanner et elle ne formaient plus qu'un seul être, possédé par cette joie furieuse, inextinguible, qui balayait tout sur son passage.

Elle s'abandonna pleinement à la magie de ce moment, sachant qu'après cette nuit, plus rien ne serait plus jamais comme avant. Quoi qu'il puisse leur arriver par la suite, rien ni personne ne pourrait effacer la trace que Tanner venait d'imprimer au plus profond de son cœur.

Bree se réveilla en sursaut, tirée de son sommeil par un cri dont elle n'aurait su dire s'il avait été poussé en rêve ou dans la réalité. Avant même d'avoir totalement recouvré ses esprits, elle prit conscience du fait que Tanner ne se trouvait plus à ses côtés.

Elle attendit quelques dizaines de secondes, songeant qu'il était peut-être simplement dans la salle de bains.

Ou peut-être était-il allé manger un morceau. Après tout, ils n'avaient pas pris le temps de finir leur dîner…

Cette pensée lui arracha un sourire mi-amusé, mi-émerveillé. Ce qu'elle avait vécu ce soir-là dépassait de loin tout ce qu'elle avait pu imaginer. Et son corps tout entier fourmillait encore du souvenir de leur étreinte.

S'arrachant à contrecœur aux draps délicieusement tièdes, elle se drapa dans la couverture et sortit de la chambre. Pénétrant dans le salon, elle tomba sur Tanner qui était étendu sur le canapé, profondément endormi. À cette vue, elle sentit son cœur se serrer. Comment pouvait-il dormir loin d'elle après ce qu'ils avaient partagé ce soir-là ?

— Tanner ? appela-t-elle doucement.

Probablement conditionné par des années de travail dans la police, il se redressa d'un coup, parfaitement alerte.

— Bree, c'est toi ? Est-ce que tout va bien ?

Elle secoua doucement la tête.

— Non, répondit-elle. Pourquoi es-tu parti ?

Tanner tiqua en percevant le désarroi qui perçait dans sa voix.

— Ce n'est pas ce que tu crois, lui assura-t-il.

— Je ne crois rien, dit-elle. Je vois juste que tu préfères dormir tout seul ici plutôt qu'avec moi…

— Ce n'est pas parce que je n'en avais pas envie, crois-moi. Surtout après ce qui s'est passé entre nous.

Il paraissait sincère, mais cela ne suffit pas à calmer les doutes qui habitaient Bree en cet instant. Elle avait cruellement conscience de son inexpérience en matière amoureuse. Avait-elle commis une erreur, sans même s'en rendre compte ? Avait-elle fait ou dit quelque chose qui avait blessé Tanner ?

— Ce n'était pas comme tu voulais ? lui demanda-t-elle d'une voix mal assurée. Tu es déçu, c'est ça ?

Tanner se leva pour la prendre dans ses bras.

— Pas du tout ! s'exclama-t-il. C'était parfait, Bree. Mieux que parfait…

— Tu préférerais peut-être que je rentre chez moi, alors ? reprit-elle, désemparée. Tu aurais dû me le dire, tu sais… Tout cela est si nouveau pour moi…

— Je ne veux pas que tu partes, protesta-t-il vivement.

Il s'écarta légèrement d'elle et posa la main sur sa joue, la forçant à le regarder droit dans les yeux, comme pour la prendre à témoin de la réalité de ses sentiments. Mais la tendresse qu'elle lut dans son regard ne fit qu'ajouter à son incompréhension et à son désarroi.

— Je ne comprends pas, avoua-t-elle.

— Je sais. Laisse-moi juste une chance de tout t'expliquer, d'accord ?

Elle hocha la tête et il lui prit la main pour la guider jusqu'au canapé.

11

Tanner s'en voulait terriblement.

Il venait de réaliser son rêve le plus cher et de passer la plus belle nuit de sa vie. Jamais il ne s'était senti aussi heureux, aussi plein d'espoir. Ce qui s'était passé entre Bree et lui avait outrepassé tous ses vœux.

À 33 ans, il avait vécu suffisamment longtemps pour savoir à quel point une telle complicité émotionnelle et physique était rare et précieuse. Certaines personnes passaient leur existence entière à rechercher un tel moment sans jamais l'atteindre.

Et il était bien décidé à ne pas gâcher cette chance. Si elle le lui permettait, il était prêt à passer le reste de sa vie à ses côtés.

Mais au lieu de le lui dire ou de le lui faire sentir, il paraissait avoir réveillé ses craintes et ses incertitudes. Il les lisait dans son regard en cet instant même et s'en voulait terriblement. Il aurait pourtant dû savoir que tout cela n'allait pas de soi pour elle.

Toute sa vie, les gens qui l'entouraient lui avaient prouvé qu'elle ne pouvait se fier à personne, qu'elle devait se protéger et ne jamais baisser la garde. Ce soir, elle l'avait fait, se livrant à lui corps et âme, sans aucune retenue. Et il n'était pas question qu'il trahisse cette confiance.

— Je te promets que ce n'est pas du tout à cause de toi que je suis allé dormir sur le canapé, dit-il en prenant les mains de Bree dans les siennes. J'avais juste peur de t'effrayer ou de te faire du mal.

La méfiance reflua légèrement dans les yeux de la jeune femme, remplacée par le doute et l'incompréhension.

— Je fais très souvent des cauchemars, reprit-il. Il m'arrive de m'éveiller au beau milieu de la nuit en hurlant et en me débattant…

— Il me semblait bien avoir entendu crier, tout à l'heure, murmura-t-elle.

— Je suis désolé. Je ne voulais pas te réveiller.

Elle secoua doucement la tête.

— Ça n'a aucune importance, lui assura-t-elle. Mais dis-moi, est-ce que ces cauchemars sont causés par quelque chose de précis ou est-ce qu'il s'agit de simples terreurs nocturnes ?

Elle paraissait déjà un peu rassurée par ses explications. La voyant frissonner, il drapa la couverture autour d'elle et passa un bras autour de ses épaules. Il avait besoin de la sentir tout contre lui en cet instant.

— Je souffre d'un trouble post-traumatique, lui avoua-t-il. Cela a commencé il y a trois ans, à la suite d'une affaire qui a très mal tourné…

Il se mit à lui parler du gang Viper et de l'enquête qu'il avait menée sous couverture avec Nate Fletcher et Alex Peterson. Elle l'écoutait avec une attention soutenue, sans jamais l'interrompre. Et à mesure qu'il parlait, ses mots se faisaient moins heurtés, son récit plus fluide.

Il ne chercha pas à dissimuler à Bree l'horreur de ce qu'il avait vécu. Il tenait à ce qu'elle comprenne ce qu'il avait éprouvé alors, et à quel point cette expérience l'avait marqué. Il savait qu'elle était assez forte pour l'entendre et que ce qu'elle-même avait traversé lui permettrait de le comprendre bien mieux que ne l'auraient pu la plupart des gens.

— Je crois que ce qui est le plus difficile, pour moi, rétrospectivement, c'est le moment où j'ai accepté le fait que je ne survivrais pas. Je ne me faisais aucune illusion à ce sujet : ces types étaient déjà allés beaucoup trop loin pour laisser vivre un témoin gênant. Alors je me suis dit que, quitte à partir, mieux valait le faire à ma façon, en essayant de protéger les deux autres. J'étais sur le point de faire basculer ce maudit tabouret lorsque le SWAT est intervenu…

Bree lui prit la main et la serra très fort dans la sienne. Rasséréné par ce contact, il trouva la force de poursuivre.

— En les entendant entrer, les Viper ont paniqué, expliqua-t-il. Ils ont tué Alex Peterson et s'apprêtaient à faire de même avec Nate. Alors j'ai sauté en espérant que la corde se romprait ou, au moins, que je ferais diversion. Contre toute attente, elle a craqué et je me suis retrouvé étendu par terre de tout mon long. Malheureusement, le temps que je recouvre mes esprits, Nate avait été abattu à son tour…

— C'est de cela que tu rêves, n'est-ce pas ? De ce moment précis où tu t'es senti aussi impuissant…

Ce n'était pas vraiment une question. Bree comprenait très précisément ce qu'il éprouvait. Il prit alors conscience du fait qu'elle aussi avait dû faire des rêves de ce genre, revivre des moments de sa jeunesse où elle avait vu sa mère se faire torturer sous ses yeux…

— Oui, répondit-il. Chaque fois, c'est la même

chose : je suis de retour dans ce hangar et je revis la même scène. Chaque fois, j'essaie de sauver Nate, et chaque fois il meurt sous mes yeux…

Sa voix se brisa et il prit une profonde inspiration.

— Si seulement j'avais sauté quelques instants plus tôt, Nate serait peut-être encore de ce monde. C'est à cause de moi qu'il est mort…

— Tu ne dois pas penser cela ! protesta vivement Bree. Ce n'est pas toi qui l'as tué, ce sont ces hommes. En acceptant cette mission, j'imagine que Nate était conscient du risque qu'il prenait. Et il l'a accepté parce qu'il pensait que c'était important. Il s'est conduit en héros. Mais en t'accusant de sa mort, tu le prives de cet héroïsme.

Tanner la considéra avec étonnement. Avec Michalski, il avait discuté durant des heures de ce qui s'était passé dans ce hangar. Mais c'était la première fois que quelqu'un lui présentait les choses sous cet angle.

— Est-ce que tu reproches à l'équipe d'intervention d'être arrivée trop tard ? lui demanda-t-elle encore.

— Non, répondit-il sans hésiter. Ils n'avaient aucun moyen de savoir à quel point la situation était critique.

— Pas plus que toi, lui dit-elle. Tu ne pouvais pas savoir que cet homme allait tirer. Tu ne pouvais pas savoir si cette corde résisterait à ton poids. Tu ne pouvais pas savoir si le SWAT ferait irruption à temps pour sauver Nate. La seule chose dont tu puisses être certain, en fait, c'est qu'en sautant de ce tabouret pour tenter de sauver ton ami, toi aussi tu t'es conduit en héros.

Tanner sentit son cœur se serrer. Intellectuellement, il était prêt à reconnaître la validité de ces arguments. D'autant que rien ne lui permettait d'assurer qu'en sautant plus tôt, il aurait forcément réussi à sauver Nate.

Mais ce qu'il éprouvait n'avait rien de rationnel. Au bout du compte, la seule chose qui importait, c'était que comme le lui avait dit Ryan, Nate n'était plus là aujourd'hui pour célébrer ce qui aurait été son vingt-cinquième anniversaire...

— Est-ce que tu fais ces rêves toutes les nuits ?

— C'était le cas, il y a trois ans, acquiesça-t-il. Mais le travail que j'ai fait avec Michalski a fait diminuer la fréquence de ces cauchemars. Je ne sais pas pourquoi ils sont revenus en force, ces dernières semaines...

— C'est à cause de moi, dit Bree.

— Qu'est-ce qui peut bien te faire penser une chose pareille ?

— C'est évident, répliqua-t-elle. Nate, c'est moi...

Il la considéra d'un air interdit.

— Ce que je veux dire, reprit-elle, c'est que tu as passé ces dernières semaines à veiller sur moi, à me protéger alors que j'étais menacée. Il n'est pas étonnant que tu fasses un tel transfert.

Elle secoua doucement la tête.

— C'est aussi pour me protéger que tu es venu dormir sur ce stupide canapé, ajouta-t-elle. Tu ne peux pas continuer comme ça. Je ne suis peut-être pas très douée dans le domaine sentimental...

— Bree...

Elle lui posa les doigts sur les lèvres pour le faire taire.

— Je n'ai pas besoin que tu me rassures sur ce plan, lui assura-t-elle. Je connais mes points faibles, mais je connais aussi mes qualités. Je suis forte, Tanner. La vie que j'ai eue n'a pas été drôle, mais elle a eu au moins le mérite de m'endurcir. Tu n'as pas besoin de me ménager ou de me protéger. Je suis parfaitement capable de le faire par moi-même.

Tanner n'en doutait pas un seul instant. Sa volonté hors du commun était d'ailleurs l'une des choses qu'il admirait le plus chez elle.

— Nous n'avons jamais vraiment discuté de notre relation. Je sais que tu as fait preuve de beaucoup de patience et de compréhension à mon égard. Tu m'as laissé le temps de me décider et je t'en suis reconnaissante.

— J'étais sûr que cela en vaudrait la peine, et je ne me suis pas trompé.

Elle se pencha pour déposer un petit baiser sur ses lèvres.

— Je suis heureuse que tu le penses, lui dit-elle. Et je le pense aussi. Je te remercie de m'avoir attendue. Mais si nous voulons aller de l'avant ensemble, en tant que couple, je pense qu'il faut que tu arrêtes de me traiter comme une petite chose fragile. Je t'assure que je suis tout sauf cela…

— Je sais, acquiesça-t-il gravement. Mais je tiens beaucoup à toi. Et le fait de te savoir si forte ne m'empêchera sans doute jamais de vouloir te protéger.

— Je ne t'interdis pas de le faire, répondit-elle. Nous nous protégerons l'un l'autre. Mais tu n'as pas besoin de me protéger de moi-même…

— En l'occurrence, c'est de moi que je cherchais à te protéger en venant dormir sur le canapé, lui rappela-t-il en souriant.

— Est-ce que je t'ai déjà dit que je pratiquais les arts martiaux depuis des années ?

— Non. Mais ça ne me surprend pas du tout.

— J'ai pris pas mal de coups et je ne t'en voudrai pas si tu me décoches un coup de pied ou un coup de poing en dormant. Ni si tu me réveilles en criant. Au contraire, je serai heureuse d'être à tes côtés pour pouvoir te réconforter. Et si tu te sens coupable, tu n'auras qu'à me faire ce que tu m'as fait tout à l'heure et je me tiendrai pour remboursée au centuple…

Il ne put s'empêcher de rire.

— Tu n'es vraiment pas une fille banale, Bree.

Elle lui rendit son sourire et il sentit monter en lui un brusque élan de tendresse.

— Effectivement, lui dit-elle. Et je suis ravie que tu l'aies remarqué…

Tanner savait à présent qu'il ne s'était pas trompé à son sujet : elle était bel et bien la femme de sa vie. L'espace d'un instant, il fut tenté de le lui dire, de lui avouer à quel point il l'aimait. Mais il préféra s'en abstenir.

Bree avait presque dix ans de moins que lui. Il savait maintenant qu'elle n'avait jamais eu de véritable relation amoureuse, et elle avait passé la majeure partie de sa vie à fuir et à se battre. Il n'avait pas le droit de lui mettre la pression, de la pousser à prendre des engagements auxquels elle ne se sentait pas encore prête.

Il avait su patienter jusque-là et il attendrait encore tout le temps qu'il faudrait en espérant qu'un jour, elle déciderait elle aussi qu'elle voulait passer le reste de son existence à ses côtés.

— Tu sais, reprit-il, pour quelqu'un qui prétend avoir du mal à communiquer avec les autres, je trouve que tu as vraiment l'art de trouver les mots justes.

— Cela fonctionne uniquement avec les gens avec lesquels je me sens réellement en confiance, répondit-elle. Et il n'y en a vraiment pas beaucoup.

— En tout cas, je te suis reconnaissant de m'avoir écouté. Cela m'a fait du bien.

— Tant mieux. La prochaine fois que tu auras quelque chose sur le cœur, n'hésite pas à m'en parler directement.

— Seulement si tu en fais autant.

— Je te le promets.

Il y avait dans la voix de Bree une note presque solennelle. Cela n'avait d'ailleurs rien d'étonnant. Pour elle, peut-être plus encore que pour lui, se confier n'allait pas du tout de soi. Et il était honoré d'avoir su se rendre digne de sa confiance.

— Maintenant, dit-elle en se levant et en lui tendant la main, que dirais-tu de quitter ton canapé solitaire et de revenir dormir avec moi ?

— C'est d'accord.

— Et puisque tu es si inquiet à l'idée de me donner des coups dans ton sommeil, ajouta-t-elle en l'entraînant vers la chambre à coucher, je te propose de me faire d'avance tes excuses en nature…

— Qu'est-ce que tu as en tête, exactement ?

Parvenue devant le lit, Bree se débarrassa de sa couverture avant de se laisser tomber sur le matelas, entièrement nue.

— Tu pourrais commencer par m'embrasser ici, lui dit-elle en désignant le creux de son épaule, juste au-dessus du sein. Et puis nous verrons bien où cela nous mènera…

Tanner ne put s'empêcher de rire.

— Je ne vis que pour te servir, répondit-il en prenant place à ses côtés.

12

Le lendemain matin, Bree insista pour accompagner Tanner chez le shérif Duggan. Elle tenait à être là pour aiguiller Whitaker dans la bonne direction, s'il négligeait de s'intéresser aux messages de Carrico ou s'il se révélait incapable de les déchiffrer.

Tanner avait fini par accepter, tout en lui faisant promettre de ne pas parler du piratage auquel elle s'était livrée la veille. Il n'était pas certain en effet qu'en l'apprenant, Whitaker ne déciderait pas d'arrêter Bree – juste pour l'ennuyer, lui.

Il n'était même pas totalement convaincu que son homologue accepterait de s'intéresser à ce qu'ils lui apportaient sur un plateau. Et il savait déjà que même si Whitaker y consentait, lui-même ne serait probablement pas rétabli dans ses fonctions avant quelques jours.

Cela signifiait qu'une fois qu'ils auraient informé Duggan et Whitaker, Bree et lui pourraient profiter de ce jour de congé commun. Le temps était froid et pluvieux, mais cela n'avait pas d'importance : s'il n'avait tenu qu'à lui, il serait demeuré toute la journée au lit avec elle…

Alors même qu'il se faisait cette réflexion, une voiture déboucha à toute allure derrière lui, le doubla et se rabattit brusquement, lui faisant une queue de poisson.

Bree ne put réprimer une exclamation angoissée tandis que Tanner laissait échapper un juron.

Il dut freiner, car le chauffard qui l'avait dépassé venait de ralentir aussi brusquement.

— Mais qu'est-ce qu'il fabrique ? s'exclama Tanner, furieux.

La voiture de devant freina par à-coups, forçant Tanner à l'imiter. Puis elle se déporta sur le bord de la route où elle s'arrêta. Tanner fit de même. Après s'être immobilisé au bord de la chaussée, il récupéra l'arme de secours qu'il gardait dans sa boîte à gants et la glissa dans sa ceinture.

— Que se passe-t-il ? lui demanda Bree, inquiète.

— Je suis bien décidé à le découvrir, lui dit-il. Reste là. Je vais aller parler avec ce taré.

Sans attendre sa réponse, il ouvrit sa portière et descendit de voiture. La pluie battante qui tombait un peu plus tôt s'était transformée en un crachin glacé. La main posée sur la crosse de son arme, Tanner s'avança vers le véhicule qui se trouvait devant lui.

La portière du conducteur s'ouvrit alors et il se prépara à dégainer si nécessaire. Mais en découvrant de qui il s'agissait, son inquiétude reflua brusquement pour laisser place au soulagement.

— Ryan ? s'exclama-t-il en s'avançant vers le jeune procureur. Tu as bien failli me flanquer une crise cardiaque ! Qu'est-ce que tu fais là ?

Tandis que Ryan se dirigeait vers lui, Tanner remarqua la tension presque palpable qui émanait de lui. Son regard comme sa démarche trahissaient une nervosité qui ne lui ressemblait pas.

— Dieu merci, j'ai réussi à te rattraper ! s'exclama

son ami. Je suis désolé de t'avoir arrêté de cette façon, mais je n'ai pas l'habitude de ce genre de manœuvre.

— Pourquoi est-ce que tu ne m'as pas appelé, au lieu de jouer les cascadeurs ? demanda Tanner, surpris.

— Impossible de parler par téléphone. Je ne pouvais pas me permettre de laisser la moindre trace de cette discussion.

— Que se passe-t-il ?

— Il ne faut pas que tu ailles chez Duggan. Cette fois, elle va t'arrêter.

— Ne t'inquiète pas pour moi, le rassura Tanner. Nous avons découvert de nouveaux éléments. Ils ne m'innocentent pas complètement mais, au moins, ils permettent d'établir un autre lien que moi entre les deux victimes…

— Les *trois* victimes, objecta Ryan. Duggan vient de m'appeler. Apparemment, ils ont découvert un troisième corps ce matin. Même mode opératoire.

— Il se trouve que, cette fois, j'ai un excellent alibi…

Il s'interrompit, prenant conscience du fait que ce n'était pas totalement exact. Bree pouvait témoigner du fait qu'il s'était endormi à ses côtés, qu'ils avaient discuté longuement au beau milieu de la nuit et qu'il était là lorsqu'elle s'était réveillée.

Cependant, il aurait très bien pu s'éclipser puis revenir pendant qu'elle dormait. De plus, le fait qu'ils soient devenus amants affaiblissait nettement le témoignage de la jeune femme.

— J'imagine que je connais aussi la troisième victime ?

— Nous le connaissons tous les deux. C'est d'ailleurs pour cela que Duggan m'a appelé. Il s'agit d'Owen Duquette.

— C'est complètement dingue ! s'exclama Tanner, frustré. Quelqu'un est en train de jouer les justiciers masqués en se faisant passer pour moi !

— On dirait bien, acquiesça Ryan. Et c'est pour cela que je suis venu te prévenir. Si tu veux conserver les mains libres pour pouvoir prouver ton innocence, il ne faut pas que tu te rendes chez Duggan…

Tanner entendit alors une portière s'ouvrir. Bree sauta au bas de la jeep et les rejoignit.

— Est-ce que tout va bien ? demanda-t-elle, inquiète.

— Bree, je te présente Ryan Fletcher. C'est un ami à moi qui travaille pour le bureau du procureur de Denver.

— Fletcher ? répéta-t-elle en jetant à Tanner un regard interrogateur.

Il hocha la tête.

— Nate était le frère de Ryan, précisa-t-il.

Ryan s'avança vers Bree et lui tendit la main.

— Enchanté de faire votre connaissance, lui dit-il. Je suis désolé que ce soit en de telles circonstances.

— Quelles circonstances ? demanda-t-elle.

— Il y a eu un autre meurtre, lui expliqua Tanner. Un autre criminel que j'ai arrêté.

Bree poussa un juron.

— Cette histoire devient ubuesque ! s'exclama-t-elle.

— Pas vraiment, répondit-il. Celui ou celle qui cherche à me piéger a juste de la suite dans les idées.

— Est-ce que tu as une idée de qui il peut s'agir ? lui demanda Ryan.

— Aucune, pour le moment. Très franchement, je n'aurais jamais imaginé que quelqu'un puisse me haïr assez pour en venir à de telles extrémités…

— Whitaker a demandé un mandat d'arrêt contre

Tanner, précisa Ryan à l'intention de Bree. Et, cette fois, le shérif Duggan ne s'y est pas opposée.

— Mais ils doivent bien voir qu'il s'agit d'un coup monté ! protesta-t-elle vivement. Même si l'on admet que Tanner avait un motif pour les tuer, il n'y a aucune preuve contre lui.

— À part ce message d'Anders qui l'accuse de le harceler, si j'ai bien compris, objecta Ryan.

— Au moins, ils ne trouveront aucune preuve de ma culpabilité dans le cas de Duquette. Je ne lui ai pas parlé et je ne me suis pas approché de lui depuis qu'il est sorti de prison.

— C'est déjà ça, soupira Bree.

— Je vais aller parler au shérif, dit Tanner. Elle me connaît depuis toujours, et elle a travaillé avec mon père avant moi. Je suis sûr que je parviendrai à la convaincre de mon innocence.

— Elle en est sûrement déjà convaincue tout autant que moi, objecta Ryan. Mais le problème n'est pas là. Le simple fait qu'un nouveau meurtre ait été commis ne lui laisse pas le choix : elle est forcée de t'arrêter. Toute autre attitude serait perçue comme une marque d'irresponsabilité par la justice comme par ses électeurs.

— Whitaker doit être ravi, pesta Tanner.

— Il était auprès de Duggan quand elle m'a appelé, de même que Michalski. Whitaker paraissait juste heureux d'avoir enfin une véritable affaire criminelle à se mettre sous la dent. Malheureusement, c'est surtout le témoignage de Michalski qui t'a porté préjudice. Apparemment, il avait entendu notre conversation, l'autre jour, au tribunal, lorsque je t'ai annoncé que Duquette venait d'être libéré.

— Je n'ai jamais dit que j'avais l'intention de le tuer.

— D'après Michalski, les mots que tu as utilisés étaient : « À la première erreur, je ferai en sorte qu'il paie le prix fort » et : « Il finira par récidiver. Et je serai là pour le lui faire amèrement regretter. »

Tanner sentit son moral plonger encore un peu plus bas.

— La shérif a demandé à Michalski s'il te croyait capable de tuer quelqu'un, et il a répondu oui sans hésiter un seul instant.

— Et alors ? protesta Bree avec humeur. Moi aussi, je suis *capable* de tuer quelqu'un. Cela ne signifie pas que j'aie l'envie ou l'intention de le faire !

Ryan lui jeta un coup d'œil étonné.

— De toute façon, ajouta-t-elle d'un ton ironique, si je voulais vraiment m'en prendre à quelqu'un, j'aurais des façons bien plus subtiles de le faire. Il me suffirait par exemple de pirater…

Tanner lui adressa un regard d'avertissement. Ryan était peut-être l'un de ses amis, mais il était également procureur.

— … Son ordinateur, conclut-elle. Et de lui envoyer toutes sortes de virus.

Tanner était convaincu que ce n'était pas du tout ce qu'elle s'était apprêtée à dire. Fort heureusement, Ryan ne releva pas.

— Franchement, l'avis de Michalski n'a probablement pas joué. Son témoignage, en revanche, était compromettant parce qu'il paraissait confirmer ce que laissait entendre le SMS d'Anders, à savoir qu'en cas de besoin, tu n'hésiterais pas à faire justice toi-même.

Tanner soupira.

— Je persiste à penser que le mieux à faire est de me rendre chez Duggan et de présenter ma version des faits. Cela fait des années que je travaille dans la police, et je n'ai jamais rien eu à me reprocher. Je pense que tout le monde finira par s'apercevoir que ces soupçons sont absurdes. Nous devons avoir confiance dans le système judiciaire que nous servons chaque jour.

— C'est vrai tant que quelqu'un ne cherche pas à le manipuler, objecta Bree en fronçant les sourcils. Pendant la majeure partie de ma vie, j'ai fui ce genre de gens. Et je peux te dire que contre eux, ni la police ni la justice ne servent à rien…

— Qu'est-ce que tu en penses, Ryan ? demanda Tanner.

— Bree n'a peut-être pas complètement tort. D'un autre côté, fuir risquerait de te faire paraître coupable. Tu pourrais opter pour un compromis.

— Que veux-tu dire ?

— Eh bien, à cette heure, tu n'es pas censé savoir qu'un troisième meurtre a été commis et que la police te recherche. Coupe ton portable et ne rentre pas chez toi. Si Bree fait la même chose, les gens penseront que vous vous êtes offert une petite escapade en amoureux. Cela nous laissera quelques jours pour découvrir de nouveaux éléments. Enquêtez de votre côté, et je ferai de même du mien.

Tanner hésita. Ce subterfuge ne se différenciait guère d'un délit de fuite pur et simple, à ses yeux. Mais s'il se constituait prisonnier, il ne pourrait compter que sur Whitaker pour prouver son innocence. Or, ce dernier paraissait déjà convaincu de sa culpabilité.

— Tu seras bien plus utile à l'enquête libre qu'en

prison, renchérit Bree qui avait dû parvenir aux mêmes conclusions que lui.

— Sans compter, ajouta Ryan, que si quelqu'un a déjà tué pour te piéger, il n'hésitera peut-être pas à recommencer en s'en prenant à quelqu'un que tu aimes, cette fois.

Son ami lança un regard appuyé en direction de Bree, mais celle-ci secoua la tête.

— Cet argument ne doit pas entrer en ligne de compte dans ta décision, lui dit-elle. Je te l'ai dit hier : je suis parfaitement capable de me défendre toute seule. Si tu penses qu'il vaut mieux te rendre, fais-le. Ryan et moi nous efforcerons de trouver des preuves de ton innocence.

Tanner n'avait aucun doute : s'il la laissait faire, elle n'hésiterait pas à recourir à des moyens parfaitement illégaux pour l'innocenter. Et elle risquait fort de le rejoindre très rapidement en prison.

Il ne tenait ni à ce qu'elle coure un tel risque ni à ce qu'elle soit forcée de se défendre par elle-même. Quelques semaines plus tôt, il lui avait promis qu'il serait toujours là pour elle. Et il entendait bien tenir parole.

Ryan avait risqué sa carrière et sa réputation pour venir le mettre en garde. Bree était prête à risquer sa liberté. Pouvait-il réellement gâcher cette chance qui lui était offerte de prouver sa propre innocence ? Car tout était là : dès qu'ils auraient identifié le véritable coupable, les charges qui pesaient contre lui tomberaient instantanément.

— D'accord, dit-il. Procédons comme le conseille Ryan. Bree et moi allons disparaître. Je nous laisse soixante-douze heures pour trouver l'assassin. Ensuite, si nous n'y sommes pas parvenus, j'irai me livrer à Duggan.

— Excellente décision ! s'exclama Bree avec un sourire presque carnassier. Il est grand temps que les chassés deviennent chasseur à leur tour…

13

— Nous devons impérativement passer chez moi, dit Bree lorsque tous deux eurent regagné la jeep de Tanner.

Ryan était remonté dans sa voiture, lui aussi. Il leur adressa un petit signe de la main avant de démarrer et de s'éloigner à vive allure.

— Ce 4x4 est beaucoup trop voyant, ajouta-t-elle. Et il a probablement une balise qui permet de le repérer. Nous le laisserons devant chez moi et nous prendrons ma voiture. Cela ira dans le sens de ce qu'a suggéré Ryan : les gens penseront que nous sommes partis tous les deux…

Tanner ne répondit pas. Il paraissait un peu abasourdi, ce que Bree pouvait comprendre. De policier irréprochable, voilà qu'il s'était changé en fugitif recherché pour un triple meurtre. Elle savait que l'idée de fuir ne lui plaisait pas beaucoup, mais elle demeurait convaincue que c'était la meilleure option.

— Tanner, si tu ne démarres pas rapidement, notre plan risque de tomber à l'eau avant même d'avoir commencé. Tu auras tout le temps de t'effondrer quand nous serons en sécurité.

Alors même qu'elle prononçait ces mots, Bree prit

conscience du fait qu'elle était en train de citer sa propre mère. Cela ne lui arrivait pas souvent.

Tanner hocha la tête et démarra. En silence, il roula en direction de Risk Peak. Fort heureusement, la maison que louait Bree se trouvait à la périphérie de la ville, ce qui leur éviterait de courir le risque d'être aperçus. Durant le trajet, elle appela Cheryl et Dan au Sunrise pour leur expliquer que Tanner avait décidé de lui faire une surprise.

Elle leur dit qu'elle ignorait encore où ils allaient exactement, mais qu'elle ne serait absente que deux ou trois jours. Loin de lui reprocher cette défection de dernière minute, ses employeurs se réjouirent pour elle et lui souhaitèrent de bien profiter de cette escapade.

Elle se sentit presque coupable de leur mentir de cette façon. Mais elle savait que Ryan avait raison : ils éviteraient peut-être ainsi le déclenchement d'une chasse à l'homme à travers toute la région qui limiterait grandement leurs possibilités d'action.

Tanner paraissait s'être décidé à appliquer le plan qu'ils avaient arrêté. Il accéléra à l'approche de Risk Peak, comprenant probablement que plus ils perdraient du temps, plus Duggan et Whitaker auraient de chances de les retrouver.

— Ils ne tarderont pas à contacter Ronnie pour lui demander d'aller me chercher, dit-il enfin. Si je le lui demande, il prétendra qu'il ne nous a pas vus. Mais je préférerais ne pas l'obliger à mentir. Lorsqu'ils comprendront que nous ne sommes plus à Risk Peak, ils risquent de lancer un avis de recherche. Ils surveilleront aussi nos cartes bleues, et nous ne pourrons pas nous permettre de retirer de l'argent.

— Ne t'en fais pas pour cela, le rassura Bree. J'ai

tout ce qu'il faut. Nous ne serons même pas obligés d'utiliser mes fausses cartes bleues, ajouta-t-elle d'un ton malicieux.

Tanner se contenta de lever les yeux au ciel.

Bree, quant à elle, se félicita de ne pas encore s'être débarrassée de son sac d'évacuation. Étant donné les circonstances, il leur serait très utile. Fort heureusement, elle avait pris avec elle son ordinateur portable dont elle aurait besoin pour enquêter.

— Je n'ai besoin que de cinq minutes, dit-elle. Peut-être même moins. Pendant ce temps, tu n'auras qu'à récupérer ma voiture qui est garée à sa place habituelle.

Elle fouilla dans son sac et en sortit ses clés de contact.

— Je n'aime pas l'idée qu'à cause de moi, tu te retrouves de nouveau en cavale alors que tu avais enfin réussi à tourner cette page de ta vie, soupira Tanner.

Bree sentit monter en elle une bouffée de tendresse. Alors que lui-même était recherché pour meurtre, c'était à elle qu'il pensait.

— Ne t'en fais pas pour moi, répondit-elle. En ce qui me concerne, c'est presque un retour à la normale. Et encore… Autrefois, j'aurais pu me faire tuer. Cette fois, si nous nous faisons attraper, tout ce que je risque, c'est d'aller en prison.

Cela ne parut pas particulièrement rassurer Tanner.

— Dis-toi seulement que quitte à être en cavale pour la seule et unique fois de ta vie, tu as choisi la complice la plus qualifiée qui soit, plaisanta-t-elle. D'ailleurs, je te rappelle que tu n'as pas encore été officiellement mis en cause. Tu aurais vraiment pu décider de prendre un week-end en amoureux avec moi…

Il ne put s'empêcher de sourire.

— Très bien, dit-il, vaincu. Je nous laisse trois jours pour découvrir qui tire les ficelles. Mais lorsque tout ça sera derrière nous, nous nous offrirons une véritable escapade en amoureux.

— Je suis partante, acquiesça-t-elle.

Quelques minutes plus tard, ils se garèrent devant chez elle.

— Va chercher ton sac à malices, lui dit-il. On se rejoint à ta voiture.

— N'oublie pas de prendre ma sacoche d'ordinateur, lui rappela-t-elle en lui tendant ses clés de voiture.

Sur ce, elle se pencha vers lui pour effleurer ses lèvres d'un baiser et descendit de la jeep. Un rapide coup d'œil aux environs ne lui révéla rien de suspect, et elle gagna la porte d'entrée à grands pas.

Une fois à l'intérieur, elle alla directement récupérer son sac d'évacuation. Il n'était théoriquement conçu que pour une seule personne, mais il devrait tout de même leur donner un sérieux avantage tactique.

Par acquit de conscience, elle récupéra les deux disques durs externes qui étaient scotchés sous son bureau. Ils contenaient nombre de données sensibles et de programmes illégaux, et elle ne tenait pas à ce que la police tombe dessus en fouillant la maison.

À cet instant, son téléphone se mit à sonner. Jetant un coup d'œil à l'écran, elle constata que Ronnie Kitchens cherchait à la joindre. De toute évidence, la chasse à l'homme n'allait pas tarder à commencer.

Elle abandonna son portable sur la table de la cuisine. Sa présence ici renforcerait peut-être l'illusion que Tanner et elle n'étaient pas en fuite. De toute façon, elle avait dans son sac deux téléphones parfaitement anonymes et dotés d'un forfait prépayé.

Comme convenu, elle rejoignit Tanner sur le parking où était garée sa voiture moins de cinq minutes plus tard.

— Ronnie vient de m'appeler, lui dit-il en démarrant.

— Tu n'as pas répondu, j'espère ?

— Non, bien sûr. Il voulait probablement savoir pourquoi il y avait un avis de recherche à mon nom…

— Il m'a appelée aussi. J'ai laissé mon téléphone dans la maison. Cela donnera peut-être l'impression que je l'ai oublié…

— Tu penses qu'ils vont fouiller ta maison ?

— S'ils me soupçonnent d'aider un fugitif recherché pour meurtre, c'est probable.

— C'est un véritable cauchemar, soupira Tanner en lui tendant son téléphone portable. Fais ce que tu as à faire, ajouta-t-il. Il ne faut pas qu'ils puissent l'utiliser pour nous repérer…

Fort heureusement, Tanner était équipé tout comme elle d'un vieux modèle de téléphone à clapet. Il y avait très peu de chances que l'on puisse les localiser grâce à cela. Mais elle tenait à ne courir aucun risque. Aussi ôta-t-elle la batterie et la carte SIM avant de ranger l'ensemble dans la boîte à gants.

— Ta voiture est plus puissante que je le pensais, remarqua alors Tanner.

— J'ai fait changer la motorisation, confirma-t-elle.

Tanner lui lança un coup d'œil sidéré.

— Cela a dû te coûter une fortune ! s'exclama-t-il. Pourquoi ne pas avoir choisi d'emblée un modèle plus puissant ?

— Parce que ce modèle est la voiture la plus répandue aux États-Unis, expliqua-t-elle. Et cette couleur est la plus courante. Pendant des années, ma survie n'a tenu qu'à ma capacité à me fondre dans le décor.

— Je savais que sortir avec une fille paranoïaque finirait par payer, plaisanta Tanner. Aurais-tu des conseils quant à la direction à prendre ?

— Évite de prendre les routes qui conduisent au ranch et chez ta mère. Ce sont certainement les premiers endroits où Ronnie pensera à se rendre et ce serait quand même un peu idiot de le croiser…

— Je vais prendre la direction de Denver. Il y aura plus de voitures sur la route et nous nous perdrons dans le flux.

Ils roulèrent en silence jusqu'à Boulder, au nord-ouest de Denver.

— Nous n'avons plus beaucoup d'essence, constata Tanner. Il va falloir nous arrêter pour faire le plein. Mais j'ai vérifié : je n'ai que quatre-vingt-sept dollars dans mon portefeuille. Combien as-tu sur toi ?

— Il y a deux mille dollars en liquide dans mon sac, répondit-elle. Et j'ai une carte de retrait sur un compte qui n'est pas à mon nom.

Tanner la regarda, stupéfait.

— Tu as toujours deux mille dollars en liquide qui traînent chez toi ? lui demanda-t-il.

— Dans mon sac d'évacuation, oui.

— Ton sac d'évacuation ? Je ne savais pas que tu étais devenue survivaliste…

— Ce n'est pas tout à fait le même genre de sac d'évacuation, expliqua-t-elle. Les survivalistes prévoient généralement tout ce dont ils auront besoin pour survivre en pleine nature. Mon sac d'évacuation à moi est plutôt axé sur la survie urbaine.

— J'ai vraiment l'impression de sortir avec Sydney Bristow.

— Sydney qui ?

— Tu n'as jamais vu la série *Alias* ? Tu devrais. Je suis sûr que le personnage principal te plairait beaucoup. Elle est agent secret…

— À propos d'agent secret, est-ce que tu pourrais t'arrêter sur la prochaine aire d'arrêt d'urgence ?

— Un besoin urgent ?

— En quelque sorte, répondit Bree.

Dès qu'il se fut arrêté, elle récupéra le tournevis électrique et les plaques d'immatriculation qui se trouvaient dans son sac à dos.

— J'en ai pour cinq minutes, dit-elle à Tanner.

Ce dernier secoua la tête d'un air incrédule.

— Des fausses plaques ? s'exclama-t-il.

— Ce ne sont pas des fausses, objecta-t-elle. Ce sont les copies de vraies plaques qui équipent une voiture de même modèle et de même couleur quelque part en Californie. De cette façon, si la police fait une recherche, elle tombera sur un véhicule qui correspond à la description de celui-ci…

— Incroyable, murmura Tanner abasourdi.

Il sortit à sa suite et la regarda remplacer les plaques d'immatriculation.

— À te voir, on dirait que ce n'est pas la première fois que tu fais ça, constata-t-il.

— En effet.

— Est-ce que tu as encore beaucoup de babioles de ce genre, dans ton sac à malices ?

— Des tas, acquiesça-t-elle en se redressant. Je t'ai parlé de ma carte de crédit. J'ai aussi une carte d'identité et un permis de conduire dont le nom correspond à ce compte.

Tanner secoua la tête d'un air incrédule.

— Bree, est-ce que tu sais ce que je fais dans la vie ? lui demanda-t-il.

— Bien sûr…

— Tu sais que je devrais t'arrêter pour détention et usage de faux papiers ?

— À vrai dire, j'espérais que tu ne le ferais pas, répondit-elle avec un sourire malicieux.

— Je ne plaisante pas, protesta-t-il. Tu n'es plus en fuite, aujourd'hui. Tu n'as plus besoin de tout ça…

Elle ne répondit pas, se contentant de lui lancer un regard appuyé.

— J'aurais peut-être mieux fait de me taire, soupira Tanner. Tâchons seulement de limiter au maximum nos agissements illégaux, d'accord ?

Elle hocha la tête et ils remontèrent en voiture.

— Nous allons devoir trouver un endroit où nous installer, dit-elle tandis qu'ils reprenaient la route. Je sais que cela ne va pas te plaire, mais je pense que je devrais utiliser ma fausse pièce d'identité pour réserver une chambre d'hôtel. Il nous faut un endroit avec une bonne connexion Internet pour que je puisse commencer à faire mes recherches.

Elle se garda de signaler que les recherches en question la forceraient à enfreindre la loi. Mais Tanner n'était pas dupe.

— Qu'est-ce que tu comptes pirater, cette fois ? lui demanda-t-il.

— Je pensais commencer par le bureau du shérif, répondit-elle à contrecœur. Cela me permettra d'obtenir tous les détails concernant le dernier meurtre. Je tâcherai aussi de trouver un lien entre Darin Carrico et la troisième victime. Et je vérifierai s'il a envoyé ou non un mail codé peu de temps avant l'assassinat.

Tanner acquiesça. Il désapprouvait probablement les manœuvres illicites auxquelles elle devrait procéder pour obtenir ces informations. Mais il devait aussi savoir qu'étant donné les circonstances, ils n'avaient guère le choix. Ils avaient besoin de ces informations et ils allaient devoir agir très vite.

— Il n'y a aucune chance pour que la police remonte jusqu'à toi si tu pirates leur serveur ? demanda Tanner.

L'idée était si absurde que Bree ne put s'empêcher de pouffer.

— J'imagine que non, en conclut Tanner.

— En dehors de quelques personnes qui appartenaient au Cercle et qui se trouvent actuellement en prison, il ne doit pas y avoir grand monde qui puisse me griller. Les cracks de la NSA, peut-être ? Mais je doute que Duggan puisse faire appel à eux pour une affaire de ce genre.

— Tant mieux, dit Tanner. Parce que je ne tiens vraiment pas à ce que tu te fasses arrêter à cause de moi.

— Cela n'arrivera pas, lui assura-t-elle.

— Bien. Je crois que je connais l'endroit parfait pour nous cacher. C'est une planque située dans les montagnes, mais elle a une excellente connexion Internet et est facile à sécuriser. Il faut juste que j'appelle quelqu'un pour demander l'autorisation de l'utiliser.

— J'ai un téléphone anonyme, dans mon sac.

— Je n'en doutais pas un instant, ironisa Tanner.

Ils s'arrêtèrent dans une station-service pour faire le plein. Bree alla payer en prenant soin de mettre une casquette et une paire de lunettes de soleil de façon à ne pas être reconnue si la police demandait à voir les bandes de la caméra de surveillance.

Pendant ce temps, Tanner appela le propriétaire de la maison où ils devaient se rendre. C'était un ancien militaire qui avait servi dans les forces spéciales en même temps que Noah et qui avait fondé depuis une compagnie de sécurité privée.

Bree espérait juste que sa connexion Internet était aussi bonne que le pensait Tanner. Car elle s'apprêtait à la mettre à rude épreuve.

14

Cela faisait plus de quatre heures que Bree travaillait sans discontinuer. Il était à présent près de 9 heures du soir et Tanner se faisait la désagréable impression d'être un lion en cage.

Sachant qu'il ne serait d'aucune utilité à la jeune femme, il avait entrepris de dresser une liste exhaustive des gens qui seraient susceptibles de lui en vouloir. De façon assez déprimante, il avait découvert qu'ils étaient très nombreux.

Parmi ceux-ci, il avait isolé tous ceux qu'il pensait capables de commettre un meurtre pour parvenir à leurs fins. Cela lui avait permis de raccourcir quelque peu la liste, mais pas assez à son goût.

En l'étudiant attentivement, cependant, il n'avait trouvé personne qui eût une raison particulière de s'en prendre à lui précisément en ce moment. Il n'avait pas non plus découvert de liens évidents entre Owen Duquette et les deux autres victimes.

Bree lui avait déjà dit que, contrairement à Newkirk et Anders, Duquette n'avait jamais partagé la cellule de Carrico. À la grande déception de la jeune femme, elle n'avait pas non plus trouvé de mail codé envoyé de la prison à son sujet.

Contrairement aux deux autres, Duquette était un

professionnel du crime, impliqué dans divers trafics et probablement lié au gang Viper et à d'autres organisations du même genre à travers tout le Colorado. Rien à voir donc avec un violeur en série comme Newkirk ou un bagarreur un peu trop porté sur la bouteille comme Anders…

En désespoir de cause, Tanner se mit à préparer le dîner en piochant dans les abondantes réserves de vivres qui se trouvaient dans les placards, ainsi que l'ami de Noah l'avait encouragé à le faire.

Il venait tout juste de terminer lorsque Bree le rejoignit. Il lui suffit de regarder le visage de la jeune femme pour comprendre que les nouvelles n'étaient pas encourageantes.

— Alors ? fit-il tandis que tous deux mettaient le couvert sur la table de la salle à manger. Ça se présente si mal que cela ?

Elle se mordilla nerveusement la lèvre et parut hésiter quelques instants avant de répondre.

— Ça ne va pas te plaire.

— Au point où nous en sommes, je ne vois pas très bien comment les choses pourraient empirer…

— Nous allons devoir nous introduire par effraction dans le bureau du shérif, lui assena-t-elle.

Il demeura figé par la surprise, espérant contre toute attente qu'il s'agissait juste d'une mauvaise plaisanterie. Visiblement, il n'en était rien.

— Sans même parler du caractère parfaitement illégal du procédé, ne serait-ce pas ce que l'on appelle « se jeter dans la gueule du loup » ? demanda-t-il enfin.

— Si. Mais c'est la seule solution, malheureusement.

— Et qu'espères-tu trouver là-bas ?

— Un ordinateur.

— Je croyais que tu avais piraté leur serveur !

— Un ordinateur qui n'est pas relié à Internet, précisa-t-elle. J'ai trouvé plusieurs allusions à des documents qui se trouvent sur son disque dur. Visiblement, c'est là que Duggan conserve tous les dossiers qu'elle considère comme sensibles. Elle l'appelle son pense-bête.

— Duggan a toujours été maligne, acquiesça Tanner en allant chercher le chili con carne qu'il avait préparé.

Il les servit et tous deux se mirent à manger.

— Une fois de plus, tu t'es surpassé, commenta Bree d'un air gourmand.

— Ce n'est vraiment pas grand-chose.

— Si tu savais comme je suis nulle en cuisine, tu ne dirais pas cela. Depuis la mort de ma mère, j'ai passé la majeure partie de ma vie à manger des plats à emporter…

— Raison de plus pour venir vivre avec moi, répondit-il sans réfléchir.

Elle s'immobilisa et le considéra avec stupeur.

— Tu voudrais que je vienne vivre avec toi ? demanda-t-elle.

Tanner esquissa un geste qui se voulait rassurant.

— Il n'y a pas d'urgence, lui dit-il. Mais oui, c'est ce que je voudrais. Du moins, si j'arrive à démontrer mon innocence…

Bree ne répondit pas. Elle était restée figée, visiblement sous le choc. Il se demanda brusquement s'il ne lui avait pas fait peur.

— Je ne voulais pas te mettre la pression, lui assura-t-il précipitamment. C'est juste une idée comme ça…

— Je…, fit Bree d'une voix légèrement tremblante. C'est que…

Tanner sentit sa gorge se serrer en avisant les larmes

qui brillaient dans les yeux de la jeune femme. Elle prit une profonde inspiration pour s'efforcer de juguler son émotion.

— Tu n'as pas à répondre maintenant, tu sais, lui dit-il.

— D'accord, acquiesça-t-elle.

Pour se donner une contenance, elle porta son verre d'eau à ses lèvres.

— Je n'aurais jamais imaginé qu'une telle chose m'arriverait un jour, avoua-t-elle en le reposant doucement. Merci, Tanner…

— Il n'y a pas de quoi. Maintenant, pour en revenir à ta proposition de cambriolage…

— D'effraction, le reprit-elle. Je ne compte pas voler le disque dur, juste le copier.

— Pour en revenir à ta proposition d'effraction, se reprit-il avec un demi-sourire, je crois que nous devrions peut-être envisager de jeter l'éponge. Si je me livre maintenant, j'en serai probablement quitte pour quelques semaines passées en cellule, le temps que Whitaker et Duggan s'aperçoivent de leur erreur…

Bree prit le temps d'avaler quelques bouchées de chili avant de lui répondre.

— Voilà ce que je te propose, dit-elle enfin. Allons jeter un coup d'œil à cet ordinateur. Si ce que nous y lisons ne nous apprend rien, tu pourras toujours te rendre. Après tout, nous serons déjà sur place…

— Toi, on peut dire que tu as vraiment l'art du compromis ! s'exclama Tanner en riant.

Quatre heures plus tard, Tanner se gara à quelques rues de l'immeuble qui abritait les bureaux du shérif de Grand County. À cette heure avancée de la nuit, le bâtiment devait être quasiment désert. Bree et lui le contournèrent de façon à accéder à une porte de service.

— Normalement, elle est munie d'une alarme, expliqua-t-il à Bree. Mais je sais qu'elle a été débranchée de façon que les hommes qui le souhaitent puissent sortir fumer durant la journée.

Ils s'approchèrent de cette entrée et Bree utilisa le passe-partout dont elle avait pris soin de se munir pour ouvrir la porte. Le battant pivota en grinçant, ce qui les fit tous deux grimacer.

L'espace de quelques instants, ils demeurèrent immobiles, guettant le moindre bruit qui aurait pu indiquer que leur présence avait été repérée. Mais les rares policiers qui étaient de gardes devaient travailler à l'avant du bâtiment, là où se trouvaient la réception et les cellules. La partie arrière abritait surtout les services administratifs.

Tanner guida alors Bree jusqu'au bureau de Duggan. Fort heureusement, il n'était pas fermé à clé, et ils n'eurent donc pas besoin de le crocheter. Dès qu'ils furent à l'intérieur, Bree s'approcha de l'ordinateur qui se trouvait sur le bureau du shérif.

Elle l'alluma et pianota sur le clavier avant de hocher la tête d'un air satisfait.

— C'est bien cela, acquiesça-t-elle. Elle a deux disques durs et deux systèmes d'exploitation totalement indépendants. L'un d'eux est déconnecté du réseau…

Bree sortit un drôle de micro-ordinateur qu'elle avait apporté, le brancha à l'unité centrale de Duggan et commença à pirater le système.

— J'y suis, murmura-t-elle quelques instants plus tard.

Une fois de plus, Tanner s'émerveilla de l'aisance

et de la rapidité avec lesquelles elle était parvenue à ses fins. Il se félicita que Bree ait refusé de mettre ses talents au service du Cercle ou d'autres entreprises criminelles du même genre.

— Et voilà le fameux pense-bête, souffla-t-elle. Nous allons savoir ce que nous cache le shérif…

Elle pianota de plus belle avant de pousser un petit sifflement admiratif.

— Tu as trouvé quelque chose ?

— Plusieurs dizaines d'enregistrements de coups de téléphone, de mails, et de messages qu'elle a reçus aujourd'hui. Tous parlent de toi.

— Et que disent-ils ? s'étonna Tanner.

— Apparemment, ils lui ont été adressés par des habitants de Risk Peak et de la région. Ils tenaient tous à témoigner du fait que tu es quelqu'un de droit, de moral, totalement incapable de commettre un crime… Ils ont très mal pris le mandat d'arrestation qui a été émis contre toi en début d'après-midi !

— Mais comment l'ont-ils su ?

— Si tu veux mon avis, c'est Ronnie qui a dû laisser filtrer l'information. Il espérait probablement que certains de vos concitoyens prendraient ta défense. J'imagine qu'il ne pensait pas qu'il y en aurait autant.

De fait, il y avait là des dizaines de témoignages en sa faveur, et Tanner se sentit profondément touché de la confiance que lui accordaient les habitants de sa ville.

— Le fait que Duggan ait tout conservé est plutôt rassurant, remarqua alors Bree. Cela semblerait indiquer qu'elle croit toujours à ton innocence et qu'elle cherche à monter un dossier en ta faveur. Malheureusement, ce n'est pas ça qui t'innocentera… Alors voyons ce qu'on peut trouver d'autre…

Elle passa en revue plusieurs dossiers avant de trouver ce qu'elle cherchait.

— Intéressant, murmura-t-elle. On dirait que Duggan n'est pas restée inactive pendant que Whitaker menait l'enquête. Elle a même découvert qu'il existait un autre lien entre les victimes en dehors de toi…

— De qui s'agit-il ?

— Tu ne vas pas le croire : c'est Craig Michalski ! Apparemment, c'est lui qui a procédé à l'expertise psychiatrique de Newkirk et d'Anders. Il a même été consulté lors de la réunion du comité de probation d'Anders. C'est d'ailleurs lui qui a suggéré sa libération anticipée.

— Et nous savons que Michalski a rendu visite à Carrico, bien que nous ignorions pourquoi. Mais cela ne nous dit toujours pas quel était le lien avec Duquette…

— Il semble que Michalski ait demandé à s'entretenir avec Duquette lorsque ce dernier était en prison. C'était il y a onze mois, et le shérif a elle-même donné son autorisation.

— Que pouvait-il bien lui vouloir ?

— D'après une note laissée par Duggan, Michalski pensait que cela lui permettrait d'en apprendre un peu plus sur toi.

Tanner se rappelait parfaitement cette période : l'intensité de son stress post-traumatique paraissait alors avoir redoublé suite à une nouvelle mission qu'il avait effectuée sous couverture. Il était alors terriblement frustré et en colère, persuadé que la thérapie qu'il suivait avec Michalski constituait une perte de temps.

— D'accord, dit-il. Michalski les connaissait aussi. Ce n'est pas si étonnant, après tout. En tant que psychiatre assermenté, il a accès à une bonne partie des affaires criminelles du comté. Cela ne prouve pas pour autant qu'il les ait tués. J'en sais quelque chose...

— Exact, concéda Bree. Mais si j'en crois les notes du shérif, elle était préoccupée à son sujet. Elle indique ici que Michalski et toi avez des rapports tendus... Et là, elle note qu'il s'est conduit de façon bizarre au cours des trois derniers mois...

— Cela ne prouve pas grand-chose.

— Écoute, je sais que tu ne veux pas porter de jugement précipité. Mais je te rappelle que c'est Michalski qui a déclaré que tu étais parfaitement capable de commettre un meurtre. Se pourrait-il qu'il te haïsse plus que tu le crois ?

Tanner fronça les sourcils. Michalski et lui avaient certainement eu leur lot de différends d'ordre professionnel au fil des années. Et leurs relations médecin-patient étaient loin d'être idéales. Mais il avait du mal à croire que le psychiatre soit capable de commettre de tels meurtres dans le seul but de lui faire du tort.

Un bruit se fit alors entendre dans le couloir. Tanner reconnut le grincement de la porte par laquelle ils étaient entrés dans l'immeuble.

— Quelqu'un vient, signala-t-il à Bree. Nous devrions filer discrètement.

Sans se faire prier, Bree éteignit l'ordinateur de Duggan et récupéra le micro-ordinateur qu'elle y avait connecté. Tous deux quittèrent le bureau et s'éloignèrent rapidement. Fort heureusement, Tanner connaissait parfaitement la disposition des lieux et savait comment rejoindre la porte de secours par un autre chemin.

Il empruntèrent cette direction mais, alors qu'ils venaient de tourner dans un couloir latéral, ils se trouvèrent brusquement nez à nez avec Craig Michalski.

Ce dernier s'arrêta brusquement, semblant tout aussi surpris et mal à l'aise qu'ils l'étaient eux-mêmes.

— Qu'est-ce que vous faites ici ? lui demanda Tanner sachant qu'il n'avait strictement aucune raison de se trouver chez le shérif à une heure si tardive.

Le psychiatre détourna le regard. Jamais Tanner ne l'avait vu aussi nerveux.

— C'est vous qui me posez la question ? contre-attaqua-t-il. Je peux savoir ce que vous, vous faites là, Tanner ! Vous ne savez pas qu'un mandat d'arrêt a été lancé contre vous ?

Tanner l'attrapa par le col de sa chemise et le plaqua sans ménagement contre le mur.

— Je suis au courant, répliqua-t-il. Et je sais aussi que c'est en partie à vous que je le dois. Vous avez dit au shérif que j'étais capable de tuer ces types !

— Je n'ai fait que donner mon opinion en tant que professionnel, protesta Michalski. Et la façon dont vous vous conduisez prouve que je ne m'étais pas trompé. Vous perdez les pédales, Tanner !

— Vous saviez très bien qu'en disant cela, vous me jetiez en pâture à Whitaker !

Michalski détourna de nouveau les yeux, incapable de soutenir le regard de Tanner.

— C'était juste un avis médical, répondit-il d'une voix blanche.

— Est-ce que, à cette occasion, vous avez précisé que vous aussi, vous connaissiez les trois victimes ?

— Je ne l'ai pas caché, éluda Michalski. Mais cela faisait partie de mon travail…

— Tout comme les arrêter faisait partie du mien. Et c'est ce que j'ai fait. Je ne les ai pas abattus avant qu'ils soient mis en prison. Et je ne les ai pas non plus abattus après.

— Si c'est le cas, vous n'avez qu'à vous rendre. Je suis sûr que votre innocence finira par être établie…

— Peut-on savoir ce que vous faites ici à 2 heures du matin, docteur ? demanda alors Bree.

— Tout particulièrement dans une partie du bâtiment où vous n'avez strictement rien à faire, renchérit Tanner.

— Je vous rappelle que ce n'est pas moi qui suis recherché par la police. Je n'ai pas à me justifier face à vous…

Le micro-ordinateur que Bree tenait toujours à la main fit entendre un petit bip et elle jeta un coup d'œil à l'écran. Un juron haut en couleur échappa à ses jolies lèvres.

— C'est Whitaker. Il est dans le bâtiment et il vient de se connecter au réseau interne.

Tanner fronça les sourcils. Pas plus que Michalski, Whitaker n'avait de raison de se trouver là au beau milieu de la nuit.

— Tanner, lui dit alors le psychiatre de cette voix douce et posée qu'il employait durant ses séances. Vous devriez vous rendre. Des tas de gens ont témoigné en votre faveur. Et le shérif est bien décidée à prouver que vous êtes innocent. Ne rendez pas les choses plus difficiles…

— Entre Whitaker et vous, je ne suis pas sûr de pouvoir faire confiance à grand monde pour démontrer mon innocence. Je crois que je ferais mieux de m'en charger moi-même.

Sur ce, Tanner poussa Michalski jusqu'à une petite pièce qui se trouvait au fond du couloir et servait de réserve. Il l'y fit entrer et l'y enferma à clé. Au pire, il en sortirait le lendemain matin, lorsque ceux qui travaillaient dans cette aile du bâtiment viendraient prendre leur service.

— Nous ferions bien de partir en vitesse, dit alors Bree. Je ne suis pas sûre que te rendre maintenant soit une si bonne idée.

Il hocha la tête et tous deux s'engagèrent de nouveau dans le couloir. Tanner pressa le pas, craignant de croiser Whitaker. S'il tombait nez à nez avec lui, il serait en effet bien plus difficile de s'en défaire. Il leur fallait donc rejoindre au plus vite la porte par laquelle ils étaient entrés et qui était la seule qui leur permette de sortir discrètement.

— J'ai peut-être une idée, souffla Bree tandis que Tanner s'arrêtait pour tendre l'oreille.

Elle pianota sur son micro-ordinateur et, quelques instants plus tard, une sonnerie se mit à retentir à l'autre bout du bâtiment.

— Ils se rendront vite compte que c'est une fausse alerte, dit-elle. Mais cela devrait nous laisser suffisamment de temps pour sortir d'ici.

15

Tandis que Tanner les reconduisait à la maison de l'ami de Noah, Bree utilisa son téléphone portable pour obtenir une connexion Internet. Se servant du micro-ordinateur, elle commença à recueillir toutes les informations qu'elle pouvait trouver concernant le Dr Michalski.

Elle était désormais convaincue qu'il jouait un rôle-clé dans cette histoire. Même s'il n'avait pas lui-même commis les meurtres, elle était prête à parier qu'il en savait plus à ce sujet qu'il n'avait bien voulu leur dire.

Lorsqu'ils atteignirent enfin leur refuge, elle avait déjà réuni un certain nombre d'éléments qui confirmaient ses craintes.

— Le shérif avait raison de se méfier de ce type, dit-elle à Tanner en se laissant tomber sur le canapé du salon.

Elle ramena ses jambes de façon à s'asseoir en tailleur.

— Il y a quatre mois, son comportement a changé. Il s'est mis à passer de plus en plus de temps hors de chez lui et à dépenser beaucoup plus d'argent.

— Il a peut-être une maîtresse, suggéra Tanner. Ou alors, il s'est mis à fréquenter les casinos... Cela ne prouve pas pour autant qu'il ait tué qui que ce soit.

— C'est exact, concéda Bree. Mais c'est peut-être le signe d'un état mental ou émotionnel plus fragile.

Tanner secoua doucement la tête.

— Ce n'est pas de cette façon que nous devons raisonner, objecta-t-il. Fais comme si tu cherchais à innocenter Michalski, pas comme si tu cherchais absolument à prouver sa culpabilité.

— Pourquoi ?

— Parce que c'est d'une affaire de meurtre qu'il s'agit. C'est très grave, et nous ne pouvons nous permettre d'accuser un innocent simplement parce que ça nous arrange. Franchement, j'aurais aimé que Whitaker et Duggan fassent de même vis-à-vis de moi. Cela nous aurait évité à tous bien des problèmes.

— Tu es trop gentil, protesta Bree.

— J'essaie seulement d'être juste. Et puis, très franchement, si Michalski me détestait à ce point, il aurait eu maintes fois l'occasion de me causer des problèmes. Il lui aurait suffi de rendre un rapport très défavorable sur mon état psychologique pour me faire mettre à pied, par exemple…

— Je ne peux pas te promettre de le considérer comme innocent, répondit Bree. Mais je vais essayer de me montrer un peu plus objective.

Elle réfléchit à ce qu'ils avaient appris jusque-là.

— Même si l'on considère que le changement d'existence de Michalski n'a aucun rapport avec cette histoire et qu'il n'a pas jugé utile de mentionner ses relations avec les trois victimes, il y a tout de même un détail que je ne m'explique pas, dit-elle enfin.

— Lequel ?

— Le fait qu'il soit allé voir Carrico et que ce dernier ait envoyé les mails codés.

Tanner se mit à faire les cent pas dans le salon.

— Tu as raison.

— Crois-tu qu'ils puissent être complices ? Que le destinataire des fameux mails puisse être Michalski ?

— Bonne question. Est-ce que tu peux trouver un lien entre les deux hommes, en dehors de la visite que Carrico a mentionnée ?

Bree effectua plusieurs recherches simultanées pour tenter de s'en assurer. Cela lui prit une dizaine de minutes pendant lesquelles Tanner alla chercher deux cannettes de bière dans le réfrigérateur.

— Malheureusement, je ne trouve rien d'évident, annonça Bree.

Elle but une gorgée de bière en parcourant des yeux les résultats de ses différentes requêtes.

— Si Michalski a appelé Carrico, ce n'était ni de chez lui, ni de son bureau, ni de son téléphone portable. La visite dont a parlé Carrico est la seule qui figure sur le registre de la prison. Et je ne trouve la trace d'aucun mail envoyé à Michalski ou reçu de sa part dans l'historique de Carrico…

— De toute façon, s'ils étaient complices, Michalski n'aurait probablement pas pris le risque d'aller le voir personnellement. Surtout pas au beau milieu de la vague de crimes…

— Peut-être y a-t-il eu un problème, suggéra Bree. Quelque chose qui l'a forcé à commettre une imprudence…

— Tu es sûre d'avoir bien décodé les mails envoyés par Carrico ?

— Oui, répondit-elle sans hésiter. Mais il y a peut-être quelque chose qui m'a échappé. Je vais me repencher dessus, au cas où.

— Il y a au moins une chose qui me paraît étrange à leur sujet, en tout cas.

Elle lui jeta un coup d'œil interrogateur.

— Eh bien, je pourrais imaginer que quelqu'un comme Michalski engage quelqu'un comme Carrico pour faire son sale boulot. Mais dans ce cas, les mails auraient été envoyés par Michalski à Carrico, et non l'inverse.

— À moins que Michalski n'ait engagé Carrico qui a ensuite transmis les instructions à un homme de main..., suggéra Bree.

— Tu ne trouves pas curieux qu'il ait choisi quelqu'un qui est en prison ? N'aurait-il pas mieux valu engager quelqu'un qui était libre de ses mouvements ?

— Peut-être pensait-il avoir quelque chose à monnayer. L'annulation du transfert de Carrico en prison de haute sécurité, par exemple.

— Bien vu, acquiesça Tanner. Sauf que ce dernier ne semblait pas du tout convaincu que le bon docteur allait l'aider...

Bree ne put réprimer un soupir. Elle avait la désagréable impression qu'une pièce importante du puzzle leur échappait toujours. Mais elle avait beau retourner le problème dans tous les sens, elle était incapable de deviner ce dont il pouvait bien s'agir.

— Je ferais peut-être mieux de me livrer à la police, reprit enfin Tanner.

Cette déclaration n'étonna pas Bree le moins du monde : il lui avait dit que s'ils ne trouvaient rien dans le bureau de Duggan, il se rendrait. Et Tanner était un homme de parole.

— Ils savent que je suis en fuite, à présent, poursuivit-il. Que Michalski soit coupable ou non, il se fera un plaisir d'expliquer ce qui s'est passé ce soir. Cette fois, Duggan n'aura pas d'autre choix que de lancer une chasse à l'homme en bonne et due forme. Ils commenceront à mettre la pression sur les membres de ma famille. Ils interpelleront probablement Noah. Et tu seras considérée comme complice. Je ne peux pas laisser les gens auxquels je tiens payer à ma place. Si je me rends maintenant, je pense pouvoir convaincre Duggan que tu n'es pour rien dans cette affaire…

— Je comprends, acquiesça-t-elle. Et je ne peux pas t'empêcher de le faire, si c'est réellement ce que tu veux. Mais au risque de te faire l'effet d'un disque rayé, il y a une dernière chose que j'aimerais tenter avant que tu ne jettes l'éponge…

— Quoi donc ?

— J'aimerais rendre une nouvelle visite à Carrico. Je suis convaincue que c'est lui qui nous permettra de trouver la clé de l'énigme. Il y a trop de choses qui ne collent pas, chez lui : le fait qu'il ait parlé avec Michalski, qu'il ne connaisse que deux victimes sur les trois, qu'il n'ait pas semblé te reconnaître alors même qu'il a envoyé ces mails codés…

— Même si je le voulais, je ne pourrais jamais entrer dans cette prison, objecta Tanner. Dès que les gardiens enregistreront ma carte d'identité, ils découvriront que je suis recherché. Et en admettant que je parvienne à parler à Carrico, je doute qu'il lève le petit doigt pour nous aider. Il déteste les flics.

— Je suis tout à fait d'accord avec toi. Mais moi, j'ai une fausse carte d'identité qui devrait me permettre d'entrer sans problème. Et j'ai bien vu la façon dont il me regardait, lorsque nous sommes allés là-bas. Je crois que j'ai peut-être une chance d'obtenir quelque chose de lui…

— Je ne crois vraiment pas que ce soit une bonne idée, protesta vivement Tanner. Si Carrico a réellement été mêlé à ces meurtres, il pourrait paniquer et décider de te faire éliminer aussi.

— Je ne pense vraiment pas qu'il ait l'étoffe d'un tueur, objecta-t-elle. Et encore moins d'un parrain capable de commanditer un meurtre.

— Moi non plus, concéda Tanner. Mais ce n'est pas un risque que je suis prêt à courir. Nous n'aurons qu'à transmettre les informations que nous avons recueillies à Duggan. Elle se chargera d'interroger Carrico. Et avec un peu de chance, elle obtiendra du procureur l'autorisation de négocier. S'il collabore, il pourra continuer à voir sa fille.

— Tu l'as dit toi-même : Carrico n'a pas confiance en la police. S'il a affaire à Duggan ou à Whitaker, il risque de se refermer comme une huître. Et s'il est transféré dans cette prison de haute sécurité, je n'aurai plus la possibilité de le rencontrer…

Bree sentait que ses arguments étaient en train de porter. Le visage de Tanner paraissait moins fermé et, dans ses yeux, elle pouvait lire une pointe d'hésitation.

— Écoute, insista-t-elle, tu sais que je n'ai pas du tout envie de te voir te rendre. Et pourtant, je te l'ai dit : je suis prête à respecter ta décision. Tu me dois bien la même chose…

Tanner passa les mains sur son visage. Il était visiblement déchiré entre son instinct d'enquêteur et l'inquiétude qu'il éprouvait pour elle.

— Tu te rappelles ce que je t'ai dit hier soir ? Je suis bien plus forte que tu sembles le penser. Carrico et ses sbires ne me font pas peur. J'ai eu affaire à bien pire qu'eux, crois-moi…

— D'accord, soupira-t-il enfin. Tu as raison. Toi, tu auras peut-être une chance de lui tirer les vers du nez. Et je pense aussi que ça vaut le coup d'essayer…

— Parfait. Je vais nous préparer du café. Les visites ne sont pas autorisées avant plusieurs heures. Je vais en profiter pour continuer à rassembler tout ce que je pourrai au sujet de Michalski.

— Je m'occupe du café, dit Tanner. Nous allons en avoir besoin.

Bree ne perdit pas un instant. Elle utilisa la porte dérobée qu'elle avait installée sur le serveur du bureau du shérif et créa un mouchard qui lui permettrait de récupérer une copie de tous les messages dans lesquels apparaissait le nom de Tanner.

Elle put constater au passage que la police les considérait désormais officiellement comme des fugitifs, ce qui tendait à indiquer que Michalski était parvenu à sortir de son placard et qu'il avait parlé de leur rencontre.

— Tu avais raison, soupira-t-elle en avisant un autre message. Ils ont bien interpellé Noah. Ils sont en train de l'interroger en ce moment même.

— Ce n'est pas surprenant, remarqua Tanner d'un air sombre. Tout le monde sait que nous vivons ensemble et que nous sommes très proches, lui et moi.

— Pauvre Noah ! soupira Bree. Lui qui déteste être enfermé…

— Ne t'en fais pas pour lui. C'est un dur à cuire. Même s'il savait où nous nous trouvons, je suis convaincu qu'ils n'arriveraient jamais à le faire parler.

Le ton faussement décontracté de Tanner ne convainquit pas vraiment Bree. Elle savait à quel point il tenait à son frère et se doutait qu'il devait s'en vouloir de l'avoir mis dans une telle situation.

Tandis qu'il regagnait la cuisine, elle se remit au travail et entreprit de passer en revue le contenu du disque dur de Duggan qu'elle avait cloné. Ne trouvant rien de particulièrement intéressant, elle se reconnecta au serveur de la police.

Là, elle ne tarda pas à constater que Duggan avait dû missionner un informaticien pour prévenir d'éventuelles intrusions et sécuriser les données. Il n'était cependant pas de taille à s'opposer à elle et elle parvint sans aucune difficulté à échapper à tous les pièges qu'il lui avait tendus.

En fouillant le serveur, elle finit par découvrir que Michalski y avait placé un certain nombre de dossiers concernant les patients dont il avait la charge – qu'il s'agisse de policiers ou de détenus.

Elle se rendit alors compte qu'elle n'était pas la seule à s'intéresser aux fichiers du bon docteur.

— Ça alors ! s'exclama-t-elle.

— Que se passe-t-il ? lui demanda Tanner qui était de retour avec deux tasses de café fumantes.

— Figure-toi que je ne suis pas la première à pirater votre système informatique. Et celui qui m'a devancée a installé un cheval de Troie pour espionner Michalski.

— Est-ce que tu peux trouver qui a fait ça ? s'enquit Tanner.

— Non. Ce n'est pas du travail d'amateur. Pour avoir une chance de remonter jusqu'à la source, il me faudrait avoir accès au terminal de Michalski.

— Décidément, cette affaire devient de plus en plus tortueuse, remarqua Tanner.

— C'est le moins qu'on puisse dire, soupira Bree qui commençait à se sentir un peu dépassée par cette succession de découvertes. Et le pire, c'est que nous n'avons toujours strictement aucune idée des motivations des différents protagonistes…

16

Le lendemain matin, à la première heure, Kelsey Collins se présenta devant l'entrée réservée aux visiteurs de la maison d'arrêt. Les gardes ne reconnurent pas la jeune femme qui s'était présentée l'avant-veille en compagnie de Tanner, et pour cause.

Bree avait relevé ses cheveux bruns et les avait dissimulés sous une perruque blonde coupée au carré. Le fond de teint qu'elle portait dissimulait ses taches de rousseur. Elle était très maquillée, contrairement à son habitude, et elle avait pris soin de modifier légèrement le timbre de sa voix ainsi que sa diction. Évidemment, cette apparence correspondait parfaitement à la carte d'identité qu'elle présenta au gardien.

Ces rôles de composition étaient probablement l'un des rares aspects de sa vie de fugitive qui lui manqueraient : elle aimait les développer, convaincue qu'en matière de déguisement, chaque détail comptait.

Le jeu de papiers qu'elle possédait alors correspondait à une galerie de personnages dont elle connaissait le métier, la famille, les passions et les habitudes. Elle pouvait ainsi se fondre en eux sans jamais craindre de se couper.

Tanner était cependant très loin de partager son assurance. Lorsqu'il l'avait vue sortir de la salle de bains grimée en Kelsey Collins, il avait bien failli l'empêcher de se rendre à la maison d'arrêt. Il semblait réellement terrifié à l'idée qu'il puisse lui arriver quoi que ce fût.

Bree se rendait bien compte de la réaction très ambiguë que lui inspirait son inquiétude. D'un côté, elle était un peu agacée qu'il ne lui fasse pas un peu plus confiance – après tout, ce n'était pas la première fois qu'elle se livrait à un tel exercice. Mais, d'un autre côté, elle trouvait sa sollicitude très touchante.

Car elle lui prouvait à quel point Tanner tenait à elle. Jamais personne ne l'avait traitée avec autant d'égards et d'attentions. Et elle n'était toujours pas certaine de comprendre ce qu'elle avait bien pu faire pour mériter une telle dévotion.

Mais cela ne faisait que renforcer l'envie qu'elle avait de prouver l'innocence de Tanner. Car il n'était pas question qu'elle laisse quiconque lui voler cet homme qu'elle avait attendu toute sa vie sans oser l'espérer.

Qui que soit celui qui cherchait à lui nuire, elle était bien décidée à l'arrêter – pas uniquement à cause des meurtres qu'il avait commis, mais aussi parce qu'il menaçait l'homme de sa vie. Elle ne le laisserait pas détruire l'unique amour qu'elle ait jamais connu.

À la suite de l'un des gardiens, Bree gagna le parloir où, quelques minutes plus tard, elle fut rejointe par Darin Carrico. Ce dernier l'observa avec étonnement, se demandant probablement qui était cette inconnue qui lui rendait inopinément visite. Mais, contrairement aux gardiens, il finit par la reconnaître.

— Ça vous va bien, les cheveux blonds, lui dit-il en souriant. Mais où est passé votre petit ami flic ?

Vous avez enfin décidé de le laisser tomber pour vous trouver un vrai mec ?

Bree observa très attentivement son interlocuteur, cherchant à percer le masque goguenard qu'il arborait en cet instant. Car elle n'était pas dupe : la jovialité dont il faisait preuve sonnait faux. Elle tranchait avec la pâleur presque maladive de son visage, avec les cernes qui soulignaient son regard et avec l'angoisse qui luisait au fond de ses prunelles.

Loin d'être aussi à l'aise qu'il le prétendait, il était inquiet. Si elle voulait éviter qu'il se replie sur lui-même et se réfugie dans le silence, elle allait devoir trouver une façon de le mettre en confiance.

Bree n'avait pas l'habitude de conduire de tels interrogatoires. À vrai dire, elle avait même parfois du mal à mener une conversation ordinaire. Ne sachant comment procéder, elle décida donc d'opter pour la franchise.

— Je voulais vous remercier, lui dit-elle.

— Pourquoi ? lui demanda Carrico, visiblement pris de court par cette entrée en matière inattendue.

— Parce que, grâce à vous, j'ai compris que j'étais amoureuse de Tanner.

Cette remarque ne fit que renforcer la stupeur de son interlocuteur.

— Lorsque nous sommes sortis d'ici, avant-hier, Tanner ne croyait pas que vous l'aideriez. Malgré cela, il a décidé qu'il interviendrait en votre faveur.

Carrico ne parut pas particulièrement impressionné par cette preuve de générosité.

— Tanner a des ennuis, reprit-elle. Des ennuis aussi graves que les vôtres – peut-être même plus graves encore. Il aurait eu de bonnes raisons de vous abandonner à votre propre sort. Et pourtant, l'idée que l'on puisse vous empêcher de voir votre fille sans raison l'a mis en colère. Il déteste ce genre d'injustice. Et il s'efforce toujours de faire ce qu'il estime être équitable…

C'était la raison pour laquelle il avait décidé de voler à son secours, quelques semaines auparavant. Et s'il ne l'avait pas fait, elle serait probablement morte à l'heure actuelle. De tous les gens qu'elle connaissait, il était incontestablement le plus droit et le plus intègre. Et c'était sans doute l'une des raisons pour lesquelles elle était tombée follement amoureuse de lui…

— Je veux bien croire que votre petit ami est un ange venu du ciel, ironisa Carrico. Mais pour le moment, il n'a rien fait pour moi. Je suis toujours coincé ici et sur le point d'être transféré.

— Pour pouvoir vous aider, il faut qu'il se tire lui-même du pétrin. Et vous seul pouvez l'aider.

— Mon frère dit que nous ne pouvons pas faire confiance aux flics, objecta Carrico.

— Je vous jure que si Tanner est innocenté des charges qui pèsent contre lui, il fera tout ce qui est en son pouvoir pour vous aider. Ne repoussez pas la main que je vous tends, Darin. Vous passeriez le reste de votre peine à regretter de n'avoir pas tout fait pour continuer à voir votre fille.

Il ne répondit pas, mais elle perçut distinctement l'hésitation qui l'habitait en cet instant.

— Je suis sûre que vous devez penser à ça tout le temps. Vous n'en dormez plus. Croyez-moi, je sais ce que c'est de rester éveillé toute la nuit à se demander si on a fait le bon choix, s'il n'y a rien à faire pour changer les choses. J'étais comme vous, il n'y a pas si longtemps. Et quand Tanner a proposé de m'aider, moi aussi j'ai commencé par le repousser. Mais si j'avais persisté à le faire, je serais sans doute en prison, tout comme vous, à l'heure actuelle…

— Vraiment ? lui demanda Carrico d'un ton légèrement dubitatif. Et pour quel motif ?

— Vous avez entendu parler du Cercle, le groupe de hackers qui s'est fait arrêter il y a quelques semaines ?

— Bien sûr. C'était dans tous les journaux.

— Eh bien, j'en faisais partie.

Elle vit Carrico se détendre légèrement et, dans ses yeux, elle crut discerner une forme de respect.

— Vous avez vraiment failli faire péter le système, dit-il d'un ton appréciateur.

En réalité, si le Cercle avait réussi à lancer le cheval de Troie qu'il avait créé, il n'aurait pas détruit le système : il en aurait pris le contrôle. Mais étant donné les circonstances, elle jugea préférable de ne pas détromper Carrico.

— Que voulez-vous savoir ? lui demanda-t-il.

— Pourquoi Michalski est-il venu vous voir, la semaine dernière ?

— Je pensais que c'était ma dernière chance de faire annuler mon transfert. Il était parvenu à obtenir qu'Anders et Newkirk soient libérés sur parole. Malheureusement, je n'arrivais pas à le convaincre de venir me voir. C'est Glen qui a fini par y arriver.

— Savez-vous comment il s'y est pris ?

— Pas vraiment. J'imagine qu'il l'a attendri en lui parlant de sa maladie. Glen a un cancer du poumon en phase terminale.

Cela expliquait au moins pourquoi le frère de Carrico avait si mauvaise mine.

— Est-ce que Michalski vous a parlé de Tanner lorsqu'il est venu ici ?

— Pas du tout. À vrai dire, il ne s'intéressait même pas vraiment à ma situation. Tout ce qu'il voulait savoir, c'était comment Glen connaissait sa femme. Je n'en avais strictement aucune idée, bien sûr…

— Glen vous a confirmé par la suite qu'il la connaissait ? demanda Bree.

Elle pressentait qu'elle tenait là l'une des pièces manquantes et qu'elle lui permettrait peut-être de discerner enfin l'ensemble du puzzle.

— Oui. Il m'a expliqué qu'elle était informaticienne au palais de justice, tout comme lui.

Le fait que Glen soit informaticien expliquait peut-être qui avait placé le cheval de Troie qui surveillait les dossiers et les mails de Michalski.

— Pensez-vous que Glen aurait pu faire chanter Michalski pour l'obliger à venir vous voir ?

— Glen et moi avons perdu nos parents très jeunes, répondit Darin, paraissant brusquement renoncer à jouer les durs. Il s'est toujours occupé de moi. Il aide même mon ex à subvenir aux besoins de notre fille : il leur envoie régulièrement de l'argent et il veille sur Sharon…

— Ça a l'air d'être un type bien.

— C'est le meilleur, acquiesça Darin. Mais maintenant qu'il a le cancer et qu'il va…

Carrico s'interrompit, incapable de prononcer la terrible sentence.

— Je ne sais vraiment pas ce que je ferais sans lui, avoua-t-il. Et s'ils m'envoient au pénitencier, je ne le reverrai peut-être plus jamais. Il n'a plus que quelques mois à vivre et souffre de plus en plus. Je ne suis pas sûr qu'il puisse venir me voir là-bas. Il ne me l'a pas dit, bien sûr, mais j'ai bien senti que ça le minait, lui aussi…

— Je comprends mieux ce que vous vouliez dire. Pour vous, Michalski faisait figure de dernier recours…

— Oui. Je ne demandais même pas une libération sur parole comme Anders et Newkirk. Tout ce que je voulais, c'était rester ici. Cela ne paraissait pas totalement déraisonnable, d'autant que je n'ai rien fait de mal depuis que je suis en prison.

— Est-ce que Michalski a mentionné le nom d'Owen Duquette pendant votre entrevue ? Ou est-ce que vous le connaissiez par ailleurs ?

Le nom ne semblait strictement rien évoquer pour Darin.

— Non, répondit-il. Qui est-ce ?

— Quelqu'un qui est mêlé à cette histoire, éluda-t-elle. Mais pour en revenir à Michalski, vous ne savez pas comment votre frère l'a persuadé de venir ?

— Non. Mais de toute façon, sa venue n'a pas changé grand-chose. Il était évident qu'il ne lèverait pas le petit doigt pour m'aider.

Bree comprit alors que Tanner et elle avaient fait fausse route. Ce n'était pas à Darin qu'ils devaient parler mais à Glen. Il paraissait évident que ce dernier avait plus d'une longueur d'avance sur son frère dans cette histoire. Mais cela n'expliquait pas pourquoi ces mails codés avaient été envoyés de la prison…

— Quel âge à Sharon ? demanda-t-elle, optant pour une approche indirecte.

— Quatre ans, répondit Darin.

— Comment est-ce que vous communiquez, tous les deux ? Par téléphone ? Par mail ? Par téléconférence ?

— Par téléphone. Contrairement à Glen, je ne suis pas très fan des ordinateurs.

Bree l'observa très attentivement, cherchant à déterminer s'il était en train de lui mentir. Il lui paraissait honnête, mais s'il disait la vérité, cela signifiait qu'il ne pouvait être à l'origine de messages codés aussi complexes que ceux qui avaient été envoyés depuis la prison.

— Vous n'envoyez jamais de mails ? Pas même à vos amis ou à votre frère ?

— Non, répondit Darin. Je préfère de loin le téléphone. C'est plus personnel.

Bree comprit qu'il était temps pour elle de poser la question autour de laquelle elle était en train de tourner.

— Vous n'avez donc jamais envoyé de mails concernant Anders ou Newkirk ?

— Mais c'est une véritable obsession, chez vous ! plaisanta Carrico. Franchement, je suis désolé de vous décevoir mais je les connaissais à peine, moi, ces types. Tout ce que je sais, c'est qu'ils sont sortis en avance grâce à ce psy. Pourquoi est-ce qu'ils vous intéressent autant, vous ?

— Parce qu'ils ont été tués tous les deux, lui assena Bree.

Elle avait gardé les yeux résolument fixés sur Carrico de façon à ne pas manquer sa réaction. Et elle ne fut pas déçue : une expression de stupéfaction se peignit sur son visage.

— Ils sont morts ? fit-il. Est-ce que les flics pensent que je les ai tués ? Est-ce que c'est pour ça qu'ils veulent me faire transférer ?

— Non, répondit-elle. Ils pensent que c'est Tanner qui les a assassinés.

Carrico se détendit légèrement.

— Je vois pourquoi vous avez commencé par me dire qu'il avait des problèmes, remarqua-t-il. Effectivement, il est dans de sales draps… Mais pourquoi êtes-vous venus me voir moi ?

— Parce que vous étiez l'une des rares personnes, en dehors de Tanner, à les avoir connus tous les deux. Nous avons découvert depuis que c'était aussi le cas de Michalski, comme vous venez de me le confirmer.

— Je suis désolé de ne pas pouvoir vous en dire beaucoup plus. Franchement, sans cette histoire de remise de peine, je les aurais probablement complètement oubliés tous les deux… Mais vous avez parlé d'un troisième homme… Buquette ?

— Duquette, le reprit Bree.

— Est-ce qu'il est mort, lui aussi ?

— Oui.

— Eh bien…, murmura Darin, visiblement troublé. J'imagine que c'est une chance pour moi que je ne le connaisse pas.

— En effet, convint-elle. Mais ce n'est malheureusement pas le cas de Tanner. Quoi qu'il en soit, je vous promets que s'il arrive à se tirer de ce mauvais pas, il essaiera d'empêcher votre transfert.

— C'est gentil, répondit Darin. Mais s'il est vraiment soupçonné d'un triple meurtre, c'est lui qui risque d'avoir besoin d'aide.

— Et c'est pour ça que je suis là, répondit Bree avec plus d'assurance qu'elle n'en éprouvait réellement.

— Il a beaucoup de chance de vous avoir, soupira Darin. Le seul qui ne m'a pas laissé tomber, moi, c'est Glen. Et bientôt, il ne sera plus là…

L'heure que Bree passa dans l'enceinte de la prison sembla durer une éternité. Par moments, Tanner s'en voulait terriblement de l'avoir laissée courir un tel danger. Puis il se disait que, de toutes les personnes qu'il connaissait, elle était certainement la plus apte à accomplir la mission qu'elle s'était fixée.

Cela faisait des années qu'elle était passée maîtresse dans l'art du subterfuge. Elle était à la fois brillante, perspicace et dotée d'une volonté de fer. Elle avait affronté des dangers qu'il préférait ne pas imaginer.

Depuis l'âge de douze ans, elle avait passé la majeure partie de son existence à fuir un groupe organisé, méthodique et plein de ressource, dont les membres n'auraient probablement pas hésité à l'abattre à vue.

Lorsqu'il la vit enfin sortir de la prison, il ne put réprimer un profond soupir de soulagement. Elle se dirigea vers le parking d'un pas tranquille, feignant de discuter au téléphone. Tanner ne put s'empêcher d'admirer le parfait naturel dont elle faisait preuve.

À vrai dire, s'il l'avait croisée par hasard dans la rue, il n'était pas certain qu'il l'aurait reconnue. Sa coupe de cheveux, ses vêtements, son maquillage et jusqu'à sa façon de se tenir et de se mouvoir étaient différents.

Il se força à attendre patiemment qu'elle le rejoigne dans la voiture.

— Tout s'est bien passé ? lui demanda-t-il lorsqu'elle prit place sur le siège passager.

— Tout dépend de ce que tu veux dire par-là. Je n'ai eu aucun problème pour entrer ni pour ressortir.

— C'est déjà ça, soupira-t-il en faisant démarrer la voiture. Qu'est-ce qui cloche, alors ?

— La situation est encore plus compliquée que nous

le pensions, dit-elle en ôtant précautionneusement sa perruque blonde.

Elle la glissa dans un sac en plastique qu'elle rangea dans son fameux sac d'évacuation qui était posé à ses pieds. Pendant son absence, Tanner avait eu beaucoup de mal à résister à la tentation d'y jeter un coup d'œil. Seule la conviction qu'il y trouverait toutes sortes d'articles prohibés l'avait empêché de satisfaire sa curiosité.

— Compliqué de quelle façon ? demanda-t-il d'un ton circonspect.

Il lui semblait que cette affaire était déjà bien assez complexe comme cela.

— Je ne pense pas que Darin Carrico ait quoi que ce soit à voir avec les meurtres, dit-elle à son grand étonnement. Lorsque je lui ai annoncé que Newkirk et Anders étaient morts, il a semblé tomber des nues.

— Alors comment expliques-tu les mails qu'il a envoyés ? objecta Tanner.

— Je ne pense pas que ce soit lui qui les a rédigés. Quelqu'un s'est servi de sa messagerie, et je suis prête à parier que si j'y regarde de plus près, je me rendrai compte qu'ils venaient d'ailleurs et ont juste transité par-là. Je m'en veux de ne pas m'en être aperçue plus tôt.

Tanner prit l'une de ses mains dans la sienne.

— Tu n'as aucun reproche à te faire, protesta-t-il. C'est toi qui as eu l'idée de fouiller la messagerie de Darin. Pour ce que nous en savons, Whitaker et Duggan n'ont même pas encore découvert l'implication de Carrico.

— Peut-être, concéda-t-elle. Mais cela n'excuse pas le fait que je n'ai pas analysé les messages avec tout le soin dont j'aurais dû faire preuve. C'est toi qui avais raison, même si je n'ai pas compris ce que tu voulais dire, sur le coup. Il faut chercher à prouver l'innocence des gens et non se contenter de trouver un coupable. Ce n'est pas seulement une question de morale, mais aussi de professionnalisme…

— Si tu en as assez d'être serveuse, tu devrais peut-être songer à rejoindre les rangs de la police, lui suggéra Tanner en souriant.

— Moi ? Dans la police ? s'exclama-t-elle en riant. Ce serait vraiment le monde à l'envers !

— Pour en revenir à ces fameux messages codés, si Darin ne les a pas envoyés, qui l'a fait, d'après toi ?

— À mon avis ? Son frère. Non seulement Glen Carrico connaissait personnellement l'épouse de Michalski mais, de plus, il s'avère qu'il travaille comme informaticien. Et si c'est lui qui a piraté la messagerie de la prison et conçu le cheval de Troie que j'ai découvert sur l'ordinateur de Michalski, je dirais qu'il n'est pas mauvais.

— Venant de toi, voilà qui est flatteur ! Quoi qu'il en soit, je pense que nous devrions aller rendre une petite visite à ce Glen…

17

La maison qu'habitait Glen Carrico était vraiment très loin de tout. Totalement excentrée, elle était située en pleine campagne, au bout d'une route qui ne paraissait desservir qu'elle et quelques prairies où paissaient des troupeaux de vaches laitières.

— Que savons-nous de ce type, au juste ? demanda Tanner.

Depuis qu'ils avaient quitté le parking de la prison, Bree n'avait quasiment pas détaché les yeux de son écran d'ordinateur.

— Pas grand-chose, à vrai dire. Glen Carrico est le grand frère de Darin. Tous deux sont devenus orphelins très jeunes et ont été baladés d'une famille d'accueil à l'autre jusqu'à leur majorité. Les dossiers des délinquants mineurs sont nettement plus difficiles à pirater, mais d'après ce que j'ai pu récupérer, Darin était l'enfant à problèmes et Glen le garçon sage et raisonnable. Dès qu'il est devenu majeur, il a obtenu la garde de son frère qui a sept ans de moins que lui.

— Il n'a aucun antécédent judiciaire ?

— Non, aucun. Il avait également de très bons bulletins scolaires et a été admis comme boursier à l'Université du Colorado. Mais il a décliné pour pouvoir rester auprès de son frère et s'occuper de lui. Il a suivi une formation d'informaticien et semble s'en être plutôt bien sorti. En revanche, il ne semble pas s'être marié et déclare ses revenus en tant que célibataire. Il a toujours vécu dans la même maison…

— En d'autres termes, Glen Carrico a sacrifié toute sa vie pour son petit frère, résuma Tanner. Il n'a pas dû être ravi lorsque celui-ci s'est retrouvé en prison.

— Probablement pas, reconnut Bree. D'autant que cette nouvelle a été suivie par celle du transfert prochain de Darin vers un centre de détention de haute sécurité. Cela leur a été annoncé il y a deux mois. Depuis Glen a écrit à quasiment tous les représentants de la Justice au Colorado pour leur demander que son frère soit autorisé à demeurer à la maison d'arrêt.

— Tu es vraiment sûre que Glen est notre homme ? s'étonna Tanner. Tout ce que tu me racontes à son sujet semble indiquer qu'il est le gentil de l'histoire, contrairement à son frère…

— Honnête, peut-être, concéda Bree. Mais Glen est aussi un homme désespéré. On lui a diagnostiqué un cancer du poumon au stade terminal. D'après Darin, il n'aurait plus que quelques mois à vivre…

Tanner laissa échapper un juron. Bree avait raison : les gens qui n'avaient rien à perdre se conduisaient parfois de façon complètement imprévisible, en rupture totale avec leurs valeurs habituelles. Ils étaient également nettement plus dangereux et Tanner ne put s'empêcher de s'inquiéter pour Bree.

Ils ne tardèrent pas à parvenir en vue de la maison qu'ils cherchaient. C'était une bâtisse qui n'était pas dénuée d'un certain charme rustique. Mais il était évident qu'elle avait connu des jours meilleurs et que celui qui l'habitait n'en prenait guère soin.

Tanner récupéra son pistolet dans la boîte à gants et vérifia le chargeur. À ce stade, rien ne lui permettait d'affirmer que Glen était bien leur tueur, mais il entendait ne courir aucun risque inutile.

— Tu devrais peut-être rester dans la voiture, conseilla-t-il à Bree.

— Il n'en est pas question ! protesta-t-elle en sortant de son sac d'évacuation le taser qu'elle lui avait montré quelques jours auparavant. Nous formons une équipe, lui rappela-t-elle. Et puis, très franchement, je préfère que tu me couvres plutôt que de rester toute seule ici…

Tanner dut bien reconnaître que l'argument était parfaitement recevable.

— D'accord, lui dit-il. Mais fais attention à toi et reste toujours bien derrière moi.

— Chef, oui chef ! répondit-elle en esquissant un petit salut militaire.

Pour se porter chance, il déposa un rapide petit baiser sur les lèvres de Bree. Puis tous deux descendirent de voiture. Tanner glissa son arme sous sa ceinture, au creux de son dos. Il aurait préféré la garder à la main mais craignait que Glen interprète cela comme une agression.

— Glen Carrico ! appela-t-il d'une voix forte. Je suis Tanner Dempsey, de la police de Grand County. Cette visite n'est pas officielle, mais j'ai quelques questions à vous poser !

Tout en parlant, il s'était approché de la petite volée de marches vermoulues qui permettaient d'accéder à la terrasse de la maison. Il s'immobilisa et tendit l'oreille, guettant le moindre bruit révélateur. Mais il n'entendait que le pépiement des oiseaux.

— J'aimerais que nous parlions de votre frère Darin,

reprit Tanner. Je pense que je pourrai peut-être l'aider à résoudre son problème.

Aucune réponse ne leur parvint et il commença à se demander si la maison n'était pas déserte. Mais il s'aperçut alors que la porte d'entrée était entrebâillée. D'un geste il fit passer Bree derrière lui, de façon à lui faire rempart de son corps. Et, cette fois, il sortit son arme qu'il prit soin de garder pointée vers le sol.

— Glen ? appela-t-il encore en gravissant les marches.

Le silence ne pouvait signifier que deux choses : soit Glen leur tendait une embuscade, soit il n'était pas en état de leur répondre.

— Tu crois qu'il est mort, lui aussi ? souffla Bree.

— Personne ne nous répond, et la porte est entrouverte, répondit-il. Ce n'est généralement pas bon signe...

Bree hocha la tête. Dans ses yeux, il ne discerna aucun signe d'inquiétude, juste une résolution farouche, comme si elle était réellement prête à tout. Un mélange d'admiration et de tendresse l'envahit brusquement.

— Fais attention, lui répéta-t-il.

Cette fois, elle se garda de plaisanter et se contenta d'opiner de la tête. Se maintenant entre elle et la porte, Tanner s'en approcha.

— Glen, je vais entrer ! annonça-t-il tout comme il l'aurait fait dans le cadre d'une opération de police. Votre porte est ouverte, et je dois m'assurer que vous allez bien !

Il repoussa alors doucement Bree de façon qu'elle se retrouve à côté de la porte, le dos plaqué contre le mur. Puis, du bout du pied, il poussa le battant qui pivota.

— Reste ici, souffla-t-il à Bree.

Elle acquiesça et il espéra qu'elle tiendrait parole. Puis il entra, l'arme au poing. Il visita les pièces une par une et ne tarda pas à s'apercevoir que la maison était entièrement déserte. La bonne nouvelle, c'était qu'il n'y avait là aucun cadavre.

— Tout va bien, dit-il. Tu peux entrer, Bree.

— Pas de corps, cette fois ?

— Non, Dieu merci.

Tanner replaça son arme à sa ceinture.

— Peut-être a-t-il l'habitude de ne pas fermer sa porte à clé, suggéra Bree. Après tout, il ne doit pas y avoir beaucoup de passage, par ici. Il a plus de chances de retrouver un chien ou un chat errant chez lui qu'un cambrioleur…

— Tu as sans doute raison, reconnut Tanner en observant attentivement le salon dans lequel ils se trouvaient.

Contrairement à ce qu'aurait pu laisser penser l'apparence extérieure de la maison, l'intérieur était méticuleusement propre et rangé. Il n'y avait que peu de meubles, et encore moins de décorations. L'endroit avait quelque chose de presque spartiate.

— Tu entends ce bruit ? demanda-t-il brusquement à Bree.

— On dirait de la musique, répondit-elle.

Cela provenait de l'arrière du bâtiment et, en jetant un coup d'œil par la fenêtre de la cuisine, Tanner avisa une sorte de hangar qui se trouvait dans le jardin, à quelques centaines de mètres de la maison.

— Je suis sûre qu'il n'y avait pas de musique lorsque nous sommes descendus de voiture, remarqua Bree. Glen est peut-être dans cette remise…

— C'est reparti, murmura Tanner. Reste bien derrière moi.

Ils procédèrent comme ils l'avaient fait devant la

maison : Tanner appela Glen puis s'avança, avant de renouveler son appel, de dégainer et de s'avancer jusqu'à la porte du hangar qui était elle aussi entrouverte.

Mais cette fois, alors qu'il était sur le point de la repousser du pied, un coup de feu claqua sur leur gauche et une balle se ficha dans l'encadrement de la fenêtre de la remise, à moins d'un mètre de l'endroit où ils se trouvaient.

Bree laissa échapper un cri tandis que Tanner se jetait sur elle, la plaquant au sol. L'instant d'après, un second coup de feu se fit entendre. Tanner riposta au jugé, faisant feu sur les buissons qui se trouvaient sur la gauche. Il n'avait que peu de chances d'atteindre le tireur, mais cette manœuvre leur permit de gagner une poignée de secondes.

— Dans la cabane ! ordonna-t-il à Bree. Vite !

Elle s'exécuta sans la moindre hésitation, faisant une fois de plus la démonstration de l'extraordinaire sang-froid qui la caractérisait. Tandis qu'elle se ruait à l'intérieur de la remise, Tanner ouvrit de nouveau le feu, se contentant cependant d'une balle, car il ne tenait pas à vider son chargeur. Un nouveau tir de carabine retentit, mais Bree s'était déjà mise à l'abri.

Sans laisser le temps à son adversaire de recharger, Tanner se rua à l'intérieur et claqua la porte derrière lui.

— Tout va bien ? demanda-t-il à Bree d'une voix haletante.

— Oui, répondit-elle en se redressant.

Il fit de même et observa l'intérieur de la remise. Il était évident qu'elle servait de débarras. De nombreux objets hétéroclites y étaient entassés : il y avait de vieux outils agricoles, des matériaux de construction divers, deux vieilles bicyclettes et de nombreuses caisses en bois.

Ce bric-à-brac jouerait en leur faveur. Il les protégerait en effet des balles du tireur que n'arrêteraient probablement pas les murs de bois peu épais. Tanner entraîna Bree jusqu'à un tas de vieux pneus de tracteur derrière lequel ils s'agenouillèrent.

— Tu crois que c'est Glen qui nous tire dessus ? lui demanda Bree.

— Vu comme cette ferme est isolée, il y a des chances, oui.

— Alors c'est lui, le tueur ?

— Ou alors il a paniqué en voyant que j'avais un pistolet à la main. Pour le moment, laissons-lui le bénéfice du doute. À moins qu'il soit un très mauvais tireur, je ne pense pas qu'il ait cherché à nous tuer. Vu l'endroit où il se trouvait, il aurait eu tout le temps de le faire pendant que nous traversions le jardin…

Tanner fit signe à Bree de demeurer embusquée. Il se redressa alors et s'approcha de la porte, prenant soin d'éteindre le poste de radio au passage.

— Je suis le capitaine de police Tanner Dempsey ! cria-t-il. Je travaille pour le shérif de Grand County. Je veux juste vous parler. Posez votre arme pour que nous puissions discuter tranquillement !

— Je sais qui vous êtes, fit une voix à l'extérieur.

Tanner reconnut celle de Glen Carrico.

— Si j'avais mon arme à la main, c'est uniquement parce que votre porte était ouverte, lui dit-il. Et je pensais que vous étiez peut-être en danger. Je ne vous veux aucun mal. Alors posons nos armes et tâchons de nous conduire comme des adultes raisonnables…

Glen fit entendre un ricanement ironique.

— Je ne pense pas avoir jamais rencontré un flic raisonnable. Et je doute que cette journée fasse exception à la règle.

— Détrompez-vous. Je ne suis pas venu ici en tant que représentant des forces de l'ordre. Je voulais juste vous parler…

— Je vous connais, Dempsey, rétorqua Glen. Je sais ce que vous avez fait. Et vous ne vous en tirerez pas par de belles paroles.

Tanner hésita, se demandant à quoi il faisait référence.

— Si vous voulez parler des trois hommes qui sont morts, je n'y suis pour rien, assura-t-il à Glen. Je n'ai tué personne…

Pendant quelques secondes, Glen demeura silencieux. Lorsqu'il reprit la parole, c'était à mi-voix, comme s'il se parlait à lui-même.

— Vous êtes venu plus tôt que prévu. Je pensais avoir un peu plus de temps devant moi…

— Plus de temps pour quoi ? demanda Tanner.

Carrico ne répondit pas.

— Glen, soyez raisonnable ! Je ne vous tiendrai pas rigueur pour les coups de feu que vous avez tiré dans notre direction. Je veux juste discuter.

— Vous ne vous êtes pas dit que je ne voulais peut-être pas parler avec vous, espèce de sale flic ?

— Très bien, soupira Tanner. Si vous ne voulez pas nous parler, laissez-nous au moins sortir. Nous retournerons à notre voiture et nous vous laisserons tranquille.

— Impossible, Dempsey ! s'exclama Glen d'une voix vibrante d'une haine et d'un mépris qui étonna Tanner.

Il avait cru comprendre que le frère de Darin ne

raffolait pas des policiers, mais cela ne pouvait en aucun cas expliquer l'intensité de sa réaction à son égard.

— Réfléchissez, Glen ! plaida-t-il. Vous ne pouvez pas nous garder dans cette cabane indéfiniment. Et vous ne pouvez pas non plus abattre un flic…

— Pas n'importe quel flic, objecta Glen. Tanner Dempsey, soupçonné d'un triple homicide. Je n'aurai qu'à dire que vous vous êtes introduit sur ma propriété sans autorisation, une arme à la main, et que j'ai tiré par légitime défense…

Tanner devait bien reconnaître que, dans ce cas de figure, les arguments de Glen feraient peut-être mouche. Qui sait ? Il se verrait peut-être même félicité d'avoir éliminé un redoutable criminel…

— Et vous comptez tuer la fille aussi ? lança-t-il.

C'était un argument à double tranchant, Tanner en avait conscience. Mais il se rappelait ce que lui avait raconté Bree au sujet de Glen et voulait croire qu'il y avait encore en lui un peu de ce jeune orphelin qui avait choisi de renoncer à une bourse universitaire par amour pour son frère.

— Je ne pense pas que vous soyez un meurtrier, reprit Tanner. D'ailleurs, si vous aviez réellement voulu nous tuer, vous auriez déjà pu le faire.

Aucune réponse ne lui parvint.

— Tu crois qu'il est parti ? demanda Bree à mi-voix.

Tanner se rapprocha de la fenêtre pour jeter un coup d'œil à l'extérieur.

— Peut-être, murmura-t-il. Si c'est le cas, nous devrions en faire autant avant qu'il décide de changer d'avis et de se débarrasser de nous.

— Je te suis, répondit-elle.

Tanner entrouvrit la porte de la remise.

— Glen, nous allons sortir, annonça-t-il. Ne tirez pas. Nous allons juste retourner à notre voiture et partir.

Tanner se servit d'un vieux manche à balai pour repousser entièrement la porte. Cette manœuvre ne fut accueillie par aucun coup de feu. Il tendit alors la main dans l'encadrement de la porte et serra les dents. Mais Glen ne tira toujours pas.

— Allons-y, fit Tanner en tendant la main à Bree.

Elle la prit et ils sortirent. Mais à peine eurent-ils fait deux pas hors de la cabane qu'un coup de feu retentit. La balle atteignit le mur, juste au-dessus de la porte.

Tanner repoussa aussitôt Bree dans la cabane et claqua la porte derrière eux.

— Désolé ! leur cria Glen. En fin de compte, je ne vais pas pouvoir vous laisser partir…

18

Tanner laissa échapper une bordée de jurons. Il se sentait d'autant plus frustré par cette situation absurde qu'il ne comprenait absolument pas quelles pouvaient bien être les intentions de Glen.

Une fois de plus, celui-ci aurait très bien pu les tuer. Au lieu de cela, il se contentait de jouer avec eux au chat et à la souris.

— Pourquoi faites-vous ça, Glen ? s'exclama-t-il. Cela n'a aucun sens !

— Vous n'étiez pas censé venir ici, Dempsey. Pas encore, en tout cas. Bon sang, j'aurais dû avoir beaucoup plus de temps…

— Mais du temps pour quoi ? s'emporta Tanner. Pour aider votre frère ?

Glen ne répondit pas.

— Est-ce que vous savez qui a assassiné Anders et Newkirk ? lui demanda Tanner. C'est tout ce que nous voulons savoir.

— Je m'en doute, répondit Glen d'une voix ironique. Ça ne doit pas être très agréable d'être le dindon de la farce…

— Tu crois que c'est lui qui les a tués ? s'enquit Bree qui était retournée s'abriter derrière le tas de vieux pneus.

— J'espère que non, répondit Tanner.

Il savait en effet que si Glen avouait avoir commis ces meurtres, il n'aurait plus d'autre choix que de les faire disparaître tous les deux.

— Oui, s'écria alors Glen d'une voix qui frôlait l'hystérie. C'est moi qui les ai tués : Anders, Newkirk et Duquette ! Vous avez oublié Duquette…

Il s'était exprimé de manière précipitée, comme s'il était heureux de cette occasion qui lui était donnée de se libérer d'un tel secret.

Tanner serra les dents. Il savait que la situation venait de changer. Glen avait franchi un point de non-retour. Si Tanner voulait avoir une chance d'arracher Bree à cette souricière, il allait avoir besoin d'aide.

Il sortit son téléphone portable de sa poche et constata avec un certain soulagement qu'il y avait un réseau à portée.

— Tu appelles la police ? demanda-t-elle à mi-voix.

— Non. Si je le faisais, ils risqueraient de débarquer en force. Et si Glen les entend approcher, il risque d'ouvrir le feu et de transformer ce hangar en véritable passoire. Je préfère appeler Whitaker.

— Mais ce type ne peut pas te supporter ! lui rappela-t-elle.

— Peut-être, mais c'est un pro, répondit Tanner. Il a l'expérience de ce genre de situation et saura quoi faire.

Le portable de Whitaker ne sonna qu'une fois avant qu'il décroche.

— Tiens donc, on dirait que l'homme le plus recherché du comté a enfin décidé de se manifester…

— Écoutez, Whitaker, si ça vous tente, on pourrait aller manger un morceau et se faire un dîner, un de ces soirs. Mais en attendant, j'ai vraiment besoin de votre aide.

— Tiens donc…

— Oui. Bree et moi avons retrouvé l'homme qui a tué Newkirk, Anders et Duquette. Voilà son adresse…

— Vous êtes chez Glen Carrico ? lui demanda Whitaker dès qu'il commença à la donner.

Ce fut au tour de Tanner d'être stupéfait.

— Comment avez-vous entendu parler de Glen ? lança-t-il.

— Contrairement à ce que vous semblez croire parfois, vous n'êtes pas la seule personne capable de mener une enquête, dans le coin. Figurez-vous que j'étais justement en chemin pour aller parler à Glen.

Tanner aurait voulu savoir comment Whitaker avait réussi à trouver Carrico, mais le moment était mal choisi pour comparer leurs notes.

— C'est plutôt une bonne nouvelle parce qu'il nous a coincés dans sa cabane de jardin et s'apprête à nous faire la peau…

Whitaker poussa un juron.

— J'arrive dès que possible, dit-il. Tâchez de tenir pendant quinze à vingt minutes.

— On va faire ce qu'on peut, répondit Tanner avant de raccrocher.

Il regarda autour de lui, cherchant une échappatoire. Malheureusement, la cabane n'avait qu'une seule porte. Il s'en éloigna prudemment et alla s'accroupir près de Bree.

— Combien de temps croyez-vous que mon frère survivrait dans une prison de haute sécurité ? s'exclama alors Glen. Il a déjà du mal à s'en sortir à Camp George West. Ces types que j'ai tués ont fourni des informations en échange de l'allégement de leur peine. C'était des rats qui n'avaient pas hésité à balancer leurs amis ! Mais mon frère est bien trop réglo pour faire une chose pareille !

Tout en écoutant d'une oreille distraite la complainte de Glen, Tanner continuait à inspecter la remise. Il finit par repérer une petite fenêtre en hauteur qui avait été entièrement peinte en noir. Il se demanda si elle pouvait encore s'ouvrir.

— Fais-le parler, souffla-t-il à Bree. Il ne faut pas qu'il m'entende.

Elle hocha la tête et se rapprocha légèrement de la porte.

— Comment avez-vous su que c'était des balances ? demanda-t-elle à Glen.

— C'était écrit noir sur blanc dans les dossiers du psy qui avait témoigné en leur faveur. Il se faisait mousser auprès de ses supérieurs en leur fournissant des renseignements et, en échange, il acceptait de témoigner en faveur de ceux qui les lui fournissaient.

Tandis qu'il parlait, Tanner avait commencé à déplacer un vieux secrétaire un peu bancal qui leur permettrait d'atteindre la fenêtre aveugle. Il devait le tirer très lentement pour atténuer le raclement des pieds sur le sol.

— C'est vous qui avez placé un cheval de Troie sur son ordinateur ?

— Je n'en ai pas eu besoin, répondit Glen tandis que Tanner continuait à tirer le meuble. Il m'a suffi demander ces informations à quelqu'un qui l'avait fait…

— Qui ça ? voulut savoir Bree, curieuse.

— Sa chère et tendre épouse.

— Pourquoi a-t-elle fait ça ?

Glen éclata d'un rire sans joie.

— C'est sans doute la partie la plus ironique de l'histoire. J'ai cherché à joindre Michalski pendant des semaines pour essayer de le convaincre de témoigner en faveur de mon frère. Mais il devait savoir que Darin n'avait aucune information intéressante à lui fournir, alors il m'a délibérément ignoré. J'ai fini par aller trouver sa femme pour lui demander d'intercéder pour nous auprès de son époux. Je ne la connaissais pas personnellement, mais nous travaillions dans le même bâtiment. Je me suis dit que je n'avais pas grand-chose à perdre…

Pendant que Glen parlait, Tanner avait renforcé le secrétaire pour être certain qu'il ne s'écroulerait pas sous son poids. Il put enfin monter dessus et atteignit la fenêtre. Au prix de quelques efforts, il parvint à entrouvrir le battant à demi coincé par la rouille.

Le fait que la fenêtre puisse s'ouvrir était incontestablement une excellente nouvelle. En revanche, il lui paraissait tout à fait évident qu'il ne passerait jamais à travers une ouverture aussi étroite. Même Bree aurait sans doute du mal à se faufiler au-dehors.

— J'ai rapidement compris que Mme Michalski haïssait cordialement son mari. Le fait qu'il couche régulièrement avec certaines de ses patientes y est peut-être pour quelque chose. Elle ne pouvait pas vraiment intervenir en faveur de Glen puisqu'elle avait jeté son époux dehors. En revanche, elle était tout à fait prête à me fournir les fichiers dont j'avais besoin. L'idée que je puisse m'en servir pour faire chanter Michalski la réjouissait au plus haut point…

— Ça expliquerait pourquoi Michalski se trouvait au bureau du shérif au beau milieu de la nuit, remarqua

Tanner *sotto voce*. Si cela se trouve, il en est réduit à dormir dans son bureau depuis que sa femme l'a jeté dehors.

— Est-ce que ça a marché ? demanda Bree à voix haute. Est-ce que vous avez fini par convaincre Michalski de vous aider ?

— Même pas, s'exclama Glen. Il ne valait pas mieux que tous les autres flics. Il se fichait totalement de ce qui pouvait bien arriver à mon frère…

La voix de Glen semblait s'être rapprochée, et Bree jeta un regard inquiet en direction de Tanner. Ce dernier lui fit signe de le rejoindre. Elle hocha la tête mais se tourna une dernière fois vers la porte.

— Et les mails codés ? lança-t-elle. Pourquoi les avoir fait transiter par la messagerie de votre frère ? Je pensais que vous essayiez de lui éviter le pénitencier…

— Quels mails ? demanda Glen, apparemment surpris.

— Des messages envoyés depuis la messagerie de Darin à une boîte anonyme qui donnaient le nom de chacune des victimes.

— Vous mentez ! s'exclama Glen, furieux. Darin ne savait rien de tout cela…

Tanner et Bree échangèrent un regard intrigué. Mais le temps leur manquait. La voix de Glen s'était encore rapprochée.

— Il faut que tu te hisses jusqu'à la fenêtre, dit Tanner en aidant la jeune femme à monter sur le secrétaire.

— Mais tu ne passeras jamais ! protesta-t-elle.

— Je ne compte pas le faire. Je vais continuer à occuper Glen, le temps que tu t'éloignes. Ensuite, Whitaker et moi le prendrons en sandwich.

Bree n'était pas dupe. Elle savait tout comme lui

que Glen ne continuerait pas à discuter pendant dix à quinze minutes encore.

— Mais…

Il la fit taire d'un baiser.

— Écoute, lui dit-il gravement, si ça se résout à coups de feu, j'aime autant que tu ne sois pas dans les parages. Si je dois aussi penser à te défendre, je risque de me faire tuer. Alors que tout seul, j'ai une chance. Une carabine est plus efficace pour tirer de loin mais en combat rapproché, mon pistolet a l'avantage.

Il s'abstint de préciser qu'il n'avait plus beaucoup de balles dans son chargeur. C'est alors qu'un bip aigu se fit entendre. En cherchant l'origine, Tanner eut la surprise de constater qu'il provenait d'un vieux minuteur électronique qui venait brusquement de s'allumer. Un compte à rebours s'enclencha alors en partant de deux minutes.

— Qu'est-ce que c'est que ce truc ? murmura Tanner qui craignait de ne le savoir que trop.

Il sauta au bas du secrétaire et se rapprocha de l'établi sur lequel le minuteur était posé. Suivant le fil qui y était relié, il vit qu'il plongeait sous une couverture qui recouvrait une caisse en bois. Soulevant le tissu, il sentit son cœur s'arrêter de battre. Pendant ce temps, le minuteur continuait son décompte mortel.

— Ce sont des explosifs, n'est-ce pas ? fit Bree.

— Vous n'auriez jamais dû venir ici, tous les deux ! leur cria Glen de l'extérieur.

— Bree, sors d'ici ! s'exclama Tanner.

— Pas sans toi ! protesta-t-elle.

— Pour une fois, fais ce que je te dis, ordonna-t-il. Je ne peux pas passer par cette fenêtre, mais il est inutile que nous restions ici tous les deux. Sors et éloigne-toi le plus possible pour ne pas être dans la zone de l'explosion. Ensuite, cache-toi et attends Whitaker.

Elle hésita encore un instant avant de hocher la tête.

— Je t'aime, lui dit-il.

— Moi aussi, répondit-elle, les larmes aux yeux.

Elle sauta alors et agrippa le rebord de la fenêtre avant de se hisser à la force des bras. Il la vit se faufiler par l'entrebâillement et entendit un bruit sourd au moment où elle se laissa tomber sur le sol, de l'autre côté.

Il espéra qu'elle ne s'était pas fait trop mal. Mais le plus important était qu'elle soit sortie de ce piège. Lui-même se trouvait dans une situation nettement moins enviable. D'après le compte à rebours, il ne lui restait plus qu'une minute avant l'explosion.

Il savait qu'il n'aurait jamais le temps de désamorcer l'engin.

— Pourquoi est-ce que vous faites tout ça, Glen ? s'écria-t-il. Il y avait d'autres façons de résoudre le problème.

— Ce n'est pas non plus ce que je voulais, je vous assure, répondit Glen. Je n'avais aucune envie de tuer tous ces gens. Mais vous vous trompez : c'était la seule solution. J'espère juste que le jeu en aura valu la chandelle…

Tanner ne pouvait plus rester là à écouter les déclarations sibyllines de Glen. Bree avait eu tout le temps de s'éloigner. Il devait tenter une sortie. Il tira deux coups de feu à travers la fenêtre de devant puis s'élança en courant aussi vite qu'il le pouvait en direction de la porte.

19

Bree allait réellement devoir s'entretenir avec Tanner de ce qui signifiait exactement le mot « équipe ». Une équipe n'était pas censée se séparer à la première occasion, laissant l'un de ses membres exposé au danger tandis que l'autre prenait la poudre d'escampette.

Mais lorsqu'ils avaient découvert la bombe, elle avait su que le moment d'en discuter n'était pas encore venu. Elle avait donc obéi à Tanner, l'avait embrassé avant de se hisser jusqu'à la fenêtre et de se laisser retomber à l'extérieur, au risque de se rompre le cou.

Mais s'il espérait réellement qu'elle allait le laisser seul face à Glen et courir lâchement se mettre en sécurité, il se mettait le doigt dans l'œil. Si Tanner tenait à jouer les héros en sortant de la remise sous un déluge de balles, elle lui apporterait un soutien tactique en se servant de son taser contre Glen.

Contournant le bâtiment en courant, elle aperçut Glen qui était sorti des buissons dans lesquels il devait être embusqué au moment où ils avaient visité la maison. Il s'était avancé presque jusqu'à la remise et se tenait face à la porte.

Deux coups de feu furent alors tirés à travers la fenêtre, monopolisant l'attention de Glen. Sans même réfléchir, Bree tira son taser de sa poche et se mit à courir. Quasiment au même instant, Tanner jaillit de la remise en tirant dans la direction de Glen.

Sur les trois coups qui partirent, un seul atteignit sa cible, touchant Glen au bras et lui arrachant un cri de rage et de douleur. Mais il en fallait plus pour le mettre hors de combat. Hélas ! le pistolet de Tanner était vide, à présent.

Glen épaula sa carabine et tira. Tanner eut tout juste le temps de se jeter de côté pour éviter la balle. Il se retrouva étendu sur le sol, offrant à son adversaire une cible presque immanquable.

Comprenant qu'elle arriverait trop tard, Bree poussa un hurlement menaçant. Glen renonça momentanément à achever Tanner et se tourna vers elle, stupéfait. Malheureusement, elle était encore trop loin pour utiliser son arme.

Comme si l'action se déroulait au ralenti, elle vit le canon de la carabine se redresser, pointer dans sa direction. Elle prit alors conscience du fait qu'elle allait se faire tirer dessus et peut-être mourir.

Curieusement, ce ne fut pas de la terreur que cette pensée éveilla en elle mais une profonde tristesse à l'idée qu'elle ne profiterait jamais vraiment de l'amour de sa vie.

Le coup de feu retentit alors mais elle n'éprouva aucune douleur. Il lui fallut quelques instants pour comprendre qu'elle n'avait pas été touchée et quelques-uns de plus pour s'apercevoir que c'était Glen qui venait de s'effondrer, touché en pleine tête.

Elle vit alors Tanner courir vers elle. Parvenu à sa hauteur, il lui prit la main et continua sa ruée en avant, l'entraînant dans son sillage. Quelques secondes plus tard, une assourdissante explosion se fit entendre derrière eux. Le souffle les projeta vers l'avant et ils heurtèrent durement le sol.

Durant quelques instants, Bree resta étendue, complètement sonnée, s'efforçant désespérément de demeurer consciente. Puis, lentement, le sifflement qui lui vrillait les oreilles commença à diminuer d'intensité.

Elle se redressa péniblement et constata que Tanner venait de faire de même. Ils étaient couverts de bleus et de contusions mais avaient très bien résisté au choc, dans l'ensemble.

— Je croyais que tu n'avais plus de balles, dit-elle.

— Ce n'est pas moi qui ai tiré, répondit-il.

— Ravi d'avoir pu me rendre utile…, fit une voix sur leur droite.

Ils se retournèrent et eurent la surprise de découvrir Ryan Fletcher qui se tenait à quelques mètres de là, revolver à la main.

— Fletcher ? s'exclama Tanner, sidéré. Mais qu'est-ce que tu fais là ?

— J'étais au téléphone avec le shérif Duggan lorsque Whitaker a appelé pour lui dire que vous étiez en danger et qu'il était en route vers ici. J'étais plus près et je suis arrivé avant lui, apparemment. Juste à temps pour vous voir vous faire tirer dessus par ce type… J'imagine que c'était ce Carrico dont parlait Whitaker ?

— Exact, lui dit Tanner. Et sans toi, il aurait probablement descendu l'un d'entre nous.

Il se tourna vers Bree et la fusilla du regard.

— Je t'avais dit de t'éloigner ! lui rappela-t-il.

— Tu crois vraiment que je fais toujours ce qu'on me demande ? répliqua-t-elle sans se démonter.

Elle se tourna vers Ryan et lui décocha un sourire empli de reconnaissance.

— Vous m'avez sauvé la vie. Merci.

— Il n'y a pas de quoi, répondit le procureur. En revanche, j'avoue que j'aimerais bien que vous m'expliquiez ce qui s'est passé, ici. Comment se fait-il que cette cabane ait explosé ?

Bree se tourna vers la remise qui avait été en grande partie pulvérisée par l'explosion. Ils entreprirent d'expliquer à Ryan comment ils avaient remonté la piste jusqu'à Glen Carrico. Au bout de quelques minutes, ils furent rejoints par Richard Whitaker, puis par une kyrielle de policiers venus aussi bien de Denver que de Grand County et qui avaient été envoyés en renfort par le shérif Duggan.

Parmi eux se trouvait Ronnie Kitchens, l'adjoint de Tanner qui les étreignit longuement l'un après l'autre, manifestement très ému de les savoir sains et saufs. À mesure que son flux d'adrénaline se dissipait, Bree prit progressivement conscience du fait que Tanner et elle avaient bien failli mourir.

Et alors même que cette idée se faisait jour en elle, elle comprit à quel point elle tenait à lui et à la relation qu'ils avaient nouée au cours des derniers jours.

Pour la première fois de sa vie, elle s'apercevait qu'elle n'était pas seule, qu'elle avait à ses côtés quelqu'un dont la vie lui importait tout autant que la sienne, peut-être même plus encore. C'était une sensation à la fois magique et terrifiante.

— En ce qui me concerne, vous êtes totalement blanchi dans cette affaire, annonça Michalski après avoir fouillé la maison de Glen. Nous avons tout ce qu'il nous faut pour inculper Carrico, à commencer par l'arme du crime.

Michalski leur montra le sachet en plastique qu'il tenait à la main et qui contenait une dague de chasse magnifiquement ouvragée.

— Il avait aussi sur son ordinateur toute une liste de personnes qui avaient bénéficié de remises de peine anticipées. J'imagine qu'il avait l'intention de leur faire subir le même sort qu'aux trois autres.

— Ce que je ne comprends pas, remarqua Tanner, c'est pourquoi il voulait me faire porter le chapeau. Ce n'est pourtant pas moi qui ai arrêté son frère…

— Je ne vois pas non plus comment il pensait que ça pourrait bien éviter le pénitencier à Darin.

— Il était peut-être juste frustré par les injustices de notre système judiciaire, opina Ryan. Il ne serait pas le premier…

— Possible, concéda Tanner avant de se tourner vers Whitaker. Au téléphone, vous m'avez dit que vous étiez déjà en route vers ici. Comment avez-vous su que Glen Carrico était impliqué ?

— Par Michalski, répondit Whitaker. Je l'ai trouvé dans le placard où vous l'aviez enfermé, l'autre soir. Il était fou de rage que vous lui ayez filé sous le nez.

— Pas vous ? demanda Tanner avec une pointe d'ironie.

— Oh ! je me serais fait un plaisir de vous arrêter, si j'en avais eu l'occasion ! répliqua Whitaker avec un sourire provocateur. Après tout, vous faisiez l'objet d'un mandat en bonne et due forme. Mais votre présence au poste m'a fait réfléchir. Je me suis dit que si vous aviez été coupable de ces crimes, vous ne seriez probablement jamais revenu là. La seule raison que vous aviez de le faire, c'était que vous cherchiez à démontrer votre innocence.

— En effet…

— En revanche, poursuivit Whitaker, je ne voyais pas très bien ce que Michalski était venu faire au poste au beau milieu de la nuit. Alors je suis allé consulter le registre et je me suis aperçu qu'il venait là tous les soirs. J'en ai parlé au shérif et nous avons décidé de l'interroger à ce sujet, ce matin. Il a fini par avouer que sa femme l'avait jeté dehors, qu'elle avait piraté ses dossiers et les avait transmis à ce Glen Carrico.

— S'il nous l'avait avoué depuis le début, plusieurs vies auraient pu être épargnées, remarqua Bree.

— Je crois que Michalski en a parfaitement conscience, acquiesça Whitaker. Il a espéré qu'il parviendrait à régler la situation tout seul, mais elle lui a rapidement échappé. À sa décharge, il ne pouvait pas savoir que l'homme auquel sa femme avait donné ses fichiers allait s'en servir pour assassiner des gens… Quoi qu'il en soit, c'est lui qui a été mis à pied, cette fois. Quant à vous, vous devriez aller voir Duggan pour qu'elle vous rende votre insigne.

— J'irai la voir dès demain matin, dit Tanner. Mais en attendant, Bree et moi allons vous laisser et rentrer chez nous…

« Chez nous »…

Bree se rappela brusquement la conversation qu'ils avaient eue, le soir où ils avaient dîné chez l'ami de Noah. Elle repensa à la proposition qu'il lui avait faite et qui lui avait alors semblé à la fois si touchante et si extraordinaire. Curieusement, aujourd'hui, après ce qu'ils venaient de traverser, ces mots lui faisaient l'effet d'une évidence.

— Vous l'avez bien mérité, remarqua alors Ryan. Si vous n'avez plus besoin de moi, ajouta-t-il à l'intention de Whitaker, je vais faire comme eux. J'ai eu mon lot d'émotions fortes pour la journée... Pour le mois tout entier, en fait.

Tanner prit alors la main de Bree et l'entraîna en direction de sa voiture. Mais dès qu'ils eurent contourné la maison de Carrico, il s'arrêta et se tourna vers elle. Prenant son visage entre ses mains, il l'embrassa avec une passion qui la prit totalement de court.

C'était un baiser dévorant et possessif, un baiser presque désespéré qui la laissa haletante et brûlante de désir.

— Jamais je n'ai eu aussi peur de ma vie, lui dit-il lorsqu'ils se séparèrent enfin.

Il posa doucement son front contre le sien.

— J'ai cru que j'allais te perdre, reprit-il. Quand Carrico a pointé sa carabine sur toi, j'ai cru que tout était fini.

Il s'écarta légèrement d'elle et la considéra en secouant la tête d'un air mi-incrédule, mi-réprobateur.

— Lorsque quelqu'un brandit une arme, tu n'es pas censée courir vers lui, lui dit-il. Surtout pas lorsque l'arme en question a une portée de quatre cents mètres et que tout ce que tu as à lui opposer, c'est un taser qui nécessite d'être au contact !

— D'accord, répondit-elle d'un air de défi. Je ne suis peut-être pas aussi qualifiée que toi en matière d'armement, mais laisse-moi te dire une chose : lorsqu'on travaille en équipe, on ne court pas se mettre à l'abri pendant que son compagnon se fait cribler de balles ou se retrouve coincé dans une cabane sur le point d'exploser !

Ils se mesurèrent quelques instants du regard avant d'éclater de rire presque simultanément.

— On est quittes ? demanda Bree.

— Oui, soupira-t-il. J'imagine qu'on est quittes. Allez, viens, rentrons à la maison…

— Avec plaisir.

20

— Je sais que nous avions parlé de nous offrir une véritable escapade en amoureux, lorsque nous étions en cavale, remarqua Bree en observant le panorama splendide qui s'offrait à elle à travers le pare-brise de la jeep. Mais je ne m'attendais pas à ce que tu prennes cela au pied de la lettre. Je me serais contentée d'un week-end au ranch en ta compagnie, tu sais…

Sans quitter la route de montagne des yeux, Tanner prit la main de Bree et la porta à ses lèvres.

— Chose promise, chose due, répondit-il. Et j'avais vraiment très envie que nous nous retrouvions seuls, toi et moi. Depuis que j'ai repris mes fonctions, je n'ai pas eu une minute à moi ! C'est à croire que j'ai été absent pendant des mois…

De fait, cela faisait à présent presque une semaine qu'ils avaient affronté Glen Carrico, et Tanner avait dû gérer les nombreuses retombées de cette affaire. Il avait commencé par s'entretenir longuement avec la future ex-Mme Michalski pour lui faire comprendre la gravité des actes qu'elle avait commis.

Avec l'accord du shérif Duggan, il avait renoncé à la poursuivre mais avait exigé qu'elle détruise toutes les informations sensibles qu'elle avait subtilisées à son mari.

Ce dernier avait été mis à pied jusqu'à nouvel ordre, et il était peu probable qu'il retrouve un jour ses fonctions d'expert assermenté près les tribunaux.

Darin Carrico avait été très affecté par la mort de son frère. Tout comme Bree et Tanner, il avait cependant eu beaucoup de mal à comprendre le sens des agissements de Glen. Tanner avait tenu la promesse que Bree avait faite en son nom, et il était intervenu directement auprès du juge d'application des peines.

Curieusement, ni ce dernier ni le personnel pénitentiaire n'étaient parvenus à découvrir d'où avait émané l'ordre de transfert ni pour quelle raison il avait été donné. Confronté à cette aberration, le juge avait annulé l'ordre en question. Darin pourrait donc purger le reste de sa peine dans l'enceinte de la maison d'arrêt de Camp George West.

Rétrospectivement, Tanner trouvait profondément déprimant que quatre personnes soient mortes pour un problème qui avait été résolu par le biais de quelques coups de téléphone.

— Pourquoi cette moue ? lui demanda Bree.

Elle paraissait avoir le don de percevoir le moindre de ses changements d'humeur. Et maintenant qu'ils vivaient quasiment ensemble, cette aptitude s'en était encore trouvée affinée. Il se demandait parfois si Bree n'était pas capable de lire dans ses pensées.

— Je pensais juste que toutes ces tragédies auraient pu être évitées si Darin et Glen s'étaient montrés moins méfiants envers les autorités.

— Le problème, remarqua Bree, c'est qu'ils n'avaient pas complètement tort, hélas ! Glen nous l'a dit : il a envoyé des messages à tous ceux qui étaient susceptibles d'intervenir, et personne ne l'a fait. Ce n'est que lorsque tu t'en es mêlé que la situation s'est brusquement débloquée.

— Que veux-tu dire ?

— Que les gens ne sont pas des monstres de naissance, j'imagine. C'est la société qui les façonne. Nous sommes donc tous collectivement responsables de leur existence. Qui sait ? Si Glen n'avait pas été si désespéré, il n'aurait sans doute jamais tué personne. Mais la vie l'a poussé dans ses tout derniers retranchements…

— Tu as raison, acquiesça pensivement Tanner. C'est sans doute pour cela que je me sens en partie responsable de Darin. J'ai décidé de continuer à l'aider, une fois qu'il sera sorti de prison. Je pourrai peut-être l'aider à se trouver du travail. Et à obtenir un droit de visite pour sa fille…

— C'est une excellente idée, approuva Bree. Il va avoir besoin de soutien, maintenant que Glen n'est plus là pour s'occuper de lui… À ce propos, j'ai décidé d'accepter la proposition de ta sœur. Je vais essayer de donner des cours d'informatique dans son foyer pour femmes.

Tanner n'était pas étonné par cette décision. Il avait toujours su qu'elle finirait par accepter.

— Je pense que tu seras parfaite, dit-il. Mais puis-je savoir ce qui t'a décidée, en fin de compte ?

— Je me suis dit que si ces femmes avaient assez de courage pour quitter ceux qui leur faisaient du mal et refaire leur vie, je pouvais en trouver suffisamment en moi pour les aider à y parvenir.

— Bree, est-ce que je t'ai dit à quel point je te trouve extraordinaire ?

— Pas aujourd'hui, répondit-elle malicieusement. Mais je te soupçonne de ne pas être très objectif.

— Je plaide coupable, avoua-t-il en souriant. En ce qui te concerne, je suis tout sauf objectif. Et je compte bien sur ce week-end en amoureux pour te le prouver…

Alors même qu'il prononçait ces mots, ils arrivèrent en vue de l'hôtel où Tanner avait réservé une chambre.

— C'est vraiment magnifique ! s'exclama Bree en contemplant le site exceptionnel sur lequel il était implanté.

Situé à quelques kilomètres de la petite ville d'Estes Park, l'hôtel était constitué de petites maisons éparpillées dans une forêt majestueuse entourée de tous côtés par d'imposantes montagnes.

Ils se garèrent sur le petit parking situé près du bâtiment principal qui abritait un restaurant gastronomique, un sauna et une salle de sport. À la réception, ils récupérèrent la clé de leur bungalow ainsi qu'un plan du site.

Après avoir pris leurs bagages, ils suivirent un joli petit sentier qui serpentait paresseusement entre les arbres et franchissait un ruisseau avant de déboucher sur une adorable maisonnette au toit pentu.

— On se croirait dans un conte de fées, s'émerveilla Bree.

— C'est exactement ce que je me suis dit lorsque je l'ai vue, acquiesça Tanner. L'endroit idéal pour y emmener une princesse…

Bree lui décocha un sourire qui le fit fondre. Chaque fois qu'elle le regardait de cette façon, il avait l'impression que le monde entier s'illuminait.

— Personne ne m'a jamais appelée comme ça, lui dit-elle.

— Même pas ta maman ?

Un sourire un peu triste se dessina sur les lèvres de la jeune femme.

— Je suppose que ma mère m'aimait beaucoup, à sa façon. Mais ce n'était pas vraiment quelqu'un de très démonstratif. C'était probablement un luxe qu'elle ne pouvait se permettre ; elle avait bien trop à faire pour assurer notre survie au jour le jour.

Tanner sentit son cœur se serrer. Il avait toujours du mal à imaginer comment une enfant qui avait à ce point été privée d'affection et de tendresse avait pu devenir la femme radieuse et généreuse qu'il avait aujourd'hui devant les yeux.

En tout cas, il entendait bien passer tout ce week-end à lui prouver à quel point elle était digne d'être aimée – adulée même. Et si elle était d'accord, il passerait le reste de sa vie à le lui rappeler.

Lorsqu'ils se retrouvèrent à l'intérieur de la petite maison, Tanner laissa tomber son sac et prit Bree dans ses bras.

— Enfin seuls, lui dit-il tendrement.

Elle rougit légèrement et, dans ses yeux, il vit apparaître une lueur qui lui était désormais familière. Le trouble qu'elle éprouvait en cet instant ajouta encore au désir qu'il avait d'elle. Se penchant vers elle, il l'embrassa avec une infinie douceur. Il était bien décidé à prendre tout son temps, ce soir, à savourer chaque instant de leur étreinte.

Mais tandis que leur baiser se faisait plus passionné, le téléphone de la chambre se mit à sonner. Ils ne décrochèrent pas, bien trop occupés à profiter l'un de l'autre. Cependant, leur correspondant insista et la sonnerie se prolongea encore et encore, jusqu'à ce que, en désespoir de cause, Bree se résigne à répondre.

— Oui, fit-elle d'une voix très rauque et légèrement haletante.

Tanner se rapprocha d'elle et put discerner la voix de son correspondant.

— Madame Dempsey, je suis désolé de vous ennuyer, mais il y a quelque chose qui est arrivé pour vous à la réception.

Tanner posa les lèvres au creux du cou de Bree qui laissa échapper un petit cri de surprise.

— Désolée, s'excusa-t-elle auprès du réceptionniste. Savez-vous de quoi il s'agit ?

Tanner continuait à couvrir sa gorge de petits baisers et elle renversa légèrement la tête en arrière pour mieux s'offrir à ses caresses.

— Je crois qu'il s'agit d'une bouteille de champagne, répondit le réceptionniste. Il y a une carte avec. Voulez-vous que je vous la lise ?

— Oui, volontiers, dit Bree qui paraissait avoir beaucoup de mal à maintenir un semblant de détachement, maintenant que la langue de Tanner s'était jointe à ses lèvres.

— Il est écrit : « De la part de toute l'équipe du shérif Duggan. Félicitations pour cette enquête rondement menée, profitez bien de ce repos amplement mérité ». Normalement, nous livrons ce genre de cadeau directement dans les chambres. Malheureusement, le groom qui devait être de service ce soir est tombé malade et a dû rester chez lui.

— Ne vous en faites pas, répondit Bree. Je vais venir chercher la bouteille moi-même. À tout de suite…

Elle raccrocha le téléphone en riant.

— L'heure de la revanche a sonné ! s'exclama-t-elle d'une voix que le désir rendait rauque.

Avec une force que ne laissait pas supposer sa petite stature, elle le repoussa en arrière et le fit basculer sur le lit. Avant même qu'il ait eu le temps de se redresser, elle se jeta sur lui et entreprit de lui ôter son épais blouson qu'elle expédia à l'autre bout de la chambre.

Elle s'assit ensuite à califourchon sur lui et commença à déboutonner sa chemise avec une lenteur délibérée. Tanner sentit monter en lui un désir irrépressible. Repoussant les pans de la chemise, Bree effleura son torse du bout des ongles, lui arrachant un délicieux frémissement. Elle se pencha alors vers lui et couvrit sa poitrine de petits baisers.

Elle descendit plus bas, jusqu'à son ventre, avant de déboucler sa ceinture et de déboutonner son jean. L'envie qu'il avait d'elle le rendait fou. Elle avait envahi chaque pore de sa peau, allumant en lui un feu dévorant. Lorsque les doigts de Bree se refermèrent doucement sur la partie la plus sensible de son anatomie, il faillit perdre tout contrôle.

Jamais personne ne lui avait inspiré un désir aussi impérieux, aussi insoutenable. Mais alors même qu'il se redressait pour l'embrasser, elle se dégagea et descendit du lit.

— Je crois que je vais aller chercher ce champagne, maintenant, dit-elle d'un ton provocateur. Je reviens dans un instant.

Éperdu de désir et de frustration, Tanner ne put réprimer un juron.

— Surtout, ne bouge pas, ajouta-t-elle. Lorsque je reviendrai, je compte bien reprendre précisément là où je m'étais arrêtée.

— Tu es cruelle, protesta-t-il faiblement.

— Tu n'as pas idée, rétorqua-t-elle en riant.

Sur ce, elle attrapa son manteau et quitta la chambre en chantonnant.

Tanner laissa échapper un gémissement. Cette femme finirait par avoir sa peau.

Il demeura quelques minutes allongé, songeant à toutes les façons délicieuses dont il entendait tirer vengeance d'elle. Mais comme elle ne faisait pas mine de revenir, il décida qu'une douche lui ferait le plus grand bien. Il prit tout son temps.

Après s'être essuyé, il jeta un coup d'œil dans la chambre et constata avec une pointe d'étonnement que Bree n'était toujours pas revenue. Dans le doute, il se rhabilla et s'assit sur le lit pour jeter un coup d'œil à ses mails sur son téléphone portable.

Dix minutes supplémentaires s'écoulèrent, et son étonnement laissa insidieusement place à l'inquiétude. Le bureau de la réception n'était pourtant pas si loin que cela. Se pouvait-il qu'elle se soit trompée de sentier en revenant ?

Il finit par décrocher le téléphone de la chambre et appela la réception.

— Bonjour, je voulais m'assurer que mon amie était bien venue chercher la bouteille que vous aviez reçue au nom de Dempsey…

— Je suis désolé, monsieur, je viens juste de prendre mon service. Laissez-moi vérifier…

— Bien sûr, répondit-il en enfilant ses chaussures.

— Désolé de vous avoir fait attendre, monsieur, reprit le réceptionniste. La bouteille dont vous avez parlé est bien là. En revanche, votre amie n'est pas encore passée la prendre.

— Je vous remercie, répondit Tanner.

Il raccrocha et enfila son blouson, de plus en plus

convaincu que Bree avait dû s'égarer. Le chemin n'était pas particulièrement difficile à suivre, mais il faisait nuit à présent et les différents bungalows se ressemblaient un peu…

En ouvrant la porte de la chambre, il tomba en arrêt devant une enveloppe écarlate qui était posée sur le paillasson. Tanner se pencha pour la récupérer et l'ouvrit.

Rejoins-moi au bungalow 42. J'ai une surprise pour toi.

Tanner demeura quelques instants interdit. Que mijotait donc Bree ? Et comment avait-elle pu préparer cette surprise alors qu'elle n'était même pas censée savoir où ils allaient ?

Un sourire plein d'autodérision se dessina sur ses lèvres. Sa petite amie était l'une des meilleures pirates informatiques du monde. Comment espérait-il pouvoir lui cacher ce genre de secret ?

Curieusement, le bungalow 42 était précisément celui que Tanner aurait voulu réserver parce qu'il était plus excentré encore que les autres et qu'il offrait la plus belle vue sur les montagnes avoisinantes. Malheureusement, il était déjà réservé lorsqu'il avait appelé.

Sans doute s'était-il libéré entre-temps, ce qui avait permis à Bree de le réserver. Quittant son bungalow, Tanner se dirigea vers celui où il avait rendez-vous. En chemin, il se demanda quel genre de surprise Bree avait bien pu lui réserver. Un repas aux chandelles, peut-être ?

En arrivant en vue du bungalow 42, il constata que la porte était entrouverte. Par l'interstice, on devinait que l'intérieur était éclairé aux bougies. Jamais il n'aurait pensé que Bree puisse se montrer aussi romantique.

D'un pas léger, il gravit les marches qui conduisaient à la porte et entra dans une pièce plongée dans la pénombre.

— Je suis là, annonça-t-il. Tu as parlé d'une surprise ?

— Effectivement, fit une voix d'homme qu'il mit quelques instants à identifier. Mais j'ai bien cru que tu ne trouverais jamais cette enveloppe…

— Ryan ? s'exclama Tanner, sidéré. Mais qu'est-ce que tu fais ici ?

Il vit une ombre bouger au fond de la pièce.

— Laisse-moi éclairer ta lanterne à ce sujet, lui dit Ryan.

Il pressa un interrupteur et une brusque clarté envahit la pièce, aveuglant momentanément Tanner. Mais lorsque ses yeux s'habituèrent à la lumière, il ne put réprimer un frémissement d'horreur absolue.

Car juste devant lui se trouvait Bree, debout en équilibre précaire sur le dossier d'une chaise, un nœud coulant passé autour du cou…

21

L'espace de quelques instants, l'horreur de la situation lui parut telle qu'il ne trouva même pas la force de parler. Puis il se tourna vers Ryan Fletcher qui se tenait non loin de Bree.

— Mais qu'est-ce qui se passe ici ? demanda enfin Tanner en faisant mine de s'avancer.

Mais Ryan l'arrêta d'un geste et brandit la longue dague de chasse qu'il tenait. C'était la réplique exacte de celle que Whitaker avait trouvée chez Glen Carrico. Il posa la pointe de l'arme contre les côtes de Bree.

— Pas un pas de plus ou elle mourra avant même de tomber de sa chaise !

Tanner demeura parfaitement immobile, partagé entre horreur, incrédulité et impuissance. Il regretta soudain de ne pas s'être muni de son arme de service qui avait dû rester dans la boîte à gants de la voiture.

— Je ne bouge pas, répondit-il en écartant légèrement les bras.

Les mains de Bree étaient attachées derrière son dos et sa bouche était recouverte d'un morceau de ruban adhésif qui la réduisait au silence. Ses grands yeux verts étaient écarquillés sous l'effet de l'angoisse qui l'habitait. Elle avait apparemment beaucoup de mal à se maintenir en équilibre sur le dossier de la chaise.

Tanner savait très précisément ce qu'elle devait être en train d'endurer, à l'heure actuelle, et cette connaissance ne faisait qu'ajouter à l'horreur de la situation.

— Tiens bon, mon ange, l'encouragea-t-il.

— Je ne sais pas si l'expression est si bien choisie que cela, remarqua Ryan, narquois.

— Mais qu'est-ce qui t'arrive ? s'exclama Tanner qui ne parvenait toujours pas vraiment à comprendre ce qui était en train de se passer. À quoi est-ce que tu joues ? Détache-la tout de suite !

Ryan secoua doucement la tête.

— Ce n'est pas du tout un jeu, crois-moi, dit-il. J'ai beaucoup réfléchi depuis que toi et ta petite amie avez réduit tous mes efforts à néant. Et j'ai décidé de procéder de façon différente, cette fois. Plus personnelle, en quelque sorte. Je crois que cela te fera le plus grand bien de découvrir ce que cela fait de perdre quelqu'un qu'on aime.

Le corps de Tanner était tendu comme la corde d'un arc. Il déployait un effort de volonté sans précédent pour résister à l'envie qu'il avait de se jeter sur Ryan. Mais ce dernier n'aurait eu qu'un geste à faire pour plonger sa dague dans le corps de Bree.

— C'est étrange, tu sais, reprit Ryan sur le ton de la conversation. Je suis probablement l'une des seules personnes à savoir qui tu es vraiment. Lorsque je me suis débrouillé pour te faire accuser de meurtre, j'ai découvert avec une certaine incrédulité que tous les habitants de ce stupide comté te prenaient pour un héros.

— Je n'ai jamais été un héros, répondit Tanner d'un ton qui se voulait conciliant.

La scène qui était en train de se dérouler sous ses yeux lui paraissait toujours aussi surréaliste. Mais s'il ne trouvait pas très vite une échappatoire, elle risquait de virer rapidement au cauchemar.

— Ça, je le sais bien, répondit Ryan. Tu n'as rien d'un héros ; tu es un meurtrier.

— Tu sais très bien que je n'ai pas tué ces hommes, protesta vivement Tanner. Glen Carrico a admis avoir commis ces crimes…

— Glen Carrico était prêt à faire n'importe quoi pour éviter la prison de haute sécurité à son petit frère. Il n'avait pas grand-chose à perdre, remarque, puisqu'il ne lui restait que quelques mois à vivre. Il aurait endossé la responsabilité de n'importe quel crime, si je le lui avais demandé…

— Alors c'était toi ? murmura Tanner, horrifié. Tu as tué Anders, Newkirk et Duquette ? Mais pourquoi ?

Ryan tira doucement sur la chaise sur laquelle se tenait Bree qui lutta désespérément pour conserver son équilibre.

Tanner serra les poings de toutes ses forces.

Il savait pertinemment la souffrance qu'elle devait endurer en cet instant. Il savait aussi qu'elle ne pourrait tenir indéfiniment dans une position aussi précaire. Tôt ou tard, ses muscles tétanisés lâcheraient, et le nœud coulant se resserrerait impitoyablement sur sa gorge.

Il se jura que cela n'arriverait pas, qu'il tuerait Ryan de ses propres mains s'il le fallait.

— Pourquoi ? s'exclama ce dernier d'un ton offusqué. Mais parce que ces types étaient des ordures qui ne méritaient pas de vivre ! Je te l'ai dit : j'en ai plus qu'assez de voir ressortir tous les criminels que nous envoyons en prison. Que croient-ils au juste ? Qu'il suffit de balancer un ou deux contacts pour avoir le droit de reprendre une vie normale ? Et en les tuant, j'espérais faire d'une pierre deux coups : débarrasser la société de ces parasites et te faire tomber de ton piédestal. Mais personne ne semble prêt à te voir sous ton vrai jour…

— Ce n'est pas moi qui ai tué ton frère, Ryan, protesta Tanner.

— Oh si, tu l'as tué ! Quand je pense que je te considérais comme un ami… Mais je n'ai découvert que très récemment que l'homme que je prenais pour un ami était en réalité un lâche et un assassin !

— Je ne comprends pas, murmura Tanner. Qui t'a fait croire une chose pareille ?

— Mais toi, bien sûr ! s'exclama Ryan. Lorsque ce pauvre Gen est venu me voir pour plaider la cause de son frère, il m'a parlé des gens que Michalski avait contribué à faire libérer de façon anticipée. Il m'a demandé si Darin pourrait bénéficier d'un tel traitement de faveur. J'ai prétendu que c'était effectivement possible, mais que je devais voir ces fameux dossiers. Alors Carrico m'a transmis l'intégralité des fichiers que lui avait donnés la femme de Michalski…

Ryan secoua la tête d'un air douloureux.

— Imagine ce que j'ai pu ressentir en parcourant les comptes rendus de tes entretiens avec le psychiatre. Jusqu'alors, j'avais toujours pensé que tu avais fait tout ce qui était en ton pouvoir pour sauver mon frère. Mais j'ai découvert qu'il n'en était rien. Il t'aurait suffi de rompre cette corde quelques instants plus tôt, et Nate serait encore de ce monde ! Mais tu n'en as jamais rien dit à tes supérieurs, n'est-ce pas ? Et tu ne m'as jamais rien dit à moi. Tu nous as laissés te traiter en héros – comme tous tes concitoyens trop naïfs…

Ces accusations étaient d'autant plus cruelles qu'elles

rouvraient une plaie qui ne s'était jamais vraiment refermée en lui. Aujourd'hui encore, il ne pouvait dire ce qui se serait passé s'il avait brisé cette corde quelques secondes plus tôt. Et cette incertitude le hanterait probablement durant toute sa vie.

— Ryan…

— N'essaie pas de t'en tirer avec de belles paroles ! Je sais que tu as l'art d'embobiner les gens. C'est pour cela que tu étais l'un de mes témoins préférés. J'admirais la façon dont tu savais émouvoir les jurés. Mais c'était avant que je comprenne le cynisme prodigieux que cela cachait… Je sais maintenant quel genre de personne tu es : un égocentrique fondamentalement persuadé qu'il vaut mieux que tous les gens qui l'entourent.

— Je te jure que si j'avais pu sauver ton frère, je l'aurais fait !

— Tu mens. Et ce n'est même pas Michalski qui l'a dit, c'est toi-même, à longueur d'entretiens !

— Ryan…

Les protestations de Tanner moururent dans sa gorge lorsqu'il vit Ryan donner un coup de pied à la chaise de Bree. Celle-ci perdit l'équilibre et le nœud coulant commença à se resserrer sur sa gorge, menaçant de l'asphyxier complètement. Par réflexe, elle se mit à se débattre, ce qui ne fit qu'aggraver les choses.

Tanner esquissa un pas en avant, mais Ryan pressa sa dague contre la gorge de Bree. Les tressautements dont elle était agitée firent entrer l'acier dans la chair et du sang se mit à couler le long de son cou.

— Remets la chaise ! s'écria Tanner d'une voix que la rage qui l'habitait en cet instant rendait méconnaissable.

Il tenta d'estimer les chances qu'il avait de terrasser Ryan avant que celui-ci ait le temps d'utiliser son arme.

Elles lui parurent quasiment nulles, et il renonça à ce projet.

Fort heureusement, Ryan avait redressé la chaise sous les pieds de Bree. La pression sur son cou s'atténua, mais la panique qu'elle venait d'éprouver rendait précipité le rythme de sa respiration. Or, l'adhésif l'empêchait de respirer par la bouche.

— Enlève-lui son bâillon ! s'exclama Tanner.

Il voyait la poitrine de Bree se soulever de plus en plus rapidement et il comprit qu'elle risquait l'hyperventilation, ce qui pouvait s'avérer fatal dans une telle situation. Même si elle s'évanouissait et que son rythme respiratoire se calmait, elle perdrait l'équilibre et s'étranglerait.

— Bree, l'appela-t-il. Regarde-moi, mon ange ! Tu peux y arriver.

Il ne savait même pas si elle l'entendait. Ses yeux continuaient de rouler dans leurs orbites et elle paraissait toujours en proie à une peur panique.

— Bon sang, Ryan ! s'exclama-t-il en s'efforçant de contenir son propre affolement. Si elle meurt, tu n'auras plus aucun moyen de pression sur moi.

Il s'abstint d'ajouter que, dans ce cas, il le tuerait de ses propres mains.

— Enlève-lui cet adhésif ! insista-t-il.

Ryan haussa les épaules et, se tournant vers Bree, il lui arracha d'un coup sec le ruban qu'elle avait sur la bouche. Elle grimaça de douleur et se mit aussitôt à aspirer de grandes goulées d'air. Mais Tanner savait que ce soudain apport d'oxygène risquait de lui donner des vertiges.

— Bree, il faut que tu te forces à respirer plus

lentement, lui dit-il. Si tu t'évanouis, tu vas tomber de la chaise… Regarde-moi, s'il te plaît…

Les beaux yeux verts de Bree se fixèrent enfin sur lui. Il mima la façon dont elle devait inspirer et expirer et elle s'efforça de l'imiter, parvenant à dominer sa propre angoisse et à réguler sa respiration.

— C'est parfait, mon ange, reprit-il. Tu vas tenir le coup. Tu es formidable !

Ryan, qui avait assisté avec attention à leur échange, secoua la tête d'un air écœuré.

— Je crois vraiment que c'est la goutte d'eau qui fait déborder le vase, commenta-t-il. Non seulement tu te fais passer pour une sorte de héros, mais en plus tu te débrouilles pour que cette fille tombe amoureuse de toi. Nate n'a jamais connu ça, tu sais. Et toi, tu crois peut-être que je vais vous laisser vivre heureux et avoir beaucoup d'enfants ? Vous n'aurez pas cette chance, je te le promets !

Tanner comprit que Ryan était allé trop loin pour faire marche arrière. Il finirait nécessairement par tuer Bree ou lui, et plus probablement les deux. Il allait donc devoir trouver un moyen de le mettre hors de combat.

— Alors pour venger ton frère, tu as voulu me faire accuser de meurtre ?

— Je ne voulais pas seulement que tu souffres, acquiesça Ryan. Je voulais que les gens te voient tel que tu es réellement.

Tanner fit un pas en avant. Il devait manœuvrer de façon à se trouver suffisamment près de Ryan pour pouvoir lui sauter dessus et suffisamment de biais pour pouvoir le repousser loin de Bree.

— Et dire que j'ai cru que tu voulais m'aider lorsque

tu m'as conseillé de prendre la fuite ! J'aurais pourtant dû trouver ça étrange de la part d'un procureur.

— Je me suis vite rendu compte que cela ne suffirait pas, reconnut Ryan. Dès que le shérif a fait mine de t'accuser, elle a été bombardée de lettres de protestation.

Pendant que Ryan parlait, Tanner avait esquissé un pas supplémentaire dans sa direction.

— Tu pouvais quand même compter sur Whitaker pour t'aider à me torpiller, remarqua-t-il.

— Tu parles ! s'exclama Ryan. J'espérais que n'étant pas de la région, il serait moins réceptif à ce culte de la personnalité dont tu sembles faire l'objet. Mais je me suis vite rendu compte qu'il ne valait pas mieux que les autres.

Ryan devait réellement être aveuglé par la haine pour penser que Whitaker l'admirait. S'il en avait eu l'occasion, il se serait fait un malin plaisir de l'arrêter. Mais à la différence de Ryan, il était demeuré intègre et droit.

— Le pire, reprit Ryan, c'est que vous avez tous les deux réussi à remonter la piste menant à Glen Carrico. Je n'avais dès lors plus d'autre possibilité que de l'abattre avant qu'il décide de me dénoncer…

Tanner avait du mal à croire que cet homme qu'il considérait depuis des années comme un ami ait pu se fourvoyer à ce point. Comment avait-il pu basculer de cette façon dans la folie et le meurtre ?

— Écoute, Ryan, dit-il, c'est moi que tu veux. Alors laisse Bree en dehors de tout ça. Elle n'est pour rien dans cette histoire. Elle ne connaissait même pas Nate.

— Tanner…, protesta Bree.

Sa voix était rauque et éraillée, presque méconnaissable. Il se rappelait qu'après avoir traversé une épreuve semblable, il s'était écoulé plusieurs semaines avant qu'il retrouve un timbre de voix normal. Et pendant tout ce temps, le simple fait d'avaler sa salive l'avait mis au supplice.

Ryan se tourna vers Bree pour la prendre à témoin.

— Saviez-vous que votre petit ami était un meurtrier ? lui demanda-t-il. Savez-vous que s'il s'était donné un tout petit peu plus de mal, il aurait pu sauver la vie de mon frère ? Que Nate serait encore là, aujourd'hui ? Mais au lieu de cela, il l'a laissé mourir…

— Vous vous trompez, murmura Bree.

— Ce n'est pas moi qui le dis. C'est Tanner lui-même…

Ce dernier en profita pour faire encore un pas pendant que Ryan regardait Bree.

— Ce qu'il a raconté à Michalski durant ces séances, articula-t-elle dans un souffle, ce n'est pas ce qui s'est passé ce jour-là mais ce qu'il a ressenti. Tanner s'en veut de ne pas avoir pu sauver votre frère. Ce souvenir le hante. Il a passé des heures et des heures à se demander comment il aurait pu agir différemment et ce que cela aurait changé. Ces questions le rongent à tel point qu'aujourd'hui encore, il rêve régulièrement de ce qui s'est passé il y a trois ans…

— Parce qu'il sait qu'il n'a pas fait tout ce qui était en son pouvoir pour sauver Nate, acquiesça Ryan.

— Il serait le premier à le dire, acquiesça Bree. Mais vous savez ce qu'il ne vous a jamais dit, en revanche ?

Tanner était sur le point de s'avancer de nouveau quand Ryan lui jeta un regard suspicieux. Il se força donc à demeurer parfaitement immobile, se demandant où Bree voulait en venir.

— Ce qu'il ne vous a jamais dit, ce qu'il ne m'a

jamais dit non plus, d'ailleurs, c'est à quel point il avait souffert, ce jour-là. J'ai dû pirater le serveur de l'hôpital pour lire le compte rendu des médecins. Savez-vous qu'il a été torturé pendant des heures ? Lorsque le SWAT l'a sorti de là, il avait plusieurs os brisés, des brûlures sur tout le corps, des lacérations au couteau… Les membres du gang voulaient absolument savoir s'il y avait d'autres agents infiltrés, mais Tanner a tenu le coup. Si votre frère n'a pas été torturé, c'est uniquement parce que Tanner n'a jamais livré son nom…

Tanner grimaça. Il aurait préféré que Bree ne connaisse jamais ces détails. Il ne voyait pas l'intérêt de lui faire supporter un tel fardeau. Mais c'était compter sans la curiosité de la jeune femme et ses talents en matière de piratage.

Pour une femme qui prétendait n'avoir aucun don pour la communication, Bree avait su capturer l'attention de Ryan qui ne la quittait pas des yeux. Tanner en profita pour faire un pas de plus vers Ryan. Ce dernier se tourna alors vers lui.

— Est-ce qu'elle dit la vérité ? lui demanda-t-il.

Tanner hocha la tête.

— J'étais persuadé que je ne m'en sortirais pas vivant, de toute façon, expliqua-t-il. La seule chose que j'avais à espérer, c'était de pouvoir protéger les deux autres.

— Et pourtant, ils sont morts, objecta Ryan en abaissant son arme.

Tanner se prit à espérer que Bree était parvenue à lui faire entendre raison et qu'ils pourraient tous sortir de là sains et saufs. Mais il remarqua aussi que les jambes de la jeune femme s'étaient mises à trembler de façon convulsive. Elle ne parviendrait plus à se maintenir en équilibre sur ce dossier de chaise pendant très longtemps.

— Oui, ils sont morts, soupira Tanner. Le gang devait déjà soupçonner qu'ils étaient policiers. Ils voulaient juste que je leur apporte une confirmation. Quand le SWAT est intervenu, tout s'est précipité et ils ont décidé de nous abattre tous les trois. Bree a raison : je passerai probablement le reste de ma vie à culpabiliser d'avoir survécu alors que les deux autres sont morts. Je me demanderai toujours s'il n'y avait pas quelque chose que j'aurais pu dire ou faire pour éviter ce carnage…

Ryan parut hésiter et Tanner sentit grandir l'espoir qui l'habitait. Il ne pouvait croire que Ryan, ce procureur brillant qui avait toujours cherché à faire triompher la justice, ne finirait pas par se rendre compte que faire du mal à Bree allait à l'encontre de tout ce pour quoi il s'était toujours battu.

Hélas ! il vit alors le regard de Ryan se brouiller sous l'effet de la colère ou de la démence – il n'aurait su le dire. C'était comme si un voile sombre passait dans ses yeux, un voile de haine implacable qui occultait toute logique et tout sentiment.

— Non, dit-il en relevant son arme. Je te l'ai dit : cette fois, tu ne parviendras pas à t'en tirer avec de belles paroles. Nate est mort et tu ne mérites pas de lui survivre. Tu ne mérites pas de passer le reste de ta vie auprès d'une femme magnifique alors que son corps est en train de pourrir sous terre. Tu vas comprendre ce que c'est de perdre un être cher. Puis tu vas mourir…

Tanner ne le laissa pas poursuivre son monologue. Il savait que le temps des paroles était révolu. Ils avaient fait tout ce qu'ils pouvaient pour tenter de raisonner

Ryan. En vain. Il ne lui restait donc qu'une seule solution : frapper le premier, frapper vite et fort pour ne laisser aucune chance à son adversaire.

Il n'était pas aussi près de Ryan qu'il l'aurait souhaité et l'angle de sa charge n'était pas idéal, mais au moins Ryan était-il trop loin de Bree pour pouvoir lui porter un coup de dague. Au lieu de cela, il la planta dans l'épaule de Tanner qui venait de se ruer sur lui.

Il poussa un grognement de douleur, mais déjà Ryan retirait sa lame, se préparant à frapper de nouveau. Tanner eut tout juste le temps de lever le bras pour éviter un coup à la gorge qui lui aurait certainement été fatal. La lame lui entailla le poignet.

Tanner tenta de projeter Ryan à terre mais tous deux s'étaient entraînés bien trop souvent ensemble pour que ce dernier se laisse surprendre par la manœuvre. Il esquiva prestement son attaque et frappa de nouveau, infligeant à Tanner une profonde estafilade au biceps.

Tanner s'efforça d'ignorer la douleur et le fait que son T-shirt commençait déjà à s'imbiber de sang chaud et poisseux. Pivotant sur lui-même, il décocha à Ryan un violent coup de coude en pleine mâchoire avant d'enchaîner par un uppercut au menton.

Ryan tituba, légèrement sonné, mais ne lâcha pas sa dague. Les deux hommes s'affrontèrent du regard, se préparant au prochain assaut. Tanner savait qu'il ne se battait pas seulement pour sa propre vie : si Ryan parvenait à se débarrasser de lui, il n'aurait d'autre choix que de liquider Bree pour s'assurer qu'elle ne témoignerait pas contre lui.

Tanner connaissait parfaitement les points forts et les défauts de son adversaire. Ryan était moins fort que lui, mais il était plus rapide et très précis. Dans un combat à mains nues, ils étaient d'un niveau comparable.

Mais le couteau de Ryan lui conférait un avantage d'autant plus déterminant que l'effet des blessures qu'il avait déjà infligées à Tanner finirait rapidement par se faire sentir. Plus le combat s'éterniserait, plus la perte de sang l'affaiblirait.

Pourtant, l'attaque éclair que Tanner avait anticipée n'arriva pas. Au lieu de cela, Ryan s'écarta soudain de lui et décocha un violent coup de pied à la chaise qui soutenait Bree. Le siège tomba par terre avec fracas et la corde se raidit brusquement, arrachant à la jeune femme un cri de terreur qui se mua rapidement en gargouillis étranglé.

Tanner se précipita vers la chaise pour tenter de la redresser, mais Ryan s'interposa et le frappa à deux reprises à l'aide de sa dague, le touchant successivement au niveau des côtes et de la cuisse. Tanner s'effondra. Il tendit aussitôt la main vers la chaise, mais elle se trouvait juste hors de sa portée.

Ryan était déjà sur lui, le frappant sans pitié à hauteur du plexus. Cette fois, la blessure n'avait plus rien de superficiel : il sentit la lame d'acier s'enfoncer sur plus de cinq centimètres. La sensation de ce corps étranger qui pénétrait dans sa chair lui causa un violent haut-le-cœur.

Sa vision commença à se troubler. Déjà, les contours se brouillaient ; il ne tarderait probablement plus à perdre connaissance. Il ne lui restait donc que très peu de temps pour agir.

Tanner savait que Ryan utilisait ses sentiments pour Bree contre lui. Tant qu'il continuerait à la protéger, son adversaire n'aurait aucun mal à anticiper ses mouvements.

Mais s'il y avait une chose qu'il avait apprise au cours des dernières semaines, c'était que Bree était dotée d'une force et d'une volonté hors du commun. Elle n'était pas une victime impuissante qu'il se devait de protéger, mais une alliée sur laquelle il pouvait compter.

Au prix d'un énorme effort, il parvint à se relever et à s'emparer de la chaise. Ryan l'observait avec une pointe d'amusement. Il devait penser qu'il chercherait à la replacer sous Bree de façon qu'elle puisse reprendre appui dessus.

Mais au lieu de se diriger vers elle, Tanner se servit de la chaise comme d'une arme pour frapper Ryan de toutes ses forces. Complètement pris de court par cette attaque qu'il n'avait pas anticipée, ce dernier n'eut même pas le temps de lever le bras pour se protéger.

La chaise heurta si violemment son crâne que Ryan s'effondra et tomba lourdement sur le sol, lâchant sa dague.

En titubant, Tanner se rapprocha de Bree et entoura ses jambes de ses bras pour la soulever et atténuer la pression que la corde exerçait sur sa gorge. Elle avala plusieurs goulées d'air.

— Pas fini, croassa-t-elle faiblement. Achève-le.

Jetant un coup d'œil par-dessus son épaule, Tanner constata en effet que Ryan commençait lentement à se redresser. Mais Bree devait savoir qu'il lui faudrait la lâcher pour terminer le combat.

— Fais-le, articula-t-elle. Vite.

Au prix d'un effort de volonté dont il ne se serait jamais cru capable, Tanner la fit redescendre doucement, jusqu'à ce que la corde soit de nouveau tendue. C'était certainement la chose la plus difficile qu'il ait jamais eue à faire.

Cette fois, lorsque l'oxygène lui manqua, Bree ne se débattit pas. Il n'avait d'autre choix que de croire qu'elle aurait la force de survivre. De même qu'elle croyait qu'il aurait la force de l'emporter sur leur ennemi. Plus que jamais, ils formaient une équipe que rien ni personne ne pourrait séparer.

Tanner ramassa l'un des pieds de la chaise qui s'était disloquée sous la puissance du coup qu'il venait d'asséner. Après avoir saisi sa dague, Ryan se remit péniblement debout, prêt à frapper. Tanner, qui savait que chaque seconde comptait, ne lui en laissa pas le temps.

Le pied de la chaise s'abattit brutalement sur l'avant-bras de Ryan qui poussa un grognement de douleur et lâcha de nouveau sa dague. Sans attendre, Tanner frappa encore une fois, au niveau de la hanche, puis une troisième fois en pleine tête.

Un craquement sinistre se fit entendre et Ryan s'écroula comme un pantin désarticulé. Tanner ne prit pas la peine de vérifier s'il était encore vivant : il savait que, cette fois, son adversaire ne se relèverait pas et c'était tout ce qui lui importait.

Il fit un pas en direction de la dague dont il comptait se servir pour couper la corde de Bree, mais son pied dérapa dans une flaque de liquide. Il mit quelques instants à comprendre qu'il s'agissait de son propre sang. Il y en avait partout dans la chambre, et il avait de plus en plus de mal à rester conscient.

Son champ de vision s'était encore réduit et tout paraissait onduler autour de lui. S'il s'était écouté, il se serait allongé pour dormir un peu. Seul le souvenir de Bree se balançant au bout de cette corde lui donnait la force de continuer à se battre. Il refusait de la laisser mourir.

Il s'agenouilla et sa main se referma sur le manche de la dague qu'il agrippa faiblement. Il s'aperçut alors qu'il était incapable de se relever. Se détournant, il chercha Bree des yeux, mais la pièce lui parut plongée dans les ténèbres.

Il ne voyait quasiment plus rien.

— Tanner…

La voix de Bree n'était qu'un souffle à peine audible, mais il suffit à le guider vers elle. Serrant les dents, il rassembla toute l'énergie qu'il lui restait et se força à se remettre debout.

— Bree, fit-il.

Sa voix était un râle sourd et rauque qu'il ne reconnut pas.

— Ici…

Il tituba péniblement, avançant au jugé. Il n'aurait su dire si ce fut sa voix, la chance ou le destin qui le conduisit enfin jusqu'à elle, mais il finit par heurter son corps qui se balançait au bout de la corde.

Ses bras se refermèrent sur elle et, au prix d'un effort titanesque, il la souleva légèrement. Il resta là, haletant, tandis qu'elle reprenait difficilement sa respiration. Il aurait été bien incapable de couper la corde qui la retenait. Rester debout tenait déjà du miracle.

— Détache mes… mains, mon amour, articula-t-elle enfin. Je ferai… le reste.

Tanner tâtonna à la recherche des poignets de Bree qui étaient attachés derrière son dos. Au jugé, il entreprit de découper les bandes de ruban adhésif qui les retenaient tout en soutenant son corps d'un seul bras. Il ne pouvait qu'espérer qu'il n'était pas en train de lui taillader les chairs au passage.

À deux reprises, il l'entendit étouffer un gémissement de douleur.

— Ça y est…, dit-elle enfin.

Il la sentit lui prendre le couteau des mains.

— Tu as réussi…, Tanner. Je n'en ai plus… que pour quelques instants… Soutiens-moi… comme tu l'as toujours fait…

La voix de Bree semblait maintenant lui parvenir de très loin.

— Je ne te lâcherai pas, marmonna-t-il.

— Je sais, mon amour… Je sais.

Il monopolisa toute la force de sa volonté, puisant dans ses ultimes réserves, allant bien au-delà de sa propre résistance. Et lorsqu'il sentit qu'il était sur le point de lâcher et de s'effondrer, il repensa soudain à Nate qu'il n'avait pas pu sauver.

Il refusait de laisser quelqu'un d'autre mourir. Surtout pas la femme qu'il aimait plus que la vie même. Et même s'il devait périr, il continuerait à la soutenir…

Il sentit soudain la corde lâcher et le poids de Bree s'abattit sur lui d'un seul coup. Il bascula en arrière, la protégeant de son corps pour que la chute soit moins douloureuse.

Sa tête heurta durement le sol.

Il sombra dans les ténèbres.

22

Bree se força à rouler sur le dos pour s'écarter de Tanner et ne pas aggraver ses blessures. Durant ce qui lui parut durer une éternité, elle demeura étendue là, haletante, s'efforçant juste de respirer.

Chaque inspiration lui faisait l'effet d'une lame lui tailladant les poumons. Son sang battait follement à ses tempes et elle sentait monter en elle une migraine abominable. Mais tout cela n'était rien comparé à la joie sauvage qui l'envahissait. Car elle était vivante. Tanner avait trouvé la force de neutraliser Ryan et de l'aider à se libérer…

Elle prit alors conscience du fait qu'il n'avait toujours pas bougé, qu'il n'avait pas fait le moindre mouvement depuis que tous deux s'étaient écroulés. L'allégresse qu'elle venait d'éprouver retomba brusquement, remplacée par une terreur sourde. Au prix d'un violent effort, elle se redressa en position assise et se tourna vers Tanner.

Il était allongé et ne bougeait pas. Il était couvert de sang de la tête aux pieds et ses vêtements en étaient gorgés. Son visage était d'une pâleur extrême et ses lèvres avaient bleui de façon inquiétante.

Il y avait du sang partout sur le sol de la chambre, la moquette en était imbibée. Bree comprit alors que si elle ne prévenait pas très vite les secours, Tanner ne tarderait pas à mourir de cette hémorragie.

Péniblement, elle se leva et, d'un pas mal assuré, elle alla décrocher le téléphone pour appeler la réception. Il lui fallut hurler de toutes ses forces pour parvenir à faire entendre un mince filet de voix. Elle expliqua tant bien que mal au réceptionniste que quelqu'un était grièvement blessé et qu'il devait appeler une ambulance.

Elle récupéra les taies d'oreiller et retourna s'agenouiller auprès de Tanner. Là, elle s'efforça de comprimer sa plaie la plus grave qui continuait de saigner abondamment. Elle comprit alors qu'elle risquait de le perdre et cette idée éveilla en elle une terreur indicible.

L'idée qu'elle puisse ne jamais lui faire savoir à quel point elle l'aimait lui était intolérable. Elle le lui dit donc en cet instant. Elle lui dit qu'il était son héros, l'homme de sa vie, celui avec lequel elle voulait vivre, se marier et avoir des enfants. Elle lui parla des voyages qu'elle voulait faire avec lui. Elle lui dit qu'elle voulait vieillir à ses côtés.

Et lorsqu'elle fut à cours de souhaits et de promesses, elle eut recours aux menaces. Elle lui jura que s'il mourait, elle piraterait tous les sites sensibles du pays. Elle effacerait les bases de données des banques et du fisc. Et elle raconterait tout à Whitaker pour qu'il la jette en prison !

Elle continua à lui parler, même lorsque le réceptionniste la rejoignit, ne sachant visiblement comment réagir à la scène de carnage qu'il découvrit en ouvrant la porte. Ce ne fut que lorsque les ambulanciers arrivèrent enfin qu'elle se résigna à s'écarter de Tanner pour les laisser le prendre en charge.

— N'oublie pas que nous formons une équipe, Tanner, lui dit-elle dans un croassement presque inaudible. Et il faut être deux pour ça ! Alors ne t'avise pas de me laisser tomber !

Tandis que l'un des ambulanciers s'occupait de Tanner, le second se chargea de Ryan qui n'avait toujours pas repris connaissance. Il demanda ensuite qu'une seconde ambulance soit dépêchée sur les lieux au plus vite.

Puis il insista pour ausculter Bree qui protesta aussi vigoureusement qu'elle le put : tout ce qui lui importait, c'était qu'ils s'occupent de Tanner et qu'ils lui assurent qu'il allait survivre.

Lorsque la seconde ambulance arriva, quelques minutes plus tard, les deux équipes s'entretinrent des modalités d'évacuation des victimes. Comprenant qu'ils avaient l'intention de l'emmener dans un autre hôpital que Tanner, Bree commença à paniquer.

Elle tenta désespérément de faire comprendre qu'elle refusait de quitter Tanner. Malheureusement, elle était désormais quasiment aphone, et les ambulanciers n'avaient ni le temps ni la patience de chercher à la comprendre.

Lorsqu'elle finit par fondre en larmes, ils crurent qu'elle était en état de choc et décidèrent de lui administrer un sédatif. Contre toute attente, ce fut Richard Whitaker qui lui vint en aide. Il avait appris ce qui s'était passé et était arrivé peu de temps après les policiers locaux qui étaient déjà en train d'inspecter la scène de crime.

Il vint s'agenouiller auprès d'elle et posa doucement une main sur son épaule.

— Dites-moi ce que je peux faire pour vous, lui demanda-t-il.

— Tanner…, répondit-elle seulement.

Aucun autre son ne franchit ses lèvres mais Whitaker la comprit et il hocha la tête.

— Je vais vous accompagner à l'hôpital où ils l'emmènent, lui dit-il.

— Merci, murmura-t-elle.

Il l'aida précautionneusement à se lever du lit sur lequel elle était assise et ils suivirent la civière de Tanner jusqu'à l'ambulance. Puis Whitaker l'installa sur le siège passager de sa voiture et la couvrit de son blouson.

Bree dut s'endormir, brisée par la fatigue et l'émotion, car quand elle reprit conscience, Whitaker la secouait doucement.

— Nous sommes arrivés, fit-il.

De fait, la voiture était garée non loin de l'entrée de l'hôpital. Whitaker l'aida à descendre et la conduisit jusqu'à l'accueil. Elle aurait préféré se rendre directement auprès de Tanner, mais Whitaker insista pour qu'elle consulte un médecin.

Celui-ci lui annonça qu'elle avait eu beaucoup de chance que sa trachée n'ait pas été écrasée. Il l'informa également que sa gorge resterait douloureuse durant plusieurs semaines, et lui conseilla de privilégier les soupes et les laitages durant les prochains jours.

Dès qu'elle eut acquis la certitude que ses blessures ne mettaient pas sa vie en danger, elle demanda à Whitaker de lui prêter son téléphone portable de façon qu'elle puisse communiquer avec le médecin de Tanner.

Elle expliqua qu'elle était prête à rester à l'hôpital et à se faire soigner si, et seulement si, on lui permettait de voir Tanner. Elle ne savait même pas s'il avait survécu à ses blessures, et cette incertitude lui était insupportable.

Le médecin autorisa Whitaker à l'emmener en fauteuil roulant jusqu'à la salle d'attente des urgences. Tandis qu'ils traversaient les couloirs de l'hôpital, elle regretta de ne pas avoir accès à un ordinateur.

Il n'était pas certain qu'on la laisse accéder à la chambre de Tanner, puisqu'elle n'était pas de sa famille. Un ordinateur lui aurait permis de se créer une fausse identité et de se faire passer pour sa sœur ou une cousine. C'était le genre de procédé que Tanner voyait d'un mauvais œil, mais s'il lui permettait d'être auprès de lui, elle trouverait bien un moyen de se faire pardonner…

Il apparut cependant qu'elle n'aurait besoin d'enfreindre aucune loi. Car lorsqu'une infirmière lui indiqua que seule la famille était autorisée, la mère de Tanner, qui venait tout juste d'arriver, indiqua que Bree en faisait partie. Noah et Cassandra, qui l'avaient accompagnée, confirmèrent ses dires sans hésiter et l'infirmière décida de se contenter de ces témoignages unanimes.

Émue par le soutien sans faille qu'ils lui manifestaient, Bree tomba dans les bras de Mme Dempsey. Incapable de réprimer l'émotion qui la submergeait, elle fondit en larmes.

— Tout va bien, ma chérie, murmura la mère de Tanner en lui caressant doucement les cheveux. Il va s'en sortir. Mon fils est un battant. Et vous lui avez donné une raison de plus de lutter…

En dépit de l'assurance dont faisait preuve Mme Dempsey, les premières heures se révélèrent très incertaines. Tanner avait perdu énormément de sang, et l'un des coups de couteau de Ryan avait touché un organe et causé une hémorragie interne que les médecins ne remarquèrent pas immédiatement.

En tout, il demeura plus de deux heures sur la table d'opération. Lorsque le chirurgien vint enfin leur annoncer qu'il avait terminé, il se montra prudemment optimiste, leur indiquant que les heures suivantes seraient déterminantes.

La famille de Tanner décida de rester sur place. Bree aurait voulu faire de même, mais Noah s'aperçut qu'elle tremblait convulsivement sous l'effet conjugué de la souffrance et de la fatigue.

— Il est temps que tu ailles te reposer, lui dit-il. Va dormir quelques heures et reprends des forces. Je te jure que s'il y a du nouveau, que ce soit pour le meilleur ou pour le pire, je viendrai personnellement te prévenir. Cela dit, il va s'en sortir, mais il lui faudra du temps pour se remettre de ce qu'il a subi ce soir. Et il va avoir besoin de toi au cours des jours et des semaines à venir. Si tu veux pouvoir l'aider, il faut que tu aies récupéré d'ici là…

Bree n'avait aucune envie de quitter la salle d'attente, mais elle savait que Noah avait raison : si elle était faible et épuisée, elle serait incapable d'aider Tanner. Elle se résigna donc à gagner la chambre qui lui avait été attribuée. Le médecin qui l'avait auscultée revint la voir et lui fit prendre toute une série de médicaments.

Il ne s'écoula qu'une poignée de secondes entre le

moment où il quitta la pièce et celui où Bree sombra dans un profond sommeil.

Lorsqu'elle rouvrit les yeux, le lendemain matin, elle eut la surprise de trouver Dan et Cheryl à son chevet. Elle était toujours incapable de parler, mais ses yeux s'emplirent de larmes lorsqu'ils lui expliquèrent qu'en apprenant ce qui s'était passé dans la nuit, ils avaient décidé de fermer le restaurant pour la journée et de venir lui tenir compagnie.

Toutes les heures, l'un des membres de la famille Dempsey venait leur donner des nouvelles de Tanner. Elles ne variaient pas beaucoup. Au cours de la journée, son état demeura stable mais il ne reprit pas conscience.

Lorsque Whitaker vint lui rendre visite, elle lui emprunta son téléphone et s'en servit pour pirater le serveur de l'hôpital et vérifier que les médecins ne leur cachaient pas quelque chose. Mais le dossier de Tanner reflétait ce que l'on ne cessait de leur répéter : son état était stable, mais il n'avait pas repris connaissance.

Le lendemain, Bree se sentait déjà nettement plus en forme. Tanner, quant à lui, ne s'était toujours pas réveillé. En revanche, il s'était agité dans son sommeil et avait prononcé son nom à plusieurs reprises. Noah vint donc la chercher pour la conduire jusqu'à lui.

En apercevant Tanner sur son lit d'hôpital, elle sentit son cœur se serrer. Il était toujours très pâle et portait de nombreux bandages. Plusieurs perfusions étaient reliées à ses bras, et elle dut prendre garde à ne pas arracher les aiguilles de son bras lorsqu'elle li prit la main.

— Je suis là, lui dit-elle. Je suis avec toi.

À ces mots, Tanner sembla instantanément se détendre et retomba dans un profond sommeil.

Au cours des deux jours qui suivirent, il alterna ainsi entre des périodes d'agitation et de calme. La présence de Bree exerçait un tel effet apaisant sur lui que les médecins l'encouragèrent à rester à ses côtés aussi longtemps qu'elle le voudrait.

Elle passait toutes ces journées auprès de lui, lui parlant, lui faisant la lecture ou lui faisant écouter de la musique. Elle ne rentrait dans sa propre chambre que le soir venu.

En discutant avec les infirmières et les aides-soignants, elle ne tarda pas à comprendre que tout le corps médical tenait Tanner pour un miraculé. Apparemment, contrairement à ce qu'il leur avait laissé entendre, même le chirurgien qui l'avait opéré avait été convaincu qu'il ne se remettrait pas de ses blessures.

Mais il était évident que l'état du patient s'améliorait de jour en jour. Le troisième jour, Bree apprit qu'elle pouvait rentrer chez elle. Elle demeura néanmoins toute la journée auprès de Tanner et ne finit par partir que bien après la fin officielle de l'heure des visites.

Cassandra vint la chercher pour la ramener chez elle. Toutes deux avaient eu l'occasion de discuter à maintes reprises au cours des jours précédents. La sœur de Tanner avait été ravie d'apprendre que Bree s'était décidée à accepter sa proposition de donner des cours d'informatique.

Elle aurait voulu que Bree commence dès que possible.

— Réfléchis déjà à la façon dont tu aimerais procéder, lui conseilla-t-elle. Comme ça, tu pourras donner ta première leçon dès que tu auras récupéré ta voix !

— Ne la brusque pas, protesta Mme Dempsey qui avait passé la fin de l'après-midi en compagnie de Tanner et de Bree. Laisse-la procéder à son propre rythme. De toute façon, ton frère va avoir besoin qu'on s'occupe de lui pendant un moment. Attends au moins qu'ils se soient organisés avant de la mettre au travail…

— Ne t'en fais pas, maman, j'attendrai que Tanner soit complètement rétabli. Le connaissant, cela ne devrait pas prendre plus d'un jour ou deux …

Bree ne put s'empêcher de sourire.

— À propos de Tanner, reprit la mère de ce dernier en se tournant vers Bree, je ne veux surtout pas que vous vous sentiez obligée de vous occuper de lui toute seule. Mieux vaut que vous sachiez que ce n'est pas un patient très coopératif. Cassandra a raison : il voudra probablement se remettre au travail au bout d'un jour ou deux…

— Je pense tout de même que Bree aura de bien meilleurs arguments que nous pour l'obliger à rester au lit, remarqua Cassandra avec un sourire goguenard.

Bree se sentit rougir jusqu'à la racine des cheveux. Mais Mme Dempsey ne parut pas s'offusquer des sous-entendus grivois de sa fille.

— La question n'est pas là, objecta-t-elle. Ce que je voulais dire, c'est que nous pouvons parfaitement nous occuper de lui à tour de rôle.

— Je veux m'occuper de lui, croassa Bree. Mais n'hésitez surtout pas à venir aussi souvent que vous en aurez envie.

— Est-ce que vous allez vous installer au ranch ou dans l'appartement de Tanner ? demanda Cassandra.

— Au ranch, dit Bree. S'il veut bien que je vienne habiter chez lui un moment, en tout cas…

Mme Dempsey et Cassandra échangèrent un regard amusé.

— Croyez-moi, lui dit la mère de Tanner, s'il ne tenait qu'à lui, vous seriez venue vivre au ranch le jour où vous êtes revenue de Kansas City. Il n'a pas osé vous le proposer parce qu'il avait peur de mettre trop de pression sur votre relation. Mais je vous assure qu'il rêvait de vivre avec vous, même lorsqu'il pensait encore que vous étiez la jeune mère de jumeaux…

— Il vous l'a dit ? s'étonna Bree.

— Un fils n'a pas besoin de dire ces choses-là pour que sa mère les comprenne, répondit Mme Dempsey en haussant les épaules. Tanner vous aime, Bree. Et il veut passer le reste de sa vie avec vous. Je vous conseille donc de bien réfléchir avant de vous engager. Parce que si vous décidez d'aller vivre avec lui, cela risque fort d'être définitif…

Bree ne savait que répondre à cela. Tanner lui avait effectivement dit qu'il l'aimait. Mais, étant donné les moments très intenses qu'ils avaient traversés au cours de ces derniers jours, ses mots avaient peut-être outrepassé ses pensées.

Il tenait à elle, c'était indubitable. Il existait entre eux une indéniable complicité tant intellectuelle que physique. Mais elle manquait beaucoup trop d'expérience en matière de relations sentimentales pour savoir si Tanner était effectivement prêt à passer le reste de sa vie avec elle.

— Tout ce qui m'importe, pour le moment, dit-elle, c'est qu'il se rétablisse rapidement.

— Mais toi, insista Cassandra avec sa curiosité habituelle. Est-ce que tu es amoureuse de lui ?

— C'est l'homme de ma vie, répondit Bree sans hésiter.

Elle jeta un coup d'œil incertain en direction de Mme Dempsey, se demandant si elle n'était pas allée un peu trop loin. Mais celle-ci lui adressa un sourire rassurant.

— Je suis heureuse que vous le pensiez, assura-t-elle. Je sais que vous rendez mon fils heureux. Je sais aussi qu'il partage vos sentiments. Vous êtes vraiment parfaits l'un pour l'autre.

— Je l'espère, reconnut Bree. Mais je ne veux pas lui forcer la main.

— Tanner n'est vraiment pas le genre d'homme à se laisser forcer la main par qui que ce soit, lança Cassandra. Quoi qu'il décide de faire, ce sera parce qu'il en a réellement envie. Mais maman a raison : je crois qu'en la matière, son choix était déjà fait depuis longtemps…

Le lendemain matin, lorsque Tanner ouvrit enfin les yeux, Bree se trouvait à ses côtés. Certes, les médecins lui avaient annoncé que cela se produirait probablement. Il avait montré de plus en plus de signes indiquant qu'il était sur le point de reprendre conscience. Mais ce ne fut que lorsqu'elle croisa son regard et le vit lui sourire qu'elle sentit enfin se dissiper l'angoisse qui la tenaillait depuis des jours.

— Salut, Bree, lui dit-il.

— Salut, beau brun, répondit-elle en se penchant vers lui pour déposer un petit baiser sur ses lèvres.

Ils n'échangèrent que quelques mots avant que Tanner sombre de nouveau dans le sommeil. Mais il se réveilla quelques heures plus tard et put s'entretenir un peu plus longtemps avec elle et avec les membres de sa famille qu'elle avait prévenus.

Dès le jour suivant, il commença à demander quand il pourrait sortir. Bree se sentit alors pleinement rassurée. Il était bel et bien de retour, sain et sauf.

Whitaker vint prendre la déposition de Tanner le lendemain. Il travaillait conjointement pour le bureau du shérif de Grand County et pour celui de Larimer, où s'était déroulée leur confrontation avec Ryan. Il demanda à Bree de sortir, le temps de recueillir le témoignage de Tanner.

Ce dernier aurait probablement préféré qu'elle reste, mais elle ne tenait pas à revivre la scène cauchemardesque dont elle avait déjà livré sa version à Whitaker.

Tandis qu'elle patientait devant la chambre, elle fut rejointe par Mme Dempsey et Cassandra qui étaient venues s'enquérir de l'état de santé de Tanner.

— Il va bien, leur indiqua Bree. Les médecins lui ont même dit qu'il pourrait sortir dès demain s'il le voulait. Inutile de vous dire que telle est bien son intention.

— Est-ce que vous avez discuté de la façon dont il envisage sa convalescence ? demanda Mme Dempsey.

— Pas encore.

— En tout cas, si jamais il décidait de revenir à la maison, son ancienne chambre est prête. Quant à moi, je me suis libérée de façon à pouvoir m'occuper de lui, le cas échéant. Mais au risque de me répéter, je pense qu'il préférera nettement rester avec vous…

— Nous verrons bien, répondit prudemment Bree. L'important, c'est qu'il n'ait pas l'impression qu'on lui force la main.

Quelques minutes plus tard, après que Whitaker eut pris congé de Tanner et qu'elles eurent présenté l'alternative à ce dernier, il n'hésita pas un seul instant.

— Je veux que Bree vienne habiter avec moi, dit-il.

— Avec plaisir, répondit-elle en souriant. Est-ce que tu préfères que nous nous installions chez toi en ville ou au ranch, le temps que durera ta convalescence ?

Tanner secoua la tête.

— Ce n'est pas ce que je voulais dire, objecta-t-il. Je voudrais que tu viennes habiter avec moi de façon permanente. Je ne veux pas simplement que tu viennes jouer les gardes-malades, même si je sais que j'en aurai probablement bien besoin pendant les prochains jours. Je veux vivre avec toi pour de bon, Bree. Je sais que lorsque nous en avons parlé, je t'ai dit que j'étais prêt à te laisser tout le temps qu'il te faudrait. Mais après ce qui s'est passé l'autre soir, je me rends compte que l'on ne sait jamais vraiment combien de temps il nous reste. Et je ne veux plus perdre un seul instant de ma vie à t'attendre. Je veux me réveiller chaque matin à tes côtés et m'endormir chaque soir dans tes bras. Je t'aime, Bree. Je crois que je t'ai aimée à l'instant où mes yeux se sont posés sur toi, dans le supermarché que tu étais en train de dévaliser…

— Waouh ! s'exclama Cassandra. Ça, c'est une déclaration !

Mme Dempsey se tourna vers Bree comme pour la prendre à témoin.

— Je vous l'avais bien dit, n'est-ce pas ?

— Dites donc, toutes les deux, intervint Tanner en fronçant les sourcils. Ça vous ennuierait de la laisser répondre à ma question ?

— Oui, fit Bree d'une toute petite voix.

— Oui ? répéta-t-il.

Luttant vainement pour retenir les larmes qui lui montaient aux yeux, elle hocha la tête d'un air résolu.

— Moi aussi, je t'aime, Tanner, lui dit-elle. Et je veux vivre avec toi.

Tanner lui prit la main et l'attira vers lui pour l'embrasser. Elle lui rendit avec passion ce baiser qui lui rappela celui qu'ils avaient échangé quelques semaines auparavant. Car il avait le goût de l'espoir et des projets d'avenir.

23

Lorsque Tanner s'était effondré sous le poids de Bree, il était convaincu qu'il était sur le point de mourir. Sa dernière pensée avait été que puisqu'il était parvenu à la sauver, ce sacrifice était pleinement justifié.

Tandis qu'il était allongé à ses côtés, baignant dans son sang, il avait entendu sa voix. Il ne comprenait pas ce qu'elle lui disait, mais il percevait sa présence auprès de lui et le seul fait qu'elle soit vivante lui suffisait amplement.

Il avait donc été très étonné de rouvrir les yeux à l'hôpital – et très heureux de découvrir que Bree se trouvait toujours près de lui. Et même si son corps tout entier s'était alors rappelé à lui, lui donnant l'impression d'être passé sous un bulldozer, l'amour et la tendresse qu'il avait vu briller dans ses beaux yeux verts l'avaient rempli d'une joie immense.

C'était ce qui l'avait poussé à lui demander de venir vivre avec lui. Il avait compris qu'elle était prête, elle aussi, même si elle ne se l'était pas encore formulé. Les sentiments qui les unissaient étaient bien trop forts pour qu'ils continuent à perdre leur temps comme ils l'avaient fait jusque-là.

Sa mère paraissait approuver sa décision et le choix de Bree. Depuis qu'il avait repris connaissance, il avait senti l'affection qui existait entre elles et qui avait dû se développer tandis qu'elles attendaient ensemble qu'il se réveille. Cassandra et Bree aussi semblaient avoir sympathisé.

Tanner était ravi que toutes trois se soient rapprochées de cette façon, car il comptait bien passer le reste de sa vie avec Bree si elle était prête à le supporter.

Au cours des trois semaines qui suivirent sa sortie de l'hôpital, la présence de Bree à ses côtés fut une véritable bénédiction. Car cette période de convalescence se révéla terriblement frustrante : les blessures qu'il avait subies durant son combat contre Ryan avaient été très sévères, et il mit beaucoup de temps à récupérer.

Mentalement, il se sentait prêt à se remettre au travail et à reprendre une vie normale. Mais force était de reconnaître que son corps ne suivait pas. Il dut faire preuve d'une infinie patience pendant que les lésions cicatrisaient lentement. C'était d'autant plus frustrant que, durant tout ce temps, il devait se garder de toute activité physique et ne pouvait donc faire l'amour avec Bree.

Lorsque enfin cet interdit fut levé par le médecin qui le suivait, tous deux se rattrapèrent avec un enthousiasme partagé. Et si ses blessures limitèrent quelque peu l'ardeur de leurs étreintes, ils compensèrent cette limitation physique par un surcroît de tendresse et de douceur.

Cela l'aida à retrouver le moral. Mais ce fut alors que commença la période de rééducation physique. Un kinésithérapeute venait chaque jour au ranch pour lui faire faire des exercices qui se révélèrent aussi douloureux qu'épuisants. Tanner s'accrochait pourtant, sachant que c'était un passage obligé s'il voulait reprendre son travail de policier.

Ce matin-là, après ses deux heures de torture quotidienne, Tanner alla prendre une douche et se prépara une grande tasse de café avant d'aller s'installer sur le porche du ranch. Il vit Bree sortir de l'écurie et se diriger vers lui en souriant.

— Alors ? lui demanda-t-il. Comment se porte ta petite protégée ?

— Star est en pleine forme, répondit Bree.

Elle rendait visite à la petite chienne deux ou trois fois par jour, ce qui n'étonnait pas Tanner. Il était toujours persuadé que Star l'aidait à surmonter le déchirement qu'avait représenté pour elle sa séparation d'avec les jumeaux dont elle s'était occupée durant de longs mois.

— D'ici à deux semaines, Corfou cessera de l'allaiter, ajouta-t-elle.

Sa voix était toujours un peu rauque, mais elle était désormais capable d'avaler des aliments solides. Et au grand étonnement du médecin qui les suivait tous deux, elle ne semblait pas souffrir du stress post-traumatique que Tanner avait éprouvé après s'être retrouvé dans une situation similaire.

Cela ne surprenait pas Tanner. À maintes reprises déjà, il avait eu l'occasion d'apprécier la résistance peu commune dont Bree était capable, tant sur le plan physique que psychologique. Les seules fois où il l'avait vue faire preuve de faiblesse, c'était lorsque lui-même s'était trouvé menacé.

Paradoxalement, le fait de se trouver de nouveau confronté à ses pires angoisses semblait avoir aidé Tanner à se défaire de son propre syndrome post-traumatique. Depuis qu'il s'était réveillé à l'hôpital, il n'avait plus jamais rêvé de ce qui s'était passé dans le hangar. C'était peut-être la conséquence la plus inattendue de sa confrontation avec Ryan Fletcher.

Ce dernier était en prison, attendant le procès lors duquel il comparaîtrait pour le meurtre de Newkirk, Anders et Duquette ainsi que pour la tentative de meurtre sur Bree et lui.

Le procureur qui avait été chargé du dossier hésitait toujours à ajouter à ces chefs d'accusation l'assassinat de Glen Carrico. Cependant, il paraissait évident qu'en le tuant, Ryan avait cherché à protéger son secret bien plus qu'à sauver la vie de Bree.

Mais Glen s'était montré plus malin que Ryan l'avait imaginé. Il avait adressé à son frère une lettre qu'il ne devait ouvrir qu'au lendemain de sa mort.

Elle décrivait l'accord qu'avaient passé Ryan et Glen aux termes duquel ce dernier acceptait d'endosser en cas de besoin la responsabilité des crimes commis par le frère de Nate. En échange, Ryan s'était engagé à empêcher le transfert de Darin et à obtenir sa libération anticipée.

La lettre contenait aussi la clé d'un coffre-fort dans lequel Glen avait déposé toutes les preuves de ce marché, y compris des enregistrements de ses conversations téléphoniques avec Ryan et des copies des mails qu'ils avaient échangés.

Ces éléments étaient accablants et garantiraient probablement la condamnation de Ryan à la prison à perpétuité. Cette certitude ne réconfortait pourtant pas beaucoup Tanner. Il ne parvenait toujours pas réellement à s'expliquer comment son ancien ami avait bien pu sombrer dans une telle folie homicide.

Peut-être avait-il lui-même une part de responsabilité. Au lieu de garder pour lui la culpabilité qu'il avait éprouvée au lendemain de la mort de Nate, peut-être aurait-il dû s'en ouvrir à Ryan et lui faire partager ses doutes et ses regrets. Ensemble, ils seraient peut-être parvenus à surmonter cette affreuse tragédie…

Une chose était sûre : il ne laisserait pas ces questions le hanter. Ainsi qu'il l'avait dit à Bree à l'hôpital, le fait de frôler la mort lui avait rappelé à quel point l'existence était courte et fragile. Bien trop courte et trop fragile pour ressasser indéfiniment ses erreurs passées.

Bree était probablement parvenue à la même conclusion. Elle avait en effet décidé de s'investir pleinement dans le projet de foyer pour femmes de Cassandra. Elle ne travaillait plus que deux jours par semaine au Sunrise et devait commencer dès le lendemain à dispenser des cours d'informatique.

Mais Bree ne voulait pas se limiter au rôle d'enseignante : elle avait investi financièrement dans la fondation et comptait prendre une part active à la gestion du refuge. Cassandra et elle avaient d'ailleurs développé un projet d'expansion très ambitieux qui devait s'étaler sur plusieurs années.

— Est-ce que tu es prête pour demain ? lui demanda-t-il.

— Oui. Mais je t'avoue que je suis heureuse de n'avoir que deux élèves à mon premier cours. Cela me permettra de m'assurer que le cursus que j'ai imaginé est vraiment au point.

— Je suis sûr que c'est le cas, dit Tanner. Tu as beaucoup travaillé, ces derniers jours.

— Ces femmes méritent vraiment qu'on leur donne

un coup de pouce, acquiesça-t-elle. Mais je ne suis pas la seule à retourner travailler, demain. Tu dois avoir hâte de t'y remettre, n'est-ce pas ?

En effet, leur médecin avait autorisé Tanner à retourner travailler tant qu'il se contentait de rester au bureau. Il lui faudrait encore attendre quelques semaines avant de pouvoir reprendre son service actif.

— Je suis ravi de pouvoir me rendre de nouveau utile, répondit-il. Mais j'avoue que je vais regretter ces petites vacances en amoureux…

— Moi aussi, reconnut-elle. Mais j'imagine que nous ne pouvons pas passer le reste de notre vie à nous terrer dans ce ranch. Ça nous fera du bien de nous confronter de nouveau au monde réel.

— En espérant qu'il se montre un peu plus clément avec nous qu'il l'a été dernièrement ! Je crois que nous avons eu notre compte d'émotions fortes.

— Je reconnais que nous avons traversé une période un peu agitée…

— « Un peu agitée » ? répéta Tanner, incrédule. Tu veux parler du fait que tu as été poursuivie par une bande de terroristes ? Que tu as mis fin au plus important complot technologique de ces cinquante dernières années ? Que tu as failli mourir dans une explosion ? Et que tu as failli finir pendue ?

Bree haussa les épaules.

— Si tout cela ne nous était pas arrivé, nous ne nous serions jamais rencontrés, nous ne serions jamais sortis ensemble, et tu ne m'aurais jamais proposé de venir vivre avec toi, lui rappela-t-elle. Alors, franchement, je pense que ça valait le coup d'affronter quelques petits désagréments…

Tanner ne put s'empêcher de rire. Bree avait toujours

eu le chic pour le désarçonner. Il était prêt à parier qu'elle continuerait à le faire aussi longtemps qu'ils vivraient ensemble. Et il espérait du fond du cœur que cela durerait jusqu'à la fin de ses jours.

Vous avez aimé *La vérité malmenée* ?
Découvrez la suite de votre série « Deux face au risque »
dès le mois prochain, dans votre collection Black Rose.

CAROL ERICSON

Deux face au risque

Traduction française de
KAREN DEGRAVE

BLACK ROSE

HARLEQUIN

Titre original :
ENEMY INFILTRATION

Prologue

Il attrapa le canon de la vieille Kalachnikov en prenant place autour du feu et l'orienta vers le mur de la hutte.

— Comment voulez-vous que je réfléchisse avec ça dans la figure ?

Rafi, le chef du groupe, donna un coup de pied dans la poussière devant l'homme qui tenait le fusil.

— C'est inutile, Mateen. On a désarmé le major Denver.

Mateen cracha.

— Il est de la Delta Force. Il pourrait se servir de l'une de tes chaussures comme d'une arme, et tu ne te rendrais même pas compte que tu ne l'as plus au pied, répliqua-t-il.

Les hommes rassemblés autour du feu rirent, et Denver se joignit à eux. Il était bon de constater que la Delta Force inspirait encore une solide dose de respect à ses ennemis et à ses demi-alliés —, et Mateen n'était pas loin de la vérité.

Denver croisa les jambes et tendit les mains vers le feu. Il décocha un clin d'œil à Massoud, le garçon qui l'avait guidé dans la montagne, qui était accroupi près de son père, Rafi. Massoud lui répondit par un sourire timide. Il n'avait plus besoin de jouer les durs, maintenant qu'il était avec des hommes de sa tribu.

L'un des hommes commença à distribuer des bols du ragoût de mouton que la mère de Massoud préparait quand ils avaient débarqué à l'improviste. Denver ne l'avait pas vue depuis.

Il passa deux bols et s'attribua le troisième, qu'il tint entre ses mains pendant quelques secondes pour les réchauffer. Quand un pain passa de main en main, il en prit un morceau et le plongea dans le bol. Il souffla dessus avant de le mettre dans sa bouche. Il se brûla quand même, mais cela n'avait aucune importance. Les épices du ragoût lui firent venir les larmes aux yeux, ce qui n'avait pas plus d'importance.

Les autres hommes devaient être aussi affamés que lui, parce qu'on n'entendit que des bruits de mastication dans la hutte pendant plusieurs minutes.

Quand il eut fini, Denver s'essuya les lèvres du dos de la main et posa son bol par terre.

— Maintenant, dites-moi ce que vous savez sur Pazir, dit-il. Comment notre rendez-vous a-t-il été compromis ?

Rafi claqua des doigts. Massoud s'empressa de ramasser tous les bols et s'installa dans un coin pour les saucer avec ce qu'il restait du pain.

Son estomac plein donna mauvaise conscience à Denver. La mère de Massoud n'avait pas préparé assez de ragoût pour autant d'invités surprises. Ils avaient mangé la part de Massoud et sans doute aussi celle de sa mère.

Rafi posa les mains sur son ventre.

— Pazir est un imbécile qui ne sait pas tenir sa langue, répondit-il.

Les autres hommes hochèrent la tête et émirent des grognements approbateurs.

— Il a parlé de notre rendez-vous à quelqu'un ? demanda Denver.

— À plusieurs « quelqu'un », répondit Rafi avant d'embrasser ses camarades du geste. On était tous au courant.

— Est-il encore en vie ? demanda Denver en se massant les tempes.

La fumée qui flottait dans la hutte lui donnait la migraine.

— On n'en sait rien, répondit Rafi en haussant les épaules. Quand il a découvert ce qui s'est passé à l'endroit du rendez-vous – un militaire tué, ton collègue de la Delta Force qui tombe de la falaise et toi qui t'enfuis —, il s'est volatilisé.

— Il est peut-être mort, dit Denver en traçant une croix par terre pour l'effacer aussitôt.

— On n'a pas retrouvé son corps, intervint l'un des autres hommes. Al-Tariq aime envoyer des messages. Pas de corps, pas de message.

— Si c'est Al-Tariq qui a empêché le rendez-vous. Et mon coéquipier ? Savez-vous quelque chose sur lui ?

Denver retint son souffle. Il avait essayé de sauver Asher Knight en le poussant hors de la trajectoire d'une balle. Il avait échappé à la balle, mais était tombé d'une falaise.

Rafi secoua la tête.

— Je n'ai rien entendu.

Denver recommença à respirer. Ils avaient entendu parler de la mort du soldat, mais pas de celle d'Asher. Cela voulait peut-être dire qu'il s'en était sorti.

— Je dois rencontrer Pazir, dit-il. Pouvez-vous organiser un autre rendez-vous ?

Rafi et ses hommes échangèrent des regards inquiets. L'un d'eux toussa.

— C'est dangereux, répondit-il en faisant tourner son thé dans sa tasse.

Un autre se leva brusquement et jeta son thé dans le feu, ce qui le fit siffler et crépiter.

— *Il* est dangereux ! s'écria-t-il. Il ne devrait pas être là. Tu aurais dû le tuer dans la montagne, Massoud.

— Ça suffit ! intervint Rafi. Le major Denver est l'ennemi de notre ennemi. Il n'y a pas à chercher plus loin. Al-Tariq sème le trouble dans la région depuis plus d'un an avec le soutien tacite de la communauté internationale. Si le major Denver veut régler ce problème, ça me suffit. Ça devrait vous suffire aussi.

L'homme assis à côté de Rafi, qui n'avait pas dit un mot de la soirée, se leva à son tour.

— Je connais quelqu'un qui sait peut-être comment joindre Pazir, déclara-t-il. Il est chauffeur et traducteur, comme Pazir. Il sait peut-être où il se trouve. Il peut lui dire que vous avez survécu et que vous voulez lui parler.

— J'apprécierais, répondit Denver avec un hochement de tête. J'apprécie tout ce que vous faites pour m'aider.

Plus tard, après un autre thé et un narguilé, Rafi autorisa Denver à dormir près du feu.

Rafi et ses hommes s'endormirent vite. Denver roula face au feu, puis lui tourna le dos. Il étira les jambes, puis les replia.

Il avait toujours mal à la tête à cause de la fumée, ou peut-être du ragoût. Il se redressa, enroula sa couverture autour de ses épaules et sortit discrètement de la hutte.

Alors qu'il inspirait l'air frais de la nuit, un point lumineux au pied de la colline attira son attention.

Il plissa les yeux et distingua un deuxième point près du premier. Il ramassa son fusil près de la porte pour regarder à travers la lunette.

Un juron lui échappa. Il avait amené l'ennemi au village. Plus personne n'était en sécurité.

1

Les bottes de cow-boy de Lana claquèrent sur le parquet de l'immeuble de bureaux du membre du Congrès. Les regards qu'on lui jeta à la dérobée l'incitèrent à lever la tête et à marcher encore plus bruyamment. Elle voulait causer un esclandre.

La secrétaire blonde se leva à demi, le téléphone à l'oreille.

— Excusez-moi, mademoiselle ! lui lança-t-elle. Vous ne pouvez pas entrer.

Lana fit volte-face, une main sur la poignée de la porte, l'autre sur sa hanche.

— Parce que c'est verrouillé ou parce que je ne suis pas la bienvenue ? répliqua-t-elle. Je suis une contribuable.

— J'en suis certaine, mais M. Cordova est en réunion, répondit la blonde avant d'agiter sa main aux ongles vernis vers une pauvre boîte à idées vissée au mur. Vous pouvez laisser un mot.

— J'ai laissé des mots. J'ai laissé des messages téléphoniques. J'ai envoyé des mails.

Lana pointa un doigt vers la blonde.

— Je suis à peu près sûre que je vous ai parlé plusieurs fois, poursuivit-elle, et M. Cordova n'a jamais répondu. Pardonnez-moi si j'ai du mal à croire qu'il ouvrira sa boîte à idées. J'en ai une d'idée : dites-lui d'ouvrir cette maudite porte et de recevoir l'une de ses administrées.

La secrétaire se rassit, chuchota dans son téléphone, raccrocha et s'éclaircit la voix.

— Donnez-moi votre nom et votre numéro, suggéra-t-elle à Lana. M. Cordova vous rappellera quand il le pourra.

— Et ce sera quand ? Jamais ? répondit Lana avant de donner un coup de pied dans la porte. Ouvrez cette porte, Cordova, ou vous le regretterez !

La secrétaire reprit son téléphone et l'agita en direction de Lana.

— Mademoiselle, allez-vous-en tout de suite ou j'appelle la sécurité, la menaça-t-elle.

— Allez-y ! la défia Lana en croisant les bras. On verra où ça nous mène.

La blonde finit par perdre son calme.

— Sécurité ! cria-t-elle dans son téléphone. Envoyez-moi quelqu'un ! Tout de suite !

Deux gardes accoururent avant qu'elle ait fini sa phrase. Les bureaux de Cordova étaient conçus pour donner l'illusion qu'il était approchable, mais autant de barrières le protégeaient de ses administrés qu'un tsar de ses serfs.

Lana tendit les bras vers les deux hommes qui s'approchaient d'elle.

— Je n'irai nulle part tant que je n'aurai pas parlé à mon représentant au Congrès, les prévint-elle. Je paye son salaire – et les vôtres.

— Faites les choses dans les règles, madame, répondit le plus baraqué des deux gardes. Ne causez pas de problème.

Lana renifla et cligna des yeux. Il n'était pas question qu'elle pleure maintenant.

— De problème ? répéta-t-elle. Vous n'avez encore rien vu.

— Faites-vous seulement un mètre cinquante ? demanda le baraqué après avoir jeté un regard amusé à son collègue.

Lana écarta les pieds pour se mettre en garde.

— Un mètre cinquante-cinq, répondit-elle.

L'autre garde pouffa.

— Vous quitterez les lieux d'une manière ou d'une autre, dit-il.

— Et si *vous* quittiez les lieux pour me laisser rencontrer M. Cordova ? suggéra Lana.

— Je peux vous donner un rendez-vous, intervint la secrétaire, les mains suspendues au-dessus de son clavier. Il est libre demain à 15 heures. Ça vous convient ?

Lana se tapota le menton.

— Euh… Non. Maintenant me convient.

Le plus baraqué des gardes fit un pas vers elle.

— C'est impossible, madame, répondit-il. Vous devez prendre rendez-vous auprès de Tessa et revenir plus tard.

— Je ne veux pas partir, et Cordova n'honorera jamais un rendez-vous pris *avec moi*, grommela Lana. Je suis sur sa liste noire.

Tessa blêmit au point que son visage prit presque la teinte de ses cheveux.

— Attendez ! cria-t-elle alors que les gardes passaient à l'action.

Les gardes ne l'écoutèrent pas. Ils prirent chacun un bras de Lana et la décollèrent de la porte de Cordova en lui parlant comme à une enfant. Ils l'entraînèrent vers la sortie – c'est-à-dire la grande porte, celle du public.

La chaise de Tessa cogna contre le mur quand celle-ci se leva précipitamment.

— Comment vous appelez-vous ? s'écria-t-elle.

Lana lui décocha un sourire par-dessus son épaule.

— Lana. Lana Moreno.

— Attendez ! répéta Tessa en s'élançant à leur poursuite.

Mais les gardes étaient pleinement investis dans leur mission. Ils continuèrent à entraîner Lana vers la porte – et Cordova vers le sort qu'il méritait.

Dehors, ils furent accueillis par le soleil d'hiver et la foule de journalistes que Lana avait appelés.

Des caméras se braquèrent sur eux, et des micros apparurent comme par magie.

— M. Cordova vous a-t-il chassée de son bureau, Lana ?

— Avait-il des réponses à vous fournir ?

— Cela prouve-t-il qu'il méprise nos militaires, à votre avis ?

Les deux gardes la lâchèrent immédiatement.

— Mais qu'est-ce que c'est que ça ? grommela le plus petit.

— C'est une conférence de presse qui n'aurait pas eu lieu si Cordova avait accepté de me recevoir, répondit Lana.

Elle lissa les manches de sa veste et se planta devant un micro.

— Oui, M. Cordova a refusé de me recevoir, déclara-t-elle. Il n'a répondu à aucun de mes messages. Quant à savoir si le fait qu'il dissimule les circonstances de la mort de trois marines au Nigéria prouve qu'il méprise nos militaires, je vous laisse vous faire votre opinion.

— Mademoiselle Moreno ! lança Cordova en apparaissant comme par magie derrière elle. Je terminais une réunion quand j'ai entendu du bruit. J'ai demandé à ma secrétaire d'annuler mes prochains rendez-vous. Venez dans mon bureau, s'il vous plaît. Je vous prie de m'excuser pour ce malentendu.

Lana hocha la tête et s'éloigna du micro. Cordova et elle rentrèrent dans le bâtiment tandis que les deux gardes empêchaient les journalistes de les suivre.

Cinq minutes plus tard, enfoncée dans un fauteuil en cuir en face du bureau de Cordova, un verre d'eau devant elle, Lana inspira profondément.

— Je suis désolée d'avoir eu recours à ces moyens, mais vous n'avez répondu à aucun de mes messages, dit-elle.

Cordova écarta une mèche poivre et sel de son front.

— Vous avez vu le rapport, mademoiselle Moreno. Il n'y a aucun mystère. Personne ne dissimule rien. Votre frère et les deux autres marines ont été attaqués près d'un avant-poste de l'ambassade par une bande de criminels. Le Nigéria est un pays dangereux, surtout loin des grandes villes.

Lana croisa les jambes et but une gorgée d'eau.

— Ah oui ? ironisa-t-elle. Et que fait le gouvernement américain dans cette région du Nigéria ?

— C'est une information classifiée. Même votre frère ne savait pas ce qu'il faisait là.

— Je n'en suis pas si sûre, répondit-elle en pianotant sur le bureau de Cordova. J'attends que les marines m'envoient ses effets personnels. Je pourrais les recevoir dès cet après-midi. Gil a toujours tenu un journal, voyez-vous. Je suis impatiente de lire ce qu'il y a écrit en dernier.

— J'espère que cela vous réconfortera, mademoiselle Moreno. *Lo siento por su pérdida*, dit Cordova en s'inclinant.

Les yeux de Lana la brûlèrent.

— Je n'ai pas besoin de vos condoléances. Ce dont j'ai besoin, c'est que vous exigiez l'ouverture d'une enquête sur ce qui s'est passé près de cet avant-poste de l'ambassade – d'une *véritable* enquête.

— La commission des Affaires étrangères n'a aucune raison de douter de l'exactitude du premier rapport. Un rapport que je vous ai fait parvenir, je vous le rappelle.

Elle décroisa les jambes et se pencha vers Cordova.

— Un rapport si lourdement censuré que j'ai eu du mal à en comprendre le contenu.

— C'était nécessaire, mais je suis sûr que vous avez retenu l'information importante : une bande de...

— Criminels, le coupa-t-elle en abattant le poing sur le bureau. J'ai entendu ça un million de fois. C'est un terme commode. Mais pourquoi des criminels attaqueraient-ils un avant-poste de l'ambassade ? Pour voler des ordinateurs ? Les montres du personnel ? Les chaises longues de la piscine ?

Cordova haussa un sourcil.

— Ce sont des criminels. J'imagine qu'ils avaient l'intention de voler ce qu'ils trouveraient.

— Mais pourquoi choisir un bâtiment protégé par des marines ? Et comment de simples criminels du Nigéria étaient-ils en possession de lance-grenades ?

Cordova tressaillit.

— D'où tenez-vous cette information ?

— Sûrement pas du rapport édulcoré que vous m'avez envoyé.

— Mademoiselle Moreno… Lana…

Cordova ferma les yeux et inspira profondément.

— Je suis sincèrement désolé que vous ayez perdu votre frère, reprit-il. C'est un héros.

— C'est un héros parce qu'il s'est fait tuer au cours d'une tentative de cambriolage ?

— C'est un héros parce qu'il a servi son pays avec honneur. Je vais réfléchir à la possibilité de donner son nom à un parc… Ou à quelque chose d'autre dans notre ville.

— Un terrain de base-ball, répondit Lana.

Elle regarda les photos des enfants de Cordova accrochées au mur derrière lui – son fils en tenue de base-ball et sa fille en tutu.

— Gil aimait le base-ball, et c'était un bon joueur, ajouta-t-elle. Il serait peut-être devenu professionnel s'il n'avait pas choisi de s'engager.

— Je le répète : c'est un vrai héros.

Lana regarda Cordova droit dans les yeux.

— C'est un héros parce que ses frères d'armes et lui ont essayé de protéger un avant-poste d'une attaque planifiée. Quoi qu'il se soit passé là-bas, trois marines ne suffisaient pas à assurer la sécurité du bâtiment. Ils auraient dû recevoir le renfort d'autres troupes postées dans les environs. Je sais ça aussi.

— J'ai bien peur que la commission ne soit pas disposée à ouvrir une enquête sur la base de demi-vérités que vous tenez d'une source anonyme et du journal de votre frère que vous n'avez pas encore lu, répondit Cordova, les mâchoires crispées. Je vous ai accordé tout le temps dont je disposais aujourd'hui, mademoiselle Moreno. Faites-moi passer pour le méchant auprès des journalistes autant que vous le voudrez, je ne peux rien faire de plus.

Lana se leva. Ses jambes lui semblaient peser dix tonnes. Elle avait perdu toute sa fougue. Elle tendit la main par réflexe.

— Merci de m'avoir reçue, conclut-elle.

Cordova lui serra la main avec un grand sourire.

— Je suis à votre disposition, mademoiselle Moreno. Mais prenez rendez-vous auprès de Tessa, la prochaine fois – et venez seule, s'il vous plaît.

— Bien sûr.

Quand il lâcha sa main, elle résista à la tentation de l'essuyer sur son jean.

Il contourna son bureau et lui ouvrit la porte, un grand sourire aux lèvres au cas où il y aurait eu une ou deux caméras dans l'entrée.

Lana se dirigea vers la sortie sur des jambes tremblantes. Elle fit un signe de tête à Tessa, qui semblait prête à bondir.

— Un terrain de base-ball ! lança Cordova alors qu'elle atteignait la porte. Le terrain Gil Moreno. Je m'en occupe.

— Gilbert.

— Pardon ?

— Le terrain Gilbert Moreno, répondit-elle en poussant la porte en verre avec la hanche.

L'air froid la gifla sur le trottoir, et son nez se mit à couler. Elle enfonça les mains dans ses poches et tourna à l'angle des bureaux de Cordova, qui occupaient le fond d'un nouveau centre commercial. Il était sûrement mieux installé dans son poste précédent à Washington.

Elle s'aventura dans l'allée qui longeait l'arrière du

bâtiment. Elle ne pouvait plus rien faire. Elle n'avait rien de concret. Elle allait échouer à rendre justice à son petit frère.

Elle s'adossa au mur. Sa discussion avec Cordova lui avait coûté toute son énergie. Ses jambes finirent par la trahir, et elle se laissa glisser le long du mur.

Elle se retrouva assise par terre, les joues inondées de larmes.

— Je suis désolée, Gil. Tu mérites tellement plus qu'un terrain de base-ball… Tu mérites la vérité.

Des bruits de pas lui firent tourner la tête. Une grande silhouette nimbée de soleil s'approchait d'elle.

L'inconnu s'accroupit devant elle et essuya l'une de ses larmes du bout du doigt.

— La vérité pourrait vous coûter la vie, Lana, murmura-t-il.

2

La beauté aux cheveux noirs s'essuya les yeux du dos de la main en étalant du mascara jusqu'à son oreille percée de petits clous en argent.

— Mais qui êtes-vous donc ? demanda-t-elle d'un ton hostile alors que ses lèvres tremblaient.

Logan s'écarta et cligna des yeux. Il savait que Lana Moreno était belle, mais il ne s'attendait pas que sa beauté, à peine voilée par ses yeux rougis, le frappe avec une telle violence.

— Je suis Logan Hess, votre nouveau meilleur ami, répondit-il en lui tendant la main.

Elle plissa les yeux.

— J'ai déjà un meilleur ami et un contact dans les médias. Je travaille avec Payton Fletcher. Je peux compter sur elle.

Il laissa retomber sa main.

— Ça, j'en doute, répondit-il. Et je ne suis pas journaliste.

Elle pinça les lèvres qu'il admirait.

— Vous travaillez pour Cordova ? C'est pour ça que vous m'avez menacée ? C'était bien une menace, n'est-ce pas ?

— Allons ! s'écria-t-il en écartant les bras. Est-ce que je ressemble à un politicien ?

Elle l'observa de la tête aux pieds. Quand elle atteignit les bouts argentés de ses bottes de cow-boy, ses narines frémirent.

L'examen le troubla et le contraria, au point qu'il souhaita que Lana ne décolle plus les yeux de ses bottes pour ne pas constater sa réaction un peu plus haut.

Il fut exaucé : elle plongea brusquement le regard dans le sien.

— À vrai dire, oui, répondit-elle. Vous ressemblez assez à ces politiciens qui essayent de faire couleur locale avec des vêtements de couturiers qu'aucun fermier de Greenvale ne pourrait s'offrir.

Aïe !

L'érection de Logan mourut aussi vite qu'elle était née.

Il éclata de rire si brutalement qu'il bascula en arrière. Il se retrouva assis par terre, les mains posées derrière lui pour ne pas tomber davantage.

— Vous avez la gâchette facile, ma petite dame, lança-t-il avec un parfait accent texan. Vos fermiers diraient-ils ce genre de chose ?

Les lèvres de Lana frémirent.

— Oui, admit-elle. Et votre accent a l'air authentique. D'où vient-il ?

— Du même endroit que mes bottes : Dallas. Alors si vous croyez que vos cow-boys de Greenvale, en *Californie*, sont les modèles du genre, vous rêvez.

— Je me rends, répondit Lana en levant les mains. Mais si vous n'êtes pas un journaliste et que vous ne travaillez pas pour Cordova, je répète ma question : qui êtes-vous donc ? Et ne me répondez pas Logan Hess. Ce nom ne me dit absolument rien.

Il espérait à demi qu'elle l'ait lu quelque part, mais

c'était absurde, puisque les rapports ne mentionnaient jamais les noms des soldats.

Il essuya sa main droite sur son jean et la lui tendit.

— Recommençons, suggéra-t-il. Je suis le capitaine Logan Hess, de la Delta Force.

Les lèvres de Lana formèrent un O, et elle lui serra la main, cette fois. Sa paume était rugueuse.

— Je m'appelle Lana Moreno. Mais je ne vous apprends rien, visiblement.

— Non. J'ai assisté à votre conférence de presse improvisée, devant les bureaux de Cordova.

— Mais vous saviez déjà qui j'étais avant ça et vous n'êtes pas là pour qu'on compare nos bottes de cow-boy, dit-elle en plantant l'index au milieu de son torse. Connaissiez-vous Gilbert ?

— Malheureusement non, répondit-il – et elle n'avait pas besoin de savoir à quel point c'était malheureux. Et si on quittait la poussière pour aller déjeuner ?

Elle inclina la tête sur le côté, ce qui fit tomber une mèche noire devant l'un de ses yeux. L'autre scruta son visage.

— Pourquoi accepterais-je ? Que me voulez-vous ? Quand vous avez dit que vous apparteniez à la Delta Force, j'ai pensé que vous connaissiez Gilbert et que vous saviez peut-être ce qui s'est passé dans cet avant-poste.

— Je ne le connaissais pas personnellement, mais je connais les noms de tous ceux qui sont morts là-bas, y compris celui de l'assistant de l'ambassadeur. Je peux vous assurer que j'en sais plus sur la situation d'ensemble que le rapport qu'on vous a remis à contrecœur.

— Très bien : vous savez de quoi vous parlez. Qu'attendons-nous ? demanda-t-elle en se levant. Si vous avez des informations sur l'attaque, je veux les entendre.

— Je m'en doutais.

Il se releva à son tour, tira un mouchoir d'une poche de sa veste et le lui tendit.

— Tenez ! dit-il.

Elle se moucha, puis s'essuya le contour des yeux pour arranger son mascara.

— Je suppose que vous ne voulez pas que je vous le rende.

— Vous pourrez me le rendre après l'avoir lavé, la prochaine fois qu'on se verra, répondit-il.

Cela lui valut un regard noir, mais il avait l'intention de voir Lana Moreno autant de fois qu'il le faudrait pour découvrir ce qu'elle savait. Pourquoi refusait-elle de croire que son frère s'était fait tuer par des criminels nigérians ? Sûrement pas seulement parce que c'était une explication ridicule – aussi ridicule que le fait d'accuser le major Rex Denver d'être de mèche avec des terroristes.

Elle s'était lancée dans une croisade que le chagrin ne suffisait pas à expliquer. Les gens ne faisaient pas de pareilles mises en scène devant les bureaux d'un membre du Congrès pour rien.

— Très bien, je le laverai, répondit Lana en fourrant le mouchoir dans l'une de ses poches.

— J'ai garé ma voiture de location au coin de la rue.

— Je prends ma camionnette, et on se retrouve au restaurant, répondit-elle.

— Je comprends. On n'est jamais trop prudent – surtout vous.

Il sortit son portefeuille.

— Voulez-vous voir ma carte d'identité militaire avant qu'on parte ? proposa-t-il.

— Pourquoi avez-vous dit « surtout vous » ? demanda-t-elle en plissant les yeux. À ce propos, pourquoi avez-vous dit que la vérité pourrait me coûter la vie ?

— Je vous expliquerai tout pendant le déjeuner.

Il tira sa carte de son portefeuille et la mit sous les yeux de Lana.

— Vous aviez les cheveux plus courts sur la photo, remarqua-t-elle.

— Coupe militaire, répondit-il en se passant la main dans les cheveux par réflexe.

— Et plus clairs. Presque blonds.

Le sang de Logan recommença à s'échauffer. Si cette femme pouvait l'exciter rien qu'en regardant sa photo, dans quel état le mettrait-elle si elle le touchait ? Il frissonna.

— Cette photo a été prise pendant l'été. Mes cheveux sont plus sombres en hiver. Avez-vous d'autres questions ? Voulez-vous que je retire ma veste pour vous permettre d'évaluer mon poids ?

Lana écarquilla les yeux et rougit.

— Ça ira, répondit-elle. Vous ressemblez à l'homme de la photo. Aimez-vous les Mexicains ?

Logan cligna des yeux. Il aimait *cette* Mexicaine. Beaucoup.

— Aimez-vous les restaurants mexicains, précisa-t-elle.

— Je suis Texan. À votre avis ?

— J'ai déjà mangé dans des restaurants mexicains au Texas et je peux vous dire que si vous croyez que votre sauce salsa est épicée, vous rêvez.

Il esquissa un sourire. Si la sauce salsa californienne était aussi piquante que Lana Moreno, il allait l'adorer.

— Si c'est vrai, tant mieux. J'aime tout ce qui est chaud et épicé.

Elle partit vers la rue en ignorant son sous-entendu.

Quand ils se retrouvèrent devant le centre commercial, quelqu'un baissa un store dans les bureaux de Cordova. Le membre du Congrès craignait-il que Lana ne revienne à la charge ?

Elle ne lui avait pas raconté ce que Cordova et elle s'étaient dit, mais leur discussion ne s'était pas passée comme elle l'espérait, à en juger par ses larmes.

Lana dut voir le store, elle aussi, parce qu'elle leva le menton et repoussa ses cheveux derrière ses épaules.

— Le restaurant est à dix minutes d'ici, dit-elle.

Elle lui fournit le nom et l'adresse de l'établissement, puis monta dans une grosse camionnette blanche.

Atteignait-elle seulement les pédales de ce monstre ? Comme pour le lui prouver, elle démarra aussitôt et fila sans se soucier de lui.

Logan secoua la tête et monta dans sa petite voiture de location. La sœur du sergent Gilbert Moreno avait plus de caractère qu'il ne s'y attendait. Il espérait juste qu'ils pourraient s'aider l'un l'autre. Cela supposait qu'il reste dans les bonnes grâces de Mlle Moreno, ce qui exigeait sans doute quelques mensonges, au moins par omission.

Il enregistra l'adresse du restaurant dans le GPS de son téléphone et se laissa entraîner à plusieurs kilomètres des bureaux de Cordova. Cette partie de la ville était plus ancienne et moins clinquante, mais le restaurant se démarquait des autres bâtiments. Il occupait une bâtisse en terre crue de style espagnol surmontée d'une enseigne très colorée. Il y avait une file d'attente devant la porte.

Il se gara et se dirigea vers le restaurant. La musique country qui s'échappait d'un bar voisin était parfaitement assortie à ses bottes.

Lana apparut à la porte et lui fit signe. Il se faufila entre les gens qui faisaient la queue pour la rejoindre.

— Combien de temps faut-il attendre pour avoir une table ? demanda-t-il.

— J'en ai déjà une au fond de la salle, répondit-elle.

Il haussa un sourcil.

— Êtes-vous une habituée ?

— On peut dire ça.

Elle l'entraîna jusqu'à leur table, qui semblait avoir été ajoutée exprès pour elle tout près du bar.

Il tira la chaise de Lana.

— Je vais me laver les mains d'abord, dit-elle.

— C'est une bonne idée, répondit-il après avoir examiné les siennes.

— Par ici.

Il la suivit dans un couloir étroit, ce qui lui permit d'admirer ses hanches moulées dans son jean.

Quelques minutes plus tard, il regagna leur table avant Lana. Deux verres d'eau les y attendaient.

Quand Lana sortit de la cuisine en discutant avec une serveuse, il eut une deuxième occasion de tirer sa chaise.

Lana s'assit et le remercia.

— Un thé glacé pour moi, s'il te plaît, Gabby, demanda-t-elle.

— Et pour vous ? demanda la serveuse.

— L'eau me va très bien, répondit Logan en tapotant son verre.

Dès que la serveuse s'éloigna, l'un de ses collègues vint poser un panier de chips et un bol de sauce salsa sur leur table.

— Le service est-il toujours aussi bon ou bénéficiez-vous d'un traitement de faveur ? demanda Logan à Lana.

— Le service est toujours aussi bon. C'est l'un des plus vieux restaurants mexicains de Greenvale et celui que les gens du coin préfèrent.

— Et vous êtes du coin ? Avez-vous toujours vécu à Greenvale ?

— Mon grand-père était travailleur saisonnier dans la Central Valley. Après quelques années, il a fait venir ma grand-mère et leurs dix enfants. Mon père était le huitième.

— Vous avez une grande famille dans la région, alors.

— Pas ici. À Salinas. La plupart vivent encore à Salinas. Mon père est venu à Greenvale pour s'occuper des chevaux dans un ranch. Quand c'est devenu trop dur pour lui, il a été embauché comme cuisinier dans ce restaurant.

— Il y travaille toujours ?

— Il est mort il y a deux ans.

— Je suis désolé. Et votre mère ?

— Ma mère est retournée au Mexique pour s'occuper de ma grand-mère, qui est malade, répondit Lana avant de mordre dans une chips. Et vous ? Êtes-vous né à Dallas ?

— Oui. J'y suis né et j'y ai grandi.

Il plongea une chips dans la sauce et la mangea.

— Vous ne plaisantiez pas ! s'écria-t-il après l'avoir avalée. C'est épicé.

— Je peux demander à Gabby de vous apporter une version plus douce, Texan.

Il prit une autre chips avec encore plus de sauce.

— C'est de la provocation, répondit-il. Maintenant, mon orgueil est en jeu.

Le sourire de Lana illumina leur coin de la salle.

— Vous ne pouvez pas vous empêcher de relever les défis, n'est-ce pas ?

Il secoua la tête et s'essuya le nez avec sa serviette. Par chance, Gabby lui évita de manger une autre chips en venant prendre leur commande.

Quand elle repartit, Logan but une gorgée d'eau et posa les bras sur la table.

— Dites-moi, Lana… Pourquoi pensez-vous que le gouvernement vous cache quelque chose sur l'attaque de l'avant-poste ?

— Parce que mon frère me l'a dit.

— Il est mort dans cette attaque, lui rappela-t-il.

Lana se raidit.

— Il suspectait quelque chose avant l'attaque, répondit-elle.

— Il vous l'a dit ?

— Nous avons eu quelques conversations par webcams interposées quand il était là-bas. Pour commencer, il ne comprenait pas la raison d'être de cet avant-poste. Il y avait beaucoup d'allées et venues discrètes et un entrepôt dans lequel les marines n'avaient pas le droit d'entrer.

— Qui allait et venait, au juste ?

Elle haussa les épaules.

— Des Américains et des étrangers. Les gardes n'étaient pas censés les contrôler, et Gilbert n'en a reconnu qu'un seul.

Le cœur de Logan se mit à battre si fort que Lana devait l'entendre malgré la musique.

— Qui ? demanda-t-il.

— Un certain major Rex Denver. Tous les gardes le connaissaient. Ils avaient entendu parler de ses exploits dans la Delta Force. La Delta Force... à laquelle vous appartenez aussi.

Ce n'était pas l'un des points sur lesquels il avait l'intention de mentir à Lana.

— Oui, je connais le major Denver. C'était le chef de mon unité avant...

— ... qu'il passe à l'ennemi, acheva-t-elle à sa place.

Il fit sauter une chips du panier en abattant son poing sur la table.

— C'est un mensonge !

— Vous voulez le disculper, dit-elle. C'est pour ça que vous vous intéressez à l'attaque.

Elle remua son thé avec sa paille, ce qui fit cliqueter les glaçons.

— Je ne suis pas sûre que la présence du major Denver dans cet avant-poste vous aide beaucoup, ajouta-t-elle. S'il s'y passait des choses louches, ça lui donne plutôt l'air coupable.

— Pas s'il enquêtait sur les choses louches en question, répliqua-t-il.

Gabby apporta leur commande.

— Faites attention : les assiettes sont chaudes, les prévint-elle.

— Merci Gabby, répondit Logan. Pourriez-vous nous apporter un autre pot de sauce salsa, s'il vous plaît ?

— Bien sûr.

Gabby emporta leur pot presque vide.

Lana esquissa un sourire.

— Vous n'avez rien à prouver, Logan, commenta-t-elle.

— Je sais, répondit-il en plantant sa fourchette dans son *burrito*. J'y prends goût.

Elle mordit dans l'un de ses *tacos* tandis que le collègue de Gabby posait un deuxième pot de sauce sur la table.

— Et si c'était la présence de Denver qui avait provoqué l'attaque ? suggéra-t-elle. Il a peut-être posé trop de questions.

— Comment savez-vous qu'il a posé des questions ?

— Je sais qu'il a posé des tas de questions à Gil et aux autres gardes à chacune de ses visites. Ils étaient tous en admiration devant lui, mais ils n'avaient pas de réponses à lui fournir.

— Gil vous a-t-il dit ce que Denver voulait savoir ?

— Il les interrogeait surtout sur l'entrepôt.

— Je suppose que vous n'avez pas enregistré vos conversations avec votre frère.

— Non, mais je suis sûre qu'il a tout écrit dans son journal.

— Il tenait un journal ?

— Gil écrivait bien et il pensait tenir la matière d'un roman.

— Et où est ce journal, Lana ?

— Il arrive. Les militaires m'envoient ses effets personnels.

Logan déglutit avant de demander :

— Vous l'avez déjà… enterré ?

Lana posa son taco et froissa sa serviette entre ses mains.

— Oui. Les militaires ont rapatrié son corps et

l'ont enterré avec les honneurs – des honneurs qui ne vont pas jusqu'à dire la vérité sur sa mort.

— Il n'est peut-être pas juste d'en vouloir à l'armée, Lana. Les activités de cet avant-poste étaient très secrètes. À mon avis, même le plus haut gradé en poste au Nigéria ne savait pas ce qui s'y passait.

— Et vous pensez que ça a quelque chose à voir avec le major Denver.

— J'en suis sûr.

— Pourquoi a-t-il disparu ? Pourquoi ne s'est-il pas défendu face à ses accusateurs ?

— Il est parfois plus simple de mener une guerre avec ses propres méthodes. Vous comprenez ?

— Oui, répondit-elle en recommençant à remuer son thé.

— Je pense qu'il a senti l'étau se resserrer autour de lui et compris que c'était un piège. Où qu'il soit, je suis sûr qu'il se défend à sa manière.

— Oui, je peux le comprendre.

Le regard de Lana se perdit dans le vide. Quelles batailles avait-elle menées de son côté pour pouvoir comprendre ça ?

— Autre chose ? vint demander Gabby un quart d'heure plus tard.

— Pas pour moi, répondit Lana. Logan ?

— Après ce *burrito* ? Impossible.

Gabby fit l'addition et la posa sur la table.

— À la prochaine, Lana ! lança-t-elle en emportant leurs assiettes.

Lana tendit la main quand il ramassa l'addition.

— Combien dois-je ? demanda-t-elle.

— Je vous invite, mais à une condition.

— Laquelle ?

— Vous m'informez de ce que vous trouvez, notamment dans le journal de Gil.

— Vous aussi, répondit-elle.

— Marché conclu.

— Puisqu'on est partis pour s'entraider, on pourrait aussi partager l'addition, lui fit-elle remarquer.

— C'est moi qui ai proposé de déjeuner. Vous n'aurez qu'à m'inviter la prochaine fois.

— Laissez-moi au moins m'occuper du pourboire, dit-elle en tirant son porte-monnaie de son sac.

— Ne vous en faites pas : je laisserai un pourboire généreux.

Il ajouta quelques billets à la pile qu'il avait posée devant lui.

— Ça suffira ? s'inquiéta-t-il.

— C'est plus que généreux, répondit Lana.

— Vous aimez être maîtresse de la situation, n'est-ce pas ?

Elle se leva et enfila sa veste.

— On peut dire ça, admit-elle. Où vous êtes-vous installé ?

— À l'auberge de Greenvale, près des bureaux de Cordova, mais ce n'est pas là que je vais.

Il atteignit la porte du restaurant avant elle et la lui ouvrit.

— Et où allez-vous ?

— Chez vous. Vous m'avez dit que vous attendiez les effets personnels de Gil. J'aimerais savoir s'ils sont arrivés.

— Très bien. Il y a quelque chose que je voudrais vous montrer dans le rapport, par ailleurs. L'avez-vous lu ?

— J'en ai lu des passages.

— Ce rapport est tellement censuré qu'on ne peut

guère en lire que des passages, de toute manière, soupira-t-elle.

Il n'avait aucun mal à la croire. Un avant-poste d'ambassade de ce genre aurait été entouré de secrets même s'il n'avait pas été attaqué.

— Quelle est votre adresse ? demanda-t-il.

— Suivez-moi. Ce sera plus simple.

Il la suivit d'abord jusqu'à sa camionnette.

— C'est à quarante minutes d'ici, le prévint-elle en y grimpant.

— Je vous laisse me guider, répondit-il.

Ils quittèrent la ville et s'engagèrent sur une route à quatre voies. Même s'il ne s'était pas demandé dans quelles conditions Lana vivait, Logan fut surpris de découvrir qu'elle habitait au milieu de nulle part.

Ils longèrent des champs et des pâturages. De temps à autre, une odeur de crottin de cheval lui rappelait le Texas.

Après quarante minutes de trajet, Lana mit son clignotant à droite, ralentit et s'engagea sur une route pavée qui était encadrée par deux poteaux.

Logan essaya de lire ce qui était gravé dessus, mais les caractères étaient trop petits. Lana vivait dans un ranch. Était-ce le sien ? Celui de son mari ?

L'idée qu'il pouvait y avoir un mari dans le paysage lui noua l'estomac, mais il s'en débarrassa vite. Si Lana Moreno avait un mari, elle ne se battrait pas seule pour découvrir la vérité sur la mort de Gil. Et si elle avait un mari qui la laissait se battre seule, il ne la méritait pas.

Quand Lana s'arrêta devant le portail du ranch, Logan s'empressa de bondir hors de sa voiture pour aller ouvrir les battants.

Lana le remercia d'un signe de tête en passant et attendit qu'il ait refermé le portail pour se remettre en route.

Ils longèrent un enclos pour chevaux et un pâturage avant d'atteindre une grande maison devant laquelle étaient garés une camionnette plus récente que celle de Lana et un minivan. Ils les dépassèrent sans s'arrêter.

Il n'imaginait pas Lana au volant d'un minivan, de toute manière. Après avoir contourné un bosquet, elle se gara devant une maison plus petite que l'on ne pouvait pas voir de la route.

Il se gara derrière elle. Quand il sortit de sa voiture, elle posait déjà le pied sur la première marche du perron.

— Je crois que le colis est arrivé ! lança-t-elle.

Elle coupait le scotch de la caisse lorsqu'il la rejoignit.

— Laissez-moi l'emporter à l'intérieur, suggéra-t-il.

Il ramassa le colis et regarda Lana chercher fébrilement ses clés, puis ouvrir la porte d'une main tremblante.

— Posez-le au milieu de la pièce.

Il fit quelques pas sur un parquet grinçant avant de poser le colis sur le grand tapis qui occupait le centre du salon.

Lana s'agenouilla à côté, son couteau de poche à la main, et découpa le reste du scotch. Quand ce fut fait, elle saisit le couvercle et se figea, les yeux fermés.

— Ça va ? s'inquiéta Logan. Voulez-vous que je sorte ? Préférez-vous être seule ?

Elle rouvrit les yeux, et une larme roula sur sa joue.

— Oui, ça va répondit-elle. C'est l'odeur… Elle a tout fait revenir d'un seul coup.

Logan inspira profondément. Là où Lana reconnaissait l'odeur de son frère, il reconnut celle de la guerre.

Elle ôta le couvercle, plongea les mains dans la

caisse et en tira une pile de vêtements, qu'elle posa délicatement à côté d'elle. Suivirent d'autres vêtements, des affaires de toilette, des livres et des bibelots.

Les gestes de Lana devinrent de plus en plus brusques à mesure que les tas grossissaient autour d'elle. Finalement, elle sortit le dernier objet que contenait le colis : le béret de Gil.

Elle le serra sur son cœur et s'effondra contre un pied du canapé, les yeux fermés.

— Ils l'ont volé, murmura-t-elle. Quelqu'un a pris le journal de Gil.

3

Lana renversa la caisse vide d'un coup de pied. Elle aurait dû se douter que quelqu'un ferait disparaître le journal de Gil. Et cela ne se serait peut-être pas produit si elle n'en avait pas parlé à tous ceux qui voulaient bien l'écouter. Par bêtise, elle venait de perdre la seule chose qui pouvait prouver que Gil n'était pas mort au cours d'une simple attaque criminelle.

— Vous êtes sûre qu'il n'est pas dans l'un de ces sacs ? demanda Logan.

— Vous pouvez vérifier, mais je les ai tous ouverts en les sortant, répondit-elle.

Elle baissa la tête et posa le menton sur le béret de Gil.

— J'ai tout gâché, soupira-t-elle. J'aurais dû ne parler du journal à personne.

— Il y a peut-être un deuxième colis, suggéra Logan. Le facteur l'a peut-être livré à l'autre maison par erreur. Cela se produit-il ?

Il remit la caisse à l'endroit et l'inspecta comme si elle pouvait avoir un double fond.

— Le facteur ne se trompe jamais, mais il arrive que mon courrier atterrisse dans l'autre maison, répondit-elle.

La possibilité que Bruce ait tripoté les affaires de Gil la fit grincer des dents.

Logan se releva et lui tendit la main.

— Voulez-vous qu'on aille vérifier ? proposa-t-il.

— Vous m'accompagnez ?

— Si vous le souhaitez, répondit-il, la tête penchée sur le côté.

Elle ne demandait pas mieux que de parader devant Bruce en compagnie du capitaine Logan Hess, même si elle ne pouvait pas le faire passer pour autre chose qu'un ami – et en exagérant beaucoup. Mais elle était sûre d'adorer la tête que ferait Bruce en découvrant les muscles de Logan. Elle ne les voyait pas vraiment elle-même, soit, mais elle les imaginait facilement sous sa chemise – et elle avait une imagination débordante.

— Bien sûr, dit-elle. Vous n'allez quand même pas rester ici tout seul.

Elle prit la main qu'il lui offrait et se leva.

Elle posa le béret sur le canapé, mais ne lâcha pas la main de Logan – pas tout de suite. La force et la chaleur de ses doigts lui insufflaient un courage dont elle avait terriblement besoin.

Ce doit être ce qu'on ressent quand quelqu'un nous épaule, songea-t-elle.

— Ça va ? demanda Logan en pressant ses doigts. Ça n'a pas dû être facile de fouiller les affaires de votre frère.

— Ça va, lui assura-t-elle. Mais ça ira mieux quand j'aurai mis la main sur son journal.

Logan enfila sa veste, qu'il avait posée sur le dossier d'une chaise. Lana n'avait pas pris la peine de retirer la sienne, mais elle la ferma pour affronter le froid et Bruce McGowan.

— Je suppose que les gens qui vivent là possèdent

le ranch ? demanda Logan alors qu'ils s'approchaient de la grande maison.

— Oui.

— Et vous, que faites-vous ?

— J'entraîne les chevaux. Mon père a travaillé pour Douglas McGowan, le père du propriétaire actuel, qui m'a gardée quand mon père est devenu cuisinier. Douglas est mort quelques mois après lui.

— Alors vous êtes ici toute seule depuis deux ans. Cette vie doit vous plaire si vous êtes restée.

Elle sentit un muscle se crisper dans sa joue et se la massa.

— C'est un travail, et j'ai besoin d'un travail, répondit-elle. J'envoie de l'argent à ma mère, au Mexique, pour qu'elle s'occupe d'*abuelita*.

— Voulez-vous dire que vous n'aimez pas ce travail ?

— J'aime les chevaux.

Comme ils atteignaient l'angle de la maison, elle posa un doigt sur ses lèvres pour interrompre la conversation.

Comme toujours, son estomac se noua quand elle appuya sur la sonnette.

Un son de cloche résonna dans la maison. Lana fourra les mains dans ses poches. Bruce la regardait à travers le judas ou le ferait bientôt.

La porte s'ouvrit quelques secondes plus tard, et le corps imposant de Bruce occupa l'embrasure. Il lui décocha un grand sourire.

— Lana-Madonna ! Qu'est-ce qui t'amène à la porte de mon château ? Tu dois…

Il laissa sa phrase en suspens lorsqu'il découvrit Logan derrière elle.

— Bruce, je te présente Logan Hess. Logan, Bruce McGowan.

Bruce serra la main de Logan en en profitant pour effleurer l'épaule de Lana avec la sienne.

— Ravi de vous rencontrer, Logan, dit-il. Êtes-vous un ami de notre petite entraîneuse ?

Lana retint son souffle tandis que Logan inspirait entre ses dents.

— Oui.

Il lâcha la main de Bruce pour poser la sienne au creux des reins de Lana.

Ce geste fit tressaillir Bruce.

— Que puis-je faire pour vous par ce bel après-midi d'hiver ? demanda-t-il avec un sourire un peu plus crispé.

— J'ai reçu une livraison, aujourd'hui, répondit Lana. Un colis. Et je me demandais si, par hasard, un deuxième carton n'avait pas été déposé chez toi par erreur.

— Ces facteurs ! s'écria Bruce. Ils sont incapables de faire leur boulot correctement.

Il regarda Logan et haussa les épaules.

— Ils déposent souvent le courrier de Lana chez moi, ajouta-t-il.

— Ce qui est amusant, c'est que je ne trouve jamais de lettre pour toi au milieu des miennes, répondit Lana. Mais peu importe. As-tu un colis à moi ?

— Non.

— Qui a reçu le courrier, Dale ou toi ? Où est-elle, d'ailleurs ?

— À l'étage. Elle se repose, répondit Bruce, les mâchoires crispées. Elle n'a pas reçu le courrier. Elle n'a pas fait grand-chose d'autre que se reposer depuis qu'elle a emmené les enfants à l'école. Ils y sont toujours, si ça t'intéresse.

— Je m'en doutais, grommela Lana. Préviens-moi si tu reçois un colis pour moi.

— Bien sûr, répondit Bruce. Tu sais que si tu as quelque chose, n'importe quoi – *presque* n'importe quoi —, à me demander, ma porte t'est ouverte.

Bruce lui décocha un clin d'œil, et Lana sentit les doigts de Logan se crisper dans son dos.

— C'était un plaisir de vous rencontrer, Logan, conclut Bruce. Les amis de Lana sont nos amis. Passez une bonne fin de journée.

Lana soupira de soulagement quand il leur claqua la porte au nez.

Elle fit volte-face et repartit vers chez elle. Logan la suivit sans dire un mot, mais il la retint par le bras quand elle atteignit le perron.

— Que s'est-il passé, au juste ? demanda-t-il. Pour qui ce type se prend-il ? Il a de la chance d'avoir encore ses dents après vous avoir parlé de cette manière. « Notre petite entraîneuse » ? Je suis surpris que vous ne l'ayez pas giflé.

Elle haussa les épaules.

— C'est mon employeur et mon propriétaire. Dale et lui me laissent occuper cette maison gratuitement. C'est un arrangement que mon père a passé avec le sien. Bien sûr, Bruce peut y mettre un terme quand il veut – d'autant plus facilement qu'il a entrepris de vendre la plupart de ses chevaux.

— Il est évident qu'il n'a pas envie de mettre un terme à cet arrangement, répondit Logan. Il aime vous avoir sous la main, n'est-ce pas ?

— Vous vous en êtes aperçu ? ironisa-t-elle.

Elle se mordilla la lèvre. Elle ne voulait pas que

Logan imagine qu'il y avait quelque chose entre Bruce et elle, comme le croyaient les voisins.

— Mais il me paraît tout aussi évident que vous n'avez pas envie d'être ici, ajouta Logan. Alors pourquoi ne cherchez-vous pas du travail ailleurs ?

Elle déglutit avant de répondre :

— Il n'est pas facile de trouver un emploi d'entraîneuse. Et un logement gratuit ? C'est impossible. Cet arrangement est assez avantageux pour que ça vaille la peine de supporter Bruce de temps à autre.

Et il a un autre gros avantage, songea-t-elle.

Logan plissa les yeux.

— Que voulez-vous dire par « supporter Bruce de temps à autre » ? Vole-t-il votre courrier ?

— C'est l'un de ses petits jeux.

Elle s'assit sur le perron et enroula un bras autour d'un montant de la balustrade.

— Il prend une partie de mon courrier et prétend que le facteur s'est trompé, expliqua-t-elle. Pour me forcer à aller chez lui.

— Dites-lui de le déposer dans votre boîte aux lettres, suggéra Logan en s'asseyant à côté d'elle.

Leurs épaules se frôlèrent, ce qui fit un tout autre effet à Lana que le geste de Bruce quelques minutes plus tôt.

— Il trouve toujours une bonne excuse pour ne pas le faire, répondit-elle. La règle du jeu est simple : si je veux mon courrier, il faut que j'aille le chercher.

— On dirait que c'est un sale con. *C'est* un sale con, qui mériterait de se faire botter les fesses.

— J'adorerais voir ça, mais je me contente de l'éviter autant que je peux.

— Pensez-vous qu'il ait reçu un deuxième colis et vous l'ait caché ?

— Je n'en sais rien. Votre présence l'a déstabilisé. S'il avait le colis, ça ne l'aurait pas amusé de me faire entrer pour me le donner alors que vous étiez là. Il préfère qu'il n'y ait pas de public.

Les sourcils de Logan se rejoignirent au-dessus de son nez.

— Vous a-t-il déjà touchée ? demanda-t-il. Avez-vous autre chose à craindre que ses mauvaises manières ?

Lana pinça les lèvres.

— Rien qu'une fois.

— Qu'a-t-il fait ? demanda Logan, qui vibrait de colère comme s'il était prêt à demander des comptes à Bruce sur-le-champ.

— Il… a enroulé les bras autour de ma taille et m'a attirée contre lui pour m'embrasser.

— Le salaud. L'avez-vous frappé ?

— J'étais trop abasourdie pour réagir aussi vite que je l'aurais voulu. Je l'ai repoussé et je lui ai dit que j'en parlerais à Dale s'il recommençait.

— Qu'a-t-il fait ?

— Il a ri. Mais il n'a pas recommencé.

— Pas encore, la corrigea Logan avant de donner un coup de pied dans un caillou. Que se passe-t-il avec sa femme ? Pourquoi se reposait-elle ?

— Dale est alcoolique. Ils ont deux enfants adorables, mais Dale passe l'essentiel de son temps à boire avec ses amis.

Elle joignit les mains et les posa sur ses genoux.

— À vrai dire, je ne suis pas sûre qu'elle se soucie de ce que fait Bruce, poursuivit-elle. Ça ne m'étonnerait pas qu'elle ait eu une ou deux aventures de son côté.

— Elle ne fournit pas un très bon moyen de pression, dans ce cas.

— Sauf que Bruce ne veut pas lui donner une excuse pour divorcer. Ils n'ont pas signé de contrat de mariage. Bruce perdrait beaucoup – la moitié de tout – s'ils divorçaient. C'est aussi pour ça qu'il supporte le comportement de Dale.

— Ils semblent faits l'un pour l'autre… Mais je me moque d'eux et de leur mariage horrible. Tout ce qui m'intéresse, c'est votre sécurité et la manière dont Bruce vous traite.

— Merci, répondit-elle en tapotant la cuisse de Logan. Mais il ne tentera rien d'autre. Il s'amuse juste avec moi parce qu'il sait que je n'ai nulle part où aller.

— Vous m'avez fait une impression très différente quand je vous ai vue devant le bureau de Cordova, avoua Logan. Je n'imaginais pas que vous laissiez quelqu'un vous marcher sur les pieds.

Il se tourna vers elle pour poser les mains sur ses épaules.

— Vous devez partir d'ici, Lana, lui dit-il. Trouver un autre travail, déménager… Ce n'est pas sain.

Lana posa une main sur son ventre. Elle détestait qu'on la trouve faible – surtout quelqu'un comme Logan Hess, qui ne devait jamais se laisser marcher sur les pieds. Mais elle avait souvent été faible dans sa vie… Et elle n'avait aucune envie que Logan le sache.

— Êtes-vous marié, Logan ? demanda-t-elle en s'adossant contre la rambarde. Avez-vous des enfants ?

Il secoua la tête.

— Non.

Elle essaya de ne pas accorder trop d'importance au soupir de soulagement qu'elle réprima.

Est-il déjà arrivé que quelqu'un dépende de vous ?

Mes hommes. On dépend les uns des autres.

— Si vous deviez faire quelque chose qui vous déplaît pour protéger l'un de vos hommes, vous le feriez, n'est-ce pas ?

— Je ferais n'importe quoi pour eux, répondit Logan, qui la tenait toujours par les épaules. Où voulez-vous en venir ?

— C'est ce que je fais ici, dit-elle en embrassant le ranch d'un geste las.

Logan fronça les sourcils.

— Vous protégez quelqu'un dans le ranch ?

— J'ai des responsabilités. J'envoie de l'argent à ma mère et à ma grand-mère au Mexique. J'ai des chevaux et des… relations dont je dois m'occuper.

Elle repoussa ses cheveux derrière ses épaules.

— Et je peux gérer Bruce McGowan, conclut-elle. C'est le gouvernement américain qui me pose problème.

— D'accord, répondit-il en la lâchant. Je suis désolé. La manière dont vous gérez votre vie ne me regarde pas. C'est juste que je déteste les types comme McGowan, qui abusent de leur pouvoir.

Ses yeux verts étincelaient d'une passion que ce qui venait de se passer entre Bruce et elle ne méritait pas. Logan semblait éprouver le désir irrépressible de corriger toutes les injustices dont il était témoin. C'était sans doute ce qui le poussait à essayer de disculper le major Denver.

— J'apprécie que vous vous inquiétiez pour moi, mais je peux gérer Bruce, comme je vous l'ai dit. Et je peux appeler Smith & Wesson, en cas de besoin.

Le visage de Logan se détendit.

— C'est bon à savoir, répondit-il. Non seulement

à cause de Bruce, mais aussi parce que vous êtes très isolée, ici.

— Il y a un dortoir pour les employés du ranch derrière les écuries. Je ne suis pas aussi isolée que vous le croyez.

— Est-ce que ça vous ennuie si j'inspecte le colis ?

Elle se leva et épousseta son jean.

— Pas du tout. Rentrons.

Dans le salon, Logan s'accroupit près de la caisse qu'elle avait ouverte avec une impatience fébrile. Il en examina le scotch, puis la lui tendit.

— Avez-vous l'impression que ça a été ouvert, puis refermé ? demanda-t-il.

Elle laissa courir les doigts sur le scotch.

— Ça pourrait, répondit-elle. Pensez-vous que quelqu'un a fouillé le colis ?

— Ce serait du travail soigné, mais ce n'est pas impossible.

— C'est pire que si Bruce détenait un deuxième colis, n'est-ce pas ? murmura-t-elle. Toutes les raisons de faire ça sont forcément bien plus sinistres… Et si quelqu'un a pris le journal de Gil, je ne pourrai jamais prouver qu'il n'a pas été tué par de simples criminels.

— Êtes-vous sûre que votre frère tenait un journal, Lana ?

— Certaine. Il l'a toujours fait. Je ne vois pas pourquoi il aurait arrêté précisément quand il suspectait qu'il y avait quelque chose de louche dans sa mission.

— Peut-être parce qu'il avait compris que c'était dangereux.

— Et si je ne retrouvais pas ce journal ? se lamenta-t-elle en s'asseyant au milieu des affaires de Gil. S'il était perdu pour toujours ? Je ne pourrai pas non plus vous aider dans vos recherches.

— Ne vous en faites pas pour ça, répondit-il. Je voulais vous rencontrer pour comprendre pourquoi vous étiez aussi certaine que l'armée vous cachait quelque chose. Je ne m'attendais pas à trouver une preuve – seulement le chagrin d'une sœur.

Lana sentit une larme rouler sur sa joue. Logan la voyait pleurer pour la deuxième fois dans la même journée. C'était un record pour un inconnu.

Une seconde plus tard, il était auprès d'elle et l'incitait à se lever pour la prendre dans ses bras.

— Toutes mes condoléances, lui murmura-t-il à l'oreille.

— Merci, répondit-elle en hochant la tête contre son torse. Comme vous êtes militaire, vous aussi, je sais que vous comprenez mieux que la plupart des gens.

Elle renifla et s'écarta en essayant de ne pas s'essuyer le nez sur la chemise de Logan – en essayant de ne pas paraître trop dépendante.

— Je ferais bien d'y aller, dit-il. Je vais vous laisser mon numéro, au cas où vous auriez du nouveau, et j'aimerais prendre le vôtre.

— Combien de temps resterez-vous à Greenvale ?

Subitement, mettre la main sur le journal de Gil ne signifiait plus seulement découvrir les circonstances de sa mort. C'était aussi garder le contact avec Logan Hess. Quand elle n'aurait plus rien à lui offrir, il se lancerait à la recherche de l'indice suivant.

C'était toujours un réflexe – le sentiment qu'elle devait avoir quelque chose à offrir pour que les gens restent auprès d'elle. Elle n'avait décidément rien appris.

— Quelques jours, répondit-il. J'espère m'entretenir avec Cordova.

— Et si je vous invitais à déjeuner à mon tour avant que vous partiez ? suggéra-t-elle.

— Avec plaisir. Vous êtes sûre que ça ira ? demanda-t-il en indiquant la direction de la grande maison du pouce.

— Je vis ici. Oui, ça ira.

Cinq minutes plus tard, le morceau de papier sur lequel Logan avait noté son numéro de téléphone serré contre le cœur, elle le regarda monter dans sa voiture trop petite pour lui.

Elle le salua avant qu'il disparaisse derrière le bosquet et rentra.

Elle commença par ranger les affaires de Gil dans la caisse, puis alla s'occuper des quelques chevaux qui restaient dans le ranch. Après le dîner, elle se fit un thé et s'installa sur le canapé avec son ordinateur portable.

Ses activités lui avaient permis de chasser Logan de ses pensées – de manière provisoire. Elle aurait intérêt à l'en chasser de manière définitive après leur déjeuner. Il partirait bientôt. Alors elle se transformerait pour lui en vague souvenir de quelqu'un qu'il avait rencontré pendant qu'il cherchait à innocenter son chef.

Mais elle pouvait toujours rêver – ou au moins faire quelques recherches. Elle entra le nom de Logan et « Dallas » dans son moteur de recherche. Le nombre de réponses lui fit écarquiller les yeux. Elle comprenait mieux pourquoi Logan croyait qu'elle pouvait déménager comme elle voulait et pourquoi il estimait qu'on ne devait pas s'accommoder d'une situation inconfortable.

C'était facile pour lui d'avoir des principes : il avait largement assez d'argent pour pouvoir les suivre.

Elle ferma son ordinateur en soupirant et le posa sur la table basse. Chasser Logan de ses pensées était encore plus important, à présent. Les hommes comme lui n'étaient vraiment pas faits pour elle.

Elle se servit une autre tasse de thé et se laissa absorber par un drame historique anglais à la télévision. Alors qu'elle s'apprêtait à regarder le deuxième épisode, on frappa furieusement à sa porte.

Son estomac se noua. *Pourvu qu'il n'y ait pas de cheval malade*, songea-t-elle. Elle repoussa la couverture sous laquelle elle s'était blottie et se leva.

Elle regarda par le judas et découvrit les visages inondés de larmes de Carla et de Daniel McGowan. Bruce avait-il encore terrifié ses enfants en piquant une crise ?

Lana s'empressa d'ouvrir.

— Que se passe-t-il, les enfants ? Où sont vos parents ?

Carla posa la main sur l'épaule de son petit frère comme Lana posait la sienne autrefois sur celle de Gil.

— Papa n'est pas là, dit-elle. Ils ont emmené maman. On s'est cachés dans le placard.

Le cœur de Lana s'affola. Elle attira les enfants à l'intérieur et claqua la porte.

— Que veux-tu dire ? demanda-t-elle. Qui a emmené votre mère ?

Elle s'accroupit devant Daniel, qui tremblait comme une feuille, et le prit dans ses bras. Dale se droguait-elle en plus de boire ? La femme de Bruce avait rencontré des personnages peu recommandables dans les bars miteux qu'elle aimait fréquenter.

Carla renifla et s'essuya le nez du dos de la main.

— Je ne sais pas, Lana, répondit-elle. Maman

regardait la télé dans le salon. J'ai entendu la sonnette, puis du bruit quand maman a ouvert la porte. J'ai jeté un coup d'œil du haut de l'escalier et j'ai vu deux hommes la bousculer.

Lana posa la main sur sa gorge. Mon Dieu ! Que s'était-il donc passé ?

— Alors tu t'es cachée ?

Carla acquiesça.

— J'ai emmené Daniel dans ma chambre, et on s'est cachés dans le placard.

— Ces hommes vous ont-ils cherchés ?

Sans lâcher Daniel, Lana se dirigea vers la cuisine, où son téléphone se rechargeait. Carla les suivit.

— Ils sont restés en bas, à crier sur maman. On est restés cachés sans faire de bruit. Après un moment, on a entendu la porte d'entrée, puis plus rien. Quand on est descendus, les hommes étaient partis… et maman aussi.

Lana prit son téléphone d'une main tremblante.

— As-tu appelé la police ? demanda-t-elle à Carla. Ou ton père ?

— Je n'ai pas trouvé le téléphone de maman et je ne voulais pas rester dans la maison, alors on est venus ici. Ça ne t'ennuie pas ?

— Si ça m'ennuie ? C'est exactement ce que vous deviez faire, répondit Lana en refoulant ses larmes.

Elle appela la police et dit tout ce qu'elle savait à la standardiste. Bruce aurait sans doute préféré que la police ne s'en mêle pas, surtout si Dale avait été enlevée par l'un de ses amants ou un dealer, mais il faudrait bien qu'il surmonte son embarras sur ce coup-là. Dale semblait avoir de gros ennuis.

— La police est en route, chérie, annonça Lana

en enroulant le bras autour des épaules crispées de Carla. Tu as été si courageuse… As-tu entendu ce que ces hommes disaient à ta mère ? Les policiers vous poseront des questions.

— Ils l'interrogeaient sur une gerbille. Où était la gerbille ? Où l'avait-elle mise ? Sauf qu'on n'a pas de gerbille.

Lana se mordit la lèvre. Cela n'avait aucun sens.

— Serais-tu capable de reconnaître ces hommes ? demanda-t-elle.

— Ils avaient des masques, comme ceux qu'on porte au ski quand il fait très froid, répondit Carla en formant des cercles autour de ses yeux avec ses doigts.

Comme Daniel lui tapotait l'épaule, Lana le serra plus fort. Elle ne voulait pas lui donner l'impression de le délaisser.

— Ça va, Daniel ? demanda-t-elle. Tu as été très courageux, toi aussi.

— Ils ne disaient pas « gerbille ».

— Quoi ? s'écria Lana. Ce n'est pas ce que tu as entendu ?

— Ils ne demandaient pas où était la gerbille, mais où était le journal. Ils ont giflé maman, et puis ils ont dit : « Donne-nous le journal, salope ! »

4

Quand elle entendit les sirènes approcher, Lana ouvrit le portail et resserra les pans de sa veste. Son revolver pesait lourd à sa ceinture. Elle avait laissé Carla et Daniel chez elle avec deux employés du ranch. Les enfants ne voulaient pas rentrer chez eux, et elle n'avait pas voulu les laisser seuls.

Depuis que Daniel avait affirmé que les ravisseurs de Dale avaient parlé d'un journal, elle était terrifiée.

Elle avait essayé d'appeler Bruce plusieurs fois, mais son téléphone était éteint. Il devait être en virée… Il avait un penchant pour le jeu comme Dale avait un penchant pour l'alcool. Décidément, les enfants ne grandissaient pas dans le meilleur environnement possible.

Lana fit signe à la première voiture de patrouille qui arriva.

— La maison se trouve au bout du chemin, dit-elle au policier qui conduisait. Je vous y rejoindrai.

— Je suis l'agent Jacobs, répondit le policier. Vous êtes Lana Moreno, c'est bien ça ? Et si vous montiez pour m'expliquer ce qui s'est passé ?

Lana fit le tour du capot en serrant bien sa veste pour que le policier ne voie pas son arme et monta dans la voiture.

— Dale McGowan s'est fait enlever, dit-elle. C'est la propriétaire du ranch.

— Je connais les McGowan. M. McGowan était-il présent ?

— Non. Bruce est sorti. Je n'ai pas encore réussi à le joindre.

L'agent Jacobs acquiesça, les mâchoires crispées.

Il devait connaître Bruce à cause d'appels que la police avait reçus – de la part de Bruce – pour violences conjugales. Il arrivait à Dale de lancer des vases dans des crises de rage quand elle avait trop bu. Même si Bruce n'aimait pas laver son linge sale en public, il voulait avoir quelques munitions contre Dale au cas où elle le surprendrait en fâcheuse posture et demanderait le divorce.

Ce qui ne se produirait jamais si on ne la retrouvait pas.

Lana se frotta les bras. Tout cela parce que quelqu'un cherchait le journal de Gil.

— Les enfants vont bien ? s'inquiéta le policier.

— Oui. Ils se sont cachés. Mais les ravisseurs ne les ont pas cherchés.

— Ils savaient peut-être que Bruce n'était pas là et ne voulaient pas leur faire de mal.

— Peut-être…

Elle observa le policier à la dérobée. Il tenait déjà son premier suspect : le mari. Elle croyait Bruce capable de se débarrasser de Dale pour éviter un divorce, mais pas à cause d'un journal.

Alors que l'agent Jacobs et la deuxième voiture de patrouille se garaient devant chez elle, un autre véhicule arriva en trombe et s'arrêta derrière eux. Jacobs sortit et fit face au nouvel arrivant, la main près de son arme.

Lana soupira de soulagement en reconnaissant la petite voiture de location.

— Tout va bien, dit-elle. C'est un ami.

Logan jaillit de sa voiture et fonça vers elle.

— Ça va ? demanda-t-il.

— Oui. On a enlevé Dale McGowan. Mais que faites-vous là ?

Logan prit ses mains.

— J'étais dans le bar de mon hôtel quand tout le monde s'est mis à parler d'un incident chez les McGowan, répondit-il. Je suis désolé pour Mme McGowan, mais je suis soulagé qu'il ne vous soit rien arrivé.

— Ne vous emballez pas.

— Qu'est-ce que ça veut dire ? demanda-t-il en pressant ses doigts.

— Arrêtez-vous ! cria Jacobs.

Lana se retourna et découvrit les enfants et Humberto et Leggy, les deux employés auxquels elle les avait confiés, pétrifiés dans la lumière des phares.

Elle lâcha les mains de Logan.

— Ces deux hommes travaillent au ranch, dit-elle à Jacobs. Je leur ai demandé de veiller sur les enfants.

Jacobs et sa collègue s'approchèrent des employés. Après s'être assurés qu'ils ne savaient rien de plus qu'elle, ils les autorisèrent à partir.

— Pourriez-vous accompagner les enfants chez eux, madame Moreno ? demanda Jacobs. J'aimerais que vous soyez présente quand on les interrogera. On a réussi à joindre leur père. Il est en route.

— Je souhaiterais que mon ami soit là aussi, répondit-elle en posant la main sur le bras de Logan.

Alors qu'ils se dirigeaient vers la maison des McGowan, Logan lui chuchota à l'oreille :

— Que se passe-t-il ? Avez-vous quelque chose à me dire ?

— Daniel, le fils, a dit que les ravisseurs ont interrogé sa mère à propos d'un journal, répondit-elle.

Logan jura entre ses dents.

— L'avez-vous dit à la police ?

— Pas encore, mais j'en ai l'intention.

Les policiers interrogèrent Carla et Daniel le moins brutalement possible.

Lana encouragea les enfants par des sourires tout en observant Logan, qui faisait le tour de la pièce. Quand il s'approcha du piano, il prit la photographie de Dale qui était posée dessus.

Il se tourna lentement vers elle, lui montra la photo et haussa un sourcil.

Elle acquiesça. Dale aurait pu être sa sœur ; leur ressemblance s'était révélée bien utile à plusieurs reprises.

Quand Daniel expliqua aux policiers qu'il n'avait pas entendu la même chose que sa sœur, Lana s'éclaircit la voix.

Jacobs tourna la tête vers elle.

— Avez-vous quelque chose à ajouter ? demanda-t-il.

Elle se tordit les doigts. La prendrait-on pour une folle ?

— Je… crois savoir ce qui s'est passé, répondit-elle. Je devais recevoir le journal de mon frère. Il vient de mourir au combat. Si vous connaissez Dale McGowan, vous savez qu'on se ressemble beaucoup. Je pense que ces hommes l'ont prise pour moi et qu'ils cherchent le journal de mon frère.

Jacobs cligna des yeux.

— Pourquoi quelqu'un voudrait-il le journal de votre frère au point de commettre un enlèvement ?

— Je pense qu'il contient des informations classifiées, ou bien des informations que certaines personnes ne veulent pas voir divulguées.

— Je vous ai vue aux informations, devant le bureau de notre représentant au Congrès, intervint la collègue de Jacobs. Vous pensez que cet enlèvement est lié à ce dont vous parliez ?

Jacobs posa une main sur son front comme si elle venait de gâcher son enquête.

— Madame Moreno…

La porte d'entrée s'ouvrit brutalement, et Bruce fonça vers eux.

— Les enfants ! cria-t-il. Vous n'avez rien ?

Carla et Daniel se précipitèrent dans les bras de leur père. Lana se frotta le nez pour refouler ses larmes.

— Il ne leur est rien arrivé, j'espère ? lança Bruce à Jacobs avec un regard mauvais. Les bons à rien que ma femme fréquente n'ont pas fait de mal à *mes* enfants ?

Lana se leva, les poings sur les hanches.

— *Tes* enfants vont bien, Bruce, répondit-elle. Ils sont juste secoués. Où étais-tu ?

— Pourquoi ? C'est toi qui mènes l'enquête ? répliqua-t-il.

Son regard devint encore plus noir quand il le posa sur Logan.

Jacobs se leva à son tour.

— Les enfants sont allés se réfugier chez Mme Moreno, monsieur McGowan, dit-il en tapotant son calepin du bout de son crayon. C'est elle qui nous a appelés. Si je comprends bien, vous pensez que votre femme a des… fréquentations qui seraient susceptibles de l'enlever ?

— Ça pourrait être une ruse, répondit Bruce. Dale

a peut-être pensé que ce serait un bon moyen de passer quelques jours loin de sa maison et de ses enfants.

— Avez-vous encore besoin des enfants, agent Jacobs ? demanda Lana. Ils feraient sans doute bien d'aller se coucher.

Elle fusilla Bruce du regard en se passant l'index sur la gorge. Carla et Daniel n'avaient pas besoin de l'entendre dire du mal de leur mère, même si c'était loin d'être la première fois.

— Voulez-vous ajouter quelque chose, les enfants ? demanda la collègue de Jacobs.

Ils secouèrent la tête sans lâcher leur père. Il était logique qu'ils s'agrippent à Bruce. Il leur donnait tout ce qu'ils voulaient – sauf un foyer paisible et heureux.

— Je vais les border et je reviens répondre à vos questions, annonça Bruce.

Lana attendit qu'il ait disparu en haut de l'escalier pour se tourner vers Jacobs.

— Je ne sais pas ce que Bruce imagine, dit-elle. Mais je peux vous assurer que si ces hommes ont interrogé Dale à propos d'un journal, c'est qu'ils l'ont prise pour moi.

Les deux policiers se regardèrent, puis Jacobs soupira.

— Dans ce cas, pourquoi ces hommes ne sont-ils pas allés chez vous ? demanda-t-il.

— On ne voit pas ma maison depuis l'allée. Ils devaient juste savoir que je vivais dans le ranch des McGowan. Ils ont vu cette maison, ils ont frappé et, comme Dale me ressemble beaucoup, ils l'ont interrogée.

— Mais pourquoi l'enlever ? demanda l'agent Zander, la collègue de Jacobs, avant d'aller rejoindre Logan près du piano.

Elle prit la photo de Dale et l'observa attentivement.

— C'est vrai que la ressemblance est frappante, ajouta-t-elle.

Logan, qui essayait de se fondre dans le décor, s'éclaircit la voix.

— Si Dale leur a dit qu'elle ne savait pas de quoi ils parlaient, ils ont sans doute voulu l'interroger de manière plus approfondie, lui mettre la pression…, dit-il. Ils ont dû l'emmener ailleurs pour être sûrs que personne ne les dérange.

Lana se frotta les bras. Lui mettre la pression ? L'interroger de manière plus approfondie ? Pauvre Dale. Une fois de plus, Lana s'en voulait terriblement de l'avoir impliquée dans sa vie.

Jacobs secoua la tête.

— Je ne sais pas, Mme Moreno, dit-il. Ça a l'air fou… Mais je vous promets de garder cette hypothèse à l'esprit. Pour le moment, on va interroger Bruce. Ce qui est sûr, c'est que Dale intéresse des gens louches.

— Et pas Lana ? intervint Logan. Si Daniel a raison, les hommes qui ont enlevé sa mère veulent des réponses sur un journal. Lana en a. Dale n'en a pas.

— Si Daniel a bien entendu, répondit Jacobs. Il était terrifié.

Logan leva les yeux au ciel.

— Le mot « journal » serait juste sorti de son imagination ?

— Avez-vous parlé d'un journal aux enfants ? demanda Jacobs à Lana.

— Non.

— Je ne sais pas ce que Lana vous raconte, mais je vais vous parler de ma femme, lança Bruce, qui descendait l'escalier en se frottant les mains.

— Les enfants vont bien ? s'inquiéta l'agent Zander, la photo de Dale toujours à la main.

— Oui. Daniel dort déjà, et Carla est couchée. Il lui faudra sans doute plus de temps que d'habitude pour s'endormir.

Lana fit un pas vers l'escalier.

— Est-ce que je… ?

— Non, la coupa Bruce. Elle va bien. Je retournerai la voir quand ces messieurs-dames s'en iront.

— Voulez-vous qu'on se serve de cette photo pour l'avis de recherche ? demanda Zander en montrant le cadre qu'elle tenait.

— Ce sera très bien, répondit Bruce. Mais il faudrait qu'elle veuille qu'on la retrouve.

Il se dirigea vers le bar et déboucha une carafe en cristal.

— Quelqu'un veut un verre ? demanda-t-il.

— Allons, Bruce ! s'écria Jacobs. Vous savez bien que nous sommes en service.

— Alors je serai le seul à boire, parce qu'il me semble que Lana et son ami n'ont plus rien à faire ici. Je me trompe ?

— Si vous ne pouvez pas nous dire qui pourrait vouloir le journal de votre frère, madame Moreno, je pense que nous en avons terminé, dit Jacobs.

Logan croisa les bras.

— Et vous n'avez pas l'intention de la protéger ? demanda-t-il. Si ces hommes ont assez d'audace pour enlever Mme McGowan chez elle, alors que ses enfants sont à l'étage, que feront-ils quand ils comprendront leur erreur, à votre avis ?

Bruce pouffa dans son coin.

— Nous ne sommes sûrs de rien, répondit Jacobs.

Je ferai relever les empreintes dans la maison, et on verra où ça nous mène. Les traces de pneus, aussi.

— Et vous trouverez nos empreintes et nos traces de pneus partout, dit Logan en écartant les bras.

Bruce leva son verre, puis y fit tourner son whisky.

— Vous pouvez partir, maintenant, tous les deux, insista-t-il. Je n'ai pas besoin de vous pour expliquer la véritable raison de ce prétendu enlèvement.

— Allons-y, dit Lana en posant la main sur le bras crispé de Logan. Prions pour que ces hommes arrêtent de brutaliser Dale quand ils comprendront qu'elle n'est pas moi. Au moins, je suis contente que les enfants n'aient rien.

Une fois dehors, elle poussa un profond soupir qui forma un nuage devant sa bouche.

— J'étais déjà terrifiée quand Daniel et Carla ont débarqué chez moi pour me dire que leur mère avait été enlevée, avoua-t-elle. Mais quand Daniel a parlé du journal… J'ai su. J'ai su qu'ils reviendraient pour moi.

Elle agrippa la chemise de Logan.

— Je ne suis pas folle, n'est-ce pas ? lui demanda-t-elle. Vous pensez la même chose ?

— Oui, surtout depuis que j'ai vu la photo de Dale McGowan. Les ravisseurs devaient se fonder sur une photo ou sur votre apparition à la télé pour vous identifier. Ils n'auront pas cru un mot de ce qu'aura dit Dale parce qu'ils ne s'attendaient pas que vous leur donniez le journal sans faire d'histoires.

Elle lâcha Logan avec un nouveau soupir.

— Feront-ils du mal à Dale quand ils découvriront leur erreur ? demanda-t-elle alors qu'ils retournaient chez elle. Découvriront-ils leur erreur ?

— Si Dale ne réussit pas à les convaincre, les

informations s'en chargeront, répondit-il. Je suis sûr que tout le monde en ville saura dès demain que la femme de Bruce McGowan a été enlevée.

— S'ils ont gardé leurs cagoules et si Dale ne peut pas les identifier, ils n'ont aucune raison de la tuer, n'est-ce pas ? demanda-t-elle timidement.

Logan lui caressa le dos, ce qui la réconforta bien plus que cela n'aurait dû.

— Je comprends que vous vous inquiétiez pour Dale, dit-il. Moi aussi, mais je m'inquiète surtout pour vous. Ces gens ont l'air de vraiment tenir à mettre la main sur le journal de Gil.

Ils s'arrêtèrent sur le perron. Logan resta une marche au-dessous d'elle – mais elle devait quand même lever la tête pour le regarder dans les yeux.

— À qui avez-vous parlé du journal ? demanda-t-il. L'avez-vous mentionné dans une interview ou une conférence de presse ?

Elle baissa la tête et donna un coup de pied dans la balustrade.

— C'est très possible. Je suis stupide, n'est-ce pas ?

Il posa un doigt sous son menton pour la forcer à relever la tête.

— Si je ne me doutais pas que des gens étaient prêts à enlever quelqu'un pour ce journal, comment auriez-vous pu le savoir ? Ne vous flagellez pas. L'important, dans l'immédiat, c'est d'assurer votre protection.

— Je ne suis pas sans défense, répondit-elle en écartant sa veste pour lui montrer son arme.

— Quand vous êtes-vous armée ? demanda Logan.

— Avant l'arrivée de la police.

— Vous avez bien fait, dit Logan en hochant la tête. Avez-vous une alarme ? Des caméras de surveillance ?

— Non. Même Bruce n'a pas de caméras chez lui. Je ne comprends pas pourquoi, d'ailleurs, puisqu'il passe son temps à suspecter ses employés de le voler.

Elle pinça les lèvres.

— Ce n'est pas une manière de gérer un ranch. A-t-il des raisons de s'inquiéter ?

— Aucune. Vous avez rencontré Humberto et Leggy. Ils feraient n'importe quoi pour la famille de Bruce et pour ce ranch.

— Bruce est un homme malheureux qui rend tout le monde malheureux autour de lui. Je le répète : ce n'est pas une manière de gérer un ranch.

— C'est Bruce tout craché.

Logan se retourna pour lui faire un rempart de son corps lorsqu'ils entendirent des pas dans l'obscurité.

— Ça va, Lana ?

— C'est Humberto, dit-elle à Logan en posant la main sur son bras. Je vais bien, Humberto, merci.

Humberto s'approcha avec Leggy.

— La police sait-elle qui a enlevé Mme McGowan ? demanda Humberto.

— Pas encore. Bruce est en train de parler aux policiers. Je suis sûre qu'il leur donne des tas de raisons de penser que Dale est responsable de son enlèvement.

— Ton ami passera-t-il la nuit chez toi, Lana ? demanda Leggy en désignant Logan.

Dans mes rêves, songea-t-elle.

— Je vous présente Logan Hess, dit-elle. Logan, voici Humberto Garcia et Larry Kroger, surnommé Leggy.

Logan leur serra la main.

— Je n'ai pas été invité à rester pour la nuit, mais je serai rassuré si vous montez la garde, répondit-il.

— C'est ridicule ! protesta Lana. Les ravisseurs ne reviendront pas cette nuit après le passage de la police, et je suis capable de me défendre.

Humberto haussa les épaules.

— M. McGowan a demandé à son homme, Jaeger, de monter la garde devant le portail. Surveiller ta maison est le moins qu'on puisse faire, Leggy et moi.

— Je suis d'accord, dit Logan en frappant l'épaule de Humberto. Excellente idée !

— Vous avez besoin de dormir, insista Lana avant de planter le doigt au milieu du torse de Logan. Et vous ne devriez pas les encourager.

— On n'a pas besoin d'encouragements, Lana, dit Leggy en montrant son fusil. On est bien décidés.

— C'est réglé, dans ce cas, conclut Logan. Vous venez de gagner deux gardes du corps, Lana.

Avant que Lana émette d'autres objections, Humberto et Leggy déplièrent les chaises de camping qu'ils portaient et s'installèrent le plus confortablement possible avec un fusil sur les genoux.

— J'aimerais faire le tour de la maison avant de partir, si ça ne vous dérange pas, ajouta Logan.

Elle ouvrit la porte.

— Vous semblez tous croire qu'une femme ne peut pas se débrouiller seule, grommela-t-elle en le laissant passer.

— Plus il y a de murailles, mieux ça vaut, répondit Logan.

Du pas de la porte, elle le vit inspecter les fenêtres, puis la porte-fenêtre de la cuisine, qui donnait sur une petite cour.

— Je n'aime pas ça, commenta-t-il.

— C'est une porte-fenêtre avec un verrou. Qu'est-ce qui vous déplaît là-dedans ?

— Quelqu'un pourrait découper la vitre et l'ouvrir. Il n'est même pas nécessaire de la casser, répondit-il avant de s'accroupir pour suivre le bas de la porte du bout du doigt. Auriez-vous un morceau de bois que je pourrais coincer là ?

Elle tourna la tête vers la cheminée.

— J'ai mieux.

Elle alla choisir un tisonnier et l'apporta à Logan.

— Ça fera l'affaire ?

— Je pense, répondit-il.

Il coinça le tisonnier entre les montants.

— Parfait, déclara-t-il. Comme ça, la porte ne s'ouvrira pas même si on la déverrouille.

— Voulez-vous inspecter aussi la chambre et la salle de bains ?

— Je vous suis.

Elle le précéda dans le couloir et ouvrit la porte de la salle de bains.

— La fenêtre est toute petite, dit-elle. Ça m'étonnerait qu'un adulte puisse passer par là.

Logan alluma et y jeta un coup d'œil.

— Ça devrait aller, répondit-il.

Il la suivit dans la chambre et examina les deux fenêtres.

— Ce n'est pas trop mal, commenta-t-il.

— Humberto et Leggy savent qu'il y a une porte et des fenêtres à l'arrière de la maison. Je suis sûre qu'ils feront des rondes.

— Je le leur rappellerai en partant.

Il effleura l'édredon de son lit – qui aurait été bien trop étroit pour eux deux.

— Êtes-vous sûre que ça ira ? demanda-t-il. La journée a été rude.

Elle cligna des yeux et repoussa ses cheveux derrière ses épaules.

— Elle a été encore plus rude pour Dale et les enfants, répondit-elle.

Elle le suivit à contrecœur quand il sortit de la chambre. Elle devait le laisser partir, même si elle aurait préféré sa compagnie à celle de Humberto et de Leggy.

— La situation a quand même un bon côté, dit-il sur le pas de la porte.

— Lequel ?

— Si ces hommes cherchent le journal de Gil, c'est qu'ils ne l'ont pas.

Un quart d'heure plus tard, Lana se glissa entre ses draps. Elle pria pour que Dale s'en sorte indemne, puis replia un bras sous sa tête.

Elle fixa le plafond jusqu'à ce que son cœur manque un battement quand son téléphone vibra sur la table de nuit. Logan pensait-il à elle et lui avait-il envoyé un message pour lui souhaiter bonne nuit ?

Elle ramassa le téléphone. Le texto venait de Dale… Lana déglutit péniblement avant de l'ouvrir.

Donne-leur le journal ou ils nous tueront toutes les deux.

5

Logan s'assit au bord de son lit, puis s'allongea, ses pieds encore chaussés posés par terre. Il plaça les mains sur son ventre et regarda clignoter le voyant du détecteur de fumée.

Les hommes qui avaient enlevé Dale McGowan avaient commis une erreur fatale. Ils avaient perdu l'élément de surprise en se trompant de victime. À présent, Lana et ses proches étaient avertis. Il ne se considérait pas comme un proche de Lana, bien sûr – même s'il aurait aimé en être un.

Dale McGowan ressemblait beaucoup à Lana, mais il lui avait suffi de la voir en photo pour être certain qu'elle n'avait ni sa vitalité ni son charme. Quand on avait rencontré Lana, il était impossible de la confondre avec une autre – et de l'oublier.

Il faudrait pourtant qu'il l'oublie quand il quitterait cette ville – de préférence après avoir découvert ce que le major Denver faisait dans cet avant-poste d'ambassade au Nigéria. Il pouvait au moins essayer d'aider Lana à faire le deuil de son frère.

Il se redressa. Alors qu'il retirait ses bottes, son téléphone sonna. Il sentit son cœur s'emballer quand il reconnut le numéro de Lana. Pensait-elle à lui autant qu'il pensait à elle ?

— Lana ? Est-ce que tout va bien ? demanda-t-il en décrochant.

— Non. J'ai reçu des textos du téléphone de Dale. Je ne sais pas s'il ont été envoyés par ses ravisseurs ou par elle, mais le premier dit qu'on mourra toutes les deux si je ne leur donne pas le journal de Gil.

Sa phrase fut ponctuée par un sanglot.

— Avez-vous prévenu la police ? demanda-t-il, les doigts crispés sur son téléphone. Jacobs et sa collègue sont-ils encore chez les McGowan ?

— Non, je n'ai pas prévenu la police. On m'a écrit que Dale mourrait si je le faisais. Je ne peux pas avoir sa mort sur la conscience. Je m'en veux déjà terriblement parce qu'elle est en danger à cause de moi.

— Ce n'est pas votre faute, lui assura-t-il. Avez-vous expliqué que le journal n'était pas en votre possession ?

— J'ai essayé. Ce n'était pas facile de le faire par texto, et je ne suis pas sûre qu'ils m'aient crue. J'ai aussi essayé d'appeler, mais personne n'a décroché.

— Vous ne pouvez pas leur donner ce que vous n'avez pas, Lana. Vous devez remettre votre téléphone à la police. Si celui de Dale est encore actif, ils devraient pouvoir le localiser.

— Si la police intervient toutes sirènes hurlantes, Dale n'en sortira pas vivante.

— Ses ravisseurs ne veulent sûrement pas avoir la police à leurs trousses à cause d'une erreur. Ils se sont compliqué la vie en enlevant Dale. Maintenant, ils essayent de l'utiliser pour vous forcer à coopérer.

Lana étouffa un sanglot.

— Ils font du bon boulot, répondit-elle.

— Je sais que vous êtes terrifiée, mais tâchez de rester rationnelle. Vous ne pouvez pas sauver Dale, puisque vous n'avez rien à leur donner. Et je sais que je vais paraître insensible, mais Dale n'est pas de votre famille. Vous n'avez pas la responsabilité d'essayer de la sauver – et ses ravisseurs le savent. Ils n'ont rien à gagner à lui faire du mal.

Elle soupira.

— Je ne vois pas la logique, répondit-elle. Je sauverais une inconnue, si je le pouvais, et Dale n'est pas une inconnue.

— Vous venez de le dire : si vous le pouviez. Vous ne le pouvez pas. Vous n'avez pas le journal. Le mieux que vous puissiez faire, c'est prévenir la police alors qu'il reste une chance de localiser le téléphone de Dale.

— Et s'ils la tuent ?

Logan se leva pour aller se planter devant la fenêtre.

— Ils ne tueront pas Dale, répondit-il avec toute l'assurance dont il était capable. Et vous ne pourriez pas les en empêcher si je me trompais. Vous n'avez pas le journal de Gil. Aucune menace ne peut changer ça.

— Très bien. Je ne sais pas si Jacobs et Zander sont encore chez Bruce. Je vais appeler le commissariat.

— C'est une sage décision.

— Dois-je écrire quelque chose aux ravisseurs ?

— Qu'avez-vous dit dans le dernier message ?

— J'ai juste répété que je n'avais pas le journal.

— Bien. Restez-en là. La balle est dans leur camp.

— J'espère qu'ils ne décideront pas de tuer Dale.

Quand Lana raccrocha pour appeler la police de Greenvale, Logan s'assit au bord du lit, son téléphone à la main.

Il espérait, lui, que les ravisseurs de Dale ne décideraient pas de tuer Lana.

Le lendemain matin, Logan appela Lana dès qu'il fut habillé. Elle l'avait appelé une deuxième fois la veille, après avoir alerté la police. Celle-ci avait essayé de localiser le téléphone de Dale, mais il semblait avoir été mis hors service.

Les policiers avaient demandé à Lana de leur remettre son téléphone, et Lana voulait qu'il l'accompagne au commissariat. Elle voulait peut-être qu'il soit informé en temps réel, ou bien qu'il lui serve de garde du corps, ou encore elle appréciait simplement son soutien – il s'en moquait. Lui voulait juste être auprès d'elle, et il n'avait pas l'intention d'examiner ce désir à la loupe.

Lana répondit à la deuxième sonnerie.

— Êtes-vous en route ? demanda-t-elle, un peu essoufflée.

— Je suis sur le point de partir. Comment allez-vous ?

— Ça va. Je prépare le petit déjeuner pour les garçons pour les remercier d'avoir monté la garde. Ils ont une sale tête.

— Gardez-les jusqu'à mon arrivée, si vous pouvez.

— Il fait jour, ils ont du travail, et je me sens parfaitement en sécurité. Oh ! et la police est de retour ! C'est un inspecteur, Delgado, cette fois, qui interroge Bruce et les enfants.

— Ne pouvez-vous pas lui remettre votre téléphone ?

— Ses collègues tiennent à me voir au commissariat. Êtes-vous sûr de ne pas vouloir que je passe vous prendre à votre hôtel ? Ce serait plus pratique que le fait que vous fassiez l'aller-retour.

— Ça ne me dérange pas.

— Comme vous voudrez, Tex !

Il raccrocha le sourire aux lèvres. Étonnamment,

personne ne l'avait surnommé Tex jusque-là. C'était un surnom idiot, mais cela lui faisait plaisir.

Il enfila sa veste, puis mit son téléphone dans une poche et son revolver dans l'autre. L'idée que quelqu'un voulait enlever Lana pour mettre la main sur le journal de Gil le terrifiait. Les ravisseurs de Dale ne renonceraient pas parce qu'ils avaient confondu deux jolies hispaniques.

Ils persévéreraient jusqu'à ce qu'ils capturent la femme qui les intéressait – et Logan avait l'intention de tout faire pour les en empêcher. Lana et lui devaient trouver le journal de Gil et le remettre aux bonnes personnes, des gens qui enquêteraient réellement sur l'attaque et chercheraient à comprendre ce que le major Denver faisait dans cet avant-poste. Alors Lana ne risquerait plus rien, et Denver aurait une chance d'être innocenté.

Le premier résultat était devenu aussi important à ses yeux que le second.

Il quitta la ville pour rouler entre les champs et les pâturages de la vallée de San Joaquin. Il n'avait que l'embarras du choix entre les stations de radio qui diffusaient de la country pour lui tenir compagnie. Il vit même une affiche pour un rodéo. Les gens de la région de Greenvale semblaient prendre la culture cow-boy très au sérieux.

Vers la fin du trajet, il se félicita d'avoir décidé d'aller chercher Lana. Il pouvait se passer n'importe quoi sur une route comme celle-ci.

Il s'engagea sur la route non goudronnée qui menait au ranch des McGowan. S'il avait su que Lana vivait aussi loin de la ville, il aurait loué un 4x4.

Il y avait une présence massive près du portail. Logan baissa sa vitre.

— Je viens voir Lana Moreno, dit-il. Je suis un ami.

L'homme fit passer le cure-dents qu'il mâchouillait d'un coin de sa bouche à l'autre, puis recula pour examiner sa plaque d'immatriculation.

— Je vous ouvre, répondit-il.

Logan le remercia d'un hochement de tête en franchissant le portail. Il n'aimait pas l'allure de ce type, mais il était soulagé que Bruce ait pris quelques précautions.

Il roula vers le bosquet qui cachait la maison de Lana. Ces arbres l'avaient sans doute sauvée la veille, mais les ravisseurs de Dale devaient savoir où elle logeait, à présent. Dale McGowan devait songer davantage à sa propre vie qu'à celle de Lana, et il ne pouvait pas le lui reprocher. Ses deux enfants attendaient son retour.

Logan se gara devant la maison et frappa à la porte.

Quand Lana l'ouvrit, une odeur de bacon et de sirop d'érable l'enveloppa. Il inspira profondément.

— Ce doit être l'odeur du paradis, plaisanta-t-il.

— Avez-vous faim ? Ces deux-là ont fait de leur mieux, mais ils n'ont pas réussi à tout finir, dit Lana en désignant les deux hommes installés dans sa cuisine.

— Je n'ai rien contre un petit déjeuner, répondit Logan après avoir salué Humberto et Leggy.

Dès que Logan eut retiré sa veste, les deux hommes se levèrent.

— Merci pour le petit déjeuner, Lana, dit Humberto, qui semblait le plus bavard des deux. Il est temps qu'on se mette au travail.

Lana posa son torchon sur son épaule et mit les poings sur ses hanches.

— Je vois ce que c'est ! lança-t-elle. Vous filez dès l'arrivée de la relève.

Leggy baissa les yeux et donna un petit coup de pied dans la table.

— Ce n'est pas juste, répondit-il. On avait vraiment faim.

— Quoi qu'il en soit, j'apprécie ce que vous avez fait pour moi, dit Lana. Et si Bruce vous reproche de commencer en retard, envoyez-le-moi.

— Oh ! M. McGowan est trop bouleversé par l'enlèvement de Dale pour se soucier du ranch aujourd'hui, n'est-ce pas, Leggy ? dit Humberto.

Leggy ricana et donna un coup de poing dans l'épaule de Humberto.

— Tout le monde est au courant des ennuis des McGowan, si je comprends bien, dit Logan en s'asseyant quand les deux hommes furent sortis.

Lana changea le set de table devant lui.

— Oui, mais ce n'est pas tout, répondit-elle. Humberto est le demi-frère de Dale.

— Comme ça, ça reste dans la famille, ironisa-t-il alors que Lana posait des œufs au bacon avec des pommes de terre sous son nez.

— Des toasts ? proposa-t-elle. Du café ?

— Je veux bien du café, mais je peux me servir.

Elle posa une main sur son épaule pour l'empêcher de se lever.

— Je suis déjà debout et j'ai l'intention de me resservir, dit-elle.

Elle posa deux tasses de café et son téléphone sur la table avant de s'asseoir en face de lui.

— Voulez-vous voir les textos que j'ai échangés avec Dale ? demanda-t-elle.

— Absolument !

Il s'essuya les mains et prit le téléphone.

— Mais si c'est bien Dale qui les a écrits, ce devait être sous la dictée de ses ravisseurs, ajouta-t-il.

Lana baissa les yeux.

— Et si ce n'est pas elle, ils lui avaient peut-être déjà fait du mal, répondit-elle.

— Ils n'ont pas de raison de faire de mal à Dale. Ce n'est pas son mari qui a ce qu'ils veulent, mais vous. S'ils n'ont pas retiré leurs cagoulees et si Dale ne peut pas les identifier, elle s'en sortira. Je vous le répète : ils ne courront pas le risque de se faire arrêter pour un meurtre qui ne les avancerait à rien.

Elle soupira, puis demanda :

— Pensez-vous que la police tirera quelque chose de mon téléphone ?

— Nous verrons bien, répondit-il prudemment entre deux bouchées.

Ils n'échangèrent plus un mot jusqu'à ce qu'il ait fini son assiette.

— Laissez-moi faire la vaisselle, dit-il en débarrassant.

Lana haussa un sourcil.

— Vous savez faire la vaisselle ?

— Pourquoi ça vous surprend ? Je vis seul, la plupart du temps, et il faut bien que quelqu'un la fasse.

Il plongea les mains dans l'évier rempli d'eau savonneuse pour prouver de quoi il était capable.

— La plupart du temps ? Vous arrive-t-il de séjourner dans le ranch de vos parents ?

Il faillit lâcher le verre qu'il rinçait.

— Vous savez que mes parents ont un ranch ?

Lana rougit.

— J'ai… fait quelques recherches sur vous, pour m'assurer que vous n'étiez pas un tueur en série, ou quelque chose comme ça.

— Ça va dans le lave-vaisselle ? demanda-t-il en lui tendant le verre.

— Tout va dans le lave-vaisselle sauf les deux poêles et les ustensiles.

Elle prit le verre et le plaça dans le panier du lave-vaisselle.

— Alors ? Le ranch de vos parents ? insista-t-elle.

— J'y vais de temps à autre, je n'y passe pas toutes mes vacances.

Le fait que Lana ait fait des recherches sur lui et découvert que ses parents possédaient l'un des plus grands ranchs du Texas lui laissait un goût amer dans la bouche. Il tira une assiette de l'évier.

— Je suis ici en ce moment, non ? grommela-t-il.

Lana ouvrit la bouche, puis la ferma. Après cela, elle mit ce qu'il lui tendait dans le lave-vaisselle les lèvres pincées.

Elle s'était retenue de lui dire ou de lui demander quelque chose. Il n'essaya pas de savoir quoi. Même s'il ne connaissait Lana que depuis vingt-quatre heures, il était certain que ce qu'elle avait sur le cœur finirait par sortir.

Quand la cuisine fut en ordre, ils enfilèrent leurs vestes et sortirent.

Lana verrouilla la porte. Alors qu'elle descendait les marches du perron, elle s'arrêta net. Le cœur de Logan s'affola.

Avait-elle perçu une menace ?

— Ça vous ennuie si on prend ma camionnette ? demanda-t-elle en ressortant sa clé de sa poche. J'ai besoin de faire quelques achats qui ne rentreront pas dans votre voiture.

Le cœur de Logan retrouva un rythme normal.

— Pas du tout, répondit-il.

Lana rentra chez elle et en ressortit avec la clé de la camionnette.

Logan monta dans le véhicule les nerfs à fleur de peau. Lana n'avait pas quitté le ranch depuis l'enlèvement de Dale. Il ne savait pas ce qui l'attendait dehors.

Elle démarra. L'homme qui montait la garde à l'entrée toucha le bord de son chapeau avant d'ouvrir le portail pour les laisser passer.

Lana salua l'homme, puis démarra en trombe, ce qui souleva un nuage de poussière. Elle contempla le résultat de sa manœuvre dans le rétroviseur avec un sourire espiègle.

— Ce n'est pas l'un de vos amis ? demanda-t-il.

— Jaeger est l'un des employés les plus loyaux envers Bruce, répondit-elle. Non : c'est *le* plus loyal. Il ferait n'importe quoi pour Bruce.

— Y compris les sales besognes ?

— Exactement. Comment l'avez-vous deviné ?

— Je me suis dit que vous deviez avoir une bonne raison de ne pas l'aimer.

— J'en ai plusieurs.

La camionnette rebondit sur une dernière bosse avant que Lana s'engage sur la route.

— Ce matin, j'ai passé quelques coups de fil pour savoir si je devais recevoir d'autres colis, dit-elle.

— Et ?

— Personne n'a su me répondre, grommela-t-elle, les doigts crispés sur le volant. Personne ne semble jamais au courant de rien.

Lui compris, songea amèrement Logan avant d'écarquiller les yeux.

— Freinez, Lana ! s'écria-t-il en posant ses mains sur le tableau de bord. Vous voyez, là-bas ?

Elle freina.

— Il y a… quelqu'un au bord de la route.

Logan plissa les yeux. Depuis l'enlèvement de Dale, tout ce qui sortait de l'ordinaire était suspect – et une personne couchée au bord de la route était suspecte.

— Mon Dieu ! s'écria Lana. C'est Dale.

— Freinez !

Lana s'arrêta près de la femme qui gisait au bord de la route et tendit la main vers la poignée de sa portière.

— Non ! Ne sortez pas, lui ordonna-t-il.

— Comment ça ? Je ne vais pas laisser Dale au bord de la route !

— Restez dans la voiture et baissez-vous.

— Pourquoi ?

— Pourquoi l'ont-ils laissée ici ? Il y a une longue route toute droite aux abords bien dégagés presque jusqu'à Greenvale, et ils abandonnent Dale dans un virage près d'un bois ?

Il posa la main sur son bras.

— Faites-moi plaisir et baissez-vous, s'il vous plaît, insista-t-il. Je vais chercher Dale.

Lana recula son siège et se pencha sur le côté.

Logan sortit de la voiture, la main sur son arme et le cœur affolé. Il était déjà tombé dans des embuscades, et cela ressemblait beaucoup à une embuscade – avec un appât et tout.

Il se précipita auprès de Dale McGowan, couchée en position fœtale. Il effleura son visage, qui aurait été presque aussi beau que celui de Lana s'il n'avait pas été tuméfié.

— On va vous sortir de là, Dale, lui dit-il. Vous ne risquez plus rien.

Elle ouvrit un œil et murmura :

— Ils sont là… et ils veulent Lana.

Elle eut à peine le temps de finir sa phrase avant que les balles se mettent à fuser.

6

Lana se coucha sur le siège passager aux premiers coups de feu. Les ravisseurs de Dale étaient là, et ils ne plaisantaient pas.

Ils n'avaient pas encore tiré sur la camionnette, dont le moteur tournait toujours. Avaient-ils touché Dale ou Logan ? Elle réprima un gémissement.

Ils devaient tirer de la gauche, puisqu'il n'y avait pas un arbre derrière lequel se cacher sur la droite. Ce qui signifiait que Logan et Dale étaient exposés.

Elle retira le frein à main et fit avancer la camionnette au ralenti.

La vitre du conducteur vola en éclats. Elle avait bien fait de se pencher.

La portière passager s'ouvrit, et Logan posa la pauvre Dale sur le siège.

— Montez derrière ! lui cria-t-elle.

— Enclenchez la marche arrière, mais ne vous redressez surtout pas.

Ils sursautèrent tous les deux quand une balle frappa le côté de la voiture. Logan riposta aussitôt. C'était sans doute parce qu'il avait une arme qu'ils étaient encore en vie.

— Et baissez la vitre arrière. Je vous guiderai, ajouta-t-il avant de claquer la portière.

Il ouvrit celle de derrière et roula sur la banquette.

Toujours penchée sur le côté, Lana passa la marche arrière et baissa la vitre.

— Allez-y ! cria Logan.

Elle appuya sur l'accélérateur. Elle craignit un instant que le moteur ne cale, mais il se mit à rugir, et la voiture recula. Elle tourna le volant d'un côté et de l'autre en fonction des instructions de Logan.

La fusillade cessa quelques secondes plus tard. Lana se redressa aussitôt et poursuivit, les yeux fixés sur le rétroviseur, jusqu'à ce qu'un croisement lui permette de faire demi-tour pour repartir en marche avant.

Dale gémit à côté d'elle.

— Tout va bien, lui dit Lana. Tu es hors de danger.

— Pas toi, répondit Dale.

Jaeger faillit ne pas ouvrir le portail assez vite quand ils atteignirent le ranch.

Il recula précipitamment pour ne pas se faire écraser, ce qui ne procura aucun plaisir à Lana dans ces circonstances.

Il dut appeler Bruce, car celui-ci jaillit de sa maison avec le policier dès que Lana se gara devant.

— Nous avons Dale ! cria-t-elle en sortant de la voiture.

Bruce ouvrit la portière du passager.

— Que lui est-il arrivé ? rugit-il.

L'inspecteur Delgado effleura un trou dans la carrosserie.

— Vous avez essuyé des coups de feu ? demanda-t-il.

— C'était un piège, répondit Logan, qui sortait à son tour. Ils ont déposé Dale au bord de la route et attendu qu'on arrive pour nous tirer dessus.

— Vous êtes blessé ! s'écria Lana en le voyant essuyer du sang sur sa joue.

— J'ai juste été coupé par un morceau de verre, répondit-il. Dale, par contre, a besoin d'une ambulance.

Il sortit son téléphone.

Lana regarda Bruce sortir Dale de la voiture.

— Elle était consciente, dit-elle, une main posée sur sa gorge. Elle m'a parlé.

— Elle est évanouie, maintenant, répondit Delgado.

Il s'accroupit près de Bruce, qui berçait Dale en lui parlant à l'oreille.

Il aimait peut-être encore sa femme.

— Que vous a-t-elle dit ? demanda Delgado.

— Pas grand-chose, répondit Lana. Que j'étais en danger.

— Et elle m'a prévenu que ses ravisseurs étaient dans le coin, dit Logan après avoir raccroché. Elle nous a peut-être sauvé la vie.

Delgado se massa le front.

— Que voulaient-ils ? demanda-t-il. Pourquoi vous ont-ils tiré dessus ?

Logan posa la main sur les reins de Lana.

— C'est Lana qu'ils veulent, répondit-il. Elle l'a expliqué à vos collègues hier soir. Ils veulent le journal de son frère, plus précisément. Daniel, le fils des McGowan, les a entendus interroger Dale à ce sujet.

— S'ils veulent Lana, pourquoi ont-ils tiré sur Dale et sur vous ? Il leur suffisait de cribler la camionnette de balles, puisqu'elle était au volant.

— Je n'ai pas dit qu'ils voulaient la tuer, le corrigea Logan. S'ils le faisaient, le journal de Gil risquerait de tomber dans d'autres mains que les leurs.

Lana frissonna.

— Ne devriez-vous pas envoyer des hommes sur place, inspecteur ? demanda-t-elle.

— C'est déjà fait. J'ai appelé des renforts dès que Jaeger nous a prévenus de votre arrivée. Pourriez-vous me dire plus précisément où ça s'est passé ?

— C'était au niveau de la borne du quatorzième mile, juste avant un grand virage, répondit Logan. Ils se sont cachés dans le petit bois qu'il y a à cet endroit. Je ne les ai pas vus. J'ai riposté, ce qui les a tenus à distance, mais je n'ai vu personne.

— Est-il possible que vous ayez blessé quelqu'un ? demanda Delgado en se grattant le menton.

— Je ne sais pas. Ça poserait un problème ?

— Avez-vous un permis de port d'arme valable en Californie ?

— J'appartiens à la Delta Force, inspecteur. Je sais ce que je fais – permis ou non.

— Je peux fermer les yeux… pour le moment, répondit Delgado.

Une demi-heure plus tard, une sirène annonça l'arrivée de l'ambulance.

— Heureusement que les enfants sont à l'école ! soupira Bruce tandis que les infirmiers installaient Dale dans l'ambulance. Est-elle sauvée ? S'en sortira-t-elle ?

— Vous pouvez nous suivre jusqu'à l'hôpital, si vous voulez, répondit l'un des infirmiers.

L'ambulance s'éloigna avec la Mercedes de Bruce derrière elle.

Logan retira un morceau de verre des cheveux de Lana.

— Ça va ? s'inquiéta-t-il.

— Oui, ça va, prétendit-elle.

Physiquement, elle était indemne, mais émotionnellement ? Des gens voulaient l'enlever pour mettre la main sur un journal qu'elle n'avait pas. Cela aurait pu aller mieux.

— Quand interrogerez-vous Dale ? demanda Logan à Delgado.

— Dès que ce sera possible, mais nous devrons aussi interroger Lana. Alors vous pensez que tout ça a un rapport avec la mort de votre frère ?

— Oui, répondit Lana.

— Je sais qu'il s'est fait tuer au Nigéria. Toutes mes condoléances.

— Merci, répondit-elle en hochant la tête. Je n'ai pas cru un instant au récit officiel du gouvernement. J'essaye de découvrir ce qui s'est réellement passé. J'espérais que le journal de Gil me fournirait des informations. Maintenant, je suis certaine qu'il en contient.

— Et les textos que vous avez échangés avec Dale hier soir concernaient ce journal ? demanda Delgado.

— Oui. On allait remettre mon téléphone à vos collègues au commissariat quand on a repéré Dale au bord de la route.

— On a toujours besoin de votre téléphone – plus que jamais, dit Delgado. Qui que soient ces hommes, on ne les laissera pas mettre la vie de nos concitoyens en danger.

Il indiqua Logan du menton.

— Est-il impliqué ? demanda-t-il.

— Non, répondit Logan en pinçant doucement la taille de Lana. Je suis juste un ami de passage dans le coin.

— Ça tombe bien : Lana a besoin d'amis comme vous en ce moment. Nous ne sommes qu'un petit commissariat. Je ne peux pas charger un homme de protéger Lana. Mais je peux vous faire escorter en ville, si vous voulez.

Lana acquiesça vigoureusement.

— Oui, nous le voulons, répondit-elle. Et pourriez-vous me tenir au courant si Dale vous apprend quelque chose d'utile, comme l'identité de ceux qui veulent m'enlever ?

Delgado mit son chapeau.

— C'est promis. L'un des hommes que j'ai envoyés sur le lieu de la fusillade vous escortera en ville quand ils auront fini là-bas. Je vais à l'hôpital.

— Savez-vous si Jaeger surveille toujours le portail ? demanda Logan.

— D'après ce que m'a dit Bruce, il montera la garde jusqu'au moment où il ira chercher les enfants à l'école.

— Ils seront soulagés d'apprendre que leur mère a été retrouvée et qu'elle ne risque plus rien, soupira Lana.

Cela faisait au moins une personne en sécurité. Elle enfonça les mains dans ses poches et baissa la tête.

Logan dut la sentir désemparée, parce qu'il enroula un bras autour de ses épaules. Son poids et sa force lui donnèrent du courage.

— Voulez-vous qu'on attende le policier que Delgado nous a promis près du portail ? demanda Logan quand l'inspecteur les eut quittés.

— Oui.

— Pouvez-vous conduire ?

Elle tendit une main pour s'assurer qu'elle ne tremblait pas.

— Oui, ça ira. Merci de les avoir empêchés de nous tuer et d'avoir sauvé Dale.

— Il me semble que vous êtes l'héroïne du jour,

répondit-il. C'est vous qui nous avez sauvés en nous protégeant avec la camionnette.

Quand ils atteignirent celle-ci, Lana effleura le trou dans la portière.

— Que comptaient-ils faire, à votre avis ?

— Se débarrasser de moi et vous enlever à la place de Dale.

— Avez-vous vu son visage ? Ils n'ont pas dû la croire quand elle leur a dit qu'ils ne détenaient pas la bonne personne… Alors que feront-ils à la bonne personne ?

Il pressa fermement les lèvres contre les siennes avant de répondre :

— Ça n'arrivera pas, Lana. Ils ne vous captureront pas tant que je serai dans les parages.

— Alors j'espère que vous resterez longtemps dans les parages, balbutia-t-elle.

Le second trajet se déroula sans incident. La voiture de patrouille les escorta jusqu'au commissariat avec le gyrophare, mais sans la sirène.

Un inspecteur, Samuels, les emmena dans une salle d'interrogatoire, où Lana lui donna son téléphone.

— Avez-vous des nouvelles de Dale McGowan ? demanda-t-elle.

— Ses jours ne sont pas en danger, répondit l'inspecteur Samuels, qui lisait ses textos en prenant des notes. Elle a dit qu'on lui avait bandé les yeux pendant toute sa captivité. Elle n'a pas vu les visages de ses ravisseurs. Elle n'a rien pu dire sur le lieu de sa détention. Comme ses ravisseurs l'ont droguée en l'enfermant dans leur fourgon, elle ne sait même pas combien de temps le trajet a duré.

— Un fourgon ?

— Oui. C'est la seule information qu'elle a pu nous fournir.

Lana se couvrit la bouche.

— Je suis tellement désolée de ce qui lui est arrivé...

— Et vous pensez que c'est à cause du journal de votre frère ? demanda Samuels.

— Oui.

— L'avez-vous ?

— Non. Je m'attendais à le recevoir avec les autres effets personnels de Gil, mais il n'était pas dans le colis. Il a dû être volé à un moment – mais pas par les ravisseurs de Dale, puisqu'ils le cherchent.

— Pourquoi le veulent-ils, à votre avis ?

Lana jeta un coup d'œil à Logan avant de répondre :

— Je pense que c'est parce que j'essaye de savoir ce qui s'est réellement passé dans l'avant-poste où Gil et ses camarades se sont fait tuer. L'explication officielle ne me convient pas.

Samuels se mit à pianoter sur la table.

— Sous-entendez-vous que le gouvernement des États-Unis est responsable de l'enlèvement de Dale McGowan ?

— Peut-être pas le gouvernement. Peut-être un membre du gouvernement pour des raisons qui ne regardent que lui.

— Si vous avez raison, c'est au FBI de mener cette enquête. Nous ferons notre travail et essayerons de trouver les ravisseurs de Dale, mais nous laisserons le procureur déterminer leurs motivations.

— Je peux l'aider, ironisa Lana. Je sais que c'est à cause de ce qui s'est passé au Nigéria. Je suis vraiment navrée que Dale se soit retrouvée mêlée à ça.

— Simplement parce que vous vous ressemblez…, compléta Samuels.

Il leur posa quelques questions de plus, puis annonça :

— Je vais devoir garder votre téléphone, au cas où nos techniciens pourraient en tirer quelque chose.

— Je comprends, répondit Lana.

Samuels jeta un coup d'œil à Logan avant d'ajouter :

— Soyez prudente, madame Moreno.

— Elle sera prudente, répondit Logan en se levant. Je m'en assurerai.

Ils serrèrent la main de Samuels et quittèrent le commissariat. Une fois dehors, Lana soupira profondément.

— Pensez-vous que je devrais appeler le FBI de mon côté ? demanda-t-elle. Ou Cordova ?

— Je pense qu'on devrait quitter la ville, répondit Logan.

Il la rattrapa lorsqu'elle trébucha sur le trottoir. Elle n'était même plus capable de marcher sans son aide.

— Vous plaisantez ? grommela-t-elle.

— Pourquoi rester ici, à vous méfier de tout le monde ? Vous avez entendu l'inspecteur : Dale n'a fourni aucune information utile. Comment pourriez-vous reconnaître les hommes qui vous cherchent si vous ne savez rien sur eux ?

— Je ne peux pas tout plaquer comme ça. Je vous l'ai déjà dit. J'ai des responsabilités ! s'écria-t-elle en écartant les bras.

— Vous croyez que Bruce ne vous laisserait pas partir, même dans la situation présente ? J'ai l'impression que l'état de sa femme l'a ébranlé. Ça lui a peut-être mis un peu de plomb dans la cervelle.

— C'est vrai qu'il avait l'air ébranlé, mais ça n'a

rien à voir avec moi. J'ai des responsabilités au ranch. Je dois m'occuper des chevaux et… d'autres choses.

— Je pense que Bruce peut comprendre que vous ayez besoin de partir quelque temps pour votre sécurité. Il peut s'organiser autrement jusqu'à ce qu'on ait trouvé le journal de Gil et qu'on l'ait remis aux autorités. Après ça, vous n'aurez plus rien à craindre.

Elle pinça les lèvres. À quoi bon se disputer avec Logan ? Il ne pouvait pas comprendre ses obligations financières. Il était né avec une cuillère en argent dans la bouche – ou plutôt des éperons en argent sur ses bottes. Et elle n'avait aucune intention de lui parler de ses autres obligations.

Elle monta dans sa camionnette et lui claqua la portière au nez.

Logan prit place à côté d'elle et poursuivit sur le même ton :

— Mais d'ici là…

— À vous écouter, le journal de Gil est déjà presque entre nos mains, le coupa-t-elle en démarrant. Mais je ne sais pas où il est. Je m'attendais à le trouver dans ce colis. Tout ce qu'on sait, c'est que ce ne sont sûrement pas les ravisseurs de Dale qui l'ont volé.

— Jetons un nouveau coup d'œil à cette caisse, suggéra-t-il.

Il abandonnait sa croisade pour lui faire quitter son travail, sa vie et tout ce qui importait pour elle – au moins provisoirement.

Elle appuya sur l'accélérateur les larmes aux yeux. Tout ce qui importait pour elle était en danger au ranch des McGowan.

Lana renifla.

— J'ai bien regardé ce qu'il y avait dans cette

caisse, répondit-elle. J'ai même fouillé les poches des vêtements. Il n'y a pas de journal.

— Et si ça n'en était pas un ?

— Que voulez-vous dire ? C'est un journal. Je vous ai dit que Gil en tenait un depuis longtemps. Il l'avait toujours sur lui.

— Et si ça ne ressemblait pas à un journal, je veux dire. Vous cherchez un carnet, sans doute de cette taille, dit-il en écartant les mains, avec une couverture en cuir ou en tissu et un crayon sur le côté... Il se présente peut-être sous une autre forme.

Lana s'autorisa à espérer.

— Il se présente peut-être sous une autre forme parce que Gil voulait le cacher, répondit-elle.

— Exactement, dit Logan en claquant des doigts. Trouvons-le.

Lana jeta un coup d'œil dans le rétroviseur à la voiture de police qui les escortait et l'empêchait de dépasser la limite de vitesse autorisée. Celle-ci fit demi-tour pour repartir en ville dès qu'ils atteignirent le portail.

Lana baissa sa vitre.

— Des nouvelles de Dale ? demanda-t-elle à Jaeger.

Il releva son chapeau avant de répondre :

— Elle s'en sortira, mais ils la gardent en observation pour la nuit.

— Et les enfants ?

— Sains et saufs dans la maison avec la mère de Dale, répondit-il avec un sourire narquois. Sains et saufs.

Lana hocha la tête et redémarra.

— Quel est son problème ? demanda Logan.

— À Jaeger ? Je ne sais pas. Il est toujours déplaisant. J'imagine qu'il se croit supérieur à tout le monde parce qu'il est le confident de Bruce.

— Tant qu'il garde un œil sur ce portail et qu'il est aussi déplaisant avec les inconnus qu'avec vous…

Elle avait compris depuis longtemps que Jaeger savait tout ce que Bruce savait, ce qui signifiait qu'il savait aussi ce qu'elle cachait. Mais tant pis. Les secrets de Gil étaient plus importants que les siens, pour le moment.

Elle se gara devant chez elle, et Logan la suivit à l'intérieur. Il prit la caisse dans le coin où elle l'avait placée et la posa devant le canapé.

— Avez-vous trouvé des clés USB ou des disques durs ? demanda-t-il en s'asseyant.

— Non.

Elle sortit une tasse de la caisse et la pressa contre son cœur.

— Vous m'avez dit que vous communiquiez par Internet. Possédait-il un ordinateur ?

— Non. Il se servait de ceux des endroits où il était en poste. Ça m'étonnerait qu'il y ait mis quoi que ce soit de personnel.

Logan prit une trousse de toilette et l'ouvrit.

— Des livres ? demanda-t-il.

— Plusieurs.

Elle déplaça des vêtements pour atteindre les livres au fond de la caisse.

— Gil aimait beaucoup lire, ajouta-t-elle. Surtout de la fantasy et de la science-fiction.

— Vous les avez examinés ? Secoués ?

— Vous voulez dire qu'il pourrait y avoir un livre dans un livre ?

— Ou des feuilles.

Lana posa trois livres sur les genoux de Logan et quatre autres sur la table basse. Elle prit le premier de la pile et le secoua.

Logan fit pareil avec ses livres, mais rien ne tomba d'aucun d'eux, et aucun n'était creusé pour en cacher un autre.

— C'était pourtant une idée intéressante, soupira-t-il en s'affalant contre le dossier du canapé.

Il feuilleta le livre qu'il tenait encore, fronça les sourcils et se redressa brusquement.

Un frisson parcourut Lana.

— Qu'y a-t-il ? demanda-t-elle.

Il posa le doigt sur une page.

— Gil avait-il l'habitude de prendre des notes dans les marges des livres qu'il lisait ?

— Des notes ? répéta-t-elle en s'asseyant à côté de Logan. C'est de la science-fiction, pas du Shakespeare. Qu'a-t-il écrit ?

— « On a fait des *tamales* après la remise de diplôme de Luisa », lut-il avant de tourner quelques pages. « Bobby a cassé le vélo de Ricardo. » « La couverture rose avec des chatons. » Est-ce que ça vous dit quelque chose ?

Lana posa la main sur sa gorge.

— Bobby et Luisa sont notre frère et notre sœur, répondit-elle. Ces sont des événements de notre enfance. Pourquoi a-t-il écrit ça dans ce livre ?

Logan referma le livre et l'agita sous son nez.

— C'est ça, Lana ! dit-il. C'est le journal. Mais Gil l'a écrit en se servant d'un code que vous êtes la seule à pouvoir comprendre.

7

— C'est du Gil tout craché ! s'écria Lana avant de prendre l'un des livres de la table basse. Il y a aussi des notes dans celui-ci. Mais je ne sais pas ce qu'elles veulent dire. Je n'y comprends rien.

Logan lui caressa le dos comme il aurait caressé un chat apeuré.

— Ce n'est pas grave. Mais je pense que j'ai raison. Sinon pourquoi aurait-il noté des souvenirs personnels dans les marges de ces livres ? Vous finirez par comprendre.

Lana se leva et alla jusqu'à une fenêtre.

— Je n'en suis pas sûre. Comment pouvait-il espérer que je suive sa logique ?

Il feuilleta les autres livres pendant qu'elle faisait les cent pas.

— Cinq, finit-il par dire. Il a pris des notes dans cinq des livres – toutes du même genre.

— Pourquoi a-t-il fait ça ?

— Pour cacher son journal, comme on le supposait. Un journal ordinaire aurait disparu depuis longtemps. Même écrire dans ces livres aurait été trop risqué s'il ne s'était pas servi d'un code.

— Pourquoi a-t-il mis ce fardeau sur mes épaules ? gémit-elle.

Logan posa le livre qu'il tenait sur la table basse, se leva et arrêta Lana en prenant ses mains tremblantes.

— Il l'a sans doute fait pour lui-même, répondit-il. Il ne savait pas qu'il allait mourir dans cet avant-poste. Il s'est servi d'un code pour protéger les informations qu'il rassemblait et pour se protéger lui-même. Le fait que ce code ne puisse être déchiffré que par un membre de sa famille est une précaution supplémentaire.

— Que par moi. Pas n'importe quel membre de la famille : juste moi.

Il inclina la tête sur le côté. Comment pouvait-elle le savoir ?

— Il était plus proche de vous que des autres, non ?

— Nous sommes les deux enfants de dernière minute, répondit-elle. Nos autres frères et sœurs sont plus âgés.

— Je ne savais même pas que vous en aviez.

— Quatre

— Quoi ?

— Gil et moi avons quatre frères et sœurs plus âgés.

— Eh bien c'est vous qu'il a choisie, et sa méthode est brillante.

— Si brillante que je n'y comprends rien !

Elle se dégagea les mains pour se couvrir le visage.

— Je vais le trahir comme tout le monde l'a trahi, soupira-t-elle. Les militaires qui l'ont envoyé là-bas, le gouvernement qui ne veut rien dire, notre représentant au Congrès, et même les soldats qui auraient pu les sauver et qui ne l'ont pas fait. Saviez-vous qu'il y avait des unités assez près pour intervenir et qu'on ne les a pas envoyées ?

Logan sentit un muscle se crisper sous son œil.

— J'en ai entendu parler. Et nous ne trahirons pas

Gil, Lana. Nous découvririons la vérité sur sa mort. Nous avons juste besoin d'un point de départ, d'une preuve que nous ne délirons pas. Alors nous pourrons donner ces livres à des cryptologues professionnels qui feront le reste.

Elle écarta les doigts pour le regarder.

— Ne peut-on pas les leur donner tout de suite ?

— Il nous faut d'abord une preuve qu'il s'agit bien d'un texte codé, et ils auront besoin de votre aide. Vous êtes la seule à pouvoir donner un sens à ces éléments.

— Si vous avez raison, ça veut dire que les gens qui veulent mettre la main sur le journal de Gil n'y comprendraient rien non plus, n'est-ce pas ?

— Pas sans vous, répondit-il en tendant un doigt vers elle.

— Mon Dieu ! s'écria-t-elle avant de partir vers la cuisine. Est-il trop tôt pour de l'alcool ?

Tandis qu'elle ouvrait le réfrigérateur, Logan rangea les livres de Gil dans la caisse.

— Nous devons faire des copies de ces pages ou les scanner, dit-il. Il ne faut pas que ce soit la seule trace du journal de Gil. Si quelqu'un volait cette caisse, nous n'aurions plus rien – même si ce quelqu'un ne saurait pas sur quoi il aurait mis la main.

Lana revint dans le salon avec deux bouteilles de bière.

— Je pense qu'on a bien mérité ça, dit-elle.

Il prit la bouteille qu'elle lui tendit et trinqua.

— À la vôtre. Quel est le meilleur moyen d'en faire des copies ? On pourrait prendre des photos avec votre téléphone… Ce serait plus simple que de scanner les pages.

— Avec *votre* téléphone, le corrigea-t-elle. On m'a pris le mien.

— C'est vrai, répondit-il en sortant son téléphone. On devrait s'y mettre tout de suite. Je ne veux pas que ces informations nous échappent.

— On ne sait même pas par où commencer. Dans quel ordre faut-il prendre les livres ?

— Ce n'est pas important pour le moment. Le plus urgent, c'est de préserver ces informations en les dupliquant. On les triera plus tard.

— Vous voulez vraiment commencer tout de suite ?

— Moi oui, répondit-il avant de hausser un sourcil. Et vous ? Voulez-vous commencer à travailler sur le code ?

— J'adorerais, mais je n'ai pas la moindre idée de ce que ces phrases signifient, grommela-t-elle.

Elle emporta quand même la pile de livres dans la cuisine.

— Essayons d'être méthodiques, dit-il en la suivant. Avez-vous un carnet quelque part ?

— Sans doute. Pourquoi ?

— Commencez donc par recopier les phrases de Gil dans l'ordre, livre par livre. Puis vous chercherez des liens et des indices. Les dates de ces événements, par exemple, si vous vous en souvenez. Les codes sont souvent basés sur des nombres. Vous comprenez ?

— Je crois. Vous prendrez des photos des pages d'un livre pendant que je recopierai les notes d'un autre.

— Du travail d'équipe, répondit-il en levant la main pour qu'elle frappe dedans, ce qu'elle fit sans enthousiasme.

Pendant que Logan ouvrait un livre sur la table, elle se mit en quête d'un carnet. Elle en trouva un dans un tiroir du bureau, sous une couche d'objets divers, et s'installa sur le canapé avec l'un des livres de Gil.

Elle recopia les indices absurdes de son frère le sourire aux lèvres. Gil avait noté les souvenirs les plus idiots de leur enfance, des moments qu'elle n'avait pas pu oublier parce qu'ils en avaient souvent reparlé.

Même s'ils avaient eu une enfance difficile à Salinas, il n'y avait pas eu que de mauvais jours. Malheureusement, ils avaient perdu trop de temps à gérer les effets de l'alcoolisme de leur père. Leurs frères et sœurs s'étaient échappés l'un après l'autre de la maison trop petite aux robinets qui fuyaient et à la chaudière capricieuse. Finalement, même leur mère avait fui. La maladie d'*abuelita* lui avait fourni une excuse pour quitter le mari qui n'avait jamais été capable de la sortir de la pauvreté.

Ironiquement, c'était ce qui avait rendu la sobriété à leur père. Il avait accepté l'emploi que son vieil ami McGowan lui avait proposé. Elle l'avait rejoint un peu plus tard – c'était inévitable.

— Ces notes doivent avoir un sens pour vous.

Elle releva vivement la tête et se frotta les yeux.

— Quoi ?

— Je vous observe depuis plusieurs minutes et j'ai vu passer toute une gamme d'émotions sur votre visage… Mais la dernière était triste.

— Triste ? répéta-t-elle. C'est juste que ça me fait penser à Gil. On doit réussir pour lui, Logan. Et pour le major Denver.

— Je suis d'accord, dit-il en lui tendant le livre qu'il tenait. Et d'un ! Plus que quatre.

Elle s'étira.

— C'est juste que je viens de me rendre compte que ma vie n'a été qu'une succession d'événements aléatoires, lui confia-t-elle. Je n'ai jamais vraiment agi : je n'ai fait que réagir.

Logan rapprocha une chaise du canapé et s'y assit, les coudes sur les genoux.

— Vous devriez peut-être oublier tout ça, suggéra-t-il.

— Oublier ? Je ne peux pas oublier Gil.

— Je ne vous parle pas d'oublier votre frère, mais de le laisser reposer en paix. Ne vous occupez plus de tout ça. Laissez-moi faire. Commencez donc dès maintenant à faire des choses que vous voulez faire.

— C'est drôle, mais c'est le cas pour la première fois de ma vie, répondit-elle en agitant le carnet. C'est exactement ce que je veux faire.

— Alors poursuivons.

Il bâilla et s'étira.

— Mais je mangerais bien quelque chose d'abord, ajouta-t-il. Vous n'avez pas faim ? On n'a rien avalé depuis le petit déjeuner.

— Mon estomac vient de gargouiller, répondit-elle.

Elle refoula ses souvenirs, posa le carnet et se leva.

— Malheureusement, je n'ai pas grand-chose à vous offrir, sauf si vous voulez un nouveau petit déjeuner…

— Je suis capable de prendre le petit déjeuner à n'importe quelle heure, lui assura-t-il. Je suppose qu'on ne peut pas se faire livrer des pizzas.

— Non. La pizzeria la plus proche nous estime bien trop loin pour nous livrer.

Elle claqua des doigts.

— J'ai une idée ! s'écria-t-elle. Jaeger a dit que la

mère de Dale s'occupait des enfants. Allons lui mendier de la nourriture.

— Vous connaissez bien Dale ?

— Oui.

— Pourquoi boit-elle ? Cela a-t-il commencé après son mariage avec Bruce ?

— Oui. Ça ne l'excuse pas, mais il ne doit pas être facile d'être mariée à quelqu'un comme lui.

— Vous croyez ? répondit-il ironiquement. Mais ils ont des enfants adorables.

Lana se força à sourire.

— Oui, ils sont adorables. Et je me réjouis qu'il ne leur soit rien arrivé.

— Alors, comment fait-on pour mendier de la nourriture auprès de la mère de Dale ? Comment s'appelle-t-elle, pour commencer ?

— Alma. Alma Garcia.

— Comment la contactons-nous ?

— Comme la police a mon téléphone et que je ne connais pas son numéro par cœur, nous devons aller la voir.

Logan joignit les mains et leva les yeux au plafond.

— Je suis doué pour mendier, se vanta-t-il.

— Ah oui ? pouffa-t-elle en prenant sa veste. Je suis sûre que vous n'avez jamais rien mendié de votre vie.

— Ne me jugez pas si vite, Lana, répondit-il en la regardant droit dans les yeux.

— Vous avez raison. Je suis désolée.

Elle ouvrit la porte et apprécia l'effet du vent froid sur ses joues brûlantes.

— Je vous laisserai mendier, ajouta-t-elle.

— Pensez-vous que Bruce soit rentré de l'hôpital ? demanda Logan en chemin.

— Je ne sais pas. Je ne l'ai jamais vu aussi bouleversé qu'au moment où il a sorti Dale de ma camionnette.

— Il a peut-être compris que sa femme n'avait pas orchestré son enlèvement pour s'offrir un week-end de liberté.

— Peut-être, répondit-elle avant de sonner à la porte des McGowan.

Alma avait déjà les sourcils froncés quand elle ouvrit la porte. Elle avait toujours l'air inquiète en présence de Lana.

— *Hola*, Lana. *¿ Qué pasó ?*

— Il ne s'est rien passé de grave – à part ce qui est arrivé à Dale, répondit Lana. Je te présente un ami, Logan Hess. Logan, je te présente Alma Garcia.

— Je suis ravi de vous rencontrer, madame, dit Logan avec tout son charme texan en serrant la main d'Alma. Tout va bien, sauf que mon estomac rugit comme un lion.

Lana réprima un sourire et lui jeta un regard réprobateur, mais Alma n'était pas de taille contre Logan.

— Mon pauvre garçon ! s'écria-t-elle. Il ne faut pas aller chez Lana quand on a faim.

— *Abuela ?* appela Carla en descendant l'escalier.

Elle sourit en découvrant Lana sur le pas de la porte.

— Salut, Lana, dit-elle. Ils ont retrouvé maman.

— Je sais, chérie. Et elle s'en remettra.

Alma se raidit.

— As-tu fini tes devoirs, Carla ? demanda-t-elle.

— Presque. Je peux rester un moment avec Lana et son ami ?

Alma jeta un bref regard à Lana avant de répondre :

— Bien sûr. J'allais leur donner des restes.

— Vous êtes un ange ! dit Logan en posant une main sur son cœur.

— Suivez-moi, répondit Alma. J'ai fait des pâtes, ce soir – et j'en ai fait beaucoup trop. Bruce a décidé de passer la nuit à l'hôpital avec Dale.

— Comment va-t-elle ? demanda Lana en écartant une mèche du front de Carla.

— Bien, répondit Alma. Elle n'aura pas de séquelles. Elle rentrera demain. Après ça…

Alma laissa sa phrase en suspens et ouvrit le réfrigérateur.

— Après ça, je suis sûre que Bruce la protégera, dit Lana.

Elle s'assit sur un tabouret et attira Carla entre ses jambes pour refaire sa queue-de-cheval.

— Avez-vous besoin d'aide ? demanda Logan en s'adossant au comptoir.

— Non, répondit Alma, qui empilait des barquettes en plastique sur le comptoir. Je vous donne tout, ce sera plus simple. J'ai déjà nourri Humberto et son ami.

— On n'a pas besoin de tout ça, protesta Lana.

— Parlez pour vous ! répliqua Logan.

Lana se fit mal à la main en lui donnant un coup de poing dans le biceps.

— Bruce ne voudra-t-il pas manger quelque chose quand il rentrera tout à l'heure ? demanda-t-elle.

Alma agita un doigt menaçant sous son nez.

— Je t'ai dit que Bruce passait la nuit à l'hôpital avec Dale. Ce n'est plus le même homme, je t'assure. Et Dale a changé, elle aussi. Tu verras.

— J'en suis sûre, répondit Lana. Et toi, Carla ? Ça va ? Tu as dû avoir très peur, même si tu as eu le cran de protéger ton frère.

Carla lui offrit un sourire plein de douceur.

— C'est vrai que j'ai eu peur, mais ça va mieux, maintenant qu'on a retrouvé maman.

Lana la serra dans ses bras et déposa un baiser sur sa tempe.

— Maintenant, obéis à ton *abuela* et va finir tes devoirs, ordonna-t-elle.

Carla obtint deux cookies de sa grand-mère avant de filer hors de la cuisine.

— C'est une brave petite, dit Alma, qui sortait un sac en plastique d'un placard.

Logan le lui prit des mains.

— Je m'en occupe, dit Logan. Merci pour tout.

Tandis qu'il mettait les barquettes dans le sac, Alma se tourna vers Lana, les poings sur les hanches.

— Lana ne cuisine pas beaucoup, mais elle pourrait apprendre, dit-elle. Je pourrais lui enseigner des choses.

— Merci, Alma, mais ce ne sera pas nécessaire, répondit Lana.

Alma recommença à lui agiter un doigt sous le nez.

— Tu sais que le chemin qui mène au cœur d'un homme passe par son estomac.

Lana se sentit rougir et leva une main pour empêcher Alma de la mettre encore plus mal à l'aise.

Trop tard.

— Lana a besoin d'un homme bien, d'un homme à elle, dit Alma à Logan. Elle a besoin d'une famille à elle.

— Mon Dieu, Alma ! s'écria Lana. Logan n'est pas ce genre d'ami.

Alma plissa les yeux et observa Logan de la tête aux pieds.

— Et pourquoi ça ?

Quand elle vit Logan rougir, Lana décida qu'il était temps de partir.

— Désolée, lui dit-elle. C'est le prix du dîner.

— Je ne le trouve pas exagéré, répondit-il après avoir reniflé le contenu du sac.

Lana descendit du tabouret et serra Alma dans ses bras.

— Merci pour les restes… et les conseils, dit-elle. Ne t'en fais pas pour moi.

Elle ouvrit les barquettes en plastique dès qu'ils rentrèrent chez elle.

— Des lasagnes, des *fettuccine Alfredo*, de la salade et du pain à l'ail, annonça-t-elle. J'espère que vous avez faim.

— Oui. Réchauffez donc les pâtes au micro-ondes pendant que je mets le pain au four et que je sers la salade, suggéra-t-il.

Elle ouvrit le réfrigérateur et observa son contenu pathétique.

— J'aurais aimé avoir du vin rouge, mais je n'ai que de la bière à vous proposer, soupira-t-elle.

Logan vint prendre une bouteille de vinaigrette dans la porte du réfrigérateur.

— Ça ira très bien, répondit-il. Pourquoi Alma tient-elle tant à vous voir mariée ?

Lana haussa les épaules.

— C'est juste une vieille femme qui se soucie à sa manière d'une femme plus jeune.

— Je ne m'étais pas rendu compte que vous étiez aussi proche de la famille de Dale.

— Ce sont les premières personnes que mon père a rencontrées quand il est venu ici.

Le micro-ondes bipa, et elle en tira les deux barquettes de pâtes fumantes.

— C'est prêt ! annonça-t-elle.

Pendant le dîner, Lana éloigna la conversation de Dale, des enfants, du ranch et même du journal de Gil. Elle bombarda Logan de questions sur le major Denver. Les réponses qu'elle obtint lui parurent insensées.

— Ainsi, l'armée sait déjà que le mail qui est censé prouver les agissements clandestins de Denver est un faux, qu'il n'a pas tué ce ranger et qu'il n'est pas responsable du bombardement de ce camp de réfugiés en Syrie, résuma-t-elle. Et elle croit quand même qu'il a trahi son pays et qu'il aide des terroristes ?

— Je ne pense pas que l'armée le croie, répondit Logan. Mais l'enquête l'a débordée. La CIA et d'autres services secrets sont impliqués, à présent.

— Pensez-vous que ces agences en sachent plus que vous ? demanda-t-elle en traçant des arabesques dans la sauce tomate avec sa fourchette.

— Peut-être, mais elles peuvent aussi mal interpréter les informations qu'elles possèdent. Je pense que le major enquêtait sur quelque chose et qu'il avait des informateurs dans l'avant-poste. Je crois aussi que quelqu'un a voulu mettre un terme à son enquête et se débarrasser de lui.

— Je n'en doute pas après ce que Gil m'a raconté sur la situation dans cet avant-poste.

Elle se leva pour débarrasser.

— Vous rincez et je remplis le lave-vaisselle ? proposa-t-elle. Ensuite, on pourra se remettre au travail. À moins que vous ne préfériez retourner à votre hôtel ?

— Je pense que je peux encore photographier un livre ou deux. Et vous ? Comment vous sentez-vous ?

— Si je me contente de recopier les phrases sans trop y réfléchir, ça ira, répondit-elle en mettant la vaisselle dans l'évier.

— Il faudra bien que vous y réfléchissiez à un moment, mais peut-être pas maintenant, si ça vous ralentit.

Ils s'occupèrent de la vaisselle ensemble, et Lana essaya de ne pas trop prendre goût à cette intimité. Logan était là pour obtenir les informations que contenait le journal de Gil et les remettre aux autorités compétentes. Elle devrait se contenter de découvrir la vérité sur la mort de Gil. C'était tout ce qu'elle voulait, de toute manière. Non, lui souffla une petite voix : c'était tout ce qu'elle voulait avant de rencontrer Logan Hess.

Quand ils eurent terminé, Logan rinça l'éponge et s'essuya les mains.

— Au travail ! dit-il. Vous êtes prête ?

— Absolument, répondit-elle. Au travail !

De nouveau, Logan s'installa à la table de la cuisine et elle sur le canapé, mais la distance qui les séparait ne gâcha pas le sentiment d'intimité ressenti par Lana. De temps à autre, Logan brisait le silence pour lui demander comment elle se sentait ou si elle voulait quelque chose.

Elle n'aurait pas su dire s'il se souciait réellement d'elle ou s'il voulait qu'elle travaille plus vite. Elle s'interdisait de le regarder avec les yeux de Chimène comme elle avait regardé d'autres hommes avant lui. Elle n'était plus une lycéenne écervelée.

Des coups frappés à la porte la firent sursauter. Le livre qu'elle avait posé sur ses genoux tomba par terre.

— J'y vais, dit Logan.

Il ferma le livre qu'il photographiait en se servant

de son téléphone comme marque-page et alla jeter un coup d'œil par la fenêtre.

— Ce sont Humberto et Leggy, annonça-t-il.

— Mince ! Vais-je encore devoir leur servir le petit déjeuner demain matin ?

Logan ouvrit la porte.

— Venez-vous monter la garde ? demanda-t-il aux deux hommes.

— Aux dernières nouvelles, la police n'a pas arrêté les ravisseurs de Dale, répondit Leggy. Alors nous revoilà.

Lana rejoignit Logan, les poings sur les hanches.

— Jaeger n'a-t-il pas recruté des hommes pour surveiller le portail ? demanda-t-elle.

— Si, mais c'est le portail, répondit Humberto. Ce n'est pas ici. Ne t'en fais pas : on a nos chaises et tout.

Leggy hocha la tête et cracha.

— On a nos chaises et tout, répéta-t-il.

— Ce n'est pas nécessaire, je vous assure, insista Lana. Je suis armée. Avec des hommes en plus à l'entrée du ranch, je ne risque rien.

Elle donna un coup de coude à Logan.

— Dites-le-leur ! ordonna-t-elle.

— Vous avez fait du bon boulot hier, mais c'est à mon tour, dit-il.

Lana écarquilla les yeux.

— Ne soyez pas ridicule. Vous avez une chambre d'hôtel en ville. Vous devriez être en train de la regagner, d'ailleurs.

Humberto recula d'un pas.

— Ça marche, patron, répondit-il. Elle est tout à vous.

— Tout à vous, répéta Leggy, qui décocha un clin d'œil à Logan avant de suivre Humberto.

Le sang de Lana ne fit qu'un tour. Elle claqua la porte.

— Quel est votre problème ? lança-t-elle à Logan.

Il haussa les sourcils.

— Mon problème ? Je n'en ai pas.

— Ils vont croire que vous dormez dans mon lit !

— Ai-je dit que je monterais la garde dans votre lit ?

— « C'est à mon tour » ? s'écria-t-elle en écartant les bras. Que pensent-ils, à votre avis ? Humberto ricanait. Je le connais, et il ricanait.

— Je ne l'ai pas vu ricaner et je ne crois pas qu'ils se fassent des idées. Mais serait-ce vraiment grave s'ils s'en faisaient ?

— Si ce serait grave ?

Elle fonça vers le canapé et ramassa un coussin pour le lui lancer à la figure.

— Je ne veux pas que les gens me prennent pour une fille facile ! cria-t-elle. On vient juste de se rencontrer. Je vous connais à peine. Vous ne dormirez pas dans mon lit.

Logan écarquilla les yeux.

— Quel est *votre* problème ? répliqua-t-il. Ai-je dit que je voulais dormir dans votre lit ? J'ai l'intention de dormir sur le canapé, avec un œil sur la porte et mon arme sous la main. Je veux juste vous protéger. Je suis désolé si j'ai donné de fausses idées à Humberto et à Leggy, mais ils savent déjà que vous n'êtes pas une fille facile s'ils vous connaissent.

Elle inspira profondément et croisa les bras. Elle avait les nerfs à fleur de peau à cause des souvenirs de Gil et parce qu'elle avait vu Carla et Alma.

Elle voulait que Logan reste. Elle avait redouté le moment où il aurait enfilé sa veste pour partir. Même si elle avait vu l'éclat du désir dans son regard une ou deux fois, il s'était comporté comme un parfait gentleman envers elle. Elle savait qu'elle pouvait lui faire confiance pour rester sur le canapé.

— Je suis désolée, dit-elle en posant les mains sur ses joues brûlantes. C'est juste que Greenvale est une petite ville avec une mentalité de petite ville. Je n'aime pas être l'objet de ragots.

Il ramassa le coussin tombé à ses pieds.

— C'est bien compréhensible, répondit-il. Je n'aurais pas dû annoncer ça comme ça, mais je songeais à passer la nuit ici depuis un moment. J'aurais dû vous en parler d'abord.

— Sans doute.

— Si vous préférez que je m'en aille, je peux les rattraper pour leur dire de reprendre leur poste.

Il leva le coussin comme un bouclier.

Elle réprima un sourire.

— Je suis désolée de vous avoir jeté ce coussin à la figure, répondit-elle. Vous pouvez dormir sur mon canapé, et j'apprécie que vous vous inquiétiez pour moi. Mais je suis en sécurité dans le ranch, maintenant. Ces hommes ont perdu l'avantage en enlevant Dale, non ?

— Ils ont perdu l'effet de surprise, c'est certain, mais vous n'êtes pas hors de danger pour autant. Dale leur a sûrement dit que vous viviez ici, et vous ne pouvez pas le lui reprocher.

— Je ne peux rien lui reprocher du tout depuis que j'ai vu son visage, répondit-elle en frissonnant. Je vais débarrasser le canapé. J'ai presque fini de recopier les notes du troisième livre. On poursuivra demain.

— Vous avez raison. Allons nous coucher. Auriez-vous une brosse à dents à me prêter ?

— Vous avez de la chance : j'en ai toute une collection. Mon dentiste m'en offre une à chaque visite, et elles ne me servent à rien puisque j'utilise une brosse à dents électrique.

Elle plia le coin de la page sur laquelle elle s'était arrêtée et ramassa son matériel pour le poser à côté des livres de Logan sur la table de la cuisine.

— J'espère qu'on est sur la bonne voie, dit-elle.

— Je le crois. Avez-vous un oreiller et une couverture ?

— Je reviens.

Elle alla chercher une couverture, une serviette propre et une brosse à dents.

— Je n'ai qu'un seul oreiller, désolée, dit-elle en regagnant le salon.

— Ce n'est pas grave. J'utiliserai ce coussin, dit-il en levant celui qu'elle avait lancé. Il peut aussi servir d'arme.

Elle posa la couverture et la serviette sur un accoudoir du canapé, puis agita la brosse à dents dans sa direction.

— Ça aussi, répondit-elle.

Il la lui prit.

— Merci. Qui a besoin d'une arme à feu ?

— Moi. Et je garde mon revolver près de mon lit, alors ne faites pas de mouvements brusques pendant la nuit.

— C'est juré, dit-il en traçant une croix sur son cœur.

Une demi-heure plus tard, Lana était dans son lit – seule. Elle entendait la télévision dans le salon. Logan avait-il du mal à s'endormir, lui aussi ? Ce ne pouvait pas être pour la même raison qu'elle – une raison d'autant plus absurde qu'elle lui avait bien fait comprendre qu'elle ne voulait pas de lui dans son lit.

Pas ce soir, du moins.

Le lendemain matin, Lana entra dans le salon sur la pointe des pieds. Logan dormait encore. Cela faisait longtemps qu'aucun homme n'avait passé la nuit chez elle, et sa maison lui semblait minuscule, tout à coup.

Elle alla dans la cuisine à pas de loup et n'alluma que le néon placé au-dessus du four, mais Logan s'étira quand elle fit couler de l'eau pour remplir la cafetière.

— Vous n'avez pas besoin d'être discrète, dit-il. Je suis réveillé.

— Vous faites très bien semblant de dormir, alors, répondit-elle.

— J'ai le sommeil léger.

Il se redressa, ce qui fit glisser la couverture de son torse nu.

Elle se retourna trop brusquement et se cogna les orteils contre un placard.

— Du café ? proposa-t-elle.

— Avec plaisir. Et Alma a tort, vous savez. Vous préparez de délicieux petits déjeuners.

— Merci, mais je n'écoute pas ce que dit Alma.

On frappa à la porte.

— J'y vais ! lança-t-elle. Débarrassez donc le canapé pendant ce temps-là.

— Ne vaudrait-il pas mieux que je laisse intacte la preuve que j'ai dormi sur le canapé ? plaisanta-t-il.

— Il vaudrait mieux que vous mettiez une chemise, répondit-elle en allant jeter un coup d'œil par la fenêtre. Mon Dieu ! C'est Dale. Rangez la couverture et habillez-vous.

Elle attendit que Logan ait quitté la pièce pour ouvrir.

— Dale ! Que fais-tu là ? Tu devrais être en train de te reposer.

Dale entra dans le salon en boitant.

— Je voulais juste te l'annoncer moi-même, répondit-elle.

— M'annoncer quoi ? demanda Lana avec appréhension.

— Bruce et moi allons nous absenter quelque temps avec les enfants – pour la sécurité de tout le monde. Cette agression nous a fait réfléchir – et m'a incitée à arrêter de boire. J'ai l'intention de devenir une meilleure mère, Lana. Je te le promets. Je prendrai mieux soin de Carla.

Logan s'éclaircit la voix en entrant dans la pièce.

— Je suis ravi de voir que vous vous rétablissez vite, Dale, et je pense que c'est une bonne idée de vous éloigner quelque temps, mais qu'avez-vous à prouver à Lana ?

Dale écarquilla les yeux.

— Je suis désolée, Lana… Je ne savais pas que tu avais de la compagnie.

— Ce n'est pas grave. Ce secret devenait trop lourd, de toute manière.

Elle ferma les yeux et inspira profondément avant d'avouer :

— Carla est ma fille, Logan.

8

La femme qui aurait pu être la sœur de Lana recula, une main sur le cœur.

— Je suis désolée, répéta-t-elle. On se parlera plus tard, Lana. Et merci de m'avoir sauvée sur le bord de la route, Logan.

Après avoir fermé la porte, Lana se tourna vers lui et se passa la langue sur les lèvres.

— Vous ne l'aviez pas deviné ? demanda-t-elle.

L'avait-il deviné ? Avait-il suffisamment d'indices ? Lana avait parlé plusieurs fois d'obligations et de responsabilités qui l'empêchaient de quitter le ranch des McGowan. Cela lui avait semblé sonner creux… Jusqu'à maintenant.

Mais une fille ? Carla ?

— Non, je n'avais pas deviné, répondit-il. Je suis désolé.

— Vous n'avez pas de raison de l'être.

— Pourquoi ne me l'avez-vous pas dit plus tôt ? Une minute ! Bruce n'est pas au courant ?

— Si, il le sait… Depuis un certain temps.

L'estomac de Logan se noua.

— Est-il le père de Carla ?

— Mon Dieu non ! s'écria-t-elle.

Elle fonça dans la cuisine, remplit la cafetière et l'alluma avant de se tourner vers lui.

— J'ai commis une erreur stupide quand j'étais adolescente, et Carla est le résultat de cette erreur, expliqua-t-elle.

— Vous l'avez donnée à Dale et Bruce ?

— Je n'avais que dix-sept ans et je n'avais pas les moyens d'élever un enfant. Dale et Bruce étaient mariés depuis quelques années, et ils avaient du mal à en avoir un. Quand Dale a enfin réussi à tomber enceinte, elle a fait une fausse couche. Elle n'osait pas le dire à Bruce parce qu'elle avait peur qu'il demande le divorce.

— Alors Dale a fait passer votre bébé pour le sien ?

— Ce sont Alma et mon père qui ont tout manigancé. Mon père était ici depuis quelques années et connaissait les Garcia. Quand ma mère lui a dit que j'étais tombée enceinte, il a pensé que c'était le moyen de régler les problèmes de tout le monde.

Sauf que c'était sans doute le début des problèmes de Lana, songea-t-il.

— Alors vous êtes venue à Greenvale pour y accoucher et donner votre enfant à Dale.

Elle essuya une larme.

— Oui. Je l'ai fait pour apaiser mes parents.

— Comment est-il possible que Bruce ne s'en soit pas rendu compte ?

— Bruce a passé plusieurs mois à l'étranger à cette période. Il ne s'est douté de rien. Il a trouvé sa femme et leur bébé quand il est rentré chez lui.

— Mais la vérité a fini par éclater ?

— Ne le fait-elle pas toujours ?

Elle pinça les lèvres avec amertume.

— Êtes-vous restée ici après la naissance de Carla ?

Il s'approcha d'elle, mais la manière dont elle croisa les bras l'incita à s'arrêter.

— Pas au début, répondit-elle. J'ai voyagé un moment. Mais maman était au Mexique, papa avait quitté son emploi au ranch, et j'avais envie de voir la fille que j'avais abandonnée à l'âge de deux semaines.

Cette fois, elle n'essuya pas la larme qui roula sur sa joue.

— Vous n'avez pas abandonné Carla. Vous l'avez confiée à un couple établi et à des grands-parents qui pouvaient lui offrir une sécurité financière et de la stabilité.

— De la stabilité ? ricana-t-elle. Vous avez vu Bruce et Dale à l'œuvre.

— Vous ne pouviez pas comprendre la nature de leur relation à dix-sept ans. Vous avez fait ce qui vous semblait le mieux et suivi les conseils d'adultes en qui vous aviez confiance.

Il enfonça les mains dans ses poches avant de demander timidement :

— Et le père ?

— Il n'était pas disponible.

— Lui avez-vous parlé de Carla ? demanda-t-il, étouffé par une jalousie absurde.

— Oui. Il n'était pas disponible.

Tout ce que cette réponse signifiait, c'était qu'elle ne voulait pas en dire plus. Il n'insista pas.

— C'est ce que vous vouliez dire quand vous parliez de responsabilités. Vous restez pour Carla.

— C'est mon excuse, du moins. Alma ne laisserait rien arriver aux enfants. Que vous le croyiez ou non, Bruce non plus.

— Comment a-t-il découvert que Carla n'était pas sa fille ?

Elle grimaça.

— Comme ça se produit le plus souvent : Dale et lui se sont disputés alors qu'ils avaient bu, et Dale le lui a lancé à la figure.

— Ça a dû l'assommer.

Il serra les dents. Il n'en revenait pas d'éprouver de la compassion pour Bruce.

— Il était fou de rage, au début, mais il aimait Carla – et même Dale, à sa manière. Et ça lui fournissait un moyen de pression sur moi.

La compassion nouvelle que lui inspirait Bruce fondit comme neige au soleil.

— C'est pour ça qu'il se permet de vous tourmenter ? Il se sert de Carla pour vous forcer à rester ?

— On peut dire ça, mais je n'ai pas réellement envie de partir.

Elle se tourna vers la cafetière.

Il traversa la cuisine en deux enjambées et posa les mains sur ses épaules crispées, que cela lui plaise ou non.

— N'est-il pas difficile de voir votre fille dans une autre famille, avec une autre mère, tous les jours ?

— Ce n'est pas facile, mais j'ai aimé la voir grandir. Je suis un peu son ange gardien.

— Et voilà qu'elle s'en va, dit-il en pressant les épaules de Lana. Vous devriez peut-être en faire autant.

— Elle reviendra.

— C'est peut-être votre chance. Dale n'est pas venue pour rien, ce matin. Elle tenait à vous faire savoir qu'elle avait l'intention de changer alors qu'elle sort tout juste de l'hôpital. Elle veut peut-être avoir sa chance, elle aussi – une chance d'élever Carla sans que sa mère biologique épie ses moindres gestes et la juge.

— Je ne suis pas du genre à juger les gens, se défendit-elle avant d'enlever la cafetière de son support. C'est prêt.

Il s'assit sur un tabouret.

— J'aimerais toujours parler à Dale, dit-il. Pas vous ?

Lana tressaillit, ce qui lui fit renverser un peu de café sur le comptoir.

— De Carla ?

— De son enlèvement.

Pourquoi l'idée de parler de Carla avec Dale la rendait-elle nerveuse ? Elle avait déjà avoué que Carla était sa fille.

Elle s'empressa d'essuyer le café qu'elle avait renversé.

— Bien sûr, répondit-elle. Désolée. Je pensais encore à Carla.

— C'est bien compréhensible, dit-il en prenant la tasse qu'elle lui tendait. Avez-vous déjà songé à la récupérer ?

— Je ne ferai pas ça à Dale. Ce n'est pas la meilleure mère du monde, mais elle adore ses enfants.

Elle remplit une deuxième tasse et s'assit en face de lui.

— Et Daniel ? Est-il leur fils biologique ?

— Oui. Comme ça arrive à beaucoup de couples, ils ont eu moins de mal à avoir un enfant après avoir... adopté Carla. Et Dale a mieux pris soin d'elle pendant sa deuxième grossesse.

— Elle n'avait pas pris soin d'elle la première fois ?

Lana secoua la tête.

— Elle avait continué à boire. C'est sans doute pour ça qu'elle a fait une fausse couche.

— Je comprends mieux pourquoi elle voulait le cacher à Bruce, commenta-t-il en faisant tourner son café dans sa tasse. Le saviez-vous, à ce moment-là ?

— Non, mais ce n'est pas une excuse. Je suis à peu près sûre que je lui aurais confié Carla même si je l'avais su. C'était ce que tout le monde voulait.

— Ça a dû être très dur.

À vrai dire, Lana semblait n'avoir vécu qu'une succession de périodes difficiles. Il eut une envie soudaine de la sortir de là, de la sauver, mais il reconnut tout de suite ce sentiment. Il avait déjà cédé à une envie similaire, et cela avait très mal tourné.

— Le père…

Elle cligna des yeux.

— Petit déjeuner ? le coupa-t-elle avec un grand sourire.

— Des œufs brouillés et des toasts, ça vous va ? Je me crois capable de préparer ça. Allez donc vous habiller. Ensuite, on verra si Dale est disposée à nous parler.

— Je suis sûre qu'elle l'est, répondit Lana. Voulez-vous que je vous montre où se trouvent les choses dont vous aurez besoin ?

— Je me débrouillerai.

Lana quitta la cuisine avec son café.

En fouillant les placards et les tiroirs, il finit par trouver une poêle, une spatule et un bol. Il avait peut-être exagéré ses talents de célibataire pour impressionner Lana, mais il savait faire des œufs brouillés.

Alors qu'il battait les œufs, il entendit la douche couler et ne put s'empêcher d'imaginer le corps sensuel de Lana sous le jet. Elle lui avait bien fait comprendre la veille qu'elle ne voulait pas de lui dans son lit. Il saisissait mieux pourquoi elle tenait à conserver une réputation sans tache à Greenvale maintenant qu'il savait qu'elle était tombée enceinte à l'adolescence.

Avait-elle fait vœu de célibat pour autant ? Il espérait bien que non, parce qu'il mourait d'envie de mieux la connaître et de gagner sa confiance.

Le grésillement du beurre dans la poêle le tira de ses rêveries. Il y versa les œufs.

Quand Lana réapparut dans la cuisine, il avait posé deux assiettes d'œufs brouillés à peine brûlés et des toasts beurrés sur la table. Il avait aussi servi deux verres du jus de pamplemousse qu'il avait trouvé dans le réfrigérateur.

— Ça a l'air parfait, dit-elle en sortant du ketchup et de la sauce salsa. Merci.

— Menteuse. Si ça avait l'air parfait, vous ne vous jetteriez pas sur des condiments.

— Ça ? dit-elle en agitant les flacons qu'elle tenait. Je mets de la sauce salsa dans tout.

Après le petit déjeuner, Lana rangea la cuisine pendant qu'il se douchait. Il aurait pu attendre d'avoir regagné son hôtel, mais cela risquait de ne pas se produire de sitôt. Par ailleurs, il y avait de bonnes chances pour qu'ils croisent les McGowan, et il ne voulait pas avoir l'air négligé devant eux.

S'il devait être le seul défenseur de Lana, il voulait qu'on le prenne au sérieux. Pourquoi le père de Carla n'avait-il pas aidé Lana ? Il suffit qu'il pense à cet homme pour que son sang se mette à bouillir. Lana voulait-elle le protéger pour une raison quelconque ? Il ne le méritait pas. C'était sûrement un crétin d'adolescent qui n'avait pas osé dire à ses parents qu'il avait mis une fille enceinte.

Logan se débrouilla comme il put avec les accessoires de toilette féminins qu'il avait à sa disposition et se brossa les dents pour finir. Quand il retourna dans le salon, il trouva Lana sur le canapé avec un livre sur les genoux.

Elle releva la tête et se toucha le menton.

— Vous auriez pu utiliser un rasoir jetable, dit-elle. Même si… ça va comme ça.

— Tant que ça va comme ça, répondit-il. Je préfère attendre de retrouver le mien. Avez-vous déjà parlé à Dale ?

— Je l'ai appelée. Elle a dit qu'elle me préviendrait quand Bruce irait faire des courses pour leur voyage. Il est toujours plus facile de se parler quand il n'est pas là.

— Je croyais qu'il avait changé et qu'ils étaient prêts à commencer une nouvelle vie ensemble, ironisa-t-il.

Il récupéra son téléphone, qu'il avait laissé sur le comptoir pour le recharger.

— Ils progressent pas à pas, répondit Lana. On ne peut pas s'attendre que Bruce devienne quelqu'un d'autre du jour au lendemain.

— Mais quel est son problème avec vous ? A-t-il commencé à vous harceler quand il a découvert que Carla était votre fille ?

— Plus ou moins, répondit-elle en baissant les yeux vers le livre.

— Parce qu'il vous en veut d'avoir fait partie du complot ? De ne rien lui avoir dit ?

— Pire.

Elle se redressa et inspira profondément.

— J'ai fait profil bas quand je suis venue vivre ici avec mon père, expliqua-t-elle. Bruce s'est toujours pris pour un grand séducteur. Il pense qu'il lui suffit de claquer des doigts pour que toutes les femmes se jettent à ses pieds. Il a claqué des doigts, et je ne me suis pas jetée à ses pieds.

— Ça l'a vexé.

— Oui. Quand il a découvert que Carla était ma fille, il a découvert du même coup que je n'étais pas aussi pure que je prétendais l'être. Alors il a commencé à me harceler.

— C'est vraiment un sale type, grommela-t-il en serrant les poings. Je peux l'assommer pour vous, si vous voulez.

Elle fit une grimace et pencha la tête sur le côté.

— C'est une très mauvaise idée, et vous le savez.

— Oui, mais ça me procurerait une immense satisfaction.

— Qui serait de courte durée. Elle se dissiperait sans doute quand vous seriez arrêté pour coups et blessures, et traduit devant la cour martiale.

Ils travaillèrent en silence jusqu'à ce que le téléphone accroché au mur se mette à sonner.

— J'avais presque oublié que vous aviez une ligne fixe, dit-il.

— Il arrive qu'on ait une mauvaise réception, par ici, alors je la garde en cas d'urgence. Et c'est une urgence puisque la police a mon portable.

Elle se leva et décrocha à la troisième sonnerie.

— D'accord, répondit-elle. On sera là dans un quart d'heure.

Elle raccrocha et se tourna vers lui.

— Au cas où vous ne l'auriez pas deviné, c'était Dale, dit-elle. Bruce vient de partir, et les enfants sont à l'école.

— Comment feront-ils pour l'école quand ils s'en

iront, à ce propos ? La fin de l'année scolaire est encore loin.

Il venait de finir de photographier les notes du quatrième livre. Il le ferma et le posa sur les deux premiers. Le troisième était sur le canapé avec le carnet de Lana. Il alla les chercher.

— Je remets tout ça dans la caisse, annonça-t-il. Il ne me reste plus qu'un livre à photographier.

— Bonne idée. Je ne sais pas ce que Carla et Daniel feront pour l'école. Devrais-je poser la question ou est-ce trop intrusif de la part d'une mère biologique ?

— Aïe ! Vous ai-je accusée d'être intrusive ? Qu'est-ce que j'y connais, d'abord ? Posez la question si vous en avez envie.

Lana le quitta de nouveau pour finir de se préparer. D'après le son, elle se séchait les cheveux. D'après l'image quand elle revint, elle s'était aussi maquillée. Elle était très jolie sans maquillage, mais un peu d'eye-liner et de mascara rendaient ses traits absolument frappants. Sa beauté coupa le souffle de Logan.

— Désolée, dit-elle en enfilant sa veste. J'éprouve toujours le besoin de faire un effort sur mon apparence quand je vois Dale.

— Pour qu'elle ne soit plus tentée de profiter de vous ?

— Peut-être.

Jaeger passa devant la maison alors que Lana verrouillait la porte. Il devait faire une ronde.

Logan le salua d'un signe de tête.

Jaeger toucha le bord de son chapeau et lança :

— Sois prudente, Lana.

Elle se contenta d'acquiescer sans répondre.

— En quoi consiste son travail, au juste ? demanda Logan quand ils se mirent en route.

— C'est le bras droit de Bruce. Ils se connaissent depuis l'enfance. Bruce l'a embauché quand il est sorti de prison.

— De prison ? Qu'a-t-il fait ?

— Il a été condamné pour harcèlement et coups et blessures.

— Et Bruce lui a confié la sécurité de sa famille ?

— Comme je vous l'ai dit, il est aussi loyal envers Bruce que la journée de travail est longue. Il ne ferait jamais de mal à Bruce ou sa famille.

— Peut-être, mais à vous ? Aux autres employés ?

— Il se tient à carreau depuis sa sortie. Son ex-femme est partie très loin et a changé de nom. Je pense qu'elle l'obsède et qu'il n'est dangereux que pour elle.

— Quel homme digne de confiance ! ironisa-t-il.

Quand ils atteignirent la grande maison, Dale ouvrit la porte avant qu'ils appuient sur la sonnette.

— Entrez, dit-elle. Même si je ne sais pas ce que je peux vous dire.

— Comment te sens-tu, pour commencer ? demanda Lana. C'est un vilain bleu que tu as sur la tempe.

— Je dois encore boire avec une paille, mais ça va. Le médecin m'a prescrit des analgésiques.

Elle leva la main pour empêcher Lana d'intervenir.

— Je sais ce que tu penses, poursuivit-elle. Mais j'ai arrêté de boire.

— J'espère que ça durera, répondit Lana avant de tirer Logan par la manche. Vous n'avez pas été correctement présentés en pleine fusillade ni ce matin. Dale, je te présente Logan Hess. Logan, Dale McGowan.

Dale observa Logan de la tête aux pieds et lui serra mollement la main.

— D'après les policiers qui m'ont interrogée à l'hôpital, vous m'avez sauvé la vie, dit-elle. Merci.

Il lâcha sa main et enroula un bras autour des épaules de Lana.

— C'est Lana que nous devons remercier, dit-il. Si elle ne nous avait pas couverts avec la camionnette, on serait morts tous les deux.

— C'est bien notre Lana, répondit Dale. Toujours prête à se sacrifier.

Il ouvrit la bouche, mais Lana lui donna un coup de hanche pour lui défendre de répondre.

— Pouvons-nous te poser quelques questions sur tes ravisseurs ? demanda-t-elle à Dale. Je sais que la police t'a déjà interrogée, mais j'aimerais en savoir le plus possible parce que ça me concerne directement.

— Bien sûr, répondit Dale avant de frapper dans ses mains. Rosa ! Des rafraîchissements, s'il te plaît.

Une femme hispanique d'une quarantaine d'années accourut.

— Qu'est-ce qui vous ferait plaisir, madame McGowan ? demanda-t-elle.

— Bonjour, Rosa, dit Lana. Comment vont Manuel et les enfants. Jamie s'en sort toujours bien à Berkeley ?

— Elle va bien, merci, répondit Rosa. Elle est en dernière année de sciences politiques. Qu'aimeriez-vous boire, votre ami et vous ? Du café ? Du thé glacé ?

Dale leva les yeux au ciel.

— Apporte-nous n'importe quoi, Rosa, intervint-elle. Ce n'est pas un restaurant.

— Du café sera très bien. Et une part de gâteau au

café d'Alma, s'il y en a, dit Lana à la gouvernante en lui décochant un clin d'œil.

Logan observa toute la scène les yeux plissés. Elle lui apprit tout ce qu'il avait besoin de savoir sur Dale et sur Lana. Dale pouvait offrir le confort matériel à Carla, mais Lana aurait été une meilleure mère – haut la main.

Dale s'installa sur le canapé et lissa sa robe.

— Maintenant, que voulez-vous savoir sur les hommes qui m'ont enlevée et rouée de coups ? demanda-t-elle.

— Tu n'es pas capable de les identifier, je suppose, répondit Lana. L'inspecteur Delgado nous a dit qu'ils portaient des cagoules quand ils sont venus ici et qu'ils t'ont mis un bandeau pendant qu'ils te détenaient.

— C'est bien ça. Ils portaient des cagoules quand ils ont forcé l'entrée. Ils m'ont posé des questions absurdes, puis m'ont bandé les yeux et entraînée dans un fourgon. Je ne pensais qu'à Carla et Daniel.

Logan toussa.

— Ils vous ont interrogée à propos d'un journal, c'est bien ça ? demanda-t-il.

— Oui. En hurlant et en me frappant. J'ai essayé de leur expliquer que je ne savais pas de quoi ils parlaient.

Dale se pinça l'arête du nez et ferma les yeux.

— Dans le fourgon, ils ont mis un tissu sur mon visage, et je me suis évanouie, poursuivit-elle. Quand je suis revenue à moi, j'étais à l'intérieur d'un bâtiment. C'est tout ce que je peux vous dire. J'avais toujours les yeux bandés.

Lana posa les coudes sur ses genoux.

— Quand as-tu compris qu'ils te prenaient pour moi ? demanda-t-elle.

— Quand ils ont commencé à m'interroger sur mon frère et ce qu'il m'avait dit sur une ambassade.

Dale posa un doigt sur ses lèvres tuméfiées quand Rosa revint dans la pièce avec un plateau.

Logan bondit de sa chaise pour le lui prendre.

— Je m'en occupe, dit-il. Merci.

— Merci à vous, *señor.* Autre chose, madame McGowan ?

— Non, ce sera tout, répondit Dale. Merci, Rosa.

Lana servit un café avec du sucre et de la crème, et le tendit à Dale, qui semblait incapable de faire quoi que ce soit elle-même.

Logan prit une part de gâteau.

— Mais vous les avez détrompés, n'est-ce pas ? demanda-t-il. Vous leur avez dit que vous n'étiez pas Lana Moreno. Vous leur avez expliqué que Lana Moreno vivait dans une autre maison au fond de votre propriété et qu'elle avait reçu un colis contenant les effets personnels de son frère mort au combat, Gilbert.

Dale tressaillit et renversa du café sur sa robe blanche.

— Qu'étais-je censée faire ? se défendit-elle. Vous avez vu mon visage ? Et ils ne se sont pas contentés de me gifler. Ils m'ont aussi donné des coups de poing dans l'estomac et mis un couteau sous la gorge.

— Je n'attendais pas de toi que tu meures pour protéger mon identité, s'empressa de répondre Lana. Tu as fait ce que tu as pu pour survivre, et Logan le sait.

— Je suis désolée, mais tu peux me remercier, en un sens, dit Dale. S'ils ne m'avaient pas enlevée par erreur, tu ne saurais même pas que ces hommes te cherchent. Et je peux t'assurer qu'il ne faut pas qu'ils te trouvent. Vous m'avez vraiment sauvée, au bord de la route. Ces hommes m'auraient tuée sans hésiter.

Ils sont dangereux. C'est pour ça qu'on emmène les enfants loin d'ici pour quelque temps.

— Où irez-vous ? demanda Lana en se frottant les mains l'une contre l'autre pour en faire tomber des miettes de gâteau.

— On préfère que tu ne le saches pas, au cas où. On a engagé une gouvernante et un tuteur. Comme ça, Carla… les enfants ne manqueront de rien et ne prendront pas de retard à l'école.

— C'est une bonne idée, intervint Logan. Et vous devriez faire la même chose, Lana. Vous éloigner du ranch. Je suis sûr que Bruce peut comprendre que vous preniez des précautions. N'est-ce pas, Dale ?

Dale battit des cils sans lui faire le moindre effet.

— Bien sûr, répondit-elle. Je lui en parlerai. Tu ne donnes plus de leçons d'équitation, de toute manière, et nous n'avons pas l'intention d'acheter d'autres chevaux pour le moment. À vrai dire, ça fait un moment que tu n'as plus grand-chose à faire. Et si les enfants ne sont plus là…

— Quitter le ranch ? Je ne saurais pas où aller, répondit Lana en empilant les assiettes vides sur le plateau. Et je ne peux pas partir sans savoir où je vais.

— Tu l'as déjà fait, non ? dit Dale avant de claquer des doigts. C'est vrai ! C'était quand tu avais un peu d'argent.

Lana se leva si brusquement qu'elle se cogna les genoux contre la table basse.

— Je te demande juste d'amener les enfants chez moi avant de partir pour que je puisse leur dire au revoir.

— Évidemment, répondit Dale.

La sonnette de la porte d'entrée résonna dans la maison.

— Je vous raccompagne en même temps que je vais ouvrir, annonça Dale.

Logan se plaça entre la porte et elle pour regarder par le judas.

— C'est un grand blond très musclé qui porte un T-shirt blanc moulant, dit-il.

— C'est Lars, mon masseur, répondit Dale en le poussant sur le côté. Je l'attendais.

Elle s'empressa d'ouvrir à son masseur et déposa un baiser sur sa joue.

— Tu n'imagines pas à quel point je suis contente que tu aies pu te libérer aussi vite, Lars ! Tu as appris ce qui m'était arrivé ? J'ai besoin qu'on prenne soin de moi.

— Je suis là pour ça, répondit le jeune homme. Tu auras l'impression de renaître.

Il salua Logan et Lana d'un signe de tête avant d'entreprendre de monter la table de massage qu'il portait dans une valise au milieu du salon.

— Lars a des mains divines, leur dit Dale avant de lever les yeux au ciel comme pour le remercier pour les mains en questions. Je te préviendrai quand on sera sur le point de partir, Lana. Prends soin de toi.

— Et prends soin des enfants, s'il te plaît, répondit Lana.

— On le fera. Je ne suis plus la même personne, je t'assure.

Dale tira sur la manche de Lana et indiqua Lars du menton.

— Tu aurais pu avoir tout ça, toi aussi, si tu avais bien joué tes cartes, ajouta-t-elle.

Lana dégagea son bras et sortit.

— Que voulait-elle dire par là ? demanda Logan lorsqu'ils s'éloignèrent de la maison.

Il voulut poser la main sur ses reins, mais elle le repoussa.

— C'était juste Dale qui faisait sa Dale, répondit-elle. Je ne suis pas sûre qu'elle soit capable de changer. Et je pense que Bruce n'apprécierait pas de voir son masseur se servir de ses mains divines.

— Ça les regarde, répondit-il. J'étais sérieux quand je vous ai suggéré de quitter le ranch, Lana.

— Et j'étais sérieuse quand j'ai répondu que je n'avais nulle part où aller et pas d'argent pour m'y rendre.

Elle accéléra tant qu'il eut du mal à la suivre alors qu'elle avait des jambes moins longues que les siennes.

— J'ai bien une ou deux idées…

— Je ne suis pas sûre de vouloir les entendre, répondit-elle en montant les marches de son perron.

Elle mit la clé dans la serrure, puis la lâcha comme si elle s'était brûlée.

— Qu'est-ce qui ne va pas ? s'inquiéta-t-il.

— Je suis sûre d'avoir verrouillé en partant.

Le cœur de Logan s'affola.

— Reculez, lui ordonna-t-il.

Il glissa deux doigts dans la ceinture du jean de Lana pour l'attirer derrière lui.

Il dégaina et fit tourner la poignée de la porte. Dès que celle-ci fut entrebâillée, il l'ouvrit d'un grand coup de pied et entra dans la maison l'arme au poing.

On l'avait fouillée de fond en comble.

Il ne réussit pas à retenir Lana au passage quand elle fonça dans la cuisine. Elle en ressortit livide.

Alors il sut ce qu'il s'apprêtait à entendre.

— Tout a disparu. Les livres de Gil, mon carnet… Tout.

9

— Ne bougez pas ! ordonna Logan avant d'aller inspecter la porte de derrière et toutes les fenêtres de la maison.

— Il n'y a aucun signe d'effraction, dit-il à son retour, le visage grave. Comment sont-ils entrés ?

— Quelle importance ?

Elle souleva la caisse qui contenait ce qu'il restait de la vie de Gil.

— Ils ont pris les livres et mes notes, murmura-t-elle.

— Ils n'ont pas pris mon téléphone, répondit Logan. Surtout, ils ne vous ont pas enlevée. Ils ne sauront pas quoi faire de ces notes. Même un cryptologue expérimenté ne pourrait pas déchiffrer le code de Gil sans vous. Vous êtes la clé.

Les doigts de Lana se crispèrent sur les bords de la caisse.

— Ça ne me console pas : ça me donne la nausée.

— Ce qui me donne la nausée, c'est le fait que quelqu'un soit entré dans cette propriété et dans votre maison sans que personne s'en aperçoive – sous l'œil attentif de Jaeger, qui nous a vus la quitter.

Elle tourna vivement la tête vers lui.

— Que sous-entendez-vous ?

— Je ne sous-entends rien, répondit Logan en abattant son poing sur le comptoir. J'affirme que Jaeger ou quelqu'un qui lui obéit a laissé les ravisseurs de Dale entrer chez vous.

— Pourquoi aurait-il fait ça ? demanda-t-elle, toujours incapable de lâcher la caisse qui la liait à Gil.

— J'ai ma petite idée, mais je vais en avoir le cœur net puisque Jaeger passe devant la maison en ce moment même.

Il fonça dehors.

— Jaeger ! lança-t-il. Où courez-vous comme ça ?

Lana se releva et rejoignit Logan sur le perron.

Jaeger cracha, puis se tourna lentement vers eux.

— Que voulez-vous ?

— Pourquoi avez-vous laissé les ravisseurs de Dale entrer dans la propriété ? demanda Logan. Ça ne plaira pas à Bruce.

Jaeger esquissa un sourire.

— Je ne sais pas de quoi vous parlez.

— Il vous l'a ordonné, n'est-ce pas ? demanda encore Logan. Vous ne faites rien sans l'aval de votre patron. Pourquoi a-t-il fait ça ?

— Vous êtes fou, grogna Jaeger en serrant les poings. Si vous essayez d'impressionner Lana, ce n'est pas la peine. Cette fille ne laisse personne l'approcher. Elle s'est donnée à un gosse de riche à Salinas il y a dix ans, mais elle n'a pas écarté les cuisses depuis.

Le sang de Lana se mit à bouillir dans ses veines, mais elle n'eut pas le temps de répondre avant que Logan abatte le poing sur la figure de Jaeger.

Celui-ci recula, le nez en sang, pour contre-attaquer aussitôt. Logan esquiva à la vitesse de l'éclair et lui décocha un crochet du gauche sous le menton.

Jaeger toussa, puis fonça tête baissée sur Logan. Il

enroula les bras autour de son ventre pour employer tout son poids à essayer de le renverser.

Logan donna un coup de genou dans les parties génitales de Jaeger, qui le lâcha, puis abattit ses mains jointes sur son dos comme un marteau. Jaeger tomba à genoux.

— Je te tuerai ! rugit-il.

Il essaya d'attraper la jambe de Logan, mais celui-ci l'écarta à temps pour lui donner un coup de pied dans le torse.

— Ça suffit, Jaeger ! intervint Bruce.

Il tira Jaeger à l'écart par sa chemise – même s'il ne représentait pas une menace pour Logan, qui avait toujours les poings serrés et du sang de son adversaire sur la manche.

Lana le rejoignit.

— Vous êtes-vous fait mal à la main ? s'inquiéta-t-elle.

— Un peu, répondit-il en secouant ses doigts rougis. Pourquoi avez-vous laissé les ravisseurs de votre femme entrer dans le ranch, McGowan ? Vous auriez pu appeler la police, à la place. Êtes-vous stupide ?

Bruce tendit un mouchoir à Jaeger avec un air désolé.

— Je n'ai rien fait de tel, Hess, répondit-il. Et vous avez de la chance que je n'appelle pas la police maintenant parce que vous avez agressé l'un de mes employés.

— Votre employé a aidé ces hommes à s'introduire chez Lana. Ils ont volé le journal de son frère et ils auraient pu faire bien pire.

— Quoi ? Le journal de Gil a disparu ? Je croyais que tu ne l'avais pas.

— Tu le sais très bien, répondit-elle avec une assurance qu'elle devait à la présence de Logan. Quand as-tu préparé ce coup ? Tu as conclu un marché avec des hommes qui ont enlevé ta femme et terrorisé tes enfants.

— Vous avez perdu la raison, ton ami et toi. Je ne sais pas de quoi vous parlez. Si quelqu'un est entré chez toi, je ferai changer la serrure avant notre départ. Tu sais qu'on s'en va, n'est-ce pas ? Tu as mis ma femme et *mes* enfants en danger.

Elle ricana.

— Ta femme et toi mettez ces enfants en danger tous les jours par votre attitude.

— Nous avons donné à Carla bien plus que tu n'aurais pu le faire, et tu le sais. Si tu veux continuer à vivre dans ce cadre agréable et à voir ta fille tous les jours, je te conseille de trouver des amis plus fréquentables.

Elle vit Logan se raidir et lui caressa le dos comme elle caressait les étalons nerveux.

— Il n'en vaut pas la peine, lui murmura-t-elle à l'oreille.

— Nous savons tous les deux que tu n'as plus grand-chose à faire avec les chevaux, ajouta Bruce. Si tu veux, à notre retour, on envisagera de te faire travailler avec Rosa.

Jaeger pouffa, et Bruce lui donna une tape sur l'épaule alors qu'ils s'éloignaient.

— Je suis prêt pour un deuxième round, si vous voulez, grommela Logan.

— Ce n'est pas la peine, répondit-elle en effleurant les muscles tendus de son bras. Et si Bruce espérait me vexer avec sa suggestion, c'est raté. Rosa vaut vingt fois mieux que sa femme et lui réunis.

— Il a laissé ces hommes entrer dans sa propriété et voler le journal de Gil pour se débarrasser d'eux.

— En un sens, on ne peut pas le lui reprocher. Rentrons. Je vais trouver de la glace pour votre main.

— On ne peut pas le lui reprocher ? s'écria-t-il. N'y a-t-il que des fous dans ce ranch ?

— Bruce leur a permis de trouver ce qu'ils voulaient pour qu'ils n'ennuient plus sa famille – ni moi, si on y réfléchit.

Elle réussit enfin à ramener Logan à l'intérieur et ferma la porte.

— S'il avait un moyen de les contacter – et je me demande bien lequel —, pourquoi ne les a-t-il pas simplement livrés à la police ?

— Jaeger a beaucoup de relations dans les milieux les moins recommandables. Ça ne m'étonnerait pas qu'il se soit contenté de faire savoir que Bruce était prêt à négocier.

Elle s'assit sur le canapé et tapota le coussin à côté d'elle.

— Venez ici, s'il vous plaît.

Logan s'assit en tenant son poignet.

— Mais nous savons tous les deux que ça ne s'arrêtera pas là, répondit-il. Ils auront besoin de vous.

— Bruce l'ignore, et il s'en moquera éperdument quand il aura quitté le ranch avec sa famille.

Elle remplit un sac en plastique de glaçons et humidifia un torchon propre.

— Je n'arrive pas à croire que vous lui trouviez des excuses alors qu'il a mis votre vie en danger, dit Logan quand elle revint dans le salon.

— Ce ne sont pas des excuses, répondit-elle. Montrez-moi cette main, Tex.

— Vous donnez vraiment l'impression de l'épargner, grommela-t-il en tendant la main.

Elle se servit du torchon humide pour nettoyer le sang de Jaeger qu'il avait sur les doigts, puis s'attaqua à sa manche.

— Si vous faites tremper cette chemise tout de suite, il devrait être possible de la sauver, dit-elle.

Il la retira et la lui tendit.

— Elle était sale, de toute manière, répondit-il.

Le regard de Lana s'attarda sur son torse moulé dans un T-shirt blanc.

— Merci d'avoir défendu mon honneur, au fait, dit-elle.

— Je déteste les hommes comme Jaeger.

Ses mâchoires se crispèrent. Ce que Jaeger avait dit sur le père de Carla devait lui avoir inspiré un million de questions. Elle lui raconterait peut-être toute l'histoire un jour – s'ils avaient plus de jours à passer ensemble.

Elle lui tendit le sac de glaçons.

— Mettez ça sur votre main pendant que je m'occupe de cette chemise.

— Oui, madame.

Elle emporta la chemise dans la cuisine. Pendant que l'évier se remplissait, elle observa son reflet dans la fenêtre. Elle avait les joues roses et les yeux brillants. L'excitation de la bagarre n'était pas encore retombée, et le fait que Logan se soit battu pour elle la troublait profondément.

Elle posa une main mouillée sur son cœur, qui était en danger depuis qu'elle avait posé les yeux sur les bottes de Logan. Elle n'avait pas été aussi sensible au charme d'un homme depuis qu'elle s'était perdue dans les yeux bleus du père de Carla. Mais elle avait fini par découvrir que l'armure de Blaire était en fer-blanc et ses promesses aussi creuses que des *piñatas*.

Elle mit un peu de savon liquide dans l'eau et frotta la manche quelques secondes avant de laisser tremper.

Quand elle retourna dans le salon, Logan faisait les cent pas. Le sac de glaçons était posé sur la table basse.

— Venez donc vous installer dans la cuisine, dit-elle. Vous y êtes allé fort. Cette main a besoin de glace.

Elle prit le sac de glaçons et força Logan à s'asseoir sur un tabouret.

— Votre main !

— Vous devez vraiment partir d'ici, dit-il en posant sa main déjà gonflée sur le comptoir.

— Je vous ai dit que je n'avais nulle part où aller.

— Je connais un endroit où vous pourriez aller.

Elle posa le sac de glace.

— Je n'irai pas au Mexique. Voulez-vous de l'ibuprofène ?

— Je pensais au Texas.

Elle tourna brusquement la tête alors qu'elle venait de prendre un verre.

— Quoi ? Qu'est-ce que j'irais faire au Texas ?

— Ce serait parfait. Réfléchissez… On pourrait y travailler ensemble sur le journal de Gil. J'ai photographié les notes de quatre livres sur cinq. Vous pourriez recommencer votre carnet. Surtout, vous seriez en sécurité loin de ce ranch où tout le monde est si prompt à vous trahir.

— Dans le ranch de vos parents ? Vous voulez débarquer chez eux avec une inconnue ?

— Comme je préférerais que ma famille ignore la raison de votre présence, il faudrait trouver un prétexte.

— C'est encore pire. Vous voulez que je m'impose chez des gens en leur mentant ?

Elle remplit le verre d'eau et le posa devant Logan avec un comprimé d'ibuprofène.

— Vous avez besoin de quelque chose de plus fort si vous croyez que je peux accepter ça. Vous êtes fou.

— Où est le problème ? Ma famille a un ranch gigantesque et une maison tout aussi gigantesque. Personne ne prêtera attention à une nouvelle employée.

— Une employée ?

Elle posa les coudes sur le comptoir et le menton dans ses mains.

S'attendait-elle qu'il la fasse passer pour sa petite amie ? Il en avait peut-être une là-bas. Elle savait qu'il n'était pas marié et n'avait pas d'enfants, mais cela ne signifiait pas qu'il n'y avait personne dans sa vie.

— Vous entraînez des chevaux, nous avons des chevaux, répondit-il en examinant sa main. Beaucoup de chevaux.

Lana sentit l'espoir naître au creux de sa poitrine et se méfia.

— Si vous avez beaucoup de chevaux, vous devez aussi avoir beaucoup d'entraîneurs.

— C'est vrai, mais la femme qui donne des leçons d'équitation aux enfants est en congé maternité. Mes parents m'en ont parlé la dernière fois que je les ai eus au téléphone, juste avant ma permission. Et puis…

— Et puis quoi ? demanda-t-elle en contemplant son visage qui aurait été parfait pour le premier rôle d'un western.

— Mes parents ne s'attendent pas à me voir. Ils seront ravis, quelle que soit la personne qui m'accompagne.

— Voilà qui est réconfortant, ironisa-t-elle. Ils

seront tellement contents de vous voir qu'ils accepteront n'importe quel chien perdu ?

— Pourquoi l'interpréter de cette manière ? C'est de la fierté mal placée.

— Ce n'est pas vrai ! se défendit-elle.

Gil lui avait souvent fait ce reproche. L'entendre dans la bouche d'un autre homme qu'elle respectait lui noua l'estomac.

— Je ne me sentirais pas à ma place, expliqua-t-elle. J'aurais l'impression d'être une intruse.

— Vous seriez mon invitée.

— Votre employée, le corrigea-t-elle.

— Que diriez-vous d'une combinaison des deux ? On sera amenés à passer du temps ensemble pour travailler sur le journal de Gil, ce que je ne ferais pas avec une employée lambda. Mais si j'amène une amie qui se trouve être entraîneuse et qui peut remplacer Charlotte ? Tout le monde sera ravi, et personne ne se doutera de rien.

— Je n'irai pas au Texas, Logan.

— Vous pouvez apporter votre sauce salsa.

Elle sourit malgré elle.

— Ce n'est pas suffisant pour me convaincre.

— Qu'est-ce qui pourrait vous convaincre, alors ?

Subitement, les yeux verts de Logan la troublèrent beaucoup trop pour continuer une conversation aussi sérieuse.

Elle alla ouvrir le réfrigérateur.

— Rien, répondit-elle en appréciant l'air froid qui caressait ses joues brûlantes.

— De l'argent ?

— Quoi ?

Son trouble se mua en colère. Elle claqua la porte du réfrigérateur.

— Pour les leçons d'équitation, je veux dire, précisa-t-il. Je sais que vous envoyez tout ce que vous gagnez à votre mère. Nous pouvons vous offrir un bon salaire. Il ne s'agit pas de vous faire l'aumône.

Pourquoi tout le monde croyait-il qu'il était aussi facile de l'acheter ? Elle devait émettre de mauvaises ondes.

— Non merci, répondit-elle. Voulez-vous emporter les restes d'Alma ?

— Je suis désolé si je vous ai offensée, Lana. J'essaye juste de vous rendre plus facile de quitter ce ranch et votre emploi.

— Les restes ?

Il se leva.

— Non merci. Je déjeunerai en ville. Avez-vous besoin d'aide pour ranger ? Ces salauds ont tout retourné.

— Et ils ont trouvé ce qu'ils cherchaient, dit-elle en jetant un coup d'œil à la caisse.

Elle avait perdu les livres de Gil, Carla s'en allait, et Logan partirait bientôt. Tout le monde finissait par l'abandonner.

— Alors ? Un coup de main ?

— Non, ça ira.

— Avant de partir, je demanderai à Humberto et à Leggy de garder un œil sur vous.

— Vous allez leur attirer des ennuis avec Bruce.

— Bruce a des ennuis avec moi, répondit Logan. Il a permis aux hommes qui ont battu sa femme d'entrer chez vous. Il peut bien laisser deux de ses employés s'assurer que ces hommes ne reviennent pas.

— Je suis sûre que Humberto et Leggy sont déjà au courant de ce qui s'est passé et qu'ils ont des projets.

— Décidément je les aime bien.

Il enfila sa veste et examina ses doigts.

— Merci pour les glaçons, ajouta-t-il. Ça a aidé.

— Recommencez quand vous serez dans votre hôtel, lui conseilla-t-elle.

— Dites-moi… On continuera à travailler ensemble sur le journal de Gil même si on ne va pas au Texas, j'espère ?

— Bien sûr.

Elle n'était pas encore prête à le laisser partir.

— Je commencerai un nouveau carnet si vous m'imprimez vos photos, promit-elle. Je devrais aller plus vite la deuxième fois.

— Tant mieux. On pourrait s'y mettre quand vous me rapporterez ma chemise.

Elle posa une main sur sa bouche.

— J'avais oublié votre chemise !

— Ce n'est pas grave. Plus elle trempe, plus il y a de chances pour que le sang de Jaeger disparaisse, non ?

— Je suppose. Merci pour tout, dit-elle en ouvrant la porte. Merci de m'avoir défendue contre Jaeger.

— Il est grand temps que quelqu'un vous défende, Lana Moreno.

Il sortit et agita la main pour lui dire au revoir avant de s'éloigner.

Elle ferma la porte et la verrouilla.

— Ressaisis-toi ! s'ordonna-t-elle. Tu le reverras. Il n'a pas disparu pour toujours – pas encore.

Elle passa le quart d'heure suivant à remettre de l'ordre dans le salon. Avaient-ils aussi fouillé la chambre ? Elle n'avait même pas vérifié.

Elle n'y trouva que quelques tiroirs renversés. Ils avaient dû comprendre assez vite que les livres de la caisse, dont elle avait recopié les notes dans un carnet, devaient constituer le journal de Gil.

Ils n'auraient pas dû abandonner la caisse dans la cuisine, mais comment auraient-ils pu deviner que Jaeger laisserait les ravisseurs de Dale entrer dans le ranch ?

Après avoir remis de l'ordre dans la chambre, elle entra dans la salle de bains où ils ne s'étaient pas donné la peine de toucher à quoi que ce soit.

Elle donna un coup de pied dans quelque chose et baissa les yeux. Ils avaient quand même touché à un tube de rouge à lèvres.

Elle le ramassa. Quand elle se retourna pour le ranger, elle sursauta en découvrant la phrase écrite au rouge à lèvres sur le miroir.

On n'en a pas fini avec toi, Lana.

10

Logan serra la main de Humberto.

— Merci, lui dit-il. Avec des pourris comme Jaeger dans le coin, Lana a besoin de protection.

Il repartit vers sa voiture, garée devant la maison de Lana.

Pourquoi refusait-elle aussi résolument de l'accompagner au Texas ? Cela résoudrait tous ses problèmes urgents. C'était quand il avait parlé d'argent qu'elle s'était énervée. Il avait compris qu'il avait commis une erreur dès que les mots avaient quitté sa bouche, mais il ne savait toujours pas laquelle. Si elle remplaçait Charlotte, pourquoi ne serait-elle pas payée ?

Il ne prétendait pas mieux comprendre les femmes que les autres hommes, mais il était certain que Lana était la plus compliquée des femmes.

Alors qu'il s'approchait de sa voiture, Lana jaillit hors de sa maison. Elle partit en courant vers les écuries et changea de direction dès qu'elle le vit. Il écarta les jambes et se prépara à la collision.

— Que se passe-t-il ? demanda-t-il lorsqu'elle se jeta dans ses bras.

— Je vais au Texas, répondit-elle, l'air terrifiée.

— Pourquoi ?

Il ne demandait qu'à croire qu'elle avait changé

d'avis parce qu'elle avait fini par voir les avantages de sa proposition, mais sa panique l'incitait à penser que ce n'était pas la seule raison.

— Dans la maison, répondit-elle. Ils m'ont laissé un message sur le miroir de la salle de bains.

— Comment cela a-t-il pu m'échapper ?

— À part ça, ils n'ont touché à rien dans la salle de bains. Il faut se tenir en face du lavabo pour le voir.

— Que dit le message ?

— Vous ne voulez pas venir voir ?

— Je vous suis.

Elle l'entraîna à l'intérieur avec affolement comme si elle craignait que le message ne disparaisse.

Il entra dans la salle de bains et regarda le miroir.

— Ils savent, Lana, dit-il. Ils savent qu'ils ne peuvent pas déchiffrer le journal de Gil sans vous. J'ai envie de tuer Bruce.

Il rencontra le regard de Lana dans le miroir.

— Ce message m'a fait comprendre que je n'étais pas en sécurité, répondit-elle. Rien ne peut me protéger dans ce ranch – ni Humberto et Leggy, ni mon arme, ni même vous. Maintenant que vous avez humilié Jaeger, on peut s'attendre à tout de sa part quand Bruce sera parti. Il pourrait me livrer à ces hommes rien que pour se venger. Il a failli tuer une femme à coups de poing, et c'était quelqu'un qu'il prétendait aimer. Il n'aura aucune pitié pour moi.

Logan effaça le message avant de répondre :

— Alors en route pour le Texas !

Le ranch des McGowan était ridicule en comparaison du Double H – pour Hugo Hess, le nom du grand-père, du père et du frère de Logan. Lana essayait de ne pas trop écarquiller les yeux tandis que le frère de Logan leur faisait traverser en 4x4 une propriété immense dans laquelle devait se cacher une maison.

— L'écurie est de ce côté, Lana, dit Hugh. Quelle chance que Logan soit tombé sur vous ! On risquait de perdre des élèves à cause du congé maternité de Charlotte.

— J'avoue que je suis surprise que vous preniez la peine de donner des leçons d'équitation dans un ranch de cette taille.

— C'est une vieille tradition, répondit Hugh. On a des élèves qui viennent de Dallas et de Fort Worth.

Il salua deux hommes qui réparaient une clôture.

— Merci de me laisser ma chance.

— Une recommandation de mon frère me suffit, dit Hugh avant de jeter un coup d'œil à Logan dans le rétroviseur. Vous vous connaissez depuis longtemps ?

— Non, pas très longtemps, répondit Logan de la banquette arrière. Je t'ai déjà dit que Lana était la sœur d'un ami. J'ai appris qu'elle avait besoin d'un travail, je savais pour Charlotte et je me suis dit que ça arrangerait tout le monde.

— De fait, ça nous arrange, admit Hugh avant de donner un petit coup de coude à Lana. Je me demandais juste s'il essayait de faire engager sa petite amie.

Lana déglutit péniblement.

— Parce qu'il l'a déjà fait ? demanda-t-elle.

Logan frappa l'appuie-tête de son frère.

— C'est à lui que vous devriez demander ça, répondit Hugh après un nouveau coup d'œil dans le rétroviseur.

— Voici la maison de Charlotte, dit Logan en frappant sa vitre. La plupart des employés du ranch vivent le long de cette route.

Lana observa le joli cottage.

— Et ça ne dérangera pas Charlotte que je m'installe chez elle en son absence ? s'inquiéta-t-elle.

— Charlotte et son mari vivent à Fort Worth, répondit Hugh avant de s'engager dans l'allée. C'est un informaticien. Charlotte ne dort ici que de temps en temps. Ça ne la dérangera pas. Les meubles, la vaisselle et les draps appartiennent au ranch.

Il se gara devant la maison.

— Pour le moment, c'est chez vous ! conclut-il.

Elle sortit de la voiture et laissa Logan tirer sa valise du coffre.

— Je ne te retiens pas, dit-il à son frère. J'aide Lana à s'installer et je vous l'amène. Papa veut la voir, je suppose.

— Bien sûr !

Hugh décocha un clin d'œil à Lana.

— Notre père croit qu'il dirige encore le ranch et veut savoir tout ce qui s'y passe, expliqua-t-il.

— C'est compréhensible, répondit-elle avant de se cacher les yeux du soleil pour mieux voir une grande maison au loin. C'est la maison de la famille ?

— Oui. C'est là que nous vivons tous : nos parents, ma femme et moi, nos deux enfants, notre frère, Cody, sa femme et leur fille. Seul Logan nous a abandonnés pour entrer dans sa Delta Force.

— *Ma* Delta Force, répéta Logan en ricanant. Je suis sûr que tu as des tas de choses à faire, Hugh.

— Soyez la bienvenue au Double H, Lana, dit Hugh en touchant le bord de son chapeau avant de remonter dans le 4x4.

Il souleva un nuage de poussière en démarrant.

Logan le regarda s'éloigner pendant quelques secondes avant de porter la valise de Lana sur le perron.

— Cette maison est un peu plus grande que celle où vous vivez dans le ranch des McGowan, mais elle est conçue de la même manière, dit-il.

— Je commence à comprendre que tout est plus grand au Double H que chez les McGowan. J'ai recherché des informations sur le ranch sur Internet, mais les photos que j'ai trouvées ne m'ont pas préparée à ça. Votre famille possède beaucoup de terrain et beaucoup de bétail, n'est-ce pas ?

— Oui, répondit-il avant d'agiter des clés sous son nez. Sur ce trousseau, vous avez la clé de la maison et celles de la plupart des portails du ranch, y compris celui de l'entrée.

Elle le regarda ouvrir la porte du cottage. « Sa » Delta Force l'avait-elle éloigné de sa famille ? Quelque chose clochait. Elle avait senti des tensions entre Hugh et lui. Elle avait envie de lui poser la question, mais elle avait peur de se faire mordre.

Il s'écarta pour la laisser entrer la première.

— Bienvenue chez vous !

— Ça sent un peu le renfermé, mais c'est charmant, commenta-t-elle.

— On peut aérer tant qu'il ne pleut pas.

Il ouvrit toutes les fenêtres du salon avant de lui faire visiter les autres pièces.

— Il y a deux chambres et deux salles de bains, dit-il, mais l'une des chambres est nettement plus grande que l'autre. Sauf si vous préférez l'autre pour une raison quelconque, je vais y poser votre valise.

— Vous pouvez la laisser dans le salon pour le moment, répondit-elle.

Elle le suivit dans le couloir et jeta un coup d'œil à la première chambre, dont le lit était assorti aux meubles.

— C'est joli, dit-elle.

Logan disparut dans une autre pièce.

— C'est la chambre principale, lui lança-t-il. Elle a une salle de bains attenante, c'est plus pratique.

Lana l'y rejoignit et caressa les pétales d'une jonquille placée dans un vase sur la table de nuit.

— C'est une attention délicate, dit-elle.

— Sans doute d'Angie, la femme de Hugh, répondit Logan, les mâchoires inexplicablement crispées.

— C'est très gentil de sa part.

Elle appuya sur le matelas, qui semblait très confortable, et ajouta :

— Je risque d'être tentée de m'installer ici de manière permanente.

Logan tourna vivement la tête vers elle.

— Je plaisante, s'empressa-t-elle de préciser.

— Je sais, mais si ça se passe bien…

— Charlotte pourrait avoir des objections quand elle rentrera de son congé.

— *Si* elle revient.

— Quand suis-je censée être présentée à Sa Majesté ?

— Ça ne ressemble pas à ça, ne vous en faites pas, répondit Logan avant de donner un petit coup de pied dans un meuble.

Lana croisa les bras.

— Très bien. Quel est le problème ?

Il était au courant de tous les drames de sa famille. C'était à son tour de tout savoir.

— Vous êtes tendu depuis l'atterrissage, et je suis sûre que ça n'a rien à voir avec le journal de Gil et le major Denver, insista-t-elle.

Il enfonça les mains dans ses poches.

— Je suis désolé. Ça n'a rien à voir avec vous non plus.

— Je ne le pensais pas.

— Je ne m'entends pas parfaitement avec ma famille.

— Ah oui ?

Il esquissa un sourire. Même si c'était pour un instant, elle fut contente de retrouver le Logan qu'elle connaissait et appréciait – sans doute un peu trop.

— Je ne suis pas à la hauteur de leurs attentes, expliqua-t-il.

— C'est amusant, parce que je ne m'entends pas parfaitement avec ma famille pour la raison inverse. J'ai toujours été à la hauteur de leurs attentes : m'occuper de papa, envoyer de l'argent à maman, abandonner mon bébé… Et ça m'a menée où ? Je me suis retrouvée coincée dans un endroit que je déteste. Quoi que vous fassiez, ne cédez pas.

— Approchez.

Il ne vint pas à l'esprit de Lana de refuser. Le regard de Logan suffit à la rendre docile.

Elle traversa la chambre comme si elle était sous hypnose.

Quand elle atteignit sa partie de l'univers, il l'attira dans ses bras. Elle posa la tête sur son cœur.

Il lui caressa les cheveux pendant quelques secondes avant de la repousser avec douceur et de plonger le regard dans le sien.

Elle cligna des yeux comme si elle émergeait d'un rêve.

— Qu'est-ce qui me vaut ça ? demanda-t-elle.

— Vous aviez l'air d'avoir besoin d'un câlin, et je sais que c'était mon cas.

— Quand vous voulez, Tex. Êtes-vous prêt à entrer dans la tanière du lion ?

— Tant que vous êtes auprès de moi.

— Vous avez été à mes côtés tous ces derniers jours, lui rappela-t-elle.

Il caressa sa joue, puis se pencha pour effleurer ses lèvres.

— Dois-je m'excuser ? demanda-t-il d'une voix rauque lorsqu'il s'écarta.

— Ce n'est pas nécessaire, répondit-elle. Le câlin n'a pas eu l'effet désiré ?

— Il a très bien marché, mais je voulais plus. Vous pouvez m'accuser d'être gourmand.

Elle était disposée à l'accuser de tout ce qu'il voulait s'il recommençait.

— Prête ?

— Prête pour quoi ?

Il haussa un sourcil.

— À rencontrer mon père.

— Oh ! Ça…

— Si vous préférez prendre le temps de vous installer d'abord, ce n'est pas un problème, mais mon père n'est pas un ogre. Hugh le fait passer pour un tyran, mais ce n'est pas juste.

— Je n'ai pas peur de rencontrer votre père, mais laissez-moi quelques minutes pour me brosser les dents et les cheveux.

Elle sortit sa trousse de toilette de sa valise et s'enferma dans la salle de bains.

— À quoi joues-tu ? demanda-t-elle à son reflet dans le miroir en chuchotant.

Était-elle venue au Texas pour sa sécurité ou parce qu'elle voulait être auprès de Logan ? Sans doute les deux. Il fallait peut-être qu'elle l'admette et qu'elle arrête de se torturer. Elle avait le droit d'être attirée par un homme et de se laisser embrasser.

Elle se brossa les cheveux et se fit une queue-de-cheval pour avoir au moins l'air d'être venue pour travailler.

Quand elle sortit de la salle de bains, Logan regardait le tableau qui était placé au-dessus de la cheminée.

— C'est le ranch, dit-il sans se retourner. C'est ma mère qui l'a peint.

Lana s'approcha. Le tableau représentait une horde de chevaux sauvages au soleil couchant.

— C'est très beau, dit-elle. Votre mère est peintre ?

— Ce n'est qu'un hobby. S'occuper de mon père a toujours été et sera toujours le métier de ma mère.

Il se retourna.

— On peut y aller à pied ou demander qu'on vienne nous chercher, dit-il. Que préférez-vous ?

— Après le vol et le long trajet en voiture, ça me fera du bien de me dégourdir les jambes, répondit-elle.

La maison de la famille Hess était à moins d'un kilomètre, et l'air frais la vivifia. La maison occupa de plus en plus de place dans le paysage jusqu'à ce que Lana se retrouve devant un véritable manoir. Qui n'aurait pas voulu vivre là ?

Lana s'attendait presque à voir Logan sonner à la porte, mais il entra sans cérémonie.

Il y avait une femme dans l'entrée.

— Monsieur Logan ! s'écria-t-elle avec un grand sourire. C'est bon de vous avoir à la maison.

— Merci, Lupe, répondit Logan. Tu as l'air en forme. Je te présente Lana Moreno, qui remplacera Charlotte pendant son congé.

Lupe souhaita la bienvenue à Lana en espagnol.

— Voulez-vous quelque chose à boire ou à manger ? demanda-t-elle. On servira le déjeuner dans une heure, mais je peux vous préparer un en-cas tout de suite.

— Rien pour moi, merci, répondit Lana.

Elle admira le grand escalier courbe, la hauteur sous plafond et le dôme en verre qui coiffait l'entrée.

— Pour moi non plus, dit Logan. Merci, Lupe. On est juste venus voir Junior. Il veut rencontrer Lana.

— Bien sûr, répondit Lupe. Il tient toujours à savoir ce qui se passe dans le ranch. C'est bon pour lui.

— Est-il dans la bibliothèque ou dans la grande salle ?

— Dans la grande salle. Je suis ravie de vous rencontrer, Lana.

— Moi aussi, répondit Lana.

Elle regarda Lupe disparaître par une porte sur leur gauche, puis tira sur la manche de Logan.

— Junior ? Vous appelez votre père Junior ?

Logan haussa les épaules.

— Comme tout le monde. Son père était Hugo Hess. Mon père est Hugo Hess Junior et Hugh est Hugo Hess troisième du nom, mais il préfère qu'on l'appelle Hugh. Ma famille aime compliquer les choses.

Il lui prit le bras et l'entraîna vers leur droite.

— La grande salle est par ici.

Leurs bottes claquèrent sur ce qui devait être du marbre jusqu'à ce que Logan pousse la double porte d'une pièce qui méritait le titre de grande salle.

Il y avait un énorme lustre en cristal au plafond et une cheminée qui occupait la moitié du mur du fond. Son manteau en marbre vert pailleté d'or était presque de la même teinte que les yeux de Logan. Les grandes fenêtres en ogive permettaient d'admirer la piscine avec son bar et sa cascade.

Le regard de Lana s'attarda sur les détails exquis de la pièce pour ne pas se poser sur les huit humains qui les fixaient.

Elle joignit aussi les mains pour ne pas s'agripper au bras de Logan, ce que les gens qui l'observaient risquaient de prendre pour une provocation. Dire qu'elle était censée n'être qu'une employée… Elle n'osait pas imaginer l'accueil qu'ils réservaient aux compagnes de Logan.

Celui-ci s'était raidi à côté d'elle.

— Quel comité d'accueil ! lança-t-il. Je croyais être venu pour présenter Lana à Junior.

— Je suis là, répondit un homme aux cheveux gris et au visage buriné depuis son fauteuil roulant.

Logan ne l'avait pas informée que son père était en fauteuil roulant.

— On ne t'a pas vu depuis longtemps, dit une très belle femme qui avait un carré platine et les doigts couverts de diamants. À quoi t'attendais-tu ? Viens donc dire bonjour à ta mère.

Logan s'approcha d'elle, prit la main qu'elle lui tendait et déposa un baiser sur sa joue.

— Maman, je te présente Lana Moreno, dit-il.

Lana eut l'impression d'être arrachée d'une transe quand il prononça son nom. Elle avança à son tour. Bien sûr, elle trébucha contre le bord d'un tapis, mais elle réussit à ne pas tomber devant tous ces gens.

— C'est un plaisir de vous rencontrer, madame Hess, dit-elle en tendant la main.

La mère de Logan la lui serra avec une vigueur qui la surprit.

— Bienvenue à bord, Lana, dit-elle. Vous pouvez m'appeler Dolly.

Dolly et Junior ?

— C'est un surnom, chérie, précisa Dolly.

Lana maudit son expressivité.

— Ça vous va bien, balbutia-t-elle.

Junior pouffa, ce qui le fit tousser.

— Elle me plaît déjà ! lança-t-il quand la quinte fut terminée.

Logan serra la main de son père.

— Junior, Lana Moreno.

— Ravie de vous rencontrer, monsieur, dit Lana en serrant sa main dont la peau ressemblait à du parchemin. Et merci de m'offrir la chance de travailler au Double H. C'est un lieu incroyable.

— Plus impressionnant que ce que vous appelez des ranchs en Californie, n'est-ce pas ? Vous devriez vous contenter de faire pousser des salades et nous laisser nous occuper du bœuf.

Il lui décocha un clin d'œil avant d'ajouter :

— Et appelez-moi Junior, comme tout le monde.

Logan la présenta ensuite à Angie, la femme de Hugh, à Cody, son autre frère, et sa femme, Melissa, à sa sœur, Alexa, et au valet de son père, Carlton.

Lana eut l'impression d'être un insecte sous un microscope. Tous ces gens lui sourirent et lui parlèrent poliment, mais ils avaient l'air de retenir leur souffle, comme s'ils s'attendaient qu'elle fasse quelque chose d'extravagant. Tous sauf Alexa.

La sœur de Logan parut sur le point d'éclater de rire quand Lana lui serra la main.

Elle comprenait mieux pourquoi Logan n'avait pas d'excellents rapports avec les membres de sa famille.

Ils étaient bizarres. Que faisaient-ils tous là, pour commencer ? Ils auraient pu tomber sur Logan après leur rendez-vous avec Junior.

— Veux-tu t'entretenir avec Lana, alors ? demanda Logan à son père à la fin des présentations. Lui expliquer le fonctionnement du ranch et en quoi consiste son travail ?

— Bien sûr ! Je dirige encore ce ranch, non ? répondit Junior en jetant un regard hostile à Hugh. Carlton ! Allons dans la bibliothèque.

Junior mit son fauteuil motorisé en marche et disparut dans une pièce voisine avec Carlton.

— J'imagine que je vous reverrai tous au déjeuner. Vous pourrez m'interroger à ce moment-là, dit Logan avant d'entraîner Lana dans le sillage de son père.

L'atmosphère étrange des présentations rendit Lana méfiante, mais son entretien avec Junior se passa comme elle s'y attendait. Il l'interrogea sur ses emplois précédents et la prévint que celui qu'il lui offrait ne serait que provisoire si Charlotte décidait de revenir.

Après l'entretien, Logan proposa de la raccompagner, à pied ou en voiture.

— Je préférerais rentrer seule, si ça ne vous dérange pas, répondit-elle.

— Je ne peux pas vous en vouloir d'avoir envie d'être seule après l'accueil qu'ils nous ont réservé.

— C'était… J'aime bien votre père. Comment s'est-il retrouvé dans ce fauteuil ?

— Un cheval.

— C'est vrai ? C'est d'une ironie cruelle.

— Ce n'était pas l'un des nôtres, précisa Logan. Ce vieil idiot a essayé de dompter un cheval sauvage. Prévenez-moi si vous avez besoin de quoi que ce soit.

Je passerai vous voir un peu plus tard. On pourra se remettre à travailler sur le journal de Gil.

— Très bien, répondit-elle.

Elle avait presque oublié pourquoi elle était là. Pour la première fois depuis sa mort, elle avait presque oublié Gil.

— Êtes-vous sûre de ne pas vouloir emporter quelque chose à manger ? Angie a préparé la maison pour votre arrivée, mais elle n'a pas rempli le réfrigérateur.

— Je n'ai pas faim. Je pourrai toujours faire des courses un peu plus tard.

— À tout à l'heure, alors.

Logan se retourna. Il hésita un instant avant de franchir la porte comme s'il s'apprêtait à entrer dans une arène.

Lana regagna la maison de Charlotte. Elle rangea ses affaires de toilette dans la salle de bains, puis s'installa sur le canapé avec son ordinateur. Alors qu'elle consultait ses mails, des coups frappés à la porte la firent sursauter. Elle inspira profondément.

Elle avait laissé la peur derrière elle. Le Double H représentait la sécurité. Logan représentait la sécurité.

Elle regarda par le judas et fronça les sourcils en découvrant Alexa devant sa porte avec un plateau dans les mains.

Lana ouvrit.

— Rebonjour.

— Rebonjour !

Alexa entra sans attendre que Lana l'y invite.

— J'ai pensé que vous deviez avoir faim, dit-elle. Lupe est une excellente cuisinière.

— Merci, c'est très gentil à vous – mais j'ai dit à Logan que je n'avais pas faim.

Alexa posa le plateau sur la table et souleva la cloche qui couvrait l'assiette.

— Des *enchiladas*, du riz, de la salade et deux sodas, annonça-t-elle.

Lana huma l'air.

— Je reconnais que ça sent bon.

— Goûtez ! répondit Alexa avant de balayer la pièce du regard. Je n'étais pas venue ici depuis longtemps. C'est mignon.

— C'est une maison très agréable.

Alexa s'assit et posa les coudes sur la table.

— Êtes-vous vraiment une entraîneuse venue travailler au ranch ? demanda-t-elle.

Lana s'assit en face d'elle et ouvrit l'une des canettes de soda.

— Vous voulez l'autre ? proposa-t-elle.

Alexa répondit en la prenant.

— Alors ?

— Que ferais-je là, sinon ? demanda Lana.

Alexa avait-elle deviné que son frère menait une enquête ? Logan avait été parfaitement clair. Il ne voulait pas que sa famille sache ce qu'il faisait – et Lana comprenait pourquoi, à présent.

Par ailleurs, Alexa semblait incapable de garder un secret, même si sa vie – ou celle de quelqu'un d'autre – en dépendait. Or, la vie de Lana dépendait de ses secrets, pour le moment.

— Est-ce pour ça que vous m'avez tous regardée comme si je débarquais d'une autre planète ? demanda-t-elle. Ce n'est sûrement pas parce que je suis hispanique. Vous vivez au Texas, après tout.

— Bien sûr que ce n'est pas ça ! répondit Alexa en agitant une main aux ongles bleus pailletés. La femme de Cody est à moitié mexicaine. On a pensé que votre recherche d'un d'emploi pouvait n'être qu'un prétexte.

— Pourquoi ? Pourquoi Logan vous présenterait-il quelqu'un sous un prétexte ?

— Pour nous cacher que vous êtes sa petite amie, par exemple, répondit Alexa.

Lana prit une bouchée d'*enchiladas* pour dissimuler son malaise.

— Non, je ne suis pas sa petite amie, mais je ne vois pas où serait le problème. Je suis sûre que Logan en a eu et qu'il en a même amené ici. Je me trompe ?

— Oh non ! répondit Alexa après avoir bu une gorgée de soda. Le problème, c'est que la dernière en date était une croqueuse de diamants.

Lana se sentit rougir.

— Qu'est-ce qui vous fait dire ça ?

— Elle aimait peut-être Logan – qui ne l'aimerait pas ? —, mais elle aimait encore plus l'argent de la famille. Elle a essayé de le forcer à l'épouser.

Lana posa sa fourchette.

— Comment ?

— Elle a employé la plus vieille méthode du monde : elle est tombée enceinte.

11

Logan frappa à la porte du cottage les mâchoires crispées. Sa petite sœur avait besoin qu'on lui dise de se mêler de ses oignons. Elle n'avait pas apporté un déjeuner à Lana par bonté de cœur. Il n'y avait pas beaucoup de bonté dans son cœur.

Lana ouvrit la porte.

— Logan…

Il fonça tête baissée vers sa sœur.

— Occupe-toi donc de ta vie plutôt que de la mienne, grogna-t-il.

— C'est dommage. J'arrivais à la partie la plus intéressante de l'histoire, répondit Alexa avec une moue boudeuse.

— Va-t'en ! ordonna-t-il en lui montrant la porte, que Lana n'avait pas encore fermée.

— Si tu veux, mais tu me remercieras un jour. Lana a l'air vraiment gentille, et elle est très sexy. Tu dois apprendre à t'ouvrir aux autres.

— Et tu dois apprendre à la boucler. Dehors !

Sa sœur se leva.

— Ce n'est pas juste. Je lui ai juste dit que Violet était tombée enceinte. Je n'ai même pas parlé des vols et des mensonges.

— Désolé de te priver de ce plaisir.

Alexa se dirigea vers la porte en traînant les pieds et posa la main sur le bras de Lana.

— Vous me remercierez plus tard, ajouta-t-elle avant de sortir.

Lana ferma la porte et s'y adossa.

— Avez-vous un enfant ? demanda-t-elle.

— Non. Venez finir votre déjeuner. Il est passé au moins une bonne idée dans la tête pleine de courants d'air d'Alexa.

Lana s'assit, mais laissa sa fourchette où elle l'avait posée.

— Comptez-vous me raconter le reste de l'histoire ? demanda-t-elle. Et pourquoi Alexa a-t-elle éprouvé le besoin de venir m'en parler ?

— Alexa ne croit pas que vous soyez venue pour donner des leçons d'équitation, visiblement. Mais je préfère qu'elle imagine une relation entre nous plutôt qu'elle découvre la vérité.

Il s'assit sur la chaise que sa sœur venait de quitter.

— Puisqu'elle croit qu'il y a quelque chose entre nous, Alexa estime de son devoir de vous livrer tous les détails de ma vie et de vous initier à la dynamique familiale.

— Parce qu'elle pense que vous ne vous ouvrez pas assez aux autres ?

Il haussa les épaules.

— En partie. Et elle n'a que vingt-deux ans. Je suis sincèrement désolé si elle vous a mise mal à l'aise.

— Vous devez être plus mal à l'aise que moi, répondit Lana. Je n'aimerais pas que quelqu'un raconte ma vie à tout le monde.

— J'ai l'habitude. C'est pour ça que j'ai compris à quoi elle jouait dès que Lupe m'a dit qu'elle vous avait apporté à manger. Si vous voulez que je vous raconte le reste de l'histoire, finissez votre déjeuner.

Il inspira profondément pendant que Lana prenait sa fourchette. Il en était capable. Cela avait dû être bien plus dur pour Lana de lui parler de Carla. Et sa sœur avait raison sur un point : il ne serait jamais proche de personne s'il n'apprenait pas à s'ouvrir. Or, il voulait être proche de Lana.

— J'étais jeune et stupide, commença-t-il.

— Ne sommes-nous pas tous passés par là ?

Il esquissa un sourire et se détendit un peu.

— J'ai rencontré Violet dans une petite ville, à quelques kilomètres d'ici, se lança-t-il. On l'a traversée en arrivant. Ses parents avaient confié Violet à une tante qui vivait là.

— Ça aurait dû vous mettre la puce à l'oreille, intervint Lana en levant sa fourchette.

— Sans doute. On a commencé à sortir ensemble. Pour faire court, il a fini par devenir évident que le ranch l'intéressait plus que moi.

— Comme dit Alexa, elle devait s'intéresser aux deux, parce que qui ne vous aimerait pas ?

Il haussa un sourcil.

— Ma sœur a dit ça ?

— Parole de scout.

— Ça alors, murmura-t-il en se grattant le menton.

— Comment avez-vous découvert que Violet en voulait à la fortune familiale ?

— Elle a essayé de me forcer à l'épouser en annonçant qu'elle était enceinte.

— Elle ne l'était pas, j'imagine, si vous n'avez pas d'enfant. À moins que…

— Non, elle ne l'était pas, la rassura-t-il. Quand

elle a compris que son plan tombait à l'eau, elle nous a volés.

— Sacrée personnalité, commenta Lana. Qu'a-t-elle volé ?

— Des babioles – des babioles hors de prix. Des bijoux de ma mère, entre autres.

— Avez-vous tout récupéré ?

— Nous n'avons rien récupéré. Elle s'est envolée. Elle a dû retourner à New York, où elle vivait avant. Sa tante était mortifiée. J'étais mortifié.

— Parce que vous n'aviez rien vu venir ?

— Sans doute parce que je ne voulais rien voir venir. Violet était perturbée. Elle avait besoin d'aide. Ma famille n'a jamais oublié cette histoire. C'est pour ça que je n'amène aucune femme ici et qu'ils vous ont fait passer cet examen d'entrée.

Lana haussa un sourcil et but une gorgée de soda.

— Ils voulaient s'assurer que je ne partirais pas avec l'argenterie ?

— Quelque chose comme ça. Ils croient sincèrement qu'on ne peut pas me faire confiance pour choisir une petite amie.

— Ignorez-les, répondit-elle avant de pousser son assiette vers lui. Vous voulez le reste ?

— Non merci.

Il emporta l'assiette encore à moitié pleine dans la cuisine.

— C'est ce que je fais, je les ignore, dit-il. C'est pour ça que j'évite de venir ici quand j'ai des permissions.

— Je ne vous conseille pas de ne plus jamais les voir, mais ne les laissez pas vous blesser.

Il leva les yeux au plafond. Devait-il tout dire à Lana ?

S'ouvrir à elle pourrait les rapprocher. Cela pourrait aussi inciter Lana à le chasser de sa vie pour toujours.

Il enveloppa l'assiette de Lana dans une feuille d'aluminium.

— Il ne s'agit pas que de Violet, répondit-il. Le fonctionnement du clan me pose problème. Les membres de ma famille sont incapables de se mettre d'accord sur quoi que ce soit. Ils passent leur temps à se disputer et à se rabaisser les uns les autres. C'est épuisant. Ils se sont très bien tenus quand ils vous ont accueillie.

— Je suis habituée aux familles tumultueuses. L'alcoolisme de mon père a rendu la nôtre chaotique. Votre famille a seulement un emballage plus coûteux que la mienne, et je comprends que vous n'ayez pas envie de baigner dans cette atmosphère.

— Je mets les restes dans le frigo, dit-il. Vous aurez de quoi déjeuner demain.

— Ou dîner ce soir, sauf si quelqu'un peut m'emmener faire des courses.

— Nous ferons d'une pierre deux coups. Je vous inviterai à dîner, puis je vous emmènerai dans un supermarché.

— Parfait. Voulez-vous qu'on s'occupe du journal, en attendant ?

— C'était ce que j'avais en tête.

Il alla chercher l'enveloppe qu'il avait posée sur le petit meuble de l'entrée en arrivant.

— J'ai imprimé les photos, dit-il. Je ne suis pas venu que pour empêcher ma sœur d'étaler mon linge sale devant vous.

— Il n'est pas si sale que ça, répondit Lana. J'avoue même que vous m'impressionnez.

— Parce que j'ai été un imbécile manipulable ?

— Parce que vous avez une nature confiante et généreuse. La plupart des hommes qui sont dans votre situation se méfient de tout le monde.

— J'*avais* une nature confiante et généreuse, la corrigea-t-il. Ce garçon a disparu. C'est peut-être pour ça que je n'ai pas eu de relation sérieuse depuis un moment. C'est ce que pense ma sœur qui se mêle de ce qui ne la regarde pas, du moins. Et voilà que je babille comme un idiot…

Lana lui décocha un sourire.

— Les femmes font seulement semblant d'aimer les hommes forts et silencieux. On aime qu'ils soient forts, c'est vrai, mais on aime aussi qu'ils soient capables de s'ouvrir un peu.

— Précisément : un peu, répliqua-t-il avant de poser l'enveloppe sur la table. Voici mes photos. Il ne manque qu'un livre. Je vous ai aussi apporté un carnet.

— Pourriez-vous m'aider, s'il vous plaît ? Pour être honnête, je n'avais fait que recopier les notes. Je n'avais pas commencé à essayer d'y associer des dates ou d'autres souvenirs.

— Heureusement que vous n'êtes pas allée plus loin. Ceux qui ont volé votre carnet n'ont rien d'utile.

Il s'assit à côté d'elle.

— Et recopier, c'est dans mes cordes, dit-il. Allons-y !

Ils consacrèrent les heures suivantes à recopier les notes de Gil sur des feuilles volantes numérotées.

Il se moquait éperdument de ce que sa famille les imaginait en train de faire.

S'ils croyaient tous qu'il sortait avec Lana, comme Alexa, ils devaient être forcés d'admettre qu'il aurait pu trouver bien pire. N'importe quel homme aurait raison de se réjouir d'avoir une femme comme Lana à ses côtés. Partageait-elle son enthousiasme pour leur… amitié ?

Il y avait de l'électricité entre eux. Elle ne pouvait pas le nier plus que lui, mais s'était montrée farouche à Greenvale. Elle avait expliqué ses réticences par son désir d'échapper aux ragots. Serait-elle plus réceptive à ses avances dans une région où les gens ignoraient tout de son passé ?

Il ratura la phrase qu'il venait de mal recopier et secoua la tête. Ils étaient en train de chercher à percer les secrets de cet avant-poste au Nigéria, et ainsi peut-être comprendre la raison pour laquelle le major Denver s'y était rendu plusieurs fois, et il songeait à séduire Lana.

— Avez-vous une crampe ? s'inquiéta Lana.

— Non, ça va. Continuons.

Elle lui offrit un sourire éblouissant.

Il se remit au travail avec un peu plus d'énergie. Déchiffrer et séduire ? Il esquissa un sourire.

Il avait toujours été doué pour faire plusieurs choses en même temps.

Lana posa son crayon et s'étira.

— J'ai fini, annonça-t-elle.

— J'y suis presque, répondit Logan sans cesser d'écrire. La prochaine étape, c'est associer des dates ou d'autres nombres à ces souvenirs. La plupart des codes reposent sur des nombres.

— Pas maintenant, répondit-elle en faisant rouler la tête sur ses épaules. Mon cerveau est grillé après le vol, l'accueil de votre famille, cette séance de recopiage, sans compter mon petit tête-à-tête avec Alexa…

— J'avais presque oublié cet épisode. Ne vous ai-je pas promis un dîner et des courses ?

— Si. Mais j'ai besoin de prendre une douche et de me changer d'abord.

— Inutile de vous mettre sur votre trente et un. Vous avez vu la ville quand on l'a traversée… Mais vous l'avez peut-être manquée si vous avez cligné des yeux à ce moment-là.

Il se leva, et elle s'autorisa à contempler sa silhouette harmonieuse quand il s'étira. Elle avait encore plus de respect pour lui maintenant qu'elle connaissait l'histoire de Violet.

Elle l'avait imaginé presque parfait. Elle avait supposé que les erreurs qu'elle avait commises et sa famille dysfonctionnelle lui inspiraient de la pitié. Mais il avait commis des erreurs, lui aussi, et sa famille n'était pas plus fonctionnelle que la sienne.

Le fait que Violet ait prétendu être enceinte pour piéger Logan retournait l'estomac de Lana. On l'avait accusée de vouloir piéger Blaine quand elle était tombée enceinte pour de vrai. Les parents de Blaine avaient réussi à l'en convaincre et l'avaient envoyé dans un autre lycée en un temps record. Elle ne l'avait pas revu, et il n'avait pas essayé de voir le bébé. Et elle avait accepté l'argent que ses parents lui avaient donné pour ne plus jamais le contacter.

Logan n'avait pas besoin de connaître cette partie de l'histoire.

Elle empila le fruit de leur travail et agita les feuilles sous le nez de Logan.

— On ne fera pas la même erreur deux fois, déclara-t-elle. Peut-on mettre ça à l'abri quelque part ?

— Pas sans que Junior sache que j'ai quelque chose à cacher. Il contrôle tous les coffres-forts du ranch.

Il fit un tour de la pièce, puis claqua des doigts.

— Il y a des lattes mal fixées près de la cheminée, dit-il.

— Comment le savez-vous et qui d'autre le sait ? demanda-t-elle.

— Mes frères et moi – surtout mes frères – nous servions de ce cottage pour organiser des fêtes quand nous étions ados. La cachette était assez grande pour qu'on y mette deux bouteilles, plus des paquets de cigarettes et de préservatifs. Elle devrait pouvoir contenir cette liasse.

Elle le regarda frapper le parquet, puis glisser un canif entre deux lattes.

— J'ai trouvé ! annonça-t-il en les soulevant.

Il sortit son téléphone pour éclairer la cavité.

— Il y a encore quelque chose dedans, dit-il.

— Du vieux whisky ?

Il plongea la main dans le trou et en tira une boîte bleue.

— Des préservatifs périmés. Mes frères n'ont pas dû avoir autant de chance qu'ils l'espéraient.

— Laissez-les dedans, dit-elle en le voyant les poser à l'écart. On devrait tout laisser dans le même état pour n'éveiller aucun soupçon.

— Ça m'étonnerait que mes frères viennent chercher une boîte de préservatifs qu'ils ont cachée là il y a vingt ans, répondit Logan.

— Pour me faire plaisir…

— Si vous voulez. Mais il vaudrait mieux mettre les feuilles au-dessous.

Elle lui confia la précieuse liasse et le regarda la

cacher. Il posa la boîte de préservatifs dessus et replaça les lattes.

— Personne ne les trouvera, dit-il en se frottant les mains l'une contre l'autre. Et personne ne les cherchera. Vous êtes en sécurité, ici.

— Et si ces hommes nous avaient suivis ? Il suffit qu'ils connaissent votre nom pour trouver le Double H. Ils n'ont qu'à faire une recherche sur Internet, comme moi, pour localiser ce ranch.

— Encore faut-il qu'ils connaissent mon nom.

— Ils sont en contact avec Jaeger. Ils n'ont qu'à le lui demander.

— Vous pensez que Bruce a dit à Jaeger comment je m'appelais ? Jaeger et moi n'avons pas été officiellement présentés.

— D'une manière ou d'une autre, Jaeger connaît le nom de l'homme qui lui a mis une raclée, croyez-moi.

Logan se releva, s'approcha d'elle et posa les mains sur ses épaules.

— Ne vous en faites pas pour ça, dit-il. Ce ranch est bien protégé. Mon frère ne laissera personne qui n'a rien à faire là s'y promener.

— Je me sens en sécurité quand vous êtes avec moi.

— J'aimerais être encore plus près, mais ma famille exploserait si je m'installais ici. Mais si c'est ce que vous voulez… Dans ce cas, je me fiche de ce que ma famille en pensera. Je peux dormir dans la deuxième chambre, si vous voulez.

L'idée de dormir dans la même maison que Logan dans une région où personne ne la connaissait était très tentante, mais cela ruinerait leur couverture.

— Si vous faites ça, vos parents sauront qu'on leur

a menti. Ils penseront que vous vous êtes arrangé pour faire embaucher votre petite amie dans le ranch familial.

— Et alors ? On aurait dû choisir ce scénario dès le début. Vous êtes ma petite amie. Quand j'ai appris que Charlotte était en congé, j'ai pensé que ce serait une bonne place pour vous.

— Ils auraient sans doute cru que j'en voulais à votre argent, moi aussi.

— Je vous l'ai dit : je m'en fiche, répondit-il en enroulant l'une de ses mèches autour de son doigt. On change de scénario ?

— Votre père risque-t-il de me renvoyer ?

— Êtes-vous une bonne entraîneuse et un bon professeur ?

— Je suis excellente.

— Alors non.

Elle posa les mains sur son torse.

— Laissez-moi y réfléchir. Ça peut être… perturbant.

— Ça peut être amusant, répliqua-t-il.

— Pour commencer, je vais prendre une douche et me changer. Et ne vous faites pas d'idées. Vous n'êtes pas encore mon petit ami.

— Oui, madame. Je veux dire : non, madame.

Il la lâcha et enfila sa veste.

— Quand serez-vous prête ? demanda-t-il.

— Laissez-moi une heure.

— Une heure ?

— Si je dois être votre petite amie, je veux que vous soyez fier de moi, Logan Hess.

Il éclata de rire et sortit. Elle crut l'entendre murmurer : « C'est déjà le cas », avant de fermer la porte.

La serveuse du Longhorn Bar et Grill les avait placés dans un coin, mais il n'était pas possible d'échapper au bruit et à l'activité du restaurant. Les gens de cette ville n'avaient pas beaucoup d'options pour sortir, apparemment.

Lana mangea avec délice la dernière bouchée de son filet mignon.

— Je dois reconnaître que le Double H fait de la très bonne viande, dit-elle.

— La meilleure, répondit Logan. Mais c'est le cuisinier du Longhorn qu'il faut féliciter pour sa préparation.

Il jeta un coup d'œil par-dessus son épaule et ajouta :

— Ennemi en vue !

Elle tourna la tête et vit Alexa se frayer un chemin vers leur table.

— J'espère que ça ne vous dérange pas, mais Alexa a proposé qu'on prenne un verre ensemble quand je lui ai dit qu'on dînerait ici, expliqua Logan. Ce qui nous oblige à remettre les courses à demain.

— Non, ça ne me dérange pas. Et j'ai encore des restes d'*enchiladas*.

Alexa les rejoignit et approcha une chaise de la table voisine.

— Avez-vous pris le filet ? demanda-t-elle à Lana. On peut mourir heureux après ça, non ?

— Il était délicieux. Avez-vous dîné ? Voulez-vous vous joindre à nous ?

Logan lui donna un petit coup de pied qu'elle ignora.

— Non merci. J'ai mangé à la maison. Mais j'adore voler des frites, répondit Alexa en joignant le geste à la parole.

— Eh ! s'écria Logan. C'est malpoli. Si tu as faim, commande quelque chose.

Lana éclata de rire. Elle avait le même genre de relation avec Gil. Logan avait beau ne parler d'Alexa que comme d'une petite sœur agaçante, il y avait de la tendresse dans ses yeux quand il la regardait.

— Juste une, répondit Alexa.

Elle mordit dans sa frite.

— Vous pouvez m'en prendre autant que vous voulez, intervint Lana.

Alexa tira la langue à Logan.

— Une ou deux de plus, alors.

— Je croyais qu'on devait se retrouver pour prendre un verre, pas pour dîner, dit Logan avant de se tourner vers Lana. Depuis qu'elle a eu vingt et un ans, Alexa passe beaucoup de temps dans les bars.

— Il exagère, comme toujours, dit Alexa. Au moins, c'est légal. Je n'ai pas caché de bouteilles de whisky dans le cottage quand j'étais mineure, contrairement à certains.

— Comment sais-tu ça ?

— J'ai mes sources. Et j'ai bien prévu qu'on se retrouve au bar. Je ne suis venue que pour vous dire de vous dépêcher et te demander ce que tu sais sur Drew Halliday, le nouvel employé du ranch.

— Un nouvel employé ? Tu parles au mauvais Hess. C'est Hugh que tu devrais interroger.

— Je ne veux pas qu'il sache que je suis intéressée. Tu sais comment il est.

— Je sais comment *tu* es. Et qu'a-t-il de spécial, ce Drew Holiday ?

— Halliday, le corrigea Alexa. Il est beau, et il

porte des jeans moulants. Qu'y a-t-il d'autre à savoir ? Ah ! il est au bar en ce moment même.

— Alors que faites-vous là ? demanda Lana.

— J'aurais aimé avoir quelques informations, mais Logan ne sait visiblement rien.

Elle vola une autre frite avant de se lever.

— Dépêchez-vous !

Logan la regarda s'éloigner, puis soupira.

— J'aimerais qu'elle s'intéresse à autre chose qu'aux cow-boys qui portent des jeans moulants, mais Junior lui donne assez d'argent pour qu'elle n'en fasse qu'à sa tête, expliqua-t-il.

— Je pense que beaucoup de femmes de vingt-deux ans s'intéressent aux cow-boys qui portent des jeans moulants, répondit-elle. Elle finira par trouver sa voie.

— Un dessert ? Un café ? proposa Logan.

— Non merci. J'aimerais voir le jean moulant de ce Drew Halliday de mes propres yeux, répondit-elle en lui décochant un clin d'œil.

Le bar, qui se trouvait au sous-sol, était encore plus bruyant que le restaurant. De la musique country sortait d'un juke-box, et la petite piste de danse était bondée.

Lana tira sur la manche de Logan.

— Alexa est là-bas, dit-elle. Et on dirait qu'elle a ferré sa proie.

— Mon Dieu, dit Logan. J'espère qu'il ne passera pas la soirée à me poser des questions sur le ranch.

Il posa une main sur ses reins et l'entraîna à travers la foule.

Alexa quitta son tabouret quand elle les vit approcher.

— Vous voilà ! s'écria-t-elle. Lana, je vous présente mon amie Becca, et voici Drew. Il vient d'arriver au ranch, comme vous.

Lana salua d'un signe de tête une blonde qui aurait pu être la sœur d'Alexa et Drew, qui effleura son chapeau.

Comme Logan et Becca se connaissaient déjà, Alexa ne présenta son frère qu'à Drew. Les deux hommes se serrèrent la main.

D'autres employés du Double H se joignirent à eux. Un quart d'heure plus tard, la bière coulait à flots, et tout le monde riait.

Logan posa sa bouteille sur le comptoir et prit le bras de Lana.

— On danse ? suggéra-t-il.

Même si elle n'était pas une très bonne danseuse, Lana le suivit avec joie. Elle était prête à s'humilier dans une danse en ligne, mais la musique changea dès qu'ils arrivèrent sur la piste.

Logan l'attira contre lui et l'entraîna dans une valse avec une aisance et une grâce qui la stupéfièrent. Même s'il lui avait révélé quelques-uns de ses défauts, il restait proche de la perfection. Danser avec lui était comme flotter sur un nuage. Elle posa la joue contre son torse et se laissa guider, les yeux fermés.

Quand le morceau s'acheva, elle ne quitta pas ses bras. Elle aurait pu rester là jusqu'à la fin des temps, à tout oublier sauf Logan.

— Prête à vous joindre à cette cohue ? lui murmura-t-il à l'oreille.

Elle ouvrit les yeux et découvrit qu'ils étaient le seul couple encore au milieu de la piste. Les autres s'étaient alignés sur les côtés.

— Je crois que j'ai déjà usé mes chaussons de danse, répondit-elle.

— Moi aussi.

Il lui prit la main pour aller rejoindre sa sœur et leur petit groupe.

— Je crois que j'ai aussi usé mes chaussons de bar, dit Logan quand ils retrouvèrent leurs tabourets. La journée a été longue ? Ça vous ennuie si on rentre déjà ?

— Pas du tout.

Ils dirent au revoir à tout le monde.

— J'espère que vous êtes plus que le nouveau professeur d'équitation, chuchota Alexa à l'oreille de Lana quand elles s'étreignirent.

— Bonne nuit, Alexa, répondit Lana. Et bonne chance avec votre cow-boy.

Elle salua Drew – qui semblait avoir bu un verre de trop – d'un signe de tête.

— Alors ? Que pensez-vous de la vie nocturne de Yellowtail ? demanda Logan pendant le trajet du retour.

— Au moins, tout le monde connaît tout le monde, et les gens ne se disputent pas au moment de choisir où ils passeront la soirée.

— Vous n'avez pas vu le bar de Mickey en bas de la rue.

— On est passés devant. J'en ai assez vu pour savoir que c'est là que se retrouvent ceux qui ont un sérieux penchant pour la bouteille. N'oubliez pas que j'ai été élevée par quelqu'un qui avait un sérieux penchant pour la bouteille. Les bars miteux se ressemblent tous.

— Ça, c'est bien vrai.

Bercée par les mouvements de la voiture, elle s'assoupit pour se réveiller en sursaut quand Logan s'arrêta au portail du ranch.

— Désolée. Je me suis endormie, dit-elle alors que les battants du portail électrique s'ouvraient devant eux.

— La journée a été longue, répondit-il en prenant la direction du cottage. Vous êtes sûre de ne pas vouloir que je reste chez vous cette nuit ?

— Merci, mais ça ira. Je suis dans le ranch, je verrouillerai la porte, les notes de Gil sont bien cachées, et vous n'êtes qu'à quelques centaines de mètres de moi.

— Et nom numéro est enregistré dans votre nouveau téléphone. N'hésitez pas à m'appeler.

Il se gara devant le cottage et sortit de la voiture pour l'accompagner jusqu'à la porte.

— Demain, vous devriez aller voir les chevaux et jeter un œil à l'emploi du temps de Charlotte. Après ça, on planchera un peu sur le journal de Gil. Dès que vous aurez associé des nombres aux notes, on pourra s'en remettre à quelqu'un dont c'est le métier.

— Ne faut-il pas d'abord trouver quelqu'un que ça intéresse ?

— Laissez-moi me soucier de ça.

— On y arrivera, n'est-ce pas ? demanda-t-elle en agrippant sa chemise. Gil ne sera pas mort pour rien ?

— Il n'est déjà pas mort pour rien, répondit-il en lui effleurant la joue. Il est mort au service de son pays. Ses supérieurs peuvent maquiller les faits autant qu'ils veulent, personne ne lui retirera ça.

— Merci.

Il déposa un petit baiser sur ses lèvres.

— N'oubliez pas de verrouiller la porte, dit-il avant de remonter en voiture.

Une fois à l'intérieur, elle s'enferma et se brossa les dents en ayant du mal à garder les yeux ouverts. Elle tira une chemise de nuit de sa valise, se glissa entre les draps et ne trouva même pas la force de lire quelques pages.

Quelques minutes ? Quelques heures ? Plus tard, un homme – Logan ? – écarta la couverture.

— Réveillez-vous, Lana ! Vous devez sortir.

— Sortir ? répéta-t-elle sans réussir à ouvrir les yeux.

— Venez ! Dépêchez-vous !

— Où ? Pourquoi ?

— Il y a le feu !

Elle essaya de se lever, mais ses jambes refusaient de lui obéir. Une odeur de fumée lui picota le nez.

— Le feu…

— Oui. Je suis venu vous sauver.

Logan la sauverait. Il la sauvait toujours.

Il la prit dans ses bras puissants, et la tête de Lana roula au creux de son cou. Elle inspira son odeur et se raidit.

Ce n'était pas Logan.

Elle essaya de se cambrer, mais son corps était toujours en proie à une étrange léthargie.

— Non…

— Tout va bien, Lana, dit l'homme qui n'était pas Logan.

Il la prit sur son épaule pour foncer hors de la maison où régnait une chaleur suffocante. Elle lui griffa le dos sans provoquer la moindre réaction.

Elle avait compris que cet homme l'enlevait et que ni Logan ni elle ne pouvait rien faire pour l'en empêcher.

12

Alors que Logan faisait une deuxième ronde, un café à la main, une odeur de fumée lui fit froncer le nez.

Il posa sa tasse sur le poteau le plus proche. Un incendie dans l'écurie ou dans les étables pourrait avoir des conséquences désastreuses.

Il renifla pour repérer d'où venait l'odeur, mais ce n'était pas nécessaire. Il vit presque aussitôt un nuage de fumée noire du côté de la maison de Lana.

Une décharge d'adrénaline le fit courir plus vite qu'il n'avait jamais couru. Il appela la maison principale pour donner l'alerte et garda son téléphone à la main.

Quelques secondes plus tard, une sirène se mit à hurler dans tout le ranch.

Lorsqu'il atteignit enfin la maison de Lana, il découvrit quelqu'un étendu devant.

L'estomac noué, il accéléra encore et s'accroupit près de Lana, qui gisait par terre en chemise de nuit. Que s'était-il donc passé ?

Elle gémit quand il la prit dans ses bras.

— Tout va bien, lui dit-il. Je suis là.

Il sentit ses muscles se crisper, mais elle ne fit pas un geste.

Elle avait peut-être respiré trop de fumée. Il l'emmena

à l'écart de la maison en flammes et la posa dans l'herbe, sa tête sur ses genoux.

Deux minutes plus tard, des employés du ranch arrivèrent dans une camionnette équipée d'un réservoir d'eau et d'une lance à incendie. Ils arroseraient la maison jusqu'à l'arrivée des pompiers de Yellowtail.

Alors qu'il berçait Lana, il la vit ouvrir la bouche. Après plusieurs tentatives infructueuses, elle murmura :

— Journal.

— Ne vous souciez pas de ça.

Une larme apparut au coin de son œil et elle répéta :

— Journal.

Logan appela l'un des hommes qui s'activaient autour de la maison.

— Brian ! Peux-tu rester auprès de Lana pendant quelques minutes, s'il te plaît ? Je reviens.

— Bien sûr, patron.

Logan fonça vers la porte.

— N'entrez pas, Logan ! lui lança l'employé qui maniait la lance. Quelque chose pourrait exploser.

— Je n'en ai que pour deux minutes, répondit Logan.

Il s'engouffra dans la maison et déplia son canif. Par chance, l'incendie n'avait pas encore atteint le salon. Il récupéra la liasse en se réjouissant que Lana n'y ait pas pensé avant de sortir de la maison – elle n'en serait peut-être jamais sortie.

Il cacha les papiers sous sa veste. Quand il sortit de la maison, les pompiers arrivaient. Il retourna auprès de Lana et posa la main sur l'épaule de Brian.

— Merci. Comment va-t-elle ?

— Elle essaye de parler, mais je ne comprends rien à ce qu'elle dit.

Logan reprit sa place.

— N'essayez pas de parler, dit-il à Lana en lui caressant le front. Ne vous inquiétez pas. J'ai le journal de Gil. Détendez-vous. Un médecin arrive. S'il le faut, on vous emmènera à l'hôpital de Fort Worth en hélicoptère.

La nouvelle que le journal de Gil était sauvé parut la détendre.

Hugh apparut en pyjama.

— Que s'est-il passé, Logan ? lui lança-t-il.

— Je ne sais pas. J'étais dehors et je me suis aperçu que le cottage brûlait. Quand je suis arrivé ici, j'ai trouvé Lana devant la maison. Elle ne peut ni bouger ni parler. Elle est peut-être en état de choc. Ou bien la fumée l'a intoxiquée.

— Le docteur Flanagan est en route ?

— Oui.

— Il pourra la soigner à la maison.

Quelques minutes plus tard, le docteur Flanagan arriva dans une ambulance.

— Est-elle brûlée ? demanda-t-il en s'accroupissant près de Lana.

— Je ne crois pas.

Logan se chargea d'allonger Lana sur la civière.

— Pourquoi est-elle aussi léthargique ? demanda-t-il.

— Elle est peut-être en état de choc, répondit Flanagan. Emmenons-la chez vous pour que je l'ausculte.

Logan monta dans l'ambulance et tint la main de Lana pendant le trajet. Il aurait dû passer la nuit chez elle.

Quarante minutes plus tard, Flanagan rangea ses instruments dans sa trousse. Lana dormait paisiblement dans une chambre d'amis.

Logan tendit sa veste au médecin.

— Vous êtes sûr qu'elle s'en remettra ?

— Son cœur bat un peu trop lentement, mais elle va bien, pour le reste, et ses poumons n'ont pas été touchés. L'état de choc peut se manifester de plusieurs manières, dont la léthargie. Quand elle se réveillera – et elle se réveillera —, elle ne devrait avoir aucune séquelle. Vous savez où me trouver si quelque chose vous inquiète et vous pouvez la faire emmener à Fort Worth en hélicoptère en cas d'urgence.

Logan lui serra la main.

— Merci, docteur. Si ça ne vous dérange pas de gagner la sortie tout seul, j'aimerais rester auprès de Lana.

— Bien sûr que non. Savez-vous comment l'incendie a démarré ?

— Pas encore. Je poserai la question à Hugh quand je le verrai.

Après le départ du médecin, Logan ferma la porte de la chambre, s'installa dans un fauteuil près du lit et regarda Lana dormir.

Lorsqu'une quinte de toux le réveilla, il se redressa brusquement et jeta un coup d'œil à la pendule. Il avait dormi plusieurs heures. Un filet de lumière filtrait entre les rideaux.

— Lana ? Êtes-vous réveillée ?

Ses paupières frémirent, et elle leva une main, qu'il prit entre les siennes.

— Ça va, Lana ? Me revenez-vous ?

Elle passa la langue sur ses lèvres parcheminées.

— J'ai soif.

Il s'empressa de prendre le verre d'eau avec une paille qui était posé sur la table de nuit.

— Tenez, dit-il en glissant la paille entre ses lèvres.

Si vous saviez comme je suis content de vous entendre parler !

Elle vida le verre d'un trait.

— J'ai tellement soif…

— Je reviens.

Il alla remplir le verre dans la salle de bains.

Lana le but encore presque entièrement avant d'essayer de se redresser.

Il arrangea l'oreiller pour l'aider.

— Comment vous sentez-vous ?

— Ça peut aller. Très fatiguée.

— Pouvez-vous bouger vos jambes ?

— Mes jambes ? répéta-t-elle en en repliant une sous la couverture. Oui, pourquoi ? Ai-je fait une chute de cheval ?

Elle ne savait pas ce qui lui était arrivé.

— Le cottage a pris feu. Vous ne vous en souvenez pas ?

— Un incendie ?

Elle examina ses bras, puis repoussa la couverture et fronça les sourcils.

— Où est ma chemise de nuit ? Celle que je portais ?

— Elle était sale. Celle-ci appartient à Angie. Un médecin vous a examinée. Il a dit que vous alliez bien et que vous étiez en état de choc. Il n'a pas parlé de risque d'amnésie, mais…

— Une minute, le coupa-t-elle. Une chose à la fois. Pourquoi ma chemise de nuit était-elle sale ?

— Je vous ai trouvée étendue devant la maison et je vous ai portée sur la pelouse. Donc oui : votre chemise de nuit était assez sale quand on est arrivés ici.

Elle hocha la tête.

— D'accord. Vous avez parlé d'un médecin.

— Le docteur Flanagan. C'est notre médecin local. Mais on peut vous faire emmener à l'hôpital de Fort Worth si c'est nécessaire.

— Non, je n'ai pas besoin de soins. Je vais bien. Je suppose que je suis sortie de la maison à temps.

Elle écarquilla les yeux.

— La maison ! s'écria-t-elle. A-t-elle entièrement brûlé ? Et le journal de Gil ?

— La maison est très abîmée, mais c'est réparable. Et j'ai récupéré le journal de Gil. C'est vous qui m'avez envoyé le chercher.

— Je vous ai envoyé dans une maison en feu, et vous m'avez obéi ? Êtes-vous fou ? Brûlé ?

— Je vais bien et je ne suis pas fou. C'était important pour vous.

Lana se mordilla la lèvre.

— Un incendie… Comment a-t-il démarré ?

— Je ne le sais pas encore. Pourquoi ?

— Ne trouvez-vous pas bizarre qu'il y ait un incendie le jour de mon arrivée ?

L'estomac de Logan se noua.

— Je ne sais pas. Je vous ai trouvée dehors, saine et sauve, et j'ai trouvé le journal de Gil où on l'avait caché.

— Mais que se serait-il passé si vous n'étiez pas intervenu aussi vite ?

Il quitta son fauteuil pour s'asseoir au bord du lit et prit les mains de Lana dans les siennes.

— Je suis intervenu, répondit-il. Un million de scénarios horribles m'ont traversé l'esprit pendant que je courais vers le cottage.

— Comment vous êtes-vous aperçu qu'il y avait le feu ? Vous ne voyez quand même pas ma maison de la fenêtre de votre chambre ?

— Je… patrouillais.

Elle haussa un sourcil.

— Et c'est quelque chose que vous faites régulièrement quand vous séjournez chez vos parents ?

— Non. Seulement quand je protège un invité.

— Vous étiez donc inquiet.

— Prudent.

— Nous devons découvrir où et comment l'incendie a démarré.

— Ce que je sais, c'est que c'est l'arrière de la maison qui a subi le plus de dégâts – la deuxième chambre. Vous avez dû entendre les flammes ou sentir la fumée et pu sortir parce que vous étiez du bon côté.

— C'est curieux que je ne m'en souvienne pas.

— De quoi vous souvenez-vous ?

Elle but une gorgée d'eau avant de répondre :

— Je me souviens que j'étais terriblement fatiguée. J'ai eu du mal à me brosser les dents et je me suis endormie dès que j'ai posé la tête sur l'oreiller.

— J'étais fatigué, moi aussi. J'ai bu plusieurs tasses de café pour rester éveillé. Vous n'avez vraiment aucun souvenir du moment où vous êtes sortie de la maison ?

Elle secoua la tête.

— Je me souviens juste que je tombais de sommeil.

— Cette amnésie est bizarre. J'aurais aimé que le docteur Flanagan reste jusqu'à votre réveil… Et j'aimerais qu'il me donne une explication.

Il bondit quand on frappa à la porte.

— Qui est-ce ?

Angie entrouvrit la porte.

— Je viens juste prendre des nouvelles. Comment va Lana ?

Lana s'éclaircit la voix.

— Entrez, Angie, répondit-elle. Et merci pour la chemise de nuit.

— La vôtre était toute tachée. Et ne vous en faites pas : c'est moi qui vous ai changée.

Angie ouvrit grande la porte. Elle était avec Hugh, qui portait un plateau.

— On vous a apporté le petit déjeuner, reprit Angie. Vous sentez-vous capable de manger ?

— Je veux bien une tasse de thé et du jus de fruits. Je meurs de soif.

Hugh posa le plateau sur le lit.

— Le docteur Flanagan nous a assuré que vous n'aviez rien de grave, dit-il. Nous avons été soulagés d'entendre ça. Fumez-vous, Lana ?

— Pourquoi demandes-tu ça ? intervint Logan.

— Laisse-la répondre, s'il te plaît, grommela Hugh. Alors, Lana ?

Elle prit le verre de jus de fruits d'une main qui tremblait un peu.

— Non, je ne fume pas. Pourquoi me posez-vous cette question ?

— Parce qu'il semblerait que l'incendie ait été provoqué par quelqu'un qui a fumé sous les arbres derrière la maison. On a trouvé plusieurs mégots.

— Quelqu'un a fumé près de la maison dans laquelle dormait Lana ? s'écria Logan.

— C'était peut-être Lana elle-même, répondit son frère.

Le sang de Logan ne fit qu'un tour.

— Elle vient de te dire qu'elle ne fume pas. Je peux le confirmer – ce qui ne devrait pas être nécessaire.

— Ne monte pas sur tes grands chevaux, frérot.

Je n'accuse personne de rien. Que s'est-il passé hier soir, Lana ?

— Je… ne m'en souviens pas. Je me suis endormie et j'étais dans ce lit quand je me suis réveillée.

— Vous n'avez aucun souvenir de l'incendie ? s'écria Hugh avec une surprise exagérée.

Angie lui donna un coup de coude dans les côtes.

— Elle devait être en état de choc, dit-elle. Je l'aurais été, à sa place.

— Tu serais en état de choc si ton esthéticienne était en rupture de stock de ton vernis préféré, chérie, répliqua Hugh.

Logan vit les narines de Lana frémir et fut tenté de la laisser se défouler sur Hugh, mais cela n'arrangerait pas leurs affaires.

Il s'interposa.

— Tu es un idiot, Hugh. Je suppose qu'Angie l'a compris depuis longtemps. Si tu as fini d'accuser Lana, tu peux nous laisser. On reparlera de l'incendie plus tard.

— Logan a raison, dit Angie en tapotant le bras de Lana. Hugh est un idiot. Ne faites pas attention à ce qu'il dit. J'espère que vous serez bientôt en pleine forme.

— D'autant plus que vous étiez censée examiner les chevaux aujourd'hui, grommela Hugh.

— Dehors ! ordonna Angie.

Elle poussa son mari dans le couloir et ferma la porte derrière eux.

— Génial. Votre frère pense que j'ai provoqué l'incendie – sans doute volontairement, résuma Lana. Pourquoi ferais-je une chose pareille ?

Il baissa les yeux.

— Pour vous retrouver ici, répondit-il.

— Quoi ?

— Je sais comment l'esprit de mon frère fonctionne – et je vous assure que ça me terrifie. Il pense que vous avez mis le feu à la maison et fait semblant d'être en état de choc pour vous retrouver dans ce lit. Violet 2, le retour.

Lana pinça les lèvres.

— Je me moque de ce qu'il pense tant que vous ne le pensez pas aussi.

— Moi ? Vous savez ce que je pense ?

— La même chose que moi. Que les hommes qui veulent le journal de Gil nous ont suivis jusqu'ici, ont réussi à entrer dans le ranch et mis le feu au cottage.

— Oui, c'est exactement ce que je pense, soupira-t-il. Mais je ne comprends ni le comment ni le pourquoi.

— Comment ? Jaeger leur a donné votre nom, et ils n'auront eu aucun mal à nous retrouver. Et nous savons déjà ce qu'ils veulent : le journal de Gil.

— Ce n'est pas si simple. Comment ont-ils réussi à s'introduire dans le ranch ? Pourquoi ont-ils mis le feu au cottage. Voulaient-ils détruire le journal ? Vous tuer ?

Lana tira la couverture sous son menton.

— Mais ils ne peuvent pas déchiffrer le journal de Gil sans moi, balbutia-t-elle. Je ne leur sers à rien morte.

— Ils ne tiennent peut-être pas tant que ça à déchiffrer le journal – peut-être moins qu'à s'assurer que personne ne découvre ce qu'il contient.

— Alors pourquoi ont-ils raté une occasion en or hier soir ? Vous dites que vous m'avez trouvée étendue devant la maison. Il leur était facile de m'achever avant votre arrivée. Pourquoi ne l'ont-ils pas fait ?

— Vous avez raison, répondit-il. Ils voulaient vous enlever, pas vous tuer.

— Et vous les en avez empêchés. Ils ne s'attendaient pas que l'incendie soit découvert aussi vite. Vous m'avez sauvée, Logan.

— Dieu merci ! s'écria-t-il en prenant ses mains. S'ils vous avaient enlevée… Suis-je fou de me soucier autant de vous ? Est-ce mon imagination, mon complexe de preux chevalier, ou partagez-vous mes sentiments ?

Elle effleura sa joue.

— Si vous êtes fou, je le suis aussi, répondit-elle.

Il s'assit au bord du lit avec un sourire qu'il savait stupide et pressa les lèvres contre celles de Lana comme pour sceller un pacte entre eux.

Elle enroula les bras autour de son cou et lui rendit son baiser.

Fou de désir, il caressa ses seins à travers la chemise de nuit d'Angie.

— Suis-je trop impatient ? murmura-t-il contre ses lèvres. Je devrais sans doute te laisser te reposer.

— Trop impatient ? J'attends ce moment depuis notre rencontre.

— Il aurait suffi que tu le dises pour qu'il se produise plus tôt, répondit-il en glissant une main entre ses cuisses. Je vois qu'Angie t'a aussi retiré tes sous-vêtements.

— J'ai d'abord cru que c'était toi qui m'avais déshabillée.

— J'ai eu trop peur de ne pas pouvoir m'empêcher de prendre des libertés.

Elle gémit sous ses caresses et lui griffa la nuque.

— J'avoue que cette idée m'a excitée…

— Tout en toi m'excite, répliqua-t-il. Veux-tu voir à quel point ?

Elle effleura son érection à travers son jean.

— Crois-tu que les préservatifs de la cachette soient encore utilisables ? demanda-t-elle.

Un doute le paralysa subitement.

— Qu'est-ce qui a changé entre Greenvale et maintenant ? s'inquiéta-t-il. Je ne suis pas en train de profiter de ton état de faiblesse, j'espère ?

— Tout a changé, répondit-elle. Ici, je suis une autre femme – une femme qui n'est pas définie par les erreurs de son passé – et je ne veux plus perdre de temps. Nous percerons peut-être bientôt le code de Gil. Chaque jour nous rapproche du moment où nous n'aurons plus de raisons de nous voir.

— Quoi qu'il arrive, je ne peux pas imaginer ne plus te voir, lui assura-t-il.

— Malgré les casseroles que je traîne ?

— Carla n'est pas une casserole.

— Tout le monde, y compris son père, a pensé que j'avais fait exprès de tomber enceinte pour le piéger – l'histoire de Violet.

— Sauf que c'était faux, répondit-il. Et que tu n'es pas une voleuse.

— Ce n'est pas l'opinion des membres de ta famille.

— Je crois t'avoir dit que je me fichais de ce qu'ils pensaient. Je ne me soucie que de toi.

— Alors je pense qu'on devrait reprendre où on s'est arrêtés.

— Oui, madame.

Il glissa une main sous sa chemise de nuit et remonta lentement entre ses cuisses tandis qu'elle couvrait sa gorge de baisers.

Alors qu'il atteignait son but, elle releva brusquement la tête.

— Veux-tu que j'arrête ? demanda-t-il péniblement.

— Il a essayé de m'enlever, répondit-elle.

13

Elle se sentit subitement vulnérable quand Logan écarta les mains de son corps.

— Tu te souviens que quelqu'un a essayé de t'enlever ?

Elle se massa les tempes. La mémoire lui revenait par bribes.

— Ce n'est pas le feu qui m'a réveillée. Il y avait un homme. Il m'a secouée. Sans lui, je ne me serais pas aperçue que la maison brûlait.

— Il voulait te sauver ?

— Non ! Enfin si : de l'incendie.

— T'a-t-il dit quelque chose ?

— Juste des paroles réconfortantes. J'ai d'abord cru que c'était toi, mais il n'avait pas ton odeur.

Logan fronça les sourcils.

— Mon odeur ? À quoi ressemblait-il ?

— Je ne sais pas. Je n'y voyais rien.

— La fumée était si épaisse que ça ?

Elle posa une main sur sa gorge.

— Je ne pouvais pas ouvrir les yeux. Je ne pouvais pas bouger. N'as-tu pas dit que j'étais paralysée quand tu m'as trouvée ?

— Tu ne pouvais pas bouger tes membres et tu avais du mal à parler. Veux-tu dire que tu étais paralysée *avant* l'incendie ? Que ce n'était pas un état de choc ?

Elle frissonna et acquiesça.

— Comme je ne pouvais pas bouger, il m'a portée dehors. Il m'a mise sur son épaule comme un sac de pommes de terre.

— Que s'est-il passé ? Pourquoi t'a-t-il posée par terre ?

— Tu as déclenché l'alarme. Il ne devait pas s'attendre que ça se produise aussi vite. Il lui fallait encore me faire sortir du ranch. Il a dû penser qu'il n'y arriverait pas, alors il s'est enfui. Pourquoi étais-je paralysée ? Que m'a-t-il fait et quand ?

— Ça a dû se passer au bar, et on nous a peut-être fait la même chose, répondit Logan. Moi aussi, j'étais fatigué – mais pas autant que toi.

Il se leva et se mit à faire les cent pas.

— Combien de bières as-tu bues hier soir ?

— Deux. Et toi ?

— Je n'ai même pas fini la première. Je me méfie de nos routes mal éclairées. Les accidents sont nombreux.

— Tu penses qu'on a mis quelque chose dans nos bières. Mais alors qui ? Tu connaissais tout le monde, non ?

— Sauf le nouveau.

Elle tressaillit.

— Drew, murmura-t-elle.

— Il faut que je rende une petite visite au cow-boy sexy d'Alexa. Te souviens-tu d'autre chose ?

Elle réfléchit quelques instants avant de répondre :

— Pas vraiment. Je me souviens surtout de son odeur, qui n'était pas la tienne. Mon visage s'est retrouvé contre son cou quand il m'a portée dehors.

— Tu ne peux pas te mettre à renifler tout le monde... A-t-il peur que tu puisses l'identifier, à ton avis ?

— Sans doute pas. Il doit connaître les effets de la drogue qu'il nous a administrée : paralysie, même des paupières, amnésie temporaire…

— Il faut qu'on interroge Drew. Sauf qu'il risque de nous filer entre les doigts dès qu'il comprendra qu'on le suspecte.

Elle se mordilla la lèvre.

— On ne devrait peut-être pas montrer qu'on soupçonne quelque chose, suggéra-t-elle.

— Dans ce cas, il faut commencer par faire ce qu'on était censés faire aujourd'hui. Te sens-tu capable d'aller voir les chevaux ? Je t'accompagnerai.

— Bien sûr ! Je me sens de mieux en mieux à mesure que les effets de la drogue se dissipent.

— Je vais envoyer quelqu'un chercher tes affaires, si elles n'ont pas brûlé.

— Je n'ai pas défait ma valise, dit-elle. Si le feu n'a pas atteint le salon, elles devraient être intactes.

— Tant mieux. Quand tu seras douchée et habillée, on descendra prendre le petit déjeuner.

— Dois-je m'attendre à être coincée au milieu de tes frères et sœur ? Dans ce cas, je préfère me contenter du plateau.

— Ne t'inquiète pas : c'est un buffet.

Elle soupira de soulagement.

— Ça, je peux gérer.

— Je commence à croire que tu peux tout gérer, répondit Logan.

Elle lui offrit un sourire timide. Elle était sûre de ne pas être capable de lui dire adieu.

Vêtue d'un jean délavé et d'une chemise à carreaux, Lana descendit le grand escalier, puis suivit l'odeur du bacon jusqu'à la salle à manger.

Elle balaya la pièce du regard et fut soulagée de trouver Logan seul à une table.

— Café ? proposa-t-il quand elle le rejoignit.

— Oui, mais je peux me débrouiller toute seule, merci.

Elle alla chercher une tasse de café et des œufs au bacon, puis revint s'asseoir en face de Logan.

— As-tu vu quelqu'un ce matin ? lui demanda-t-elle.

— Tu viens de rater Cody et Melissa, répondit-il en lui tendant la crème. Comment te sens-tu ?

— Parfaitement normale depuis la douche. Et toi ?

— Mon frère n'est jamais normal, répondit Alexa, qui hésitait devant une salade de fruits à quelques pas de leur table. J'ai entendu parler de l'incendie. Je suis soulagée que vous soyez indemne, Lana. Papa dit que c'est à cause d'une cigarette.

— Il paraît, répondit Logan. Où étais-tu, pendant ce temps-là ?

Alexa lui décocha un sourire et s'assit à côté de Lana.

— J'étais occupée, répondit-elle.

— Par le cow-boy sexy ? demanda Lana après avoir échangé un regard surpris avec Logan.

— Je ne vous le dirai pas. Et vous ? Il paraît que vous êtes restés dans la même chambre toute la nuit.

Logan posa sa fourchette.

— Tu le connais à peine, Alexa, grommela-t-il. Hugh l'a embauché hier.

Alexa versa de la crème dans son café et le touilla.

— Ai-je dit que j'avais couché avec Drew ? Occupe-toi de tes affaires.

Logan ricana.

— C'est savoureux de la part de quelqu'un qui a couru raconter tous mes secrets à Lana dans les minutes qui ont suivi son arrivée.

— Ce n'est pas la même chose, se défendit Alexa. Et n'oublie pas que je suis une adulte.

— Je te demande d'être prudente, c'est tout.

Alexa passa la demi-heure qui suivit à parler des chevaux et des élèves de Charlotte à Lana.

— Que faisons-nous des assiettes sales ? demanda Lana quand ils eurent fini de manger.

— C'est Lupe qui débarrasse, répondit Logan. Comme on est les derniers, je vais lui dire qu'on a terminé.

Alexa les quitta quand Logan revint de la cuisine. Lana la regarda s'éloigner.

— Si Drew a passé la nuit avec Alexa, il ne peut pas avoir mis le feu au cottage et essayé de m'enlever, dit-elle.

— Ma sœur aime provoquer, répondit Logan. Elle n'a jamais affirmé qu'elle avait passé la nuit avec Drew. Elle en est parfaitement capable… Mais il arrive aussi qu'elle se fasse passer pour plus délurée qu'elle n'est.

— Je peux peut-être lui soutirer la vérité en lui parlant de femme à femme…

— Tu peux toujours essayer. En attendant, faisons comme si tout était normal et gardons Drew à l'œil.

Un quart d'heure plus tard, Lana entra dans l'écurie avec Logan. Un homme vint à leur rencontre.

— Lana, je te présente Jake, le chef palefrenier. Jake, voici Lana, qui remplace Charlotte.

— Bienvenue dans l'équipe, Lana, dit Jake. J'ai entendu parler de l'incendie. Vous n'avez rien ?

— Non. Merci de vous en soucier, répondit Lana en lui serrant la main. Pouvez-vous me montrer les chevaux qui participent aux leçons ?

— Oui et je peux faire mieux que ça, déclara Jake en lui tendant un cahier. Voici les notes de Charlotte sur ses élèves. Elle est très méticuleuse, vous verrez.

— Merveilleux !

Elle suivit Jake d'une stalle à l'autre, l'écouta attentivement et fit connaissance avec les chevaux.

Ils étaient au milieu de l'écurie quand Logan reçut un coup de téléphone.

— Junior veut me voir, dit-il après avoir raccroché. Je peux te laisser te débrouiller ?

— Bien sûr, répondit-elle. On se retrouve au déjeuner.

Cinq minutes plus tard, Alexa et Drew entrèrent dans l'écurie. Le cœur de Lana se mit à battre plus vite. Drew la salua avec un sourire qui ne trahissait rien.

Alexa s'approcha de la stalle d'une jument baptisée Ginger et lui embrassa le museau.

— Alors, est-ce que notre petite écurie vous plaît, Lana ? demanda-t-elle.

— Petite ? pouffa Lana. Tous vos chevaux sont magnifiques.

— Certains ont plus de tempérament que d'autres, répondit Alexa. Comme mon petit joyau.

— Jake m'a dit que Ginger ne participait pas aux leçons.

— Non. Ginger est tout à moi. Mais je vous conseille d'essayer Coco. C'est une belle jument qui a du caractère sans être trop espiègle.

— Et si tu allais te promener avec Lana ? suggéra Drew à Alexa.

Il se tourna vers Lana et expliqua :

— Alexa voulait qu'on se promène ensemble, mais ma pause n'est pas très longue, et je ne voudrais pas m'attirer des ennuis dès mon premier jour de travail.

Lana réprima un frisson. Avait-il essayé de l'enlever la veille ? Sa voix ne trahissait rien.

— Pourquoi pas ? répondit-elle avant d'interroger Jake du regard.

— C'est une bonne idée, dit-il. Alexa peut vous montrer les sentiers que Charlotte emprunte avec ses élèves les plus chevronnés. Voulez-vous que je selle Coco ?

— Qu'en dites-vous, Alexa ? demanda Lana. Voulez-vous de ma compagnie ?

— Pourquoi pas ? Si je ne peux pas avoir celle que je voulais.

— Merci pour cette invitation chaleureuse, ironisa Lana. Puis-je vous parler dehors cinq minutes ?

— Faites donc ça pendant qu'on s'occupe de seller vos juments, Jake et moi, lança Drew.

— Je ne voudrais pas abuser de ta pause, grommela Alexa, un poing sur la hanche.

Lana l'entraîna dehors. Elle ne pouvait pas renifler le cou de Drew, mais elle pouvait vérifier son alibi.

— Soyez prudente, dit-elle à Alexa quand elles se furent un peu éloignées de l'écurie. Drew ne m'inspire pas confiance.

— Mais il est tellement sexy…

— Avez-vous couché avec lui hier soir ?

Alexa hocha la tête.

— On avait tous les deux un peu trop bu, mais il s'est bien occupé de moi.

— Je ne veux pas connaître les détails, s'empressa de dire Lana. Mais vous avez passé toute la nuit ensemble ?

— Je n'ai regagné mon lit qu'au petit matin.

Lana sentit ses épaules s'affaisser. Ce n'était pas Drew qui avait essayé de l'enlever. Il avait un alibi.

La porte de l'écurie s'ouvrit, et Jake et Drew en sortirent avec Ginger et Coco.

Drew posa les mains sur les hanches d'Alexa pour l'aider à se mettre en selle alors qu'elle n'en avait clairement pas besoin.

Lana remercia Jake de s'être occupé de Coco et se mit en selle à son tour.

— Bonne promenade ! lança Jake quand Alexa et elle s'éloignèrent.

Alexa lui montra les enclos dans lesquels Charlotte faisait cours aux débutants et se révéla être une source précieuse d'information.

Elles s'arrêtèrent à un endroit où plusieurs sentiers se croisaient.

— Il y a une jolie promenade à faire de ce côté avec un bon morceau de forêt et une rivière, dit Alexa. C'est là qu'il fait le plus frais en été. Les autres sentiers sont plus rocailleux et moins ombragés.

— Va pour la rivière ! répondit Lana.

— En savez-vous plus que ce matin sur l'incendie ? demanda Alexa.

— Non. Je n'arrive pas à croire que l'alarme du ranch et l'agitation ambiante ne vous aient pas réveillée… Mais vous ne dormiez peut-être pas.

Alexa pouffa.

— Oh si ! je dormais ! J'étais si fatiguée quand

je suis rentrée que je ne pouvais plus garder les yeux ouverts.

— C'est vrai ? l'encouragea Lana.

— Je vais vous confier un petit secret qui devrait rassurer mon frère : je n'ai pas couché avec Drew. J'étais à bout de force, et il s'est conduit en parfait gentleman. Nous n'avons fait que dormir dans le même lit.

— Et vous ne vous êtes pas réveillée de la nuit ?

— Même l'alarme ne m'a pas réveillée.

— Et Drew ? demanda Lana alors qu'elles commençaient à entendre la rivière.

— Il a passé la nuit avec moi.

— Comment pouvez-vous le savoir si vous dormiez aussi profondément ?

— J'ai senti sa présence, et il m'a réveillée ce matin. Il a insisté pour que je retourne dans ma chambre.

— Ça, ça ne m'étonne pas.

— Vous pensez qu'il l'a fait parce qu'il avait peur d'avoir des ennuis ? Vous vous trompez. Il l'a fait pour protéger ma réputation.

— Vous le connaissez à peine, Alexa.

Mais la sœur de Logan ne l'écoutait pas. Elle sortit son téléphone et lut un texto.

— Oups ! J'ai quelque chose à faire à la maison, dit-elle. Vous atteindrez la rivière en continuant tout droit. Le sentier la longe pendant un moment, puis vous tomberez sur une prairie qui permet de beaux galops. C'est ce que Charlotte fait avec ses élèves.

— À propos de Drew…

— Je sais, je sais, la coupa Alexa en faisant demi-tour.

Lana envoya un texto à Logan dès qu'Alexa s'éloigna.

Je crois qu'on tient notre homme.

Elle longea la rivière. Lorsqu'elle atteignit la prairie, elle suivit le conseil d'Alexa et lança Coco au galop.

Après quelques secondes d'euphorie, les mouvements de la jument devinrent désordonnés.

— Du calme, lui dit Lana.

Elle tira sur les rênes et essaya de reprendre le contrôle, mais Coco estimait visiblement que Lana avait abusé de sa patience.

Elle se cabra et rua jusqu'à ce qu'elle réussisse à lui faire perdre l'équilibre. Lana tomba lourdement et se mit en position fœtale pour minimiser les risques de coups de sabots. Coco s'échappa. Alors qu'elle reprenait son souffle, elle entendit un autre cheval approcher.

Elle se redressa et reconnut le chapeau noir du cavalier.

— Ça va, Lana ? demanda Drew en mettant pied à terre. Laissez-moi vous aider.

— Je vais bien, répondit-elle, même si elle n'était pas encore capable de se relever. Si vous pouviez rattraper Coco pour moi, je la ramènerai à l'écurie. J'ai… déjà appelé à l'aide.

Drew tourna la tête vers son téléphone, qui gisait dans l'herbe à quelques mètres d'elle.

— Ah oui ? Comment ? Avec des signaux de fumée ? Je vous ai vue tomber. Vous avez à peine eu le temps de reprendre votre souffle avant que je vole à votre secours… une nouvelle fois.

Il se planta devant elle.

— Une nouvelle fois ? répéta-t-elle comme si elle ne comprenait pas.

— Arrêtons de jouer au chat et à la souris, Lana. Nous sommes enfin seuls, comme je le voulais.

14

Un frisson parcourut Lana. Ils avaient effectivement fini de jouer.

— Que veux-tu ? demanda-t-elle.

— Toi.

— Pourquoi ?

Elle se mit à genoux et repéra Coco en train de brouter au loin.

— Allons, Lana. Tu sais très bien pourquoi : nous ne pouvons pas déchiffrer les notes de ton frère sans toi. On veut savoir ce qu'il a écrit.

— Pour remettre son journal aux autorités compétentes et faire toute la lumière sur l'attaque au cours de laquelle il s'est fait tuer, c'est bien ça ?

— C'est bien ça, sauf que nous n'avons peut-être pas les mêmes autorités compétentes, répondit-il en tirant quelque chose de sa poche.

— Alors vous me tuerez quand je ne vous servirai plus à rien. Pourquoi vous aiderais-je ? Pour qui travaillez-vous et pourquoi avez-vous attaqué cet avant-poste ?

— Parce qu'il y a des gens que tu aimes auxquels on peut faire du mal si tu refuses de coopérer. Et tu n'as pas besoin de savoir qui nous sommes.

Elle serra les poings. Carla. Ils devaient savoir pour Carla.

— Vous n'arriverez pas à vous approcher d'elle.

— Je commençais à croire que je n'arriverais pas à m'approcher de toi, et regarde-nous ! répondit Drew en écartant les bras.

Elle jeta un coup d'œil derrière lui et esquissa un sourire.

— Nous ne sommes pas aussi seuls que tu le crois.

Drew tourna la tête, jura et se remit en selle.

— Ce n'est pas fini, Lana, lui lança-t-il avant de filer.

Il disparut entre les arbres tandis que Logan approchait. Au moins, la couverture de Drew était grillée. Il ne pouvait plus mettre les pieds au Double H.

— Que s'est-il passé ? demanda Logan en arrêtant son cheval devant elle. Si ce cavalier va chercher du secours, il est parti dans la mauvaise direction.

Elle poussa un petit sanglot de soulagement.

— Ce cavalier est Drew. Poursuis-le, Logan ! Attrape-le !

Logan mit pied à terre et s'agenouilla à côté d'elle.

— T'a-t-il fait du mal ?

— Il n'en a pas eu le temps. Ne t'occupe pas de moi et rattrape-le !

— En te laissant toute seule ? Pas question. Il a trop d'avance et pourrait revenir pendant que je le cherche. Pourquoi a-t-il décidé d'abattre ses cartes ? Il a gâché tous les efforts qu'il avait faits pour infiltrer le ranch.

— J'ai peur de ne pas être une très bonne actrice, répondit-elle. Il a compris que je savais. Ça ne m'étonnerait pas qu'il ait orchestré ma chute. Ce qui est sûr, c'est qu'il s'est arrangé pour m'isoler. Je me promenais avec Alexa quand elle a reçu un texto qui l'a incitée à faire demi-tour.

— T'a-t-il dit ce qu'il voulait ? Ce ne doit pas être

ta mort, en tout cas, puisqu'il vient de laisser passer sa deuxième occasion de te tuer.

— Non. Ses complices et lui ne veulent pas me tuer… tout de suite. Ils veulent que je les aide à déchiffrer le journal de Gil. Ils tiennent autant que nous à savoir ce qu'il contient.

— Alors plus vite on percera le code de Gil, plus vite tu seras en sécurité.

— Il a menacé de faire du mal à des gens que j'aimais. Je suis sûre qu'il parlait de Carla.

Logan l'attira dans ses bras.

— Je suis sûr que Bruce peut la protéger et je peux te protéger. Si seulement je ne t'avais pas quittée des yeux…

Elle déposa un baiser au creux de son cou.

— Tu me sauves toujours juste à temps, répondit-elle. Je crois avoir vu une seringue dans la main de Drew. Elle contenait sans doute une dose de la drogue qu'il nous a administrée hier, à Alexa, toi et moi.

— Alexa ?

— Elle m'a fourni les détails de sa nuit avec Drew. Elle est allée chez lui, mais elle était si fatiguée qu'elle s'est endormie tout de suite. Elle croit qu'il a passé la nuit avec elle, mais il l'a quittée pour mettre le feu au cottage et essayer de m'enlever.

— Le salaud ! grogna Logan. Peux-tu te lever ? Es-tu blessée ?

— Ça va. Et je crois que Coco va bien, elle aussi.

— Allons vérifier.

Quelques minutes plus tard, elle était installée sur la monture de Logan, un bras enroulé autour de sa taille, et elle tenait les rênes de Coco.

— Au moins, Drew est démasqué, soupira-t-elle.

— J'ai vu Alexa prendre des photos, hier soir. J'ai l'intention d'afficher sa belle gueule dans toute la ville pour qu'il ne puisse même plus y prendre un café.

— Alexa sera déçue.

— Elle s'en remettra quand le prochain cow-boy sexy débarquera au ranch.

Jake vint à leur rencontre quand ils approchèrent de l'écurie.

— Logan ! Drew, le nouveau, est parti avec Diablo sans permission. Je ne sais pas ce qui lui a pris. Je suis sûr que Hugh le renverra quand je le lui dirai.

— Drew s'est fait passer pour un employé pour entrer dans le ranch et s'approcher de Lana, répondit Logan. C'est un homme dangereux. Dis-le aux autres, même si ça m'étonnerait beaucoup que vous le recroisiez.

— Et Diablo ? demanda Jake.

— Je ne vois pas ce que Drew ferait de lui. À mon avis, il l'abandonnera là où il mettra pied à terre. Il y a des chances pour qu'il revienne tout seul.

— Et il faudra sûrement soigner Coco, intervint Lana. Je pense que Drew a glissé un chardon sous sa selle, ou quelque chose comme ça. Elle est devenue folle quand je l'ai lancée au galop et m'a désarçonnée.

Jake jura.

— Et ça va ? Rien de cassé ? s'inquiéta-t-il.

— Oui, ça va. Mais soignez bien la pauvre Coco.

Ils confièrent la jument et le cheval de Logan à Jake.

— Veux-tu rentrer à pied ou préfères-tu que quelqu'un vienne nous chercher ? demanda-t-il.

— J'ai besoin de faire travailler mes muscles, répondit-elle. Je me sens déjà raide.

— Quand on aura prévenu tout le monde, je récupérerai une photo de Drew pour la faire circuler en ville.

— Et il faut que je commence à associer des dates aux notes de Gil. J'ai l'impression que c'est une course contre la montre, maintenant.

Dès qu'ils rentrèrent, Logan rassembla tout le monde et raconta ce que Drew avait fait.

— Où est Alexa ? demanda-t-il. Elle a pris de photos de lui. Je pense qu'il est déjà loin, mais je veux que le shérif sache à quoi il ressemble.

— Elle est partie rejoindre son amie Becca, répondit Angie.

— Peux-tu la prévenir, s'il te plaît ? demanda Logan.

— Bien sûr, répondit Angie.

Hugh enfonça les mains dans ses poches.

— Vas-tu essayer de nous faire croire que ce Drew voulait enlever Lana parce qu'elle est professeur d'équitation, Logan ? demanda-t-il.

— Je n'essayerai rien du tout, Hugh. La seule chose que tu aies besoin de savoir, c'est que Lana a des préoccupations plus importantes que les cours de Charlotte.

Lana esquissa un sourire. Même si Logan n'était pas à l'aise au sein de sa famille, il savait la gérer.

Il l'entraîna à l'étage en laissant son frère se débrouiller avec le mystère qu'il laissait planer.

— Je suppose que tu as envie de prendre une douche et de te changer, dit Logan quand ils entrèrent dans la chambre où elle avait passé la nuit précédente. Pendant ce temps-là, je ferai un peu de place dans le bureau de mon père pour que tu puisses y travailler.

— Que va-t-il dire ? s'inquiéta-t-elle.

— Carlton l'a emmené chez son kiné. Il y restera tout l'après-midi.

— Je n'en ai pas pour longtemps, promit-elle.

Dix minutes plus tard, vêtue d'un jean propre et d'un chemisier, elle rejoignit Logan dans le bureau de Junior. Il avait dégagé un petit bureau dans un coin.

— Prête à te plonger dans tes souvenirs ? lui lança-t-il.

— Tu es sûr que ça servira à quelque chose ?

— Je suis sûr qu'il y a des gens haut placés qui veulent savoir ce que Gil avait à dire sur cet avant-poste. Fais-moi confiance.

— Aveuglément, répondit-elle avant de déposer un baiser sur ses lèvres.

Tandis que Logan pianotait sur son ordinateur dans le fauteuil de son père, elle se plongea dans les notes de Gil. Les souvenirs qu'il avait écrits étaient tous reliés à une date précise. Pour chacun d'eux, elle nota sur une feuille l'année, le mois et le jour exact quand elle s'en souvenait.

Après une heure de travail, sa page était couverte de nombres.

— J'ai fini un livre, annonça-t-elle. Que fait-on, maintenant ?

Il la rejoignit avec la liasse de photographies imprimées.

— De quel livre s'agit-il ?

— Du premier que tu as photographié.

Logan chercha les pages.

— J'ai la tête qui tourne, dit-elle en se massant le front. Que faisons-nous de tous ces nombres ?

— Nous nous en servons pour isoler des lettres ou des mots dans les pages correspondantes. Deux, seize, quatre-vingt-dix…

Il se munit d'un crayon et se mit à entourer des lettres ou des mots, pour tout effacer deux minutes plus tard et recommencer.

— À quoi joues-tu ? demanda-t-elle.

— Je cherche la logique. Le deux peut signifier qu'on doit prendre en compte un mot sur deux, le deuxième mot de chaque ligne ou de chaque paragraphe, ou bien la deuxième lettre de certains mots… Il y a de nombreuses possibilités.

— Et on doit faire ça pour chaque date et chaque page ? Il nous faudra un an ! Plus, peut-être.

— Il suffit qu'on obtienne un premier résultat pour prouver qu'on a raison, répondit-il. Alors on pourra confier le reste à des professionnels. Ça ne leur prendra pas un an.

— Tant mieux. Je savais que Gil était intelligent, mais je ne l'imaginais pas capable de concevoir un tel puzzle.

— Commence donc à associer des dates aux notes d'un autre livre pendant que je fais ça, suggéra-t-il.

Elle se remit au travail. De temps à autre, l'ordinateur de Logan, qu'il avait laissé sur le bureau de son père, bipait pour signaler qu'il avait reçu un mail. Chaque fois, Logan allait jeter un coup d'œil, puis se replongeait dans sa tâche.

— Tu ne veux pas éteindre ça ? demanda-t-elle après le cinquième bip.

— Non, répondit-il. Je cherche quelqu'un à qui confier le travail de décryptage. J'ai envoyé des mails à plusieurs personnes et je ne veux pas rater une réponse.

Ils poursuivirent ainsi pendant une heure, puis Logan s'étira.

— Je ne sais pas toi, mais j'ai faim – et je n'aurais rien contre une dose de caféine.

— Moi aussi, j'ai faim, mais j'ai surtout hâte de me sortir ces dates de la tête pour les coucher sur le papier.

— Alors continue à travailler. Je vais demander à Lupe de nous préparer des sandwichs. Et surveille mes mails, s'il te plaît.

— D'accord. Et pourrais-tu vérifier si Alexa est rentrée ? Je commence à m'inquiéter pour elle.

— Je suis sûr qu'elle va bien. Angie m'a dit qu'elle était allée voir une amie. Mais je demanderai si elle est rentrée.

Lana recommença à aligner des nombres en s'interrompant à chaque nouveau mail. Ils progressaient enfin. Elle avait confiance en Logan pour comprendre la logique de Gil et trouver quelque chose à montrer aux autorités compétentes. Alors ce cauchemar prendrait fin, et Logan et elle auraient une chance de faire connaissance dans de bonnes conditions.

L'ordinateur de Logan bipa une fois de plus. Ce mail-ci avait été envoyé par l'armée. C'était peut-être important.

Elle l'ouvrit et en lut le premier paragraphe. Son sang se figea dans ses veines. La vue brouillée par la colère, elle se força à relire ce paragraphe.

— Déjeuner ! annonça Logan en entrant dans la pièce avec un plateau. On a des sandwichs, des fruits, des chips…

Il laissa son énumération en suspens et s'arrêta net parce qu'elle le fusillait du regard.

— Que se passe-t-il ?

— Sale menteur ! répondit-elle.

Il fronça les sourcils.

— De quoi parles-tu ? Quel est le problème ?

— J'ai lu le mail, dit-elle en agitant un doigt en direction de son ordinateur. Je sais ce que tu as fait – ou plutôt ce que tu *n'as pas* fait.

— Le mail ?

— Le mail qui décrète que tes camarades de la Delta Force et toi n'avez rien fait de mal en n'allant pas défendre cet avant-poste d'ambassade au Nigéria quand il s'est fait attaquer. Que vous n'avez rien fait de mal pendant que mon frère, ses amis et tout le personnel de l'avant-poste se faisaient tuer !

Le cœur de Logan se serra.

— Je voulais te le dire. Je voulais t'expliquer…

Il posa le plateau par terre pour essayer d'attraper Lana au vol quand elle fonça vers la porte.

— Ne me touche pas ! s'écria-t-elle. Ne m'approche plus jamais !

Il lui courut après, mais s'arrêta quand elle sortit de la maison. Que pouvait-il faire ? La ligoter ?

Il sortit à son tour pour la regarder s'éloigner. Retournait-elle au cottage ? Elle n'avait peut-être besoin que d'un peu de temps pour se calmer.

Il pourrait lui expliquer qu'ils avaient reçu l'ordre de ne pas intervenir. C'était l'une des raisons pour lesquelles il avait voulu savoir ce qui s'était réellement passé dans cet avant-poste – une raison dont il ne pouvait pas parler à Lana. Mais elle comprendrait sûrement, puisque Gil était un marine.

Il rentra dans la maison la tête basse. La scène avait attiré quelques membres de sa famille hors de leurs tanières, mais les regards qu'il leur lança les firent disparaître.

Il retourna dans le bureau de Junior, ouvrit l'un des sodas du plateau et lut le mail qui avait dressé Lana contre lui.

Il écarquilla les yeux quand il atteignit le deuxième

paragraphe, que Lana n'avait peut-être pas lu. Son supérieur avait accepté d'envoyer une demande de décryptage à la CIA. Ils avaient presque réussi. Quand le journal de Gil serait décodé, Lana ne risquerait plus rien.

Il but une gorgée de soda et replongea dans l'esprit de Gil – un homme qu'il n'avait pas pu sauver, qu'il avait reçu l'ordre de ne pas sauver. Mais il pouvait sauver sa sœur, qu'elle le veuille ou non.

Il releva vivement la tête quand la porte du bureau s'ouvrit. Angie, Hugh, Cody et Melissa se bousculèrent presque pour entrer dans la pièce.

Le visage livide, les yeux rouges, Angie lui demanda :

— As-tu eu des nouvelles d'Alexa ? On ne sait pas où elle est.

Logan fronça les sourcils.

— Elle n'est pas avec Becca ?

— Comme on n'arrivait pas à la joindre, on a fini par appeler Becca, répondit Hugh. Elle est à Fort Worth, et Alexa n'est pas avec elle.

— Avez-vous essayé de localiser sa jeep ? demanda Logan.

— Elle est garée devant le cottage, répondit Cody.

Angie, qui venait de recevoir un texto, pâlit encore plus.

— Qu'y a-t-il, Angie ? demanda Logan. C'est Alexa ?

— C'est Becca, répondit Angie. La mauvaise conscience l'a rattrapée, et elle m'informe qu'Alexa s'est enfuie avec Drew Halliday.

15

Lana essuya ses larmes et se mit au volant de la jeep d'Alexa, qu'elle venait de trouver devant le cottage avec la clé sur le contact. Elle se moquait éperdument que les parents de Logan pensent qu'il avait introduit une autre voleuse dans la famille.

Elle lui avait accordé toute sa confiance alors que leur relation reposait sur un mensonge gigantesque.

Comment avait-il pu lui cacher qu'il appartenait à l'une des unités qui auraient pu intervenir quand l'avant-poste avait été attaqué et qui ne l'avaient pas fait ?

Elle écrasa l'accélérateur pour fuir le Double H et Logan.

À l'entrée, elle ouvrit le portail avec son trousseau et ne prit pas la peine de le refermer.

Elle ne savait pas où elle allait. Elle ne pouvait pas rouler jusqu'en Californie avec cette voiture. Ce serait du vol, et elle n'était pas une voleuse. Elle pouvait prendre un car jusqu'à Fort Worth, puis l'avion.

Alors qu'elle fonçait vers la petite ville de Yellowtail, son téléphone vibra dans le vide-poches. Elle n'était pas encore prête à parler à Logan. Elle ne le serait peut-être jamais. C'était ce qu'elle lui avait dit, en tout cas.

Elle soupira quand son téléphone se remit à vibrer. Il ne lui avait pas menti à proprement parler. Elle ne lui avait pas demandé s'il lui aurait été possible d'aider Gil. Mais il savait forcément que c'était une information vitale pour elle !

Elle renifla, prit son téléphone et fronça les sourcils en découvrant qu'elle avait reçu un texto d'Alexa. Elle l'ouvrit.

Venez me chercher chez Mickey, s'il vous plaît, et n'amenez pas Logan. Je ne veux pas l'entendre me rappeler qu'il m'avait dit de me méfier de Drew.

Lana soupira de soulagement. Alexa savait pour Drew et semblait avoir accepté l'évidence.

Elle s'arrêta au bord de la route pour répondre.

Vous avez de la chance. Je suis en route pour Yellowtail dans votre jeep et je suis seule.

Elle se remit en route. Au moins, les Hess ne pourraient pas l'accuser de vol de voiture puisqu'elle allait rendre la jeep à sa propriétaire.

Une fois à Yellowtail, elle se gara sur le parking presque désert du bar de Mickey et n'y reconnut aucune voiture du Double H. Comment Alexa s'était-elle donc rendue en ville ? C'était peut-être Becca qui lui avait servi de chauffeur.

Lana entra dans le bar. L'odeur de vieille bière et de vomi qui flottait dans l'air lui donna la nausée. Leur mère les avait souvent envoyés, Gil et elle, chercher leur père dans des bars de ce genre.

Elle s'approcha du comptoir.

— Avez-vous vu Alexa Hess ? demanda-t-elle au barman.

Il ricana et répondit :

— Pas aujourd'hui.

Alors que Lana balayait la salle du regard, un ivrogne s'approcha d'elle.

— Alexa, la jolie blonde ? lui demanda-t-il.

Lana s'interdit de reculer pour échapper à sa puanteur.

— Oui. Vous l'avez vue ?

— Elle est aux toilettes, répondit l'ivrogne.

— Merci.

Lana s'engagea dans un couloir obscur. Elle n'était pas sûre de vouloir découvrir les toilettes de cet établissement, mais était contente de s'éloigner des ivrognes et du barman hostile.

Les toilettes étaient une pièce minuscule dans laquelle il n'y avait que deux cabines et un lavabo crasseux.

Elle frappa à la porte de la cabine occupée.

— Alexa ? Êtes-vous là-dedans ? Répondez, s'il vous plaît. J'ai hâte de sortir de ce trou à rats.

La porte s'ouvrit, mais elle ne se retrouva pas en face de la sœur de Logan. Drew lui enfonça un revolver dans les côtes.

— Bonne idée, Lana. Sortons de ce trou à rats.

Elle rassembla son courage et demanda :

— Où est Alexa ?

— Elle va bien, répondit Drew. J'avais juste besoin de mettre la main sur son téléphone. C'est toi que je veux. Où est ton chien de garde ? Le type de la Delta Force.

Ils savaient donc très bien qui était Logan, sans doute depuis le début.

— En chemin. Je l'ai appelé quand j'ai reçu un texto que je croyais venir de sa sœur.

— Bien tenté, répondit Drew. Mais tu n'as aucune raison d'avoir peur de moi, tu sais. Nous voulons juste que tu travailles avec nous plutôt qu'avec lui au déchiffrage du journal de ton frère.

— C'est qui, « nous » ?

Drew bloqua la porte des toilettes de l'épaule quand quelqu'un voulut entrer.

— C'est occupé !

Une femme l'insulta copieusement, mais elle s'éloigna.

— Nous sommes juste dans un autre camp, répondit Drew. Il y a plein de camps dans ces conflits : le tien, le nôtre, le leur… Quelle importance ? On dirait bien que ton camp ne veut pas que tu découvres ce qui est arrivé à ton frère.

— Et ton camp l'a tué.

Il haussa les épaules.

— Allons-nous-en avant que quelqu'un d'autre nous dérange.

L'esprit de Lana s'affola. La jeep d'Alexa. Elle savait que les Hess l'avaient équipée d'une balise GPS pour garder un œil sur leur petite sœur indocile. Quelqu'un songerait-il à localiser la jeep ? Comme ils croyaient tous Alexa avec Becca, ils n'avaient pas de raisons de s'inquiéter pour elle. Pouvait-elle convaincre Drew de prendre la jeep d'Alexa plutôt que son propre véhicule ? Évidemment pas.

Elle devait donc rester le plus près possible de cette jeep le plus longtemps possible.

Elle se couvrit la bouche.

— Je crois que je vais vomir, gémit-elle.

Drew plissa les yeux, mais il la poussa dans l'une des cabines et l'y suivit. L'odeur de son eau de Cologne ou de sa lotion après-rasage l'enveloppa. Comment avait-elle pu le confondre avec Logan, ne serait-ce qu'un instant, la nuit de l'incendie ? Logan… Pourquoi s'était-elle stupidement enfuie ?

— Fais vite ! ordonna Drew.

Elle s'accroupit devant la cuvette. L'odeur putride qui s'en dégageait l'aida à hoqueter de manière crédible.

Drew n'attendit que quelques secondes avant de lui tirer les cheveux.

— Ça suffit. Tu n'es pas malade.

Elle se redressa et prit quelques feuilles de papier toilette pour s'essuyer le nez.

Drew ouvrit la porte de la cabine, la poussa dehors et lui planta son arme dans le dos.

— Que fais-tu ? grogna-t-il quand elle s'approcha du lavabo.

— Je me rince la bouche, répondit-elle.

Elle ouvrit le robinet sans lui laisser le temps de répondre. Elle prit de l'eau au creux de sa main, l'aspira, la garda dans la bouche quelques instants et la cracha.

Drew lui frappa l'arrière du crâne alors qu'elle s'apprêtait à recommencer.

— Ça suffit ! Crois-tu vraiment que l'un de ces ivrognes va venir te sauver ? Je n'ai donné que vingt dollars à celui qui t'a dit qu'Alexa était aux toilettes.

Elle tendit une main tremblante vers le distributeur de papier, se rendit compte qu'il était vide et s'essuya les mains sur son jean.

Drew lui enfonça son arme dans les reins. Elle se résigna à aller jusqu'à la porte. Il l'entrouvrit pour jeter un coup d'œil dans le couloir.

— C'est bon, dit-il. Il n'y a personne.

Elle pourrait toujours courir, crier, faire un scandale…

— Si tu tentes quoi que ce soit, tu es morte, lui dit Drew.

Il projetait sans doute de la tuer quand elle aurait déchiffré le journal, alors pourquoi ne pas tenter le tout pour le tout ? Parce qu'elle avait encore l'espoir absurde que Logan vienne la sauver.

Il le fallait. Elle lui devait des excuses. Il devait s'en vouloir de ne pas avoir aidé Gil et les autres. Et elle savait qu'il avait obéi à des ordres, tout comme Gil.

Et aussi, Logan et elle n'avaient pas eu l'occasion de faire l'amour. Leur histoire ne pouvait pas s'achever comme cela.

— Avance ! ordonna Drew.

Il lui donna un coup de coude entre les omoplates qui faillit la faire tomber, mais elle s'agrippa à la poignée de la porte.

— Si tu veux que je t'aide, dis-moi ce que tu as fait d'Alexa, exigea-t-elle.

— Je l'ai ligotée, c'est tout. Je te montrerai une photo quand on sera dans ma voiture. Avance !

Elle s'engagea dans le couloir en traînant les pieds. Drew la poussa vers la porte de derrière. Elle plissa les yeux quand il l'ouvrit. Même si le ciel était nuageux et le soleil bientôt couché, il y avait plus de lumière sur le parking que dans le bar miteux où personne ne pouvait l'aider.

Drew la poussa vers une voiture noire parfaitement quelconque.

Elle s'arrêta brusquement.

— Une minute !

— Quoi encore ?

— Tu veux que je vous aide à déchiffrer le journal de mon frère, c'est bien ça ?

— Qu'est-ce que je ferais dans cette ville de ploucs, sinon ?

— J'ai déjà commencé à y travailler, et mon carnet est dans la jeep.

— Dépêche-toi !

Elle se dirigea vers la jeep en résistant à la panique. Y trouverait-elle quelque chose qu'elle pourrait faire passer pour des notes ?

Elle ouvrit la portière du conducteur et se pencha à l'intérieur. Drew se posta derrière elle. Elle sentit que son arme était maintenant du côté de son oreille gauche. Un faux mouvement, et il lui ferait sauter la cervelle.

Par chance, il y avait des déchets de toutes sortes dans la voiture d'Alexa. Elle rassembla des factures, de vieux plans et des reçus, puis se redressa.

— J'ai trouvé ! s'écria-t-elle triomphalement en agitant sa liasse.

Drew fronça les sourcils, mais n'examina pas les papiers de plus près. De la sueur perlait à son front malgré la fraîcheur de l'air.

Ce n'était pas son truc. Il avait enlevé Dale chez elle, avec l'aide de complices. Il était seul et exposé, à présent. Ils étaient sur un parking au milieu d'une petite ville où tout le monde connaissait tout le monde.

Elle chercha une nouvelle manière de gagner du temps.

— Que veux-tu que je fasse de la clé de la jeep ? demanda-t-elle. Je la mets sur le contact ?

— Je m'en fiche complètement, grommela Drew. Si tu savais comme j'ai hâte que tu la boucles…

Lana se raidit.

— Qu'est-ce que ça veut dire ? Tu vas me tuer, n'est-ce pas ?

— Si j'avais voulu te tuer, tu serais morte. On aurait pu faire sauter ta maison dans l'autre ranch. J'aurais pu mettre quelque chose de plus fort dans tes bières hier soir ou te laisser mourir dans l'incendie... On te veut en vie pour que tu déchiffres le journal.

— Si tu n'as pas l'intention de me tuer, comment comptes-tu t'y prendre pour me forcer à la boucler ?

Il lui prit le bras et l'entraîna vers la voiture noire.

— J'ai quelque chose qui t'aidera à te détendre, répondit-il. Tu ne croyais quand même pas que j'allais m'emmerder à te garder en joue tout en conduisant ?

— Je ne veux pas que tu me drogues.

— Tu préfères mourir ?

— Tu as dit que vous me vouliez en vie.

— Dans certaines limites. On préférerait que tu meures plutôt que tu continues à aider Hess. Me suis-je bien fait comprendre ?

Elle déglutit péniblement.

— Oui.

— Alors monte dans la voiture ! ordonna-t-il en ouvrant les portières avec la télécommande.

Tandis qu'elle montait à l'avant, elle aperçut Logan à l'angle du bar.

Elle réprima un gémissement de soulagement et se força à regarder droit devant elle. Maintenant, elle devait offrir à Logan une occasion de passer à l'action.

Drew se mit au volant. Il fit passer son arme dans sa main gauche pour sortir une seringue de sa poche droite. Il en retira le capuchon avec les dents et l'approcha du bras de Lana.

Elle réussit à la lui faire lâcher d'un coup dans le poignet. La seringue tomba à ses pieds.

— Merde, Lana ! s'écria Drew. Ça ne changera rien. Ramasse-la !

Avec joie, songea-t-elle.

Elle se tourna un peu, puis se pencha tant que son front toucha presque le tapis de sol.

Il n'en fallait pas plus à Logan. Une vitre explosa, et un liquide chaud lui coula dans le dos.

Elle ne put s'empêcher de crier. Deux secondes plus tard, Logan la dégageait du cadavre de Drew et la tirait hors de la voiture.

Hugh et Cody accoururent. Hugh arracha son arme à Drew, ce qui était parfaitement inutile.

— Alexa ! s'écria Lana en attrapant la chemise de Logan. Elle est ligotée, quelque part. Il m'a dit qu'elle était indemne et qu'il avait une photo d'elle.

Cody fouilla les poches de Drew et y trouva deux téléphones.

— Ça, c'est celui d'Alexa, dit-il.

— Vérifie les photos, suggéra Logan.

Cody toucha l'écran.

— Il est protégé par un mot de passe, dit-il.

Hugh pouffa.

— Et je ne le connaîtrais pas ?

Il le donna à Cody, qui ouvrit le dossier des photos.

— Bingo ! s'écria-t-il. Il a pris la photo avec ce téléphone. Reconnaissez-vous le décor ?

Hugh prit le téléphone à son frère et répondit :

— Elle est à l'auberge de Yellowtail. Je ne peux pas vous dire dans quelle chambre, mais il n'y en a pas beaucoup. J'appelle le shérif et l'auberge immédiatement.

Une demi-heure plus tard, après l'arrivée d'une première patrouille et du fourgon du médecin légiste, Lana effleura la joue de Logan.

— Je me suis souvenue qu'il y avait une balise GPS

sur la jeep d'Alexa, lui dit-elle. J'ai gagné le plus de temps possible en priant pour que tu comprennes que j'étais en danger.

Logan déposa un baiser sur son front.

— Becca a avoué à Angie qu'elle avait aidé Alexa à s'enfuir avec Drew, répondit-il. Aucun de nous n'avait eu le temps de lui dire qu'il avait essayé de t'enlever dans la forêt. Comme Cody avait vu sa jeep garée devant le cottage, j'ai tout de suite compris que tu l'avais prise quand elle a disparu.

— C'était tellement stupide de ma part ! reconnut-elle. Drew m'a envoyé des textos depuis le téléphone d'Alexa pour m'attirer chez Mickey. J'étais si furieuse contre toi que je n'ai pas pensé un instant que ça pouvait être un piège. Par contre, j'ai pensé que vous risquiez de porter plainte pour vol de voiture.

Logan la serra dans ses bras.

— Je n'ai jamais été aussi heureux de présenter une voleuse à ma famille, lui murmura-t-il à l'oreille.

Lana s'autorisa quelques instants de pur réconfort, puis se redressa.

— J'avoue que je suis soulagée que tu aies tué Drew, mais on n'est pas encore hors de danger, dit-elle. Il avait des complices qui veulent toujours me mettre la main dessus.

— C'est trop tard.

— Comment ça ?

— Le mail que tu as lu.

— Oui ?

— Si tu l'avais lu jusqu'au bout, tu aurais su que mon supérieur avait déposé une demande auprès de la CIA. J'ai reçu la réponse depuis, et c'est gagné : ils veulent le journal de Gil.

— C'est vrai ?

Elle se jeta à son cou. Alors qu'il se penchait pour l'embrasser, la sirène d'une voiture de police leur fit tourner la tête.

Alexa en jaillit et courut vers eux.

— Je suis désolée, Lana ! s'écria-t-elle. J'espère que tu vas bien.

— C'est moi qui espère que tu vas bien, dit Lana. Tu as dû être terrifiée.

Logan salua le shérif qui s'approchait d'eux.

— Maintenant, il ne vous reste plus qu'à espérer que je vais bien aussi, parce que je vais devoir répondre à un certain nombre de questions, répondit-il.

Épilogue

Lana enroula les doigts autour de sa tasse et souffla sur son café.

— Alors cet entrepôt secret de l'avant-poste servait à faire transiter des armes destinées à des terroristes ?

— C'est ce que Gil a découvert, répondit Logan.

— Tu penses que le major Denver l'avait découvert aussi et que c'est pour ça qu'on l'a piégé ?

— Si Denver s'est rendu dans cet avant-poste et s'il a posé des questions aux marines, c'est qu'il suspectait quelque chose. Il a peut-être obtenu des réponses. Je pense que Gil l'a aidé à les obtenir et que ça les a mis en danger tous les deux.

Logan repoussa son assiette encore à moitié pleine.

— Mais qui s'est servi d'un avant-poste d'ambassade pour livrer des armes à des terroristes et pourquoi ?

— Pour l'instant, tout le monde montre du doigt l'assistant de l'ambassadeur et son équipe. Tous les accusés ont le bon goût d'être morts. Et on ne sait toujours pas ce que sont devenues les armes qui ont été volées pendant l'attaque.

Lana posa sa tasse parce que ses mains tremblaient trop.

— Il se passe quelque chose de grave au sein du

gouvernement et de l'armée, n'est-ce pas ? Et Denver s'est trop rapproché de la vérité.

— C'est bien ce que je pense. Mais les gens qui ne sont pas impliqués commencent à se rendre compte que Denver est victime d'un coup monté.

— Alors pourquoi l'armée n'abandonne-t-elle pas les poursuites à son encontre ? Il pourrait sortir de la clandestinité.

— C'est plus facile à dire qu'à faire. D'abord, les militaires ont peur. Ils ne savent pas à qui se fier. Ensuite, il y a Denver lui-même. Il ne sortira pas de la clandestinité avant d'avoir atteint son but.

— Et quel est son but ?

— Démasquer les membres du gouvernement qui ont des liens avec les groupes terroristes de cette région.

Il jeta un coup d'œil derrière elle et posa un doigt sur ses lèvres.

Alexa, qui venait d'entrer dans la salle à manger, fonça vers eux.

— Je sais que vous voulez passer le plus de temps possible ensemble avant la fin de la permission de Logan, mais tu donnes tes premiers cours ce matin, et j'ai promis de t'aider, Lana, dit-elle.

— Et je t'en remercie, répondit Lana. On a presque fini. Je te retrouve à l'écurie dans dix minutes.

— Dix minutes ? s'écria Alexa. Ce n'est pas assez. Il y a un nouvel employé dont j'aimerais faire la connaissance.

— Sois prudente, dit Lana, qui n'arrivait pas encore à croire qu'ils ne risquaient plus rien.

— Ne t'en fais pas. Becca le connaît depuis toujours. Il est validé.

— Pauvre garçon, soupira Logan.

Quand Alexa s'éloigna, Logan écarta sa chaise de la table et se tapota les cuisses. Lana alla s'installer sur ses genoux.

— Ma sœur a raison sur un point : dix minutes, c'est bien trop court, dit-il. Surtout pour ce que j'aimerais faire avec toi.

Il pressa les lèvres contre les siennes.

— Carla ne te manquera pas trop ? demanda-t-il.

— Si, mais j'irai la voir régulièrement, et tu avais raison : Dale mérite d'avoir une vraie chance d'être sa mère.

— Tu es aussi généreuse que tu es belle.

— À ce propos… J'essayerai de ne pas te juger aussi durement et précipitamment à l'avenir. Je sais que tu avais des ordres au Nigéria. Et je sais que tu aurais aidé Gil et ses camarades si la décision t'avait appartenu.

— Oui. Mais Denver, lui, y serait allé en envoyant les ordres au diable.

— Denver est dans une situation très délicate, lui rappela-t-elle. Je préfère que tu obéisses aux ordres et que tu rentres à la maison.

— À la maison… Ça veut dire que tu seras encore là à ma prochaine permission ?

— J'y compte bien.

— Et tu ne t'ennuieras pas trop au Double H sans moi ?

— Eh bien… Il y a beaucoup de cow-boys dans le coin, et je suis sûre qu'Alexa se fera un plaisir de me conseiller.

Logan lui pinça la taille.

— Dans ce cas, je vais devoir m'assurer que tu

as assez de souvenirs de moi pour te tenir chaud les nuits d'hiver.

— Peut-on s'y mettre maintenant ?

— Je te rappelle que tu as des cours à donner. Veux-tu te faire renvoyer ?

— Alors je me contenterai d'un baiser.

— Il sera inoubliable.

Elle lui sourit. Elle en était certaine.

Logan était entré dans sa vie au moment où elle avait le plus besoin de lui.

Elle avait envie de croire que son petit frère veillait sur elle comme elle avait veillé sur lui presque toute leur vie. C'était peut-être lui qui lui avait envoyé ce cow-boy de la Delta Force pour la protéger et la chérir.

Retrouvez en septembre 2020,
dans votre collection

BLACK ROSE

Une femme sous tension, de Janie Crouch - N°601

SÉRIE DEUX FACE AU RISQUE 3/4

Vingt-quatre heures ! C'est le délai qu'un fou dangereux a donné à la police avant d'exécuter sa prochaine victime… Appelée à la rescousse en raison de ses talents d'informaticienne, Bree doit localiser l'assassin. Une course contre la montre dont elle ne sait si elle sortira indemne, car c'est elle désormais qui risque d'être la cible du tueur…

La peur dans tes yeux, de Cindi Myers

À Eagle Mountain, un nouveau meurtre est commis. Appelé sur la scène de crime, Nate Hall découvre avec surprise que c'est Jamie Douglas qui mène l'enquête. Jamie qu'il a quittée sept ans plus tôt et qui, de toute évidence, ne le lui a jamais pardonné. Jamie qui, d'un ton bravache – démenti par son regard terrifié –, lui annonce qu'elle a l'intention de servir d'appât au meurtrier…

La menace du bayou, de Joanna Wayne - N°602

Dans les marais du bayou, un corps de femme vient d'être retrouvé. Pour le détective Hunter Bergeron, une double mission commence : traquer le *French Kiss Killer* qui terrorise les femmes de La Nouvelle-Orléans, et protéger celle qu'il n'a jamais cessé d'aimer : Helena, son ex-fiancée qui, bien qu'elle corresponde en tous points aux précédentes victimes du tueur, feint d'ignorer le danger…

Retrouvailles clandestines, de Barb Han

Le visage fermé, Mitch écoute Kimberley lui expliquer pourquoi, un an plus tôt, elle s'est fait passer pour morte… Quelle est donc cette menace qui pèse sur elle ? Et comment imaginer que c'est pour son bien et celui de leurs deux bébés qu'elle les a abandonnés ? Et brusquement une sourde angoisse étreint Mitch car, en cédant au besoin de les revoir, Kimberley a forcément attiré sur eux l'attention de ceux qui la pourchassent…

Retrouvez en septembre 2020,
dans votre collection

BLACK ROSE

Une famille aux abois, de Beverly Long - N°603

L'inconnu qui parle avec Josh se retourne, et Matilda sent son cœur s'emballer : Blaine Colton est revenu au pays ! Leurs regards se croisent alors et elle se trouble : comment révéler à Blaine que Josh est son fils, né de leur unique nuit d'amour, treize ans plus tôt ? Une question qui en amène une autre : doit-elle lui parler des menaces anonymes dont elle et Josh sont victimes depuis quelques jours ?

La forêt des mystères, de Michele Hauf

En entrant sur les terres de Skylar Davis, Joe hésite sur la conduite à tenir. Certes, il soupçonne la famille Davis d'être liée au réseau de braconnage qui sévit dans la forêt. Mais attaquer Skylar de front est une mauvaise idée : d'abord parce qu'elle est la femme la plus fière qu'il connaisse. Ensuite et surtout parce qu'il est amoureux d'elle depuis toujours et qu'il risque bien de se troubler en sa présence…

Un étranger dans la nuit, de Carla Cassidy - N°604

Insomniaque, Jewel Mayfair a l'habitude de se promener en forêt, la nuit. Mais ce soir-là les craquements sinistres des arbres font monter en elle une angoisse irrépressible. Soudain, elle pousse un cri : Quinn Logan vient de surgir devant elle. Que fait ici cet homme qui, inexplicablement, l'a toujours attirée mais dont le passé semble si trouble ?

Un privé trop désirable, de Justine Davis

Vengeance ? Rivalité ? Victoria ne comprend pas qui s'en prend à ses chevaux, ni pourquoi. Elle fait alors appel à Cole Bannister, un enquêteur privé, qui considère avec une déplaisante arrogance l'affaire qu'elle lui soumet. Piquée au vif, Victoria n'en est que plus déterminée à percer le mystère qui compromet sa réputation et celle de son ranch…

Composé et édité par HarperCollins France.

Achevé d'imprimer en juillet 2020.

CPI
BLACK PRINT

Barcelone

Dépôt légal : août 2020.

MIXTE
Papier issu de sources responsables
FSC® C108412
FSC www.fsc.org

Pour limiter l'empreinte environnementale de ses livres, HarperCollins France s'engage à n'utiliser que du papier fabriqué à partir de bois provenant de forêts gérées durablement et de manière responsable.

Imprimé en Espagne.